Felix Dahn

Kleine Nordische Erzählungen

Felix Dahn

Kleine Nordische Erzählungen

ISBN/EAN: 9783741158353

Hergestellt in Europa, USA, Kanada, Australien, Japan

Cover: Foto ©Andreas Hilbeck / pixelio.de

Felix Dahn

Kleine Nordische Erzählungen

Kleine
Nordische Erzählungen

von

Felix Dahn.

Leipzig

Druck und Verlag von Breitkopf und Härtel

1898.

Was ist die Liebe?

Halla zu eigen.

Scheveningen, August 1887.

I.

Dunkelnd sank der Herbstabend auf die See. Eintönig grau lagen Meer und Land, das einzig sichtbare Land: der Küstensaum des kleinen, weltverlorenen Eilands.

Eintönig, mit immer gleichem Anschlag, rollte die letzte Welle der weit draußen sich brechenden Brandung, langsam ersterbend, auf den grauen Sand des Gestades. Kein Lufthauch kräuselte die lichtlose, die unendliche Wasserfläche. Der Strand lag bereits in tiefem Schatten.

Nur der hohe Turm, der von dem ragenden, schwarzer Schieferfels des Inselberges in die Wolken stieg, erglomm plötzlich in rotgelbem Lichte: die Sonne, die im fernen, fernen Westen niederging, hatte, gerade bevor sie in die Flut tauchte, die ihr vorgestreckte lange Nebelwand durchbrochen und einen grellen Strahl auf die finstern Felsenmassen geworfen: gleich wieder verschwand dieser Strahl und nun war abermals alles grau, aber noch düsterer, so schien es, als zuvor.

Kein Leben rings; regungslos reckte der Strandhafer, der spärlich auf den hohen Dünen wuchs, seine scharfen Rispen in die Höhe; kein Schall, als das leise rollende, reibende, knisternde Anrauschen der schwachen Welle über die vielen kleinen, meist zerbrochenen Muscheln hin; kein Tierlaut auch: denn ganz geräuschlos flog sie, die eine, einsame Möwe, die langsam, langsam am Gestade hin gegen die Klippen im Osten des Eilands zog.

In der Bucht, die sich nach Westen hin zwischen zwei schwarzen Felswänden aufschloß, lag, auf dem grauen Sande der Länge nach hingestreckt, eine schlanke Mädchen= gestalt. Gen Westen blickte sie unablässig, noch nach einem Schimmer des Lichtes suchend: vergeblich: die Sonne war bereits hinabgesunken. —

Lange, lange lag sie so, regungslos; nur die leise Hebung und Senkung des weißen Gewandes über dem kaum aufgeknospten Busen verriet, daß sie lebte. Denn die Augen mit den langen, sonnenfarbnen Wimpern hatte sie nun geschlossen, müde von schmerzlicher Ausschau. Ihr blondes Haar, wunderhold gewellt, flutete über den linken, lang ausgestreckten Arm: er war blendend weiß; und auf dieser linken Schulter ruhte das schön geformte Haupt; die rechte Hand griff nach dem Herzen. —

Lange, lange lag sie so, in Sinnen und Sehnen ver= sunken, verträumt. —

Sie hörte nicht, wie von den Dünen in ihrem Rücken, von Süden her, ein leichter Schritt nahte; der lockere Sand knisterte kaum unter diesem behutsam gemessenen Tritt.

Es war ein Mann in dunklem Mantel; ein breiträn= diger Hut beschattete die hohe Stirn; einen Speer trug er in der Hand. Er stand nun dicht hinter ihr, zu ihren Häupten; schweigend sah er herab auf ihre bleichen Wangen. — Endlich schaute sie empor: sie hatte seinen Atem ge= fühlt oder einen halb verhaltenen Seufzer.

„Ihr, Dagfred?" sagte sie ruhig, mit einem langen Blick. „Ihr verratet mich nicht." — „Ihr verratet euch selbst." — „Was meint ihr?" — „Immer find' ich euch — hier." — „Ich sah der Sonne nach." — „Weil sie über den West=Eilanden sinkt."

„Mir geht sie dort auch auf;" sie schlug die sanften

ganz hellblauen Augen sehnend auf. — „Die Sonne nicht: aber die Hoffnung."

Der Mann sah ihr ernst in das edle, schmale, fast farblose Antlitz: es war vollendet schön. Er schwieg; er drückte nun die meergrauen Augen zu.

„Redet!" sprach sie, langsam sich erhebend; — die jungfräuliche schlanke Gestalt erreichte fast des stattlichen Mannes Höhe. — „Euer Schweigen ist ein Tadel. Was andres soll die Gefangene denken, träumen, wünschen, als — Befreiung." — „Oft strafen die Götter am schwersten, indem sie Wünsche erfüllen." — „Ist das eure Skalder-weisheit?" — „Ein Stück daraus. — Ihr ersehnt nicht die Befreiung, — den Befreier."

Sie hob das Haupt: „Ich darf's; er ist mein Ver-lobter." — „Er ist ein Knabe." — „Fürst Kjartan zählt dreißig Jahre." — „So ist er denn ein Knabe von dreißig Jahren."

Sie furchte die weiße Stirn, wandte sich von ihm ab und wollte den Dünenhügel rasch hinansteigen: aber sie glitt aus auf dem glatten, abrieselnden Sande, sie wankte, sie fiel, schon war das Gesicht ganz nahe der scharfen Felsenkante. Da streckte der Mann den rechten Arm vor sie hin, den Speer tief in den Sand stoßend: — er be-rührte sie nicht: — sie griff mit beiden Händen nach seinem Arm und richtete sich daran auf. —

„Dank!" sagte sie nun, innig. „Ihr seid hier mein einziger Freund." — „Ich bin nicht euer Freund, Königs-kind." — „Was seid ihr mir?" — „Euer Beschützer, Halla." — „Wider wen?" — „Wider — alles."

„Wohl denn! Aber ihr zählt nicht zu meinen Feinden, seid nicht des Königs Hako, nicht seines Inselvogtes Unter-than: ihr seid hier auf dem Eiland ... —" — „Gast."

— „Der Einzige seid ihr, der es mit der Gefangenen gut

meint: — warum haſſet ihr meinen Verlobten?" — „Ich haſſ' ihn nicht, ich kenn' ihn nur." — „Weshalb redet ihr ſtets gegen ihn?" — „Weil ich euch behüte gegen — alles. — Ich kam, euch zu warnen: laßt euch nicht von den andern treffen an dieſer Stelle, dem einzigen Landungsort des ganzen Felſeneilands. Sonſt läßt man euch nicht mehr frei umherwandeln — und das würdet ihr doch bitter vermiſſen. — Lebt wohl." — „Ihr geht nicht mit mir in die Burg zurück? Bald kommt die Nacht." — „Und mit ihr kommen — meine Sterne." Er bog um den Felſen zur Linken.

Sie ſah ihm eine Weile ſinnend nach: dann ſtieg ſie, leiſe das blonde Haupt ſchüttelnd, den Dünenpfad hinan.

———

II.

Am Mittag des folgenden Tages ſaßen der Inſelvogt und der Skalde Dagfred in der Halle der Turmfeſte beim Mahle. Unwirſch ſchob der Vogt den Zinnkrug mit Ael zur Seite; er ſtrich den rotbraunen Bart von den Lippen. „Nicht einmal der Trunk mundet mir mehr. Ich mach' ein Ende, ſo oder ſo! — Selbſt zum Mahle ſteigt ſie nicht mehr von ihrem Turmgemach herab, die Hochfärtige, ſeit ... —" — „Seit ihr ſie verſcheucht habt, Hardbrand," ſchloß Dagfred ruhig. — „Verſcheucht! Iſt es etwa eine Schmach, die ich meiner Gefangenen anſinne, begehr' ich ſie zum Weibe, ich, ihr Herr und Gebieter?" — „Der ſeid ihr nicht." — „Nun ja! Nicht ich habe ſie gefangen. Mein alter König Hako hat ſie geraubt und hierher geſandt auf dies ſchmale Geklipp mitten im wilden Meer, das nur die Möwe kennt, sie hier verborgen zu halten, bis ihren Vater, den greisen König Ring, den er mit Waffen nicht bezwingen kann, die Sehnsucht nach dem einzigen Kinde bezwingt, daß er sich König Hako unterwerfe. Ich aber bin auf diesem Eiland Herr...—" — „Das ist euer König Hako." — „Ich bin ihr Herr." — „Ihr Kerkerwart seid ihr." — „Und ihr? Was seid ihr für Halla?" schrie der Vogt und sprang auf; nun sah man: er war ein Riese, um mehr als Hauptes Länge überragte er den nicht kleingewachsenen Skalden. Grimmig blitzten unter buschigen braunroten Brauen hervor seine großen hellblauen Augen auf Dagfred. „Ihr seid wohl ihr Freund?" — „Nein. Ich sagte das gestern der Jungfrau selbst." — „Was hat euch dann hierher geführt? Und wie, beim Donner, konntet ihr so thöricht sein, von König Hako, nachdem ihr bei dem großen Skaldenkampf in seiner Halle die Nordlandssänger sämtlich überwunden, statt roten Goldes nur das Eine als Siegespreis zu erbitten, daß er euch Hallas Versteck nenne? Ihr, ein armer Skalde! Von dem reichsten und den Sängern freigebigsten König: — das heißt, seit jener König Harald von Thule verschollen ist. Was hat euch hergeführt?" — „Ein Gelübde." — „Wem gelobt?" — „Mir selbst." — Er stand auf. — „Nun wohl, da kommt ihr denn gerade recht, mich den Brautlauf um die Schlanke halten zu sehen. Ich habe," lachte er, „König Hako nur geeidet, die Jungfrau nicht von dem Eiland entkommen zu lassen. Das werd' ich halten! Als Jungfrau soll sie nicht von mir scheiden! Diese Schilfgestalt — mit meiner Hand zerdrück' ich sie. — Sie hat mir's angethan. Sie wird mein Weib, mit Güte, oder mit Gewalt." — „Solang ich lebe — nicht." — „Was geht's euch an?" schrie der Riese. „Freilich: die Weiße ist euch zugethan! Nur euer

Harfe Tönen belebt das kühle blaue Auge, nur bei eurer
Stimme Klang zieht zuweilen ein sanftes Rot über die
bleichen Wangen." — „Sie ist verlobt." — „Mit dem
Irenfürsten Kjartan. Wer aber weiß, ob sie den Kelten
liebt? Wer kann das sagen?" — „Sie sagt es." — „Und
wenn! Kann das e u c h hindern . . . ?" — „Mein Haar
wird grau." — „Bah, euer Haar ist noch ganz braun!
Und euer Herz ist heiß. Meint ihr, man hört das nicht
heraus aus eurem Harfenschlag? Die Worte versteht man
nicht, die ihr leise dazu singt. Aber diese Harfentöne!
Wie sie locken, werben, klagen, stürmen! Nicht nur meine
Nichte, das junge, thörichte Ding, schleicht euch verstohlen
nach in das Geklipp, in die Nacht: — selbst das Gesinde!
die rauhen Knechte, sie lassen Fische, Speck und Ael, auf
euch zu lauschen. Ich habe niemals solchen Harfenschlag
gehört in allen Fürstenhöfen. Und auch die andern nicht.
Nur jener König Harald . . . —" — „Den habt i h r doch
nie gehört." — „Nicht ich! Aber der Knechte einer: —
der war dereinst auf Thule, er ist seither erblindet, der
sagte jüngst: „so harft nur noch Harald." — Aber gesteht:
was zieht euch dieser Königstochter nach?" — „Ich sagte
schon: ein Gelübde." — „Wie lange kennt ihr sie?" —
„Vier Jahre sind's." — „Wo traft ihr sie?" — „In
ihres Vaters Halle. Der hatte sie gerade mit Kjartan
verlobt." — „Schlecht hat der Bräutigam sie behütet!
Gleich darauf ward sie gefangen, da sie mit ihm am
Strand den Reiher beizend ritt."

Grimmig fiel Dagfred ein: „Er ließ sie greifen —
vor seinen Augen! — und versteckte sich im Schilf und
rettete sein Leben!"

„Habt ihr vielleicht gelobt," lachte der Vogt, „sie zu
befreien und sie diesem Bräutigam zuzuführen?" — „Nein."
— „Nun: das ist gut. Denn seht euch vor, Skalde:

Ihr seid mein Gast, vom König dringend mir empfohlen: doch wollt ihr die entführen, — ich schlag' euch tot."

„Ich will sie nicht entführen. — Genug der Worte. Allzuviele schon." Er schritt hinaus.

Hardbrand sah ihm drohend nach: „Der Gast wird lästig. Ich kann ihn nicht zum Hochzeitsreigen brauchen, wann ich das Schilf in diesen Armen knicke. Nun, mein Pfeil fehlt nie und die See ist tief."

III.

Hoch in dem obersten Stockwerk des Turmes in einem schmalen Gelasse saß die bleiche Jungfrau auf einem mehrstufigen Holzschemel, den Arm gelehnt auf den Steinsims der einzigen Fensterluke: diese gewährte den Blick über die unendliche See; träumerisch schaute Halla hinaus.

Sie beachtete es nicht, wie zu ihren Füßen knieend Dala, des Vogtes rotlockige Nichte, der Gefangenen langes goldwelliges Haar gelöst hatte und nun mit den weichen Fingern darin wühlte, strählend und streichelnd, sanft, zart, ja zärtlich. Dala war kleiner als das schlanke Königskind, in üppiger Fülle wölbten sich ihre reizvollen Formen.

„Oh wie schön, wie wunderschön ist dies dein goldnes Haar, Herrin," sprach sie, in beiden offenen Händen die volle Flut wägend und dann liebkosend an beide Wangen schmiegend. „Es ist so schön, es muß so schön sein, weil — Er es liebt," hauchte sie leise.

„Nenne mich nicht Herrin, Kind. Ich bin ja deines Oheims Magd." — „Oh nimmermehr! Und gingest du in

Ketten, — du wärest doch die Seligste auf Erden!" Begeistert schlug sie die schönen, feurig leuchtenden, hellbraunen Augen zu ihr auf. — „Sieh, Dala, taucht dort, im Westen, nicht ein Segel auf?" Hastig streckte sie den Arm durch die Luke. — „Laß sehen." Die Kleine reckte sich auf den Zehen. „O nein! Es ist nur weiß Gewölk. Wie oft nun schon hast du's gemeint!" — „Ach ja, wie oft nun schon! Und stets ein Wahn!" — „So mächtig sehnst du dich von hier hinweg?" — „Ach, mit der ganzen Seele." — „Es ist unfaßlich," sprach Dala halblaut vor sich hin. — „Oder . .? Sage, ist es dein Verlobter? Sind es seine Küsse, nach denen du so heiß dich sehnst?"

Sie hatte das ganz leise in das Ohr der Freundin geflüstert: sie errötete über und über bei der scheuen, der brennenden Frage.

„Küsse?" erwiderte Halla, langsam mit der Hand über die Schulter, über das dunkelgrüne Gewand der Erglühenden hinstreichend. „Ich weiß von Küssen nicht. Fürst Kjartan hat mich — Einmal — auf die Stirne geküßt, — als mich der Vater ihm verlobte. Drei Tage kannt' ich ihn. O nein! Nicht nach ihm — nach dem Vater sehn' ich mich. Und — nach der Freiheit! Nur fort von hier!" — „Ich verstehe: mein wilder Oheim . ." — „Es ist nicht das. Ich fürcht' ihn nicht." — „Dann — weshalb: „nur fort von hier?"

„Ich weiß es nicht! Ich vermag nicht, es zu sagen. — Ich glaube" — nun sprach sie ganz nachdenklich — „Er ist schuld daran." — „Wer?" — „Nun Er! — Der Skalde, mein' ich. Oder doch sein Harfenschlag. Und auch sein leiser, verhaltner Gesang aus der Ferne. Seine Stimme!"

Starr vor Staunen sahen die braunen, leuchtenden Augen auf sie. „O Halla! Er? Sein Spiel, seine Stimme,

— die vertreiben dich? Mein ganzes Leben lang möcht' ich, zu seinen Füßen schweigend hingestreckt, ihm in das ach! so trauerernste Antlitz schau'n und lauschen seiner weichen Stimme Steigen und Fallen, dem Silberklang, dem Tonfall seiner Worte, mich sonnend in seines Wesens stillem Glanz. Er zwingt ja zu sich heran."

Betroffen blickte die Königstochter auf: „Mag sein! — Obzwar ich das nie so — so stark gefühlt, wie du es sagst, wie du es scheulos, — mich erschreckend — aus- sprichst. Aber es mag das gerade sein. Ich — ich will nicht gezwungen sein! An Fürst Kjartan, oder an den Vater will ich denken, will ich denken müssen. Oft drücke ich das harte Gold meines Brautrings an den Finger bis er mich schmerzt, vernehme ich ... Da! Ganz fern! Hörst du es?" — „Ob ich es höre!" — „Fort! Fort von hier! O könnt' ich Fürst Kjartan meine bräutliche Treue durch die That, durch eine große That beweisen!" — Sie erhob sich rasch.

„Sage, Halla, du liebst doch diesen Kjartan?" — „Gewiß! Bin ich doch seine Braut! Ich soll, ich muß ihn ja lieben. Auch ist er schön, sehr schön in seinen lichten langen Locken. Und jung. Viel jünger als ..." — „Das ist all' keine Antwort. Liebst du ihn?" — „Ja doch! Gewiß und wahr! — Nach allem was ich davon weiß. Denn — Dala, gute Dala — sage selbst: was wissen wir Jungfrauen davon? Was ist die Liebe? — — Weißt du es, Dala? O dann sag' es mir."

„Ich?" — Glühendes Rot übergoß ihr die Stirn und den heftig wogenden Busen. Sie sprang auf. „Du gehst, meine Freundin? Du verläßt mich?" — „Ich muß. Es zieht mich nach. Horch! Der Wind verträgt die Töne schon. Ich muß ihm folgen. Aber ganz geheim — von weitem!" —

IV.

Der folgende Tag brachte dem einsamen Eiland ein fast unerhört Ereignis: einen Gast.

Der Türmer sah von der Hochzinne bei heftigem West= sturm ein kleines Schiff herantreiben: nicht dem Steuer schien es zu gehorchen, nur Wind und Wellen. Glücklich gelangte es gleichwohl durch die Brandung und die Klip= pen in die Westbucht. Der Inselvogt war vorsorgend mit mehreren Knechten an den Strand hinabgeeilt, einen An= griff abzuwehren. Aber es waren nur zwei Männer in dem Boot: so ließ man die meermüden Leute landen: es war mit seinem Ruderer ein Skalde, Horand nannte sich der; sie waren durch den Weststurm von den Däneninseln hierher verschlagen, sagten sie. —

Abends in der Halle sang und harfte der Gast gar hell und heiter, in ganz anderen Weisen als Dagfred, dessen Lied man immer nur von ferne klagen, grollen, stürmen hörte. Die Knechte, die Mägde drängten sich eifrig um das Herdfeuer, dem fröhlichen Spiele zu lau= schen. Als Halla vernahm, der Fremde sei vom Weststurm hergetragen, stieg auch sie mit Dala hinab in die Halle, welche sie sonst mied.

Ehrerbietig begrüßte die Eintretende Horand: — einen raschen Blick wechselten beide — dann aber achtete er gar nicht mehr der wunderschönen Jungfrau. Das gefiel Hard= brand: denn nicht sonder Argwohn hatte er seine Gefangene ihre stolze Einsamkeit durchbrechen sehen.

Dagfred aber, der bisher neben dem Fremden gesessen, erhob sich nun: er stellte sich hinter Hallas Stuhl, jenem gegenüber.

Der frohgemute braunlockige Sänger hatte, so schien es,

Augen nur für die üppige Gestalt, die weichen Formen, die blühenden Farben Dalas: an sie allein, nie an die Königstochter, richtete er die Rede: aber karge Antwort nur entlockte er den vollen, kirschroten Lippen. Nach geraumer Zeit schritt der Vogt hinaus, noch einmal, wie er jeden Abend pflag, einen wachsamen Rundgang längs den Mauern der Feste zu machen.

Da sprach Dagfred, mit ausgestrecktem Finger auf Horands Saitenspiel deutend: „Auf Irland wurde diese Harfe gebaut." Halla erschrak: einen flehenden Blick warf sie auf Dagfred. Horand aber erwiderte ruhig: „So? Das mag wohl sein. Ich kaufte sie auf Lethra von einem Dänen. Aber viele Iren landen dort." — „Horand," sprach Dagfred langsam vor sich hin. „Den Namen sollte ein Gast meiden. Er mahnt den Wirt zur Vorsicht." — „Warum?" — „Horand hieß der Sänger, der — in Verkleidung — für König Hettel einst schön Hilde stahl." — „Ich habe mir den Namen nicht ausgesucht," lachte der Gast. „Nein. Das that ein anderer für euch."

Hardbrand trat wieder ein, sein mächtiger Schlüsselbund rasselte ihm am Wehrgurt. „Noch ein Horn Ael und noch ein Lied, ihr Skalden," rief er.

„Nun ist die Reih' an euch," meinte Horand zu Dagfred. — „Mein Lied ist nicht für Fröhliche."

„Wünscht auch ihr, vielschöne Jungfrau in den roten Locken, daß ich noch eins singe?" Und ohne die Antwort abzuwarten — Dala, die kein Auge von Dagfred ließ, hatte die Frage gar nicht gehört, — fuhr er fort: „Ja? Dann thu' ich's gern. So hört — zum Schluß — noch eine Weise, die weiland König Harald sang von Thule."

„Singt nicht seine Weisen!" warnte da von der Bank der Knechte her eine Stimme. Alle wandten sich dorthin. — „Ei Knut, der blinde Knecht," rief der Vogt. „Was fällt dir ein? Warum?" — „Haralds Weisen kann nur Harald singen." — „Er ist aber tot. Oder verloren," lachte Horand. — „Wie lange schon, lieber Herr?" fragte der Blinde. „Sein Bild ist das Licht in meiner Augen Nacht, sein Lied mein Trost in meiner Seele Gram geworden. Denn er war gut — mit allen — auch mit uns Knechten." — „Wie lang? — Vier Jahre mögen's sein! — Mir gefällt die Weise. Und ich singe sie. Es ist das Lied wie Freir warb um Gerdha."

Und nach ein paar Griffen in die Saiten hob er an:

„Wann der Vollmond über die Düne steigt,
— Königskind, klug Königskind!
Dann halte bereit dein hoffendes Herz,
— Königskind, klug Königskind! —
Dann naht in der Nacht in dem Nachen dir
Freir, dein Freund, dein Befreier.
Dann holt dich, Holde, der hohe Held, —
Dann trägt dich, Traute, dein Treuer fort;
Wann der Vollmond über die Düne steigt,
— Königskind, klug Königskind! —"

Schrill durch die Saiten fahrend brach er jäh ab. „Hei, nun vergaß' ich, was noch alles folgt. Es war mir ja nur um die Weise. Auf die Worte kommt nichts an. Ich bin sehr müde von der schweren Arbeit am Steuer. Laßt uns schlafen gehn." — „Ja, laßt uns schlafen gehen," wiederholte Harbbrand und alle brachen auf.

Dagfred aber sah den Blick, den Halla im Hinaus-schreiten dem Fremden zuwarf.

Er blieb bei diesem, dem in der Halle Stroh und Schilf geschüttet ward.

„Teilen wir das Lager?" fragte Horand. — „Ich schlafe außerhalb der Burg." — „Nun so trinkt noch das Horn leer. Gebt mir den Bechergruß." — „Nein. — Aber einen Rat will ich euch geben." — „Welchen Rat?"

„Singt ihr wieder einmal des Verschollenen Worte, so singt sie richtig. Es heißt:

„Wann der Vollmond fällt auf den flutenden Fjord.“

— wie der Stabreim verlangt: nicht:

„Wann der Vollmond über die Düne steigt.“

Seltsam, daß ein Skalde des Stabreims so ganz vergißt. Freilich: hier ist kein Fjord. Die Änderung ist e u r e Erfindung — nicht König Haralds.“ Und er schritt hinaus.

___

V.

Am andern Morgen verabschiedete sich der Gast. Das Meer war ruhiger, der Wind umgesprungen, man konnte wieder nach Westen segeln.

Bevor Dagfred nach dem Frühmahl die Feste verließ, sprach der Vogt zu ihm: „Nun, Skalde, acht’ auf mich. Ich muß dies weiße Geschöpf haben. Nicht länger zügle ich mein Blut. Mich hört sie nicht an, meine Nichte weigert sich, für mich zu sprechen. So sage du ihr —: in sieben Nächten muß sie mein sein. Will sie mein Weib werden, gut. Will sie nicht mein Weib werden, so wird sie meine ... —“

„Schweig! Sieh hier dies Schwert — schau dir’s genau an. — Das wird dein Tod, stehst du nicht ab.“ Und aus den graudunkeln Augen des Skalden sprühte solch heiliger Zorn, daß der Riese erschrak und scheu zur Seite sah. — „Wart!“ drohte er, als jener den Rücken gewandt hatte. „Ich kann diesen Blick nicht tragen. Aber mein Pfeil ist blind: — den blendet nicht dein Auge.“

___

VI.

Ziemlich in der Mitte des kleinen Eilandes stieg der
Schieferfelsberg, der es krönte, zu seiner steilsten Höhe
hinan. Ein viel zerrissener, phantastisch gezackter Kamm
zog seine Schroffen hier von Ost nach West. Einzelne,
verwitterte, vom scharfen Seegesprüh ausgefressene Nadeln
und Spitzen ragten wie schwarze Pfeiler in die Wolken,
unzugänglich für des Menschen Fuß; der Seeadler flog
hier kreischend zu Horst. — —

Unter der Jochhöhe wölbte sich in die Felswand hinein
eine Höhle; vor derselben lag ein runder freier Platz;
auf dessen Nordseite baute sich vorn auf breiten Stufen
eine natürliche Brüstung des Felsens in die See hinaus.

Hier verbrachte Dagfred die meisten Stunden des Tages;
in der Höhle schlief er: den Riegeln und den Knechten des
Vogtes mochte er seinen Schlaf nicht anvertrauen. Hier
verwahrte er unter dem Gestein die Schieferplatten, auf
denen er schrieb mit den Schiefergriffeln, welche die Felsen-
splitter reichlich gewährten; hier auch hatte er seine mit-
gebrachten Waffen geborgen. Hier weilte er auch an dem
Abend, in der Nacht dieses Tages.

Der Mond — noch nicht ganz voll — war blutrot
aus den dunkeln Meereswogen gestiegen: er spiegelte sein
zitternd Bild in der wild bewegten Flut. Denn stoßweise
fuhr ein springender, wechselnder Wind über die See;
dann segten die weißlichen Wolken, in Fetzen zerrissen, an
der Mondscheibe vorbei, haftig, wie gehetzte Geister, und
hoch auf sprißten dann unten am Fuße der schwarzen
Klippen die weißkammigen Wellen der Brandung. — —

Dagfred schritt vor der Höhle auf und nieder, ruhelos,
rastlos. Im Winde wehte hinter ihm der dunkle Mantel,

der weitfaltige, zwei mächtigen schwarzen Adlerflügeln gleich; um das Haupt, aus den offenen Schläfen flatterten die braunen Locken und über den Hals hin wehte der ergrauende Bart. Den Hut hatte er von der heißen Stirne geschleudert. So ging er lange schweigend auf und ab, die beiden Hände in die Hüften gestemmt, vornüber gebeugt, die mächtige Stirne zur Erde gesenkt, nur hier und da sie rasch emportedend gegen den unruhigen Nachthimmel.

Endlich begann er: „Denk' es aus! Denk' es durch, armes, heißes, müdes Hirn! Tauche hinab, mein Geist, in deine eignen tiefsten Tiefen! Kein Buch, kein Mensch, kein Gott auch kann dir raten. Du selbst mußt, du allein kannst dir helfen. —

So rollet denn nochmal vorüber an mir, ihr langen, ihr kämpfereichen Jahrzehnte!

Die abgerissenen Sprüche der Skalden — wortkarg, dunkel: gut, um trotzig danach zu sterben, nicht gut, um weise danach zu leben! Weiter: Der Christenpriester fromme Predigt: jahrelang des guten Bischofs Unterweisung! Dann aber: im blauen Griechenmeer — in Athen — die Weisheit jener großen Meister! O mein Platon, wie du doch so herrlich — geirrt hast! — Jerusalem! — Den „Jorsalafara" haben die Landsleute staunend mich genannt. Aber Frieden fand ich nicht in den lärmenden Schulen von Athen, nicht in Christi stillem, leerem Grab!

Was hab' ich nicht alles gelernt! Die Skalden lehrten mich dichten, die Mönche träumen, denken die Griechen: aber Trost lehrte nur ich mich selbst!

Dann die That, das Leben, der Kampf, der Sieg, der Ruhm!

In meine Hand vererbt des greisen Vaters Königsstab. Sieg in zwanzig Schwertschlachten, Sieg in hundert Harfenkämpfen! Mein Name groß über all Nordland hin!

Schwertkönig, Harfenkönig, Siegkönig! Holder Frauen un=
gesuchte Gunst, Glanz, Gold die Fülle: — und nicht ein
Sandkorn Glückes! —

Da hör' ich von der weißen Königstochter in Haloga=
land, wie schön von Angesicht, wie tief an Seele, vor allen
Jungfrau'n sei das blonde, weiße Kind. Werb' ich offen
um sie? — Ein Wort und mit Stolz legt König Ring
mir die Tochter an die Brust.

Ich will nicht!

Sie, nicht der Vater, soll mich wählen.

Nicht den König, den Schwert= und Harfenkönig und
Sieger, — den Mann soll sie wählen, lieben, lieben
müssen. Und kann das junge Weib den Mann im
grauen Bart lieben? Das eben gilt's zu prüfen!

Als Skalde tret' ich in ihres Vaters Halle: — ich
sehe sie: — und ach! das stets gesuchte Glück, das nie
erreichte, stets entschwebende — hier steht es vor mir und
schaut mich staunend an aus blauen, scheuen, zagen Augen!
Und am Tage vorher war dieses Mädchen — dieses! —
dem eiteln, nichtigen Knaben verlobt worden! O ewige
Sterne! Seid ihr denn wirklich leer, ihr weiten Himmel?"

Tief aufstöhnend blickte er empor.

„Und gleich darauf läßt sie der Feigling sich stehlen.
Jetzt: mein Gelübbe: „sie suchen, finden, behüten gegen
alles." Vier Jahre, lange Jahre!

Endlich find' ich sie — und nun, nun hebt erst an
die allerherbste Qual! — Denn jetzt: was? was thun? —

Soll ich sie tragen auf mein rasches Schiff: — morgen,
bevor die anderen nahen, — sie rauben, mir rauben?
Sie liebt mich nicht. Noch nicht! Liebt sie den Knaben?
Sie glaubt ihn zu lieben! Und vor allem — armer, armer
Harald! — sie glaubt ihn lieben zu müssen. Soll ich
ihr sagen, daß er, kaum war sie verschwunden, um König

Hakos Tochter warb, bis der ihn fortjagte? Was hilf:
es? Es macht sie nur traurig — treulos nicht! Das ist's!
Das ist's!

Und wenn ich sie mir raube und wenn es mir gelingt,
sie zu zwingen, mich zu lieben: — ich meine, es muß
gelingen: — ihr Herz, ihr Geist kann nicht widerstehen,
zeig ich ihr die ganze Fülle meiner Liebe, führ ich sie in
die Heiligtümer meiner Gedanken ein: lauscht sie doch jetzt
schon meinen Liedern, meinen Worten gern: — was
dann?

Lieben wird sie mich, dem Bräutigam wird sie die
Brauthand wahren. Den Brautring kann ich ihr mit Ge=
walt vom Finger streifen: — den Ring der Pflicht nicht
von der Seele. Denn sie ist treu. Darum ist sie so
herrlich! Sie stirbt, ehe sie dem ungeliebten die Treue
bricht um den geliebten Mann. Und soll sie dann bei
seinen Küssen mein gedenken? — —

So wart' ich den Ausgang ab? In wenigen Nächten
landen sie.

Wagt sich der schöne Knabe mit den glatten Mädchen=
wangen selbst hierher und fecht' ich gegen ihn, unzweifel=
haft, — hei ganz unzweifelhaft! — erschlag' ich ihn! Und
dann? Was dann?

Zwar auch mit diesem Vogte werd' ich fertig. — Und
dann? Nie wird sie dessen Weib, der ihren Bräutigam
erschlug!

Wohl denn· so fecht' ich für Kjartan, erschlage ihren
Wächter und führe selbst die Braut dem Bräutigam in
die Arme? Schweig, zuckend Herz! Du kannst es, wenn
du willst. Und du willst es, wenn du sollst.

Und dann? Und dann? O weh dann, Halla, weiße
Halla, über dich!

Vor Jahr und Tag ist dann ihr Los das elendeste

Weibeslos auf Erden: sie muß den Mann verachten, dessen Kuß sie trägt, in dessen Armen sie — mit Schaudern! — Lust empfindet, eine Geschändete, geschändet an dem Leib, und — ach! — geschändet an der Seele!

Das darf nicht sein!

Sie gegen alles hüten, war mein Schwur! Auch gegen dieses Gecken Umarmung, gegen die Entweihung!

Ist das nicht Selbsttäuschung der Eifersucht? Nein, hör' es, Halla, heilig Geliebte: wüßt' ich dich glücklich durch ihn: — selbst erkämpft' ich ihn dir und stürbe darum mit Freuden.

Also: was thun?

Das einzige Heil wäre: er stirbt, aber nicht durch mich, durch ein ander Schwert. Dann rett' ich sie vor des Riesen Gewalt und dann, ja dann kann sie mein werden ohne Treubruch. Das — o ihr Sterne: werdet ihr das fügen? Und das legt mir das Schwerste auf: gar nicht handeln. Abwarten, was geschieht, und dann: Halla oder — das andere! Das ist das Härteste. Doch ist's die Pflicht. —

Die Sterne riefst du an? Thörichter, schwärmender Skalde! O wer jetzt beten könnte! Beten, ringen mit seinem Gott in heißem Gebet. Ich kann es nicht! Die Pflicht: — sie ist alles, was ich gerettet habe aus dem Schiffbruch meiner Gedanken: aus Walhall, aus dem Christenhimmel und aus Platon!

Pflicht! Oder Ehre! Oder Treue: nenn's wie du willst: es ist das Menschen=Notwendige, ohne das du nicht leben, nicht das Auge frei aufschlagen kannst. Das Andere — das Pflichtlose — ist Lüge, Selbstwiderspruch, ist der Vernunft Zertretung, ist Wahnsinn, ist Untergang der Welt.

Der Welt! Was ist die Welt? Ward sie geknetet von einem Gott, wie der Töpfer knetet ein Gebild aus Thon?

Und wer hat den Gott geschaffen? So ist sie ungeschaffen, ungeworden, nur wir in ihr geworden? Ach nicht zu unserm Glück!

> Auf Glück ist und Unglück
> Die Welt nicht gerichtet.
> Das haben nur thöricht
> Die Menschen erdacht.
> Es will sich ein ewiger
> Wille vollenden:
> Ihm dient der Gehorsam,
> Ihm dient auch der Trotz.
> Ihm beug' ich in Ehrfurcht,
> Ihm beug' ich in Andacht,
> Ihm beug' ich, erschauernd
> In ahnenden Schauern,
> Ihm beug' ich freiwillig
> Gehorsam das Haupt . . . .

Freiwillig! Wer ist frei? Was ist Freiheit? Ist Freiheit Willkür der Wahl? Kann ich anders als ich muß? Kann ich aufhören, Halla zu lieben? Ich muß sie lieben, weil ich Harald bin. Kann ich Harald sein und nicht Harald sein? Frei sein ist sein eigen sein. Freiheit ist angeborne Eigenart. Mein eigen — wie lange bin ich's? Nach dem Tode? Gar nicht mehr sein? Nicht mehr Harald sein? Nur eine Spanne Zeit jenem ewigen Willen dienen — durch meine Eigenart — und dann — nicht mehr?

Es ist so grausam!

Aber so großartig, so übermenschlich, so göttlich grausam. Vielleicht gerade deshalb das Wahre, weil unsere Lebensgier, unsere Todesscheu es zu denken kaum vermag.

Gleichviel! Nur für sein Leben sorge, daß es schön, daß es würdig verlaufe, der Mann: das nach dem Leben ist Gottes Sache. Ja, Gottes. Denn er ist, der Unbegreifliche! Er ist: so wahr die Welt ist, in der webend

und waltend er wirkt. So bleibt? Die Pflicht! Ist
wenig! Und hart, hart wie Schwert und Tod. Nur die
Pflicht? Nein! Daneben die Liebe.

Und die ist hold und weich, wie Harfenklang und
Duft der Rose. Auch so vergänglich wie der Saite Zittern
und der Rose Hauch? Das wäre noch trauriger, als wenn
sie gar nicht wäre! Und um dies eine Gut, dies weiße
junge Weib mit den scheuen blauen Augen, giebst du nun
all' dein Leben hin?

Gewiß. Meines Volkes waltet mein Bruder so wacker
wie ich: — sonst wär' ich nicht aus dem Lande geschieden!
Und nur Einen höchsten Preis, Ein höchstes Gut hat alles
Menschenringen.

Das höchste Gut des Sängers aber ist die Schönheit.

O nur einmal — Einmal nur! — sie fassen, sie halten
in diesen Armen und sie küssen, küssen . . , bis ihr vor
seligem Grauen, vor schauernder Wonne die Sinne vergehen! Ihr die Liebe in die Lippen, in die Seele küssen!——

Ach, all mein Leben war und ist ja nur ein Sehnen
nach dem Schönen. Der Traum von Schönheit, den ich
suchte, dem ich nachjagte über die heimischen Fjorde hin,
durch die Rebenhügel des Rhone, durch die Myrtenhecken
Ausoniens, über die Eilande der Hellenen, unter den
Palmen des Jordans: — ich fand ihn endlich nah' der
eignen Heimat: in diesem blonden Weibe mit dem gold-
welligen Haar fand ich das Urbild alles Schönen. Und
all' mein Glück oder viel wahrscheinlicher wohl: — all'
mein Unglück! Das heißt: alles Glückes Entbehrung!

Denn was ist Glück? Gold? Macht? Weisheit?
Ruhm?

O nein! Pflicht und Liebe. Der Friede der Pflicht
und die schönheittrunkene Begeisterung der Liebe.

Der Liebe! Was aber, — was ist die Liebe?"

Er stand nun im vollen Lichtgusse des entwölkten Mondes, dicht vor der Höhle: in deren Mündung tauchte ein Schatte auf, eine Gestalt, die sich vorsichtig verbarg, jedoch zugleich eifrig lauschte.

„Was ist die Liebe?" wiederholte der Skalde sinnend, strich einmal leise über die Saiten der Harfe und sprach wie verträumt vor sich hin:

> „Die Liebe ist Leid,
> Ist lechzend Verlangen:
> Dann: göttlichen Glückes
> Lobernde Lust:
> Oder: seeleversehrendes Sehnen
> Und stummes, stolzes Sterben!
> Aber immer ewig ist die Liebe."

VII.

Bald darauf stürmte Dala mit brennenden Wangen atemlos in Hallas Gemach; diese hatte in Sinnen versunken in die Mondnacht hinausgeblickt.

„Dala! Du erschreckst mich! Welche Hast! Bringst du ein Unheil?"

„Nein," rief das schöne Mädchen und warf sich leidenschaftlich an der Freundin Brust. „Eine Antwort! Auf deine Frage! Halla, o Halla, denke nur: ich weiß nun, was die Liebe ist."

„Wie? Von wem hast du das erkundet?"

„Von ihm selbst!"

Da sprang die Königstochter tief erschrocken auf. „Von Ihm!" rief sie. „Er liebt dich? Er hat dir . . . . .?"

„Nicht mir! Sich selbst hat er's gesagt, auf seine

eigne Frage. Er ahnte nicht meine Nähe. Auf dem Felsen stand er — im vollen Lichte — ich im tiefen Schatten. — Die Strahlen des Mondes kosten und küßten seine Stirne: — sein Auge leuchtete in überirdischem Glanz und einem Gotte glich er, wie er sprach:

> „Liebe ist Leid,
> Ist lechzend Verlangen:
> Dann: göttlichen Glückes
> Lodernde Lust:
> Oder: seeleversehrendes Sehnen
> Und stummes, stolzes Sterben.
> Aber immer ewig ist die Liebe."

O Halla! Und es ist wahr! Alles wahr! Jedes Wort, ich fühl' es."

Aber Halla legte mit bedachtsamer Bewegung die Hand auf die Brust und schüttelte sacht das schöne Haupt.

„Ich verstehe es nicht. — Gar nicht: das erste! Verlangen? Wonach? Ist das wie — Durst? Eher: das andre: vom stummen Sterben. Am meisten, das letzte: „immer ewig ist die Liebe." Und doch!"

Sie setzte sich wieder und stützte das Kinn auf die gebogene Hand. „Fürst Kjartan ewig mit mir eins? — Ich meine," fuhr sie langsam, nachgrübelnd, fort, „die Liebe ist anders. Sie ist — glaub' ich — ein leises, banges, aber doch seliges Grauen: — eine süße Furcht! Ein scheues Fliehen, Fliehenwollen hinweg — von wem? Nun eben von .. Ihm, — von dem Geliebten, wollt' ich sagen.

Und doch! Vor Fürst Kjartan bin ich nie geflohen. Seltsam! Und dann dennoch wieder ein zartes, zages, aber doch seliges Hinziehen, ein zwingendes Sehnen der Seele nach — nach wem? Nun eben .. nach Ihm! Nach dem Geliebten!

Und doch! Zu Fürst Kjartan hat mich Sehnsucht nie gezogen.

Wie seltsam! Wie rätselhaft! Mir wird bang um mich selbst. O könnt' ich dem Verlobten meine Treue zwingend beweisen. Um Fürst Kjartan sterben! Viel lieber als für ihn, mit ihm leben. Was ist mir in dem Herzen irr und wirr? Ich weiß nicht, wie mir helfen!"

Und sie ließ nun das Haupt herabsinken von der Hand und preßte die Stirn auf den harten kalten Stein des Gesimses, — mit der linken griff sie, abgewandt, nach dem Arm der Freundin.

Aber Dala riß sich stürmisch los. „Wie? Du zweifelst? Du wagst an seinen Worten zu mäkeln, zu ändern? O da bin ich seliger als du! Ich glaub' ihm! Ich versteh' ihn! Ich fühl's, wie er, was die Liebe ist. — Ich kann nicht bei dir bleiben, Zweiflerin. — Schlafe wohl! Wenn du schlafen kannst! Ich kann es nicht! Ich muß ihn denken! Ihn — und die Liebe."

———

VIII.

Und sie eilte in ihre eigene Schlafkammer, sprang auf den an dem Fenster stehenden Schemel und sah hinaus in das flutende Mondlicht.

„Hör' es," rief sie, „hör' es, heiliger Himmel! Ich lieb' ihn, ich lieb' ihn. Mit Jauchzen dir künd' ich's! Nun weiß ich's gewiß. Er hat mich's gelehrt, — er selbst! — daß ich ihn liebe. Nicht nur das Traurige, das allein Halla begreift, nicht nur das Sterben um ihn: — o nein, auch das andre!

Ja, Liebe ist Leid! Wie weh thut's im Herzen, daß er mich gar nicht sieht und merkt, nicht mich, nicht meine Liebe.

Ja, Liebe ist lechzend Verlangen. Wonach? frägt Halla. Nach ihm!

Ach seit er neulich unversehens mit der weichen Hand meinen Arm gestreift, seitdem weiß ich es. Lechzendes, heißes Verlangen nach ihm, nach seiner Nähe. O dürft' ich nur zu seinen Füßen liegen! Erst umschläng' ich ihm beide Kniee mit diesen meinen Armen. Dann aber — ei wie kühn bist du doch, Dala, in deinen Gedanken, wenn er nicht da ist! .... — Dann höb' ich mich leicht und leise auf seinen Schoß — so leicht — er sollt' es anfangs gar nicht merken. Und dann schläng' ich meine Hände, — gefaltet, so! — ihm hinter dem Nacken zusammen und zöge leise, leise — nein, nicht leise! mit heißer Gewalt! — das hohe Haupt ihm herab! Ach und an seine Brust schmiegte sich dies wogende, wallende, stürmende Herz, — o springe nicht, Herz, bei dem Gedanken! — Und dann? — Dann küßte ich ihm zuerst, ganz ehrfürchtig, ganz scheu und verhalten, die traurigen, traurigen Augen! Und dann die mächtige Stirn und das krause Gelock. Und wenn er das geduldig gelitten" — sie sprang auf und reckte beide Arme in die Höhe — „o dann wäre schon alles gewonnen! Dann käme mir der Mut, der heiße Wagemut der Liebe: und ich faßte seine beiden bleichen Wangen mit diesen meinen beiden Händen und ich küßte ihn auf den stolzen, strengen, ach so unleiblich fest geschlossenen Mund, bis er, der Traurige, vergäße seiner Trauer, vergäße der eisigen Halla, vergäße alles und freudig lächelte, selig, in seligem Rausche, und mich wieder küßte — hierher! — auf den Mund, gerade mitten auf die lechzenden Lippen, und wir wären eins in göttlichen Glückes lodernder Lust!"

Da sank sie erschöpft zusammen, über den Schemel

hingestreckt, und mit Macht brachen ihr die Thränen flutend, strömend aus den Augen und flossen auf die heiße, junge Brust.

———————

IX.

Lange lag sie so, hingegeben wohlthuendem, lösendem Weinen. Plötzlich fuhr sie auf, von einer lauten Stimme in einem Nebenraum emporgeschreckt. „Horch! Der Oheim! Er spricht — wieder einmal — halb im Aelrausch! — laut mit sich selbst. Was hör' ich? Sein Name? Wieder! — Ich muß lauschen."

Und sie drückte das Ohr an den dünnen Bretterverschlag, der ihr Gemach von der Schlafkammer des Oheims trennte.

Sie lauschte gespannt — atemlos.

Sie unterdrückte einen leisen Schrei des Entsetzens. Sie schloß die Nacht über kein Auge; angstvoll wachte sie den Morgen heran.

———————

X.

Ganz früh am andern Tage trat Dala schnell auf den Skalden zu, wie der im Burghof an seiner kleinen dreieckigen Harfe frische Saiten aufzog und stimmte.

Sie zupfte mit den rundlichen Fingern an den Saiten, sie streichelte zärtlich den Bug der Harfe, der in einen Schwan mit gewölbten Schwingen auslief. Knechte gingen hin und wieder durch den Hof.

„Hüte dich," flüsterte sie während des schwirrenden

Geräusches des Stimmens. „Mein Oheim: — er sinnt deinen Tod."

Dagfred nickte, eifrig weiter stimmend.

„Dank dir, Kind. Aber ich fürchte beide nicht —: nicht den Ohm und nicht den Tod."

Ihre Stimme bebte, als sie traurig fragte: „Du lebst nicht gern?" — „Ich lebe nicht für mich." — „Ich weiß!" — „Du willst das wissen, Kind?" — „Ich bin kein Kind. — Ich bin so alt wie — sie."

Halla trat sinnend in den Hof; sie sah noch bleicher als sonst; aber sie erschrak wohl, als Dagfred plötzlich auf sie zuschritt: denn sie errötete stark.

„Nehmt diesen kleinen Dolch," sprach er zu ihr. „Er hüte euch, wann ich euch etwa nicht mehr hüten kann." Er schlang die Harfe an dem breiten Lederriemen um die Schulter, nahm Mantel und Hut und schritt aus dem Hofthor.

———

XI.

Dieser Tag ward seltsam schwül.

Obwohl der Spätherbst bereits gekommen war, ballte sich's gewitterhaft über der See: im Westen zuckte es wie Wetterleuchten, ja der Skalde glaubte ganz in der Ferne Donner grollen zu hören.

Er hatte die Stunden der Helle an seinem einsamen Lieblingsorte verbracht, schreibend, singend, harfend.

So heiß hatte die Mittagssonne gebrütet, so heiß hatten die nackten Schieferplatten die Strahlen zurückgeworfen, daß er den langfaltigen Mantel, der ihn ganz verhüllte, und den breitrandigen Hut vor der Höhle abgelegt hatte;

weiter nach Westen hin war er gewandelt, den Schatten
der vorspringenden Felsen und den frischen Hauch des
Windes von der See her zu suchen.

Nun war die Sonne längst gesunken; und den Mond
verdeckten völlig dicht getürmte Wolken; es lagerte dunkles
Dämmern finster auf den schwarzen, schweigenden Felsenmassen.

Da kam langsam, gemessenen Schrittes, von der Höhle
des Sängers her über den schmalen Felsensteig, der von
West nach Ost zur Burg zurückführte, eine Gestalt in
Mantel und Hut. Der schmale Steig — nicht zwei Menschen nebeneinander faßte er — war zur Linken überhöht
von dem hochragenden, vielzackigen Kamme des Bergscheitels;
zur Rechten fiel dicht neben dem schwindelnden Pfade die
glatte, senkrechte Wand turmhoch ab gerad' in die See,
die gierig unten an die Klippen leckte.

An einer kleinen Senkung des Weges machte die Gestalt
in Hut und Mantel Halt, — sich nach rechts, nach dem
Meere hinwendend mit dem Antlitz; so war die linke Seite
voll dem überragenden Felsenkamme zugekehrt.

Da schwirrte hoch in einer Spalte der Schieferzacken
eine Bogensehne.

Ein leiser Aufschrei: — Mantel und Hut flogen in
die See: mit zarten Fingern suchten zwei weiße Hände
Halt an den scharfen Steinkanten des letzten Saumes des
Felsenpfads.

„Für ihn!" hauchte eine matte Stimme. „Hier liegen
bleiben? Bald würde er mich — tot — finden: — vielleicht alles erraten — dann um mich klagen! — Nein!
Er soll — um mich! — nicht trauern. Er soll es niemals ahnen! Wie sagte er doch? „Oder sterben — stolz
— . . . stumm."

Die beiden kleinen Hände gaben ihren Halt auf. Lautlos glitt die Gestalt in die Tiefe.

———

XII.

Am andern Morgen saß in der Halle beim Frühmahle
der Vogt, die Stirne gefurcht, die geballte Rechte trotzig
auf das Knie gestemmt.   Da rauschte der rote Wollvorhang des Eingangs und Dagfred trat herein.

Entsetzt fuhr Harbbrand empor vom Stuhle, das strup-
pige Haar hob sich ihm auf der Stirne.

„Du, Skalde? — Du —?"

„Wer sonst?"

„Ich sah ihn fallen," knirschte er zwischen den Zähnen
— „mit diesen Augen sah ich es." Er sank auf den
Stuhl zurück. „Was — was suchst du hier?" — „Meinen
Mantel und Hut. — Ob einer der Knechte sie fand? Ob
der Wind sie vom Felsen geweht? Sie sind auch hier nicht."

———

Dala war verschwunden.

Man durchsuchte das ganze kleine Eiland, man forschte
unten in der See: man fand keine Spur. Nun gebot der
Vogt, das Suchen aufzugeben; sie sei — so erklärte er
finster — offenbar auf einem ihrer nächtlichen Gänge von
dem Geklipp in das Meer gestürzt. Dagfreds Mantel
spülte die Flut des Abends an den Strand; er ward dem
Skalden gebracht.

Er trug ihn nach wie vor. Er bemerkte nicht das
nur fingerbreite, ganz runde Loch, das ihn links, in der

Herzgegend, durchbohrt hatte, und nicht den roten Flecken, der auf der Innenseite das kleine Loch umsäumt hielt.

Er mißte sie doch, die leuchtenden, die so warmen, hellbraunen Augen. Und Halla weinte um das glühende Herz, das sie verloren.

XIII.

Wenige Tage darauf stieg der Vollmond über die Düne.

Bald nach Tagesanbruch traf die Gefangene den Skalden in dem Burghof bei dem Ziehbrunnen; sie bat ihn, den schweren Deckel aufzuheben, die Eisenkette zu lösen und den mächtigen Holzeimer hinabzulassen; er that es, über den Brunnen gebeugt; sie saß auf der runden Ummauerung. Der Vogt stand in der offenen Thüre des Burgwalls.

Dagfred stellte nun den gefüllten Eimer auf den Brunnenkranz. Die Jungfrau dankte, schöpfte einen kleinen Holzbecher voll und trank.

„Heut' Abend also kommen sie," flüsterte er, laut mit der Kette rasselnd, die er wieder festigte. „Ihr wißt——?" — „Alles." — „Ihr werdet mir beistehen!" — „Ich werde euch behüten." Rasch und leise waren die Worte hin und her geflogen: aber Hardbrand hatte doch argwöhnisch auf das Paar geblickt.

Als Halla auf das Wallthor zuschritt, ihrer Gewohnheit nach einen Morgengang an den Strand zu machen, warf der Vogt den Eisenriegel klirrend in die Fuge.

„Nichts da! Heute bleibt ihr zu Hause."

„Warum?" — „Der Türmer hat mehrere Segel auftauchen sehen in der Ferne, im Westen. Zwar schienen sie nicht hierher, auf Möwenrast, zu halten. Allein, wer weiß? Ihr bleibt heute hinter Schloß und Riegel, bis die Schiffe verschwunden sind."

So war die Hoffnung der Gefangenen, sich von der Bucht im Westen heimlich, ohne Gewalt, auf ein rettendes Boot flüchten zu können, abgeschnitten.

––––––––

XIV.

Wohl hatten die Schiffe, fünf an der Zahl, eine Zeit lang, den hellen Tag über, das Eiland nicht zu ihrem Ziele genommen: sie hatten es nur umkreist, sie schienen zu fischen, zu jagen. Aber gegen Abend zogen sie ihre Kreise enger und enger, und als nach Sonnenuntergang die Flut einsprang, fuhren sie vor frischem Nordwest geraden Wegs auf die Westbucht zu.

Als der Vollmond stieg über die Düne, liefen sie ein.

Der Inselvogt hatte vom Turm aus die allmählich drohend werdenden Bewegungen der Segel verfolgt und alsbald die Abwehr gerüstet. Nur die Mägde und zwei Knechte ließ er bei der Gefangenen in der Burg zurück: er selbst eilte mit allen andern Knechten — es waren zwanzig — hinunter an den Strand.

Auf halbem Wege, da wo sich der schmale, nur mannsbreite Felsenpfad von Süden her gegen Osten und Westen gabelte, traf er den Skalden. Der trug Schild und Speer und auf dem Haupt einen Helm mit dunkeln Adlerflügeln.

„Freund oder Feind?" rief ihn Harbrand an.

„Noch keins von beiden: Gast," erwiderte Dagfred und

trat einen Schritt höher auf den Felsen, den Zug der Männer, einen nach dem andern vorüber zu lassen.

Einen Augenblick erwog der riesige Vogt, ob er nicht den gefährlichen Gast in seinem Rücken unschädlich machen solle, bevor er an die Bucht hinabzog.

Aber da riefen drängend die Seinen: „Eilt, Herr, eilt! Sie wollen schon landen."

Hinunter in raschen Sprüngen hastete die Schar.

Auf seinen langen Speer gebogen sah von der Felsenplatte aus der Skalde zu.

Und auf der Mauerkrone der Feste stand das gefangene Königskind, die Hände ringend, um Sieg betend für die Befreier; die schlanke weiße Gestalt hob sich scharf ab von den dunkeln Schatten des Turmes hinter ihr: von flutendem Mondlicht übergossen leuchtete ihr goldwelliges Haar.

―――

XV.

Nicht lange währte der ungleiche Kampf: allzustark war die Übermacht der Angreifer: König Ring hatte seiner Schätze nicht gespart, das geliebte einzige Kind zu erretten. Fünf hochborbige Drachenschiffe hatte er ausgerüstet, hundertfünfzig Söldner hatte er geworben, kampferfahrene Angelsachsen aus Kent: Horsa, ein kecker Wiking, der auch ganz leidlich die Harfe schlug, war der Führer. Der hatte als Skalde den lange schon vermuteten Versteck der Geraubten erkundet.

Von dem Deck ihrer Schiffe aus bereits hatten die Angelsachsen mit ihren niemals des Zieles fehlenden, armslangen, reiherfederbeflügelten Pfeilen, von den mannshohen

Eibenbogen mit mörderischer Kraft geschnellt, die meisten der Verteidiger getötet oder verwundet. Nun sprangen sie von den Borden in das Meer und, die Brust auf den langen, schmalen Lindenschild gelegt, das gezogene Kurzschwert im Munde, den Speer in der Linken, schwammen sie, die ganze Breite der Bucht entlang, einer neben dem andern, von der helfenden Flut getragen, an den Strand: fünfzig auf einmal sprangen, allen voraus Horsa, auf den Sand.

Fünfzig andere folgten. Darauf ward von dem größten der Schiffe herabgelassen ein gar zierlicher Nachen, wie eine Nußschale, weiß angestrichen, rot bemalt, reich vergoldet, von vier Ruderern gezogen; in der Mitte ragte ein dünnes spielerisches Mastbäumchen, bunt bewimpelt und bekränzt; an diesem lehnte ein Jüngling in himmelblauem Gewand, glitzernd von Gold und edeln Steinen, der silberne Helm umreiht von einem Goldkranz: — Kleeblätter stellte das Goldgewinde dar —: Brünne und Schild waren besäumt mit goldenen Fransen und Glöcklein. Die langen, sorgfältig geringelten und salbenduftenden, hellgelben Locken waren auf das zierlichste mit blauen Bändern durchflochten.

Der Jüngling ward, wagrecht liegend, von den vier Knechten auf den Schultern durch die letzten Uferwellen getragen; unbenäßt stellten sie ihn sänftlich und säuberlich auf den trocknen Sand: hier, in guter Sicherheit, weit hinter dem Gefecht, blieb er stehen und schwenkte einen goldenen Feldherrnstab.

„Der — Das! — ist ihr Bräutigam," sprach ergrimmend Dagfred — die Faust zuckte ihm am Speere: „ihrer Seele, ihres Gürtels, ihres weißen Leibes Herr und Gebietiger!"

Als Fürst Kjartan auf den Strand gehoben ward, schien der Kampf bereits zu Ende.

Der Inselvogt stand fast allein noch aufrecht. Mit gewaltigen Hieben seines wuchtigen Langschwertes hatte der Riese gar manchen der Angreifer niedergestreckt: ein ganzer Haufe von Feinden lag tot oder wund um ihn her. Da erschaute auch er den Irenfürsten. Mit gellendem Schrei sprang er vorwärts, schlug dem tapfern Horsa, der sich ihm entgegenwarf, eine Wunde in den Schwertarm, rannte geradeaus auf den Keltenprinzen und erreichte ihn. Der stürzte ins Knie.

Das sah, hoch vom Mauerrand herab, seine Braut: ein leiser Schrei: — ein im Mondlicht blitzender Stahl: — die weiße Gestalt knickte auf der Mauer zusammen. Niemand hatte es bemerkt, nur die Mägde, welche sie auffingen.

Aber Fürst Kjartan war nur vor eitel Schreck ins Knie gesunken.

Und seine Feigheit hatte ihn gerettet. Denn nun war der furchtbare Hieb des Riesen fehl gegangen. Und zu einem zweiten kam er nicht. Auf allen Seiten umstarrt von Speeren, die den Fürsten deckten, warf Hardbrand plötzlich den Schild auf den Rücken, brach sich durch die Angreifer hinter ihm Bahn mit einem sausenden, radförmigen Schwertesschwang rings um sich her und floh in wilden Sprüngen die Düne und den Felsen hinan auf die Burg zu.

Auf dem Engpfad trat ihm Dagfred entgegen. „Wohin?" — „Zu ihr!" — „Was willst du?"

„Sie tot küssen zwischen diesen Armen. Solange hält das Eisenthor. Dann mit ihr in die Flammen. — Laß mich vorbei!"

Statt Antwort zu geben fällte Dagfred den Speer. Sofort flog er ihm aus der Hand, zersplittert von einem zornigen Streiche des Riesen: der Schwerterkampf zwischen den beiden Männern begann.

———

XVI.

Unterdessen überwältigten die Angelsachsen unten am Gestade den letzten Widerstand der noch übrigen Knechte. Das Gefecht war aus. Fürst Kjartan erhob wieder den goldenen Feldherrnstab, deutete damit auf die Burg und stieg hinan.

Halbwegs erschrak er heftig; er stieß auf den Inselvogt. Doch er faßte sich: er sah, tot lag der Riese auf seinem Schild, einen Schwertstoß in der Kehle.

Der schöne Fürst, fünfzig Angelsachsen hinter ihm, eilte weiter bergan. Er fand das eiserne Burgthor weit geöffnet; zwei Knechte legten ihm auf der Schwelle ihre Lanzen zu Füßen.

Er schritt nun in den Burghof und stieg auf der kleinen Steintreppe auf der Innenseite des Walles auf dessen Krone.

„Halla," rief er, „geliebte Braut! Wo bist du? Komm, ich habe gesiegt: — ich habe dich befreit."

Keine Antwort. Aber bei dem nächsten Schritt um die Mauerecke sah der Bräutigam die bleiche Braut — der Vollmond gab ganz hellen Schein — in den Armen einer Magd liegen. Neben ihr stand, auf ein blutig Schwert gestützt, ein Mann im Adlerhelm.

„Halla! — Bei allen Göttern! — Verwundet! Wer hat sie getroffen?"

Da sprach der im Adlerhelm: „Sie sich selbst. Sie

glaubte dich gefallen — im Heldenkampf, — für sie gefallen. Die treue Braut wollte den Bräutigam nicht überleben. — Sie stirbt um dich: aus Treue gegen dich: hörst du es, Kjartan?"

„Ich hör's. — Aber was soll das mir?"

Da hob Halla das schöne Haupt und sah gespannt, die sanften blauen Augen weit geöffnet, bald auf Fürst Kjartan, bald auf den Skalden.

„Du hast es gehört und du lebst noch? Ich sage dir: dies Mädchen hier: — es stirbt um dich. Und du lebst noch?"

So drohend ward dies Wort gesprochen, — der Bräutigam trat einen Schritt zurück.

„Weißt du, was die Liebe ist?" sprach fast drohend der Skalde.

„Gewiß! Ein süßer Rausch."

„Nein, lern es nun. Die Liebe — o Halla! Auch du weißt es nicht."

Da erhob sie sich ein wenig auf dem linken Arm, wandte das Antlitz von Kjartan ab, richtete die Augen, tiefsten Ausdruckes voll, auf den Skalden und hauchte: „Doch, Dagfred! Mir ist — ich weiß es jetzt. Ich hab' es gelernt — in dieser Stunde — meiner letzten."

„Die Liebe ist, du schöner Knabe, Leid, ist lechzend Verlangen. Dann: göttlichen Glückes lodernde Lust. Oder: ... — Deine Braut wird nicht dein: sie stirbt um dich!

Töte dich mit diesem Dolch, der noch in ihrer Wunde steckt! Oder du hast sie nie geliebt. Und dann — dann töt' ich dich." Grimmig trat er auf ihn zu.

„Mich selbst töten! Wilde That! Niemals!"

Mit einem Sprung war er auf der Walltreppe und verschwand.

„Siehst du, Halla, — davor — vor solchem! — mußt' ich dich doch behüten! Nun — gieb her! — nun mischt sich doch dein süßes Blut mit meinem." Und er zog den Dolch aus ihrem weißen Busen und stieß ihn sich in die Brust! Er sank neben ihr nieder und hielt ihr die offne Rechte hin.

„Oder: Seeleverstehrendes Sehnen und stummes, stolzes Sterben. — Siehst du, Halla! Das ist die Liebe."

„Ja," antwortete sie und schlug ein in seine Hand, „ja, mein Geliebter: — — mein ewig Geliebter: — Denn immer ewig ist die Liebe."

Da starben beide.

Skirnir.

Lieber um Liebe sterben
als ohne Liebe leben.

1.

Stir hieß ein Bauer; der war frei, aber sehr arm. Denn sein Bauland lag all' in dem mitternächtigsten Teil von Norge, da, wo die Menschen ihr Leben kaum mehr fristen mögen; schmal war die Hufe, karg der steinige Boden: ganz nahe, nur pfeilschußweit von der niederen Hütte begann der Steinriesen Reich.

Das Ärgste war: ein hoher und breiter Felsberg — eben Riesenheims Grenzburg — warf nahezu während des ganzen Jahres so kalten, finstern Schatten auf Stirs Ackerschollen und Wiesanger, daß da nichts gedeihlich wachsen wollte: nicht Spelt für die Menschen, kaum mageres Gras für die beiden magern Ziegen; „die kalte Ecke" nannte man den schlimmen Berg.

Wacker half dem Bauer bei aller Arbeit Ambla, sein Weib; aber wenig konnte ihm helfen, so eifrig der wollte, Stirnir, sein Sohn: denn der war blind geboren und hatte nie den schönen Glanz des Lichts gesehn. —

Mehr als zwanzig Winter waren seit Stirnirs Geburt über das niedere Moosdach der Hütte hingegangen, da kam wieder einmal die Zeit, da es lenzt in glücklichen Landen.

Aber wo Stir wohnte, lenzte es nicht.

Nur Eisblöcke schmetterten von dem Riesenberg nieder auf das Ackland, Felstrümmer mit sich reißend, jahrelanger Arbeit Ergebnis mit Steingeröll überschüttend und verderbend, hatte die Mittagstunde den firnen Schnee des Gletschers ein wenig geschmolzen. Das war der armen Menschen Frühling.

———

II.

Und diesmal brachte die Schneeschmelze Schlimmeres. Ein Erdrutsch des bösen Berges überraschte den Bauer auf dem Acker: er warf ihn mit gebrochenem Fuße nieder hinter dem Pfluge: kaum entsprang der Sohn, der den hölzernen Hakenpflug gezogen hatte, dem Schlage: mit Mühe nur trug er den Vater, den lang vertrauten Weg ertastend, in die Hütte zu der Mutter. —

Da ward der Jammer groß und laut.

Der junge Sohn hörte, wie die Eltern verzweifelten; die wähnten, er sei, übermüdet von der schweren Arbeit, eingeschlafen.

„Nun ist alles aus," ächzte der Bauer. „Nun kann ich den Acker nicht mehr besäen. Wir sterben vor Hunger und Not. Fern, unerreichbar fern, sind die nächsten Menschen."

„Aber die Götter?" fragte schüchtern, leise die Frau. „Bitte, Lieber, ergrolle nicht!"

„Die Götter!" lachte der grimmig und fuhr mit der Rechten durch den eisgrauen Bart. „Wenn Götter sind, — oft zweifl' ich fast — sind sie noch viel unerreichbarer fern als der nächste Jarl des Königs. Und noch viel härter gegen unsere Not. Haben sie uns je geholfen?"

„Still, der Knabe möchte es hören! Er soll nicht . . .";
angstvoll suchten die sanften, dunkelbraunen Augen den Sohn, der in der entgegengesetzten Ecke der Hütte — sie

bot nur biefen einen Raum — auf einer Streu von
Binfen lag.

„Ja, gerade der! Warum blind? Blind geboren?
Seitdem vertraue ich nicht mehr auf die von Asgardh."

„Und feither haft du auch mir den Glauben erschüttert.
Aber sie erhören, sagt der Priester Freirs, die Bitten nur
derer, die voll an sie glauben."

Statt der Antwort stöhnte der Bauer schmerzlich, zog
das alte, abgehaarte Bärenfell fester um die Schultern
und kehrte das Gesicht gegen die morsche Holzwand der
Hütte; der Nordoft blies schneidend durch die Löcher und
Ritzen; die Frau deckte ihn sorglich noch mit dem eignen
Mantel zu, den sie sich von den Schultern nahm.

— —

III.

Lange faß die Frau so, das hagre, nicht unschöne, aber
vor der Zeit durch Arbeit, Not und Sorge gealterte Gesicht vornüber gebeugt und die Stirn vergraben in die
beiden magren Hände; die Ellbogen ruhten auf den
Knieen, zwei bittre Thränen floffen langsam, langsam
über die runzeligen Wangen. Es war ganz still in der
armen Hütte; dumpfes, hoffnungsloses Elend schien zu
brüten in dem halbdunkeln Raum; es war, als stehe die
Zeit still, — als währe der Schmerz ewig.

Nach geraumer Weile fühlte die Frau, wie der Sohn
tastend ihre Wangen streichelte; seine Hand war so geschickt im Suchen, so weich beim Finden. „Mutter,"
flüsterte er, „der Vater schläft: ich hör's an seinem tiefen,
gleichen Atmen; Mutter: — ich glaube an die Götter."

„Du? — Armer!" erwiderte sie ebenso leise und strich zärtlich über sein dunkelbraunes krauses Gelock. Und dann küßte sie den Blinden zwischen die schön geschweiften Augenbrauen auf die edle, hochgewölbte Stirn.

„Ja. — Und am liebsten von allen denk' ich — eigentlich immer! auch während ich den Pflug ziehe — an einen aus ihnen ... —" — „An welchen?" — „Nun, an Ihn! — Den Sonnengott, an Freir." — „Oh mein Sohn!" — „Ihr redet soviel von Licht und Glanz und allerlei Farbe. Ihr ersehnt so heiß, wann es Nacht war, wie ihr die ganz stillen Stunden nennt, oder Winter, wie ihr sagt, solang der Bach fußfest ist, seinen sieghaften Strahl. Nichts liebt und lobt ihr mehr als das Licht. — Er muß der schönste sein der Götter. Und der zumeist beglückt. Ich glaub' an ihn so fest! Ich will ihn rufen. Er muß mich hören."

„Das ist seine Art," sprach die Frau und weinte, aber leise, daß er es nicht höre. „Welch Herz! — Und so elend."

Und sie machte sich los von seinen Händen, stand auf und ging hinaus vor die Hütte: denn sie mußte nun laut schluchzen. Und er sollte das doch nicht merken.

IV.

Es ging erst gegen Abend; aber es war schon recht finster in Stirsdal; denn der Riesenberg im Südwesten hatte längst den Sonnenschein ausgeschlossen.

Da legte Stirnir — er tastete nach der Mutter und erkannte, daß sie gegangen war — wie er neben dem tief

Schlafenden auf der kalten Erde saß, beide Hände flach
an die Stirne vor beide Augen und sprach ganz leise:
„Gott Freir! Sonnenherr! Schöner Lichtgott! Ich glaube
so fest an dich. Das Licht ist gewiß ganz wie meiner
lieben Mutter Haar: — so lind. Oder wie meiner lieben
Mutter Stimme: — so weich, so herzerfreuend. Oder
wie auf der Zunge der Seim der Wildbienen: — so süß.
Gott Freir, hilf uns! Nur dem Vater, daß der gebrochene
Knochen heilt. Das kannst du doch leicht! Mehr will ich
nicht von dir verlangen. Hab' ich doch kein Recht an
dich. Denn ich bin „blind", wie sie sagen, und weiß nicht
von dir. Hilf! Dafür will ich, obwohl ein frei Geborner,
dein eigen sein zeitlebens, wie ein Knecht. Und will dir
treu dienen. Und dir alles hingeben; das Leben und gäbe es
dergleichen, was noch lieber wäre denn das Leben, — alles."

Kaum hatte er zu Ende gesprochen, da mußte er die
beiden Hände ganz fest drücken auf die beiden Augen.
Denn sie schmerzten ihn plötzlich scharf, wie wenn stechende
Nadeln darein drängen.

Das kam aber davon, daß plötzlich eine Fülle von Licht,
wie sie nie zuvor seine langen dunkeln Wimpern durchbrochen, auf seine zuckenden Lider einstrahlte.

Und mit dem geübten Empfinden des Blinden spürte
er, daß eine Gestalt mit wehendem Gewand zwischen ihm
und der von der Mutter geschlossenen, aber nun aufge-
sprungenen Hausthür stand. Und er fühlte seine Rechte
gefaßt von einer warmen, weichen, sanft emporziehenden
Hand und gleich darauf drang an sein Ohr eine wunderschön klingende, helle, laute und doch liebliche Stimme.
Und die Stimme sprach zu ihm: „Steh auf, du Armer!
Dir werde, wie du glaubtest. Ja, über dein zages Bitten
hinaus werde dir. Denn wem die lichten Götter nahen,
dem ist geholfen über all sein Hoffen. Wer bin ich wohl?"

„Frei bist du, der Gott des Lichts!" rief der Jüngling und sprang auf von dem Binsenlager. „Ich fühl's."

„Sehen sollst du es!" rief der Gott und strich ihm
mit der Rechten über beide Augen.

Da stieß der Jüngling einen Schrei aus: einen Schrei
der höchsten Lust: er konnte sie nicht begreifen, diese nie
gekannte Empfindung: er sah.

V.

Und das erste, was er nun durch das staunende Auge
in sich aufnahm — wie früher etwa durch das Ohr den
holden Ton eines Singvogels — das war eine wunder-
herrliche Jünglingsgestalt, ungefähr seines eigenen Alters:
die glänzte wie Bergkrystall im Sonnenglanz.

Der Gott trug einen leuchtenden Helm, der war be-
setzt mit bunten Steinen in allen Farben des schönen
Bogens, der sich wölbt, wann die Sonne trifft auf regen-
feuchte Wolken. Das hellblonde Gelock flutete in langen
Wogen aus dem Helm auf den weißen Wollmantel, der
das Untergewand von weißem Linnen bedeckte; in dem
Wehrgurt von weißem Leder stak ein goldnes Schwert, das
schoß von sich Strahlen gleich der klimmenden Sonne.

Einen Augenblick senkte Skirnir die langen dunkeln
Wimpern: denn die plötzliche Blendung schmerzte scharf.
Aber die Freude, die fortreißende Lust an dem eben zuerst
geschauten Licht, die Gier nach so viel berauschender Schöne
war so allüberwältigend, daß er die Lider gleich wieder auf-
schlug: und siehe, — nun war der Schmerz vorbei und
nur die Wonne währte. — —

VI.

Sein Aufschrei hatte den Vater geweckt, die Mutter in die Hütte zurückgerufen. Die Frau warf sich stumm auf die Knie, glanzgeblendet: sie erkannte den Gott.

Der Bauer konnte den gebrochenen Fuß nicht regen, kaum sich ein wenig aufrichten: aber beide Hände hielt er wie abwehrend vor sich hin: „Weh mir," rief er. „Bist du ein Gott, — so mögest du nicht zum Unheil gekommen sein. Strafe mich — für meine Zweifel — nicht zu schwer."

„Zu strafen nicht, zu helfen kam ich her. — Eurem Sohne dankt ihr alles." Er machte mit der Rechten Zeichen in die Luft über den langausgestreckten Fuß des Alten und sprach beschwörend:

„Bein zu Beine,
Blut zu Blut,
Flechse flechte sich wieder zu Flechse,
Sehne wieder zu Sehne,
Röhre rühre wieder an Röhre,
Splitter an Spleiße,
Ungeknickt sei Knochen wie Knorpel."

„Auf mit dir, Bauer! Oder zweifelst du noch immer?"

Da sprang der Alte rasch auf seine beiden Füße und stand.

„Ei," rief der Gott, den Blick zur Hüttenthüre hinaus schweifen lassend, „wie dunkel ist's doch hier bei euch schon so früh am Tage!"

„Nur wo du stehst," sprach die Frau und küßte den Saum seines weißen Mantels — „da ist es hell."

„Ah, ich merke," fuhr Freir fort, „was die Ursach' ist. Der Riesenberg da! — Ihr Armen! Wie solltet ihr

an mich glauben? Ihr sahet ja kaum je meinen Sonnen-
wagen. Wartet — aber du — was thust du?"

„Ich?" sprach Skirnir, verzückt vor sich hinschauend.
„Ich sehe! Oh wie warm — wie weich — wie süß! —
Ach nein, all das trifft es nicht — wie unaussprechlich ist
das Licht! Nimm mein Leben für Einen Blick, für ein
Auge voll von deinem Glanz."

„Dein Leben nicht," lachte der freudige Gott, die hellen
Haarwogen schüttelnd. „Nur deinen Dienst, — wie du
ihn gelobt. Gleich sollst du mir helfen. Folge!"

———

VII.

Gehobnen Schrittes, wie die sel'gen Götter schreiten,
die das lichte Asgardh bewohnen, schwebte er über die
Schwelle. Skirnir wollte eilends folgen: aber er konnte,
nun eben erst sehend, noch nicht so rasch und sicher gehen,
wie bisher in der lang gewohnten Tastung der Blindheit.

„Komm," wiederholte Freir, als er ihn draußen aus
der Thüre des Gatterzaunes vor den Hof treten sah. „Du
sollst ja fortab mein Waffengesell sein und mein Kampf-
genoß. Der Berg da — fort muß er!"

„Der Riesenberg!" staunte der Bauer, der gefolgt war.

„Zweifelst du schon wieder?" lächelte der heitere Gott.
„Nun gieb nur acht. Skirnir — so nennen dich ja die
Eltern? — dort an der Ecke des Zauns hab' ich vier
Speere hingelehnt — Sonnenlanzen! — Hole sie, reich'
sie mir! — Erst muß das Gletschereis, das firne, von
Jahrtausenden hinweg — dann...! — Gieb den Speer!" —

Und er faßte einen nach dem andern der Speere, wie

sie der Jüngling ihm darreichte, und warf sie, in der Mitte des goldleuchtenden Schaftes sie fassend, gegen den schnee= starrenden Gipfel des nahen Berges: das sauste und blitzte, wie der Hand es entflog.

Da wallte schon Dampf auf! Weißer, feuchter, wasser= gesättigter Dampf, wo die Sonnenlanze traf! Hoch empor sprangen Eis und Schneegestieb in die Lüfte. Nach dem dritten Wurf war der vorhin ganz weiße Gipfel des Riesen= bergs ein dunkles Dreieck, braungelb von Aussehn.

„Feuerstein?“ rief Freir. „Das wird Freund Thor besonders freuen! Den haßt er recht herzhaft. — Nein, Skirnir, nicht die vierte Lanze. Das ist eines andern Arbeit. Er schilt gewaltig, nimmt man sie ihm fort. Komm, Rotbart! Steinriesen starren! Thursen trotzen! Ich rufe dich! Niemals noch mußt’ ich zweimal dich rufen!“

Noch war das Wort nicht verhallt, da erdröhnte es hoch in den Lüften: — über ihre Häupter hin rasselte das in den Wolken wie ein rollender Wagen: — auf dem Erd= boden wirbelte der Wetterwind Staub und Schnee empor: — gegen den Steinberg zuckte roter Schein — so grell, daß die Sterblichen geblendet die Augen schlossen, das Herz erbebte ihnen und schlug an die Rippen vor Schreck: — denn ein furchtbarer Donnerschlag erscholl: aus dem klang es hervor wie helles, siegfreudiges Lachen eines sehr leb= frohen brustbreiten Mannes: gleich darauf knatterte und krachte es da drüben in den Bergwänden, als ob zehn= tausend Felsen einstürzten.

Ein warmer Gewitterregen, ein rechter Frühlingsguß, rasch und kurz, in nicht vielen, aber sehr großen Tropfen, brasch senkrecht auf die Flur.

Und als die erstaunten Menschen wieder die Augen aufschlugen, — verschwunden war der Berg: licht war es, wo er bereinst gedunkelt, und die untergehende Sonne

warf — zum erstenmal seit die Erde stand und jener
Berg — aus rosigem Abendgewölk des Westens ihre
warmen, holden Strahlen auf Acker und Wiesland vor
Skirsdal; ein Regenbogen wölbte sich im Ost: dorthin wies
Freir mit der Hand und schied.

———

VIII.

Und von Stund an ging es ihnen nun gar gedeihlich,
den Leuten von Skirsdal.

Freir hatte, bevor er gegangen, unvermerkt mit der
glänzenden Hand über eine Furche des Ackers, über eine
Scholle der Wiesenhalde hingestrichen: siebenfach trug fortab
der Acker, dreischürig ward der früher so halmkarge Anger.

Und von Thors Wagen waren, unbeachtet, eine paar
goldfarbene, längliche Körner herabgeglitten in die vom
warmen Gewitterregen gefeuchteten braunen Schollen, aus
denen ein Brodem von würzigem Erdgeruch aufstieg:
wuchernd gingen die Körner auf, den Spelt verdrängend:
weißes, edles Mehl gewährten sie: reich ward Skir, so
eifrig boten die fernen Nachbarn für die köstliche Frucht
Vieh und Wollzeug und Ringe: „Weizen" nannte ihnen
Freir das Getreide, als er im Herbste wieder einmal zu-
sprach und sie ihm freudig darwiesen die goldig wogenden
Ähren.

Denn häufig kam er nun, Skirnir zu entbieten, wann
der Gott auf Abenteuer zog in die Südlande oder wann
es einen Kampf galt gegen die Riesen. Und nie fehlte
der Treue an seines Herrn schildloser Seite. Und ward
da große Freundschaft zwischen dem jungen Gott und dem
jungen Menschenmann.

Und als einmal in einem schweren Streite mit den Winterriesen, da Freir von allen Seiten durch die Eisjotune so eng umzingelt war, daß er das hochgezückte Sonnenschwert gar nicht mehr niederblitzen lassen konnte, — so dicht hatten sie seinen erhobenen Arm unterlaufen! — als da Skirnir seinem Herrn gerade noch zu rechter Zeit zur Hilfe gesprungen war und allein kämpfend neben ihm ausgeharrt hatte, bis Odhin die Bedrängten erschaut hatte und siegbringend an ihre Seite gebraust war, — da streifte nach geschlagener und gewonnener Schlacht der Gerettete den wunden Schwertarm auf und ließ in seinen Helm rinnen das hellrote Blut, wie es den Wunden der seligen Götter entfleußt, die das lichte Asgardh bewohnen, und mischte es hier mit den dunkeln Tropfen, die aus Skirnirs breiter Brustwunde troffen, goß Met dazu aus Thors ledernem Feldschlauch, der sich stets von selbst wieder füllt, und tranken nun aus dem Helm beide, der Gott und der Bauernsohn, Blutsbrüderschaft und Treue bis zum Tode. Skirnir aber war es, als hab' er Feuer getrunken, so heiß schossen die wenigen Tropfen Götterblutes durch seine Adern.

Und verstrichen so viele Winter; wacker standen in allerlei Fährlichkeit die Blutsbrüder zusammen, immer lieber gewannen sie sich in ihren Herzen und ward das ein Sprichwort unter Göttern und Elben und Menschen und Riesen: wenn zwei Männer recht treue Freundschaft hielten, sagte man: „die halten zusammen wie Freir und Skirnir".

———

IX.

Da geschah das, daß einmal Skirnir von den Asen ausgesandt ward auf Kundschaft nach Riesenheim, zu erforschen, ob nicht die Feinde wieder einen Einbruch rüsteten. Der Sterbliche war ja unverdächtiger als ein Gott, auch wenn sich der verkleidete.

Lange war der Späher ausgeblieben: tief ins Riesenreich war er unerkannt eingedrungen: manch wichtige Kunde hatte er erforscht: er freute sich, sie Freir bringen zu können und Odhin, der ihm gar gütig gesonnen war: nun suchte er den Heimweg auf anderen Pfaden.

Da kam er — die Sonne ging schon zu Golde — von hohem öbem Felsgebirg herabgeschritten in ein Thal, das lag nahe der Grenze zwischen Riesenheim und Menschenheim.

Er sah unten in der grünenden grasreichen Niederung zu seinen Füßen ein stattliches, wohlumzäuntes Gehöft liegen: er hörte das Brüllen der Rinder in den Stallungen: aus dem Dache des Wohnhauses stieg bläulicher Rauch: die Abendkost ward bereitet auf dem Herd; auf dem First ragten zwei schräg gekreuzte Balken, je mit einem Wolfes- und einem Drachen-Haupt, das Wahrzeichen riesischer Behausung.

Der Jüngling lenkte seine Schritte den Berghang hinab gegen den Hof: auch hier war vielleicht noch wertvolle Kunde zu erfahren: vorsichtig suchte er sich unvermerkt zu nähern von der Rückseite her. Auf der letzten Erhebung des hier sanft abfallenden Höhenzugs, hinter einem mächtigen Felsstück, das als Grenzstein der Hofmark gegenüber der des Nachbarn aufgerichtet sein mochte, lugte er, beide Hände auf seinen langen Bergstock gelehnt, von oben hervor über den mehr als brusthohen Pfahlzaun in den Hofraum hinein.

Er kam von Niedergang: so fiel das volle Licht der sinkenden Sonne auf das Haus und dessen Vorplatz. Scharf abgehoben von der dunkeln wetterbraunen Holzwand sah er eine Mädchengestalt knieen vor der Thüre des Stalles: sie wandte ihm den Rücken zu, eifrig beschäftigt mit einem jungen Rosse, dessen glänzendes Weiß hell in der Sonne leuchtete; er konnte nicht genau wahrnehmen, was sie an dem Tiere that, doch hörte er es freudig wiehern.

Haupt und Nacken des Mädchens waren zum Schutze gegen die Sonnenstrahlen mit einem dunkeln Tuche verhüllt.

Der Späher sah, daß es ganz allein war; im Hause regte sich nichts; das Pförtlein in dem Zaun auf der Rückseite des Gehöftes war geöffnet.

Rasch eilte nun Skirnir den glatten Wiesenhang hinab, mit unhörbarem Schritt trat er durch die offne Pforte, schon stand er dicht hinter dem jungen Weibe, ganz unbemerkt, wie er wähnte: auf den Schattenfall zu achten hatte der so lange Zeit Blinde noch nicht gelernt. Aber sein Schatte, von der Sonne nach vorn auf das weiße Roß geworfen, verriet ihn. Das Mädchen sprang rasch auf und wandte sich gegen ihn.

————

X.

Da zuckte der Jüngling zusammen, er schloß die Augen, er stöhnte leise. Er hat später Freir gesagt: „es ward mir, wie da ich zuerst das Licht erschaut: ich fürchtete wieder zu erblinden". Erschrocken, geblendet bedeckte er, den

Bergstock an die Schulter gleiten lassend, die Lieder mit
beiden Händen.

Aber gleich darauf — wie damals, da er zuerst gesehen! — zwang ihn die Sehnsucht nach dem schönen
Glanz, doch wieder gierig hinzuschauen: er ließ die Hände
sinken, — sie falteten sich von selbst über seiner Brust —
er schlug die Augen groß auf und sah und sah. — — —

So hatte die Jungfrau gute Muße, den Fremden zu
mustern. Und sie that es: sie maß ihn prüfenden Blickes:
von der weißen Wollmütze mit dem breiten hellroten Saum:
— die liebe Mutter hatte den ihm so gewirkt, gar gut
hob sich ab die Farbe von seinem dunkelbraunen krausen
Gelock — über den langen dunkelgrünen Mantel hin, der,
vorn offen, die schlanke Jünglingsgestalt nicht verbarg —
bis zu seinen Füßen schweifte das Auge: dann aber haftete
es, — wie nachdenksam — auf dem edel gebildeten Antlitz:
denn Skirnir war schön: hochgewölbt die freie Stirn, anmutig geschwungen die Brauen, die dunkeln Augen sanft
und gütevoll, der lichtbraune weiche Bart umfloß die feinen,
ausdrucksvollen Lippen; zierlich und fein waren ihm alle
Glieder gewachsen an dem schlanken Leibe, der die Mittel-
größe nicht überragte.

Als sie zu Ende war mit der Musterung des sprachlos
Staunenden, warf die Jungfrau das herrliche Haupt trotzig
in den Nacken und fragte: „Was gaffst du?“ Herb, rauh
kam das heraus. Bei der raschen Bewegung glitt ihr das
Tuch herab: sie fing es mit der Linken: aber eine pracht-
volle Flut von lichtbraunem, wie von Sonnengold durch-
zittertem Haar ergoß sich nun über den weißen Hals, die
nackten, schimmernden Schultern. „Hast du noch nie ein
Weib gesehn?“ Noch heftiger klang diese Frage.

„Keines — gleich — dir!“

So notwendig, so wahrhaftig kam das aus seiner

tiefsten Brust hervor: — so hilflos! Das plötzliche Auf=
leuchten des Haares im Sonnenglanz: — es hatte ihn
nochmal geblendet. Die hoch Ragende — sie war voll so
groß als der schlanke Skirnir — fühlte: der Gast war
weit mehr überrascht durch die plötzliche Begegnung als
sie. Er war ratlos, unsicher: dies Gefühl mehrte ihr die
eigne Sicherheit, die nur einen Augenblick ins Wanken
gekommen war. — Kühl, forschend, bis in seine Seele
hinein suchend ließ sie die lichtblauen, prächtig leuchtenden
Augen ruhen auf seinem edeln, aber jetzt wirr bewegten
Antlitz, in dem die Farbe rasch wechselte.

XI.

Und nun plötzlich, — als sei sie zu einem Ergebnis
gelangt, — kaum merklich hatte sie genickt! — nahm ihr
Blick einen drohenden Ausdruck an: — er erschrak! Das
hatte wie Zorn, wie töblicher Haß hervorgeblitzt unter den
langen, sehr schönen, dunkelbraunen Wimpern.

Aber sofort verschwand dieses lodernde Leben wieder
aus dem streng vom Willen gehüteten Gesicht und ganz
gefühllos kam nun die dritte Frage aus den scharf ge=
schnittenen reizvollen Lippen: „Was suchst du hier?“

„Ich?... — Nachtherberge!“

„Die soll dir werden. — Sage nicht mehr: du könntest
lügen. Komm ins Haus!“

„Wer...?“ Er staunte sie noch immer an — wie
einst das Licht — und konnte sich des Anblicks nicht er=
sättigen.

„Des Riesen Gymir, meines Vaters, war der Hof

zu eigen, bis er ... bis er starb. Ihn erbte Beli, mein Bruder. — Nun, Hvitr, lauf in den Stall, du bist fertig."

Sie gab dem milchweißen Roß, das mißtrauisch, mit weit geöffneten Nüstern, den Fremdling beschnuppert hatte, mit der flachen Hand einen zärtlichen Schlag auf den Bug: das kluge Tier nickte, die lange kraushaarige Mähne schüttelnd, mit dem Kopf und trabte in geschmeidiger Bewegung nach der Zaunthüre des umgatterten Roßgartens, der zur Rechten an den Hofraum stieß, schob die ein wenig geöffnete mit dem rechten Vorderfuß vollends auf und sprang dann lustig hinein auf den grünen Anger; die Thüre fiel hinter ihm zu.

Wie die Jungfrau zur Seite trat, sah der Gast, sie hatte dem Liebling Mähne und Schweif zierlich mit breiten kirschroten Bändern durchflochten: das stand schön zu seiner milchweißen Farbe.

„Und du frägst nicht —?" Er zögerte; er fürchtete nun doch ihre Fragen. Denn wie konnte er Unwahres reden vor diesen Augen!

„Wir Riesen sind wirtlich, nach Sitte der Vorzeit. Wirtlichkeit forscht nicht nach des Gastes Namen. Selbst die Blutrache ruht, solang den Todschläger das Dach deckt und hütet der heilige Herd."

„Skirnir heiß ich." Kaum merkbar hob sie die stolzen Brauen: ein schwer erklärbarer Ausdruck, wie von Befriedigung, von Bestätigung legte sich über das ruhige Antlitz.

„Der Sohn Skirs aus Skirsdala. Aus Riesenheim reis' ich zurück zu . . ."

„Den Freunden," fiel sie rasch nickend ein. „Tritt über die Schwelle — flugs! — daß ihr Schutz dich beschirme. Die Abendmilch ist gekocht. Nimm vorlieb. Wir Riesen sind Hirten, wie von jeher die Ahnen. Ackerfrucht der Menschen erwarte du nicht in Gerdhas Gehegen, die Gabe des verhaßten Rotbarts und — andrer."

Sie wandte sich, hob das weiße langfaltige Gewand, das um die jungfräulichen Hüften von einem mehr als handbreiten rotbraunen Ledergürtel mit goldener Schlußnadel zusammengehalten war, mit der Linken ein wenig empor und schritt dem Gaste voran auf die Hinterthür des Hauses zu, welche sie öffnete.

„Folge!" mahnte sie. Aber nur zögernd folgte er, langsamen Schrittes. Denn er konnte das Auge nicht lösen und nicht die durstig den Anblick einsaugende Seele von der herrlichen, von der wonnigen Gestalt, von dem edel gewölbten Haupte im Schmuck des leuchtenden Haares, von dem stolzen Nacken, von den weißen Armen, von den Schultern, wie sie aus dem lichtblau gesäumten Gewand hervorglänzten: er mußte mit den Augen begleiten den schwebenden Schritt: das Herz schlug ihm sehr stark, das Blut darin tobte, es stieg ihm siedheiß in die Schläfe, und nur mit Anstrengung vermochte er, zu atmen.

———

XII.

Sie durchschritten nun zunächst den breiten Gang, der, von West nach Ost, von der Hinterpforte zu der Halle mit der Hauptthür auf der Vorderseite führend, den ganzen Innenbau in eine Nord= und eine Südhälfte schied.

Gerdha schlug einen bis auf den Estrich herabhängenden Vorhang zurück von stärkstem dunkelgelben Hanfgespinst, — es war wohl ein altes Segel: nun standen sie in der geräumigen Halle: sie war gefügt von mächtigsten Eichen=

stämmen, denen die Rinde verblieben war; auf dem hohen, aus einer einzigen unbehauenen ganz gewaltigen Felsplatte dunkeln Urgebirgsteins bestehenden Herde brannte, wiewohl es Hochsommer war, ein wohlgepflegtes Feuer; auf der um den ungefähr vierecigen Herdstein rings gezimmerten breiten Bank lag, mit dem Gesicht gegen den Herd gewandt, mit einem Walroßfell zugedeckt, ein Mann in eisgrauem Bart; der schien bergesalt.

Es befremdete Skirnir, daß der Greis, obwohl sie ganz unhörbar eingetreten waren, sofort emporfuhr und mit heiserer Stimme rief: „Ein fremder Schritt! Wen bringst du da, Gerdha?"

„Einen Gast, Oheim. — Setze dich, Fremdling" — sie sprach das dringend — „an den Herd. — Gleich!"

Der Jüngling gehorchte: an dem nun auf den Ellbogen gestützten Alten vorüber schritt er an die andere Kante des Herdes, lehnte den Bergstock an die Wand und ließ sich auf der Holzbank nieder.

Der Greis flüsterte: „Gerdha, liebe Niftel! Komm! Neige dein Ohr ganz nah. Wo bist du?" Und er griff mit der zitternden Rechten in die leere Luft: da merkte Skirnir, daß der Alte blind war. „Du Armer!" sprach er mitleidig mit seiner weichen, wohllautenden Stimme. „Du schaust nicht das schöne Licht! Das ist sehr hart."

Der Weißbärtige wandte sich nun ihm zu. „Seine Stimme ist gut," raunte er halblaut vor sich hin. „Aber wer darf trauen? — Ich bin dir fremd," sagte er nun laut, „woher solch Mitgefühl? Ist verdächtig!" brummte er, mißtrauisch den Kopf hin und her wiegend, wie Bären wohl in der Gefangenschaft pflegen.

„Woher? — Nun, bedarf das Mitleid noch besonderer Ursach? Wohl denn: ich selbst war blind, viele Jahre! So weiß ich, wessen du darbst."

Gerdha ging während dieser Reden in der Halle hin und her; sie hob den mächtigen, unten erzbeschlagenen Kessel von Lindenholz — so weiß wie die darin dampfende Milch — von dem Herde, langte aus Verschlägen in den Wänden Butter, Käse und Rauchfleisch, wie getrocknete Fische hervor und stellte alles, zuletzt auch einen roh ge= formten, in der Hand gedrehten Teller aus grauem Thon auf den mächtigen runden Tisch: — das heißt auf die genau wagrecht durchgesägte Scheibe einer Rieseneiche, die, auf die langen Wurzeln gestützt, mitten in der Halle stand, doch so, daß der Gast von dem Herd aus bequem zulangen mochte; — und auch ein Messer legte sie dazu, aus Feuer= stein, in ein Stück Elchgeweih gar fest mit Baumbast ge= bunden; dem alten Mann schob sie mit eigner Hand die Bissen in den Mund und gab ihm die gekochte Milch zu trinken, welche sie in eine flache Schale gegossen und sorg= fältig durch Blasen gekühlt hatte; aber sie verlor bei dieser emsigen Geschäftigkeit kein Wort, das beide Männer wechselten.

––––––––

XIII.

„Bist auch du blind geboren?" fragte Skirnir. Grim= mig schüttelte der Alte das breite Haupt. „Nein doch! — Geblendet!" knirschte er. „Nicht zur Strafe! Meinthat verübte Hrimnir nie. Redlich rühmt man uns Riesen. Im Kampfe! Von ihm! Von dem Riesenzermalmer! Dem Verhaßten! O könnt' ich ihn würgen an seinem Halse, bis er verröchelte." Er ballte die magern, knochigen Fäuste.

„Mußt nicht daran denken, Ohm, lieber," mahnte Gerdha freundlich, ihm die langen Strähne weißen Haares aus den runzligen Wangen streichend. „Es macht dich grimmig."

„Ich denke nichts andres," grollte der Alte, „in meiner wachenden Nacht, der endlosen. Immer, immer wieder seh ich's vor mir," fuhr er, mehr für sich selbst als für den Fremden erzählend, fort und immer zorniger ergrollend im Verlauf des Berichts, „wie ich und mein tapfrer Bruder Geir in der Schlacht gegen die Argen von Asgardh sieghaft vordrangen gegen der Walküren Schar — dein Vater, Gerbha, rang ferne von mir mit dem bluttriefenden Thr! — Freia, die kecke, wollten wir uns lebend greifen, das schöne Wunder, so kampfkühn und zugleich so süß zu schauen, so weiß und so weich! Schon hielt der Bruder am Speerarm sie fest, schon griff ich nach der schlanken Hüfte, sie vom gelben Roß herabzuzerren. Da ersah Er uns — der Riesenwürger. Ein Wurf seines schrecklichen Hammers — hart an meinen Augen vorbeiblitzend — in den Kopf des Bruders — der tot! Ich aber — brennenden, sengenden Schmerz in beiden Augen — lasse, aufbrüllend, das Weib fahren, taumle zurück, schlage die Hand vor die Augen — ach nur vor die leer gebrannten Höhlen! Seither Nacht — immer Nacht! — Viele, viele Winter! Viel mehr als ich noch Haare trage auf meinem Kopf. Alt, alt, so alt wie der Eichwald am Fjord bin ich seither geworden: — ich war jung wie der im ersten Anflug stand! — blind, elend! Während sie immerdar in dem Alter beharren, das zu ihrer Eigenart gehört, haben sie es einmal erreicht, die Argen von Asgardh. Wohl immer noch prangt sie in Mädchenblüte, die schlanke Freia, und in Jünglingsschöne ihr Bruder Freir."

Scharf blitzte es da aus den lichtblauen Augen zu dem Gaste hinüber; der senkte die dunkeln Wimpern und verbarg die erglühenden Wangen hinter den beiden Händen, die einen länglichen Krug emporhoben, dessen Neige von Milch er schlürfte.

„Oh wenn ich einmal einen von ihnen greife!" drohte der Alte jetzt grimmiger. „Oder von ihren Genossen aus Midhgardh, den hünbisch ihnen bienenden Menschlein. Die Riesen=Stärke konnte nicht der Blitz, konnte selbst das Alter nicht ganz mir nehmen. Und noch weniger — den Riesen=Zorn."

Damit riß er, sich bückend, mit den knochigen, hagern, krallenähnlichen Fingern einen dicken Kloben von Eichen=holz, der ihm beim Sitzen als Fußstütze biente, mitten auseinander und warf beide Stücke in die Ecke der Halle, daß das ganze Gehöft erdröhnte und erbebte. Fürchtlos war Skirnir: — Odhin selbst hatte das gesagt: — aber boch nicht ohne leises Grauen spürte er diesen abgrund=tiefen Haß; er schwieg nachdenksam.

XIV.

„Unvorsichtiges junges Ding," fuhr der Alte, nun leise in den Bart raunend, fort, „thörichte Niftel." Da erhaschte er die an ihm Vorüberschwebende mit der Rechten am Gewand und zog sie mit Gewalt heftig ganz nahe heran. „Du hättest es nicht wagen sollen," flüsterte er, ihr Haupt ertastend mit der Linken, in ihr Ohr. „Was Wirtlichkeit! Üben sie die Übeln von Asgardh gegen uns? Dein Bruder ist noch nicht zurück von der Fahrt zu unsern Vettern im Frostathal. Und auch mein Sohn: — wann kehrt er heim von der Jagd? Wohl ist es nur ein

Menschenmann — gleich kannt' ich's am Schritte! — jedoch
wer weiß, ob er nicht im Dienste geht der Argen. Seinen
Namen sollte man doch erlisten."

„Skirnir," erwiderte sie, ebenso leise. „Er hat ihn
— ungefragt — gesagt."

Der Alte zuckte die Achseln. „Gelogen."

Sie schlug die Augen nieder, drückte die schönen Lippen
fest zusammen: — dann sprach sie fest: „nein. Ich weiß,
er log — dabei — nicht."

„Gleichviel! Ich rufe die Knechte." Und bevor die
wehrende Hand der Jungfrau es hindern mochte, hatte
der Blinde ein Seil erfaßt, das aus einer Dachluke über
seinem Haupt bis an seine Schulterhöhe herabhing, und
heftig daran gerissen.

Da ertönte oben auf dem Dach ein weithin hörbarer,
hell knatternder Klang: ein schwerer Stein, um den das
Seil geschlungen war, schlug da oben, von der Gabelung
des Drachenbalkens und des Wolfbalkens getragen, nun
wie ein Hammer auf das flache Dach.

„Wie überflüssig, Ohm!" grollte das Mädchen. „Ich
fürchte mich nicht! Vor keinem aus Midhgardh! — Und
vor keinem aus Asgardh!" schloß sie trotzig.

Da ward die Vorderthüre der Halle heftig aufgerissen
und herein stürmten zwei Männer, riesiger noch als Riesen
zu sein pflegen.

„Was soll's?" schrie der vordere. Der war nackt bis
auf einen breiten borstigen Gürtel — die ganze Schur
eines Ebers — um die Lenden; in der Rechten schwang
er drohend einen jungen Tannenbaum, eben ausgerissen:
denn in den Wurzeln staken noch die frischen Erdschollen.

„Ich rannte her von der Arbeit im Walde — ohne
Waffe war ich: da riß ich die Waffe mir aus der Erde."
Und breit lachend fletschte er die großen Zähne.

„Wen tot ſchlagen?" rief der zweite, hinter ihm nach-
bringend in die Halle. Er ſtrich das wirre Rothaar aus
den weit offenen hellgrauen Augen und warf den Mantel
aus Wiſentfell zurück, ſeine furchtbare Eiſenſtange beſſer
ſchwingen zu können. So wild holte er damit aus, daß er
Splitter aus dem Eichengebälke der Halldecke ſchlug. „Den
Knirps da?"

Skirnir regte ſich nicht, auf Gerdha ſah er, nicht auf
die Rieſen: denn er erwog, es könnte wohl ſein letzter
Blick ſein im Leben.

„Am heiligen Herd?" zürnte die Jungfrau, vor den
Gaſt tretend und die Rechte in Abwehr erhebend. „Schämt
euch! Längſt ſpotten die Stolzen in Asgardh: „roh wie
ein Rieſe". Sollen ſie auch noch ſchelten dürfen: „und
wie ein Rieſe ruchlos"? Geht nur wieder an euere Arbeit,
Hirten. Ihr ſolltet ja die verwilderten Stiere einfangen."

„Ja, und harte Arbeit iſt's," brummte der mit der
ausgeriſſenen Tanne. „Mußte einem — er folgte nicht
lebend — das Genick brechen, mit der Hand; nicht ſo
ſtark würde dabei krachen," lachte er breit, „in meiner
Hand dort des Männleins Genick."

Unverwandt und unverzagt ſchaute Skirnir ihm in das
wilde Geſicht.

„Iſt es ein kleiner Menſch oder ein großer Zwerg?"
höhnte der andere. — „Ein Held iſt er," ſprach Gerdha ent-
rüſtet, „und mein Gaſt. Daß aber die Länge des Leibes
den Sieg nicht gewährt, das ſolltet nachgerade ſogar ihr gemerkt haben in euern dumpfen Köpfen. Viele Schlachten —
ſolang ich lebe — haben die Rieſen gegen Aſen und Menſchen geſchlagen: habt ihr je von einem Siege der Rieſen
gehört?"

„Sie hält im Herzen nicht zu uns — zu den andern!
Iſt auch begreifbar! Aber warte nur! —" ſtöhnte der Alte

dumpf vor sich hin. Laut sprach er nun: „damit ihr nicht umsonst aufgestört seid von euerer Arbeit, — geht, sucht meinen Sohn im Honigwald. Er jagt dort auf Bären. Gleich soll er in die Halle kommen! Er lasse den Bär in der Wildnis! Ein Füchslein schloff durch den Hinterzaun in das Gehöft. Der Vater ruft nach dem Sohn. Eilt!"

Tölpisch sich neigend stolperten die ungefügen Gesellen hinaus, nicht ohne Blicke töblichen Hasses auf den Gast.

———

XV.

Der aber dachte gar nicht der Trohenden; an den Herd gelehnt hielt er die Augen nur auf Gerdha gerichtet.

„Reiche mir meine Arbeit herüber, Niftel!" gebot der Greis. „Wer weiß: vielleicht entbrennt er bald, der letzte Kampf: dann muß die Waffe fertig sein. Keine andre mag ihn erlegen, den Ärgsten der Argen!"

Das starke Mädchen schleppte doch nicht ohne An= strengung eine wuchtige Keule herbei, die in der Ecke der Halle lehnte: es war die gewaltige Wurzel einer gewaltigen Eiche, am schweren Ende so dick wie ein Mannesschenkel, am Handgriff so dick wie ein Mannesarm; gierig tastete der Blinde danach und drückte die furchtbare Waffe wie zärtlich an die Brust. „Aber wo," fragte er eifrig, „wo bleibt das Beste daran? Gieb, Gerdha! Es kann ja eilen."

Mit einem mitleidigen Blick schob ihm das Mädchen einen schweren Hammer zu, das heißt ein Stück Granit, in ein Hirschgeweih gezwängt, und einen Menschenschädel, der, zur Schale ausgehöhlt, eine große Zahl scharfer, spitzer Tierzähne trug, — alle vom gleichen Tier offenbar: und nun bemerkte Stirnir, auf die Keule blickend, daß schon eine dichte Reihe gleicher Zähne rings in dem Schlagende der Keule gefestigt waren: emsig mühte sich der Alte, mit dem Hammer noch immer mehr solcher scharfer Spitzen einzuschlagen. Aber nur mühsam kam der Blinde damit vorwärts; er ermüdete bald, und ruhte, das graubärtige Kinn vorbeugend, auf dem Handgriff.

Stirnir fragte nicht nach dem seltsamen Thun des Alten: seine Gedanken und — nach kurzem Abschweifen — seine Blicke ruhten nur auf ihr; die Sonne war hinter dem Westgebirg versunken: es ward nun rasch dunkel: aber die Jungfrau fühlte ihn, diesen verzehrenden Blick.

„Iß, Gast!" mahnte sie, sich von ihm ab und dem Tische zuwendend. „Ich ... ich kann nicht." — „Ah ja! Bist Besseres gewöhnt," zürnte sie. „Brot! Die Gabe ..."

„Es ist nicht das!" Willfährig griff er, seine gute Absicht zu zeigen, nach dem Milchkrug, hob ihn an den Mund — dann setzte er ihn — mit unsicherer Bewegung — auf den Tisch zurück. „Mir — mir schwindelt ein wenig." Er schloß die Augen. Das unausgesetzte, heiße, stumme Anschauen der schönen Jungfrau hatte ihn berauscht wie feuriger Wein. „Mir ist," fuhr er fort, „ich erblinde wieder." Er fuhr mit der Rechten über beide Augen. „Ich glaube — ich bin müde."

Das Mädchen sah scharf hinüber nach der Herdbank: bei dem roten Glimmen der Scheite sah sie deutlich, der Alte war, mit dem Rücken gegen den Herd gelehnt, eingeschlafen; die Keule hielt er noch zwischen den Knieen.

„Ich bin wegmüde," wiederholte der Gast mit seiner weichen traurigen Stimme. Er wagte nicht mehr, sie anzuschauen, so heiß ihn danach verlangte. „Zeige mir, wo ich schlafen mag."

XVI.

Da trat sie raschen Schrittes plötzlich dicht vor ihn
hin: er schrak zusammen, er blickte auf: der Glast des
Herdfeuers beleuchtete voll ihr schönes, weißes Antlitz:
es war jetzt so edel in seinem tiefen Ernst. „Nicht schlafen
darfst du," flüsterte sie ihm ganz leise zu. „Fliehen mußt
du! Sogleich!"

„Schon fort . . .? Fliehen? Ich fürchte mich nicht. Ich
will noch . . . bleiben." Hier labte er voll seine Augen
an ihrem Anblick. „Und muß ich drüber sterben."

„Aber du sollst — du darfst nicht sterben!" Fast
flehend brach der Ton aus ihrer Brust.

„Für die Eltern," sagte er ruhig, wie bei sich selber
erwägend, „ist gesorgt. Und sonst niemand schmerzt Skirnirs Tod."

„Doch!... Freir, deinen Blutsbruder."

Da trat er überrascht vor: „Du weißt . . .?"

„Alles. — Schwer wund lag der Vater auf blutiger
Wal, gefällt — oh wüßt' ich von wessen Hand!" Sie hob
die geballte Rechte. Ihr hoher Busen wogte. Und nun
begann sie leise: langsam, schwer kamen ihr die Worte: oft
spähte sie hinüber nach dem Greis auf der Herdbank.

„Nacht war's, mondlose. Nicht gar zu weit war das
Schlachtfeld von unserem Gehöft entlegen. Ich hatte —
hoch oben im Heudach des Rossestalls — aufhorchend mit
Grauen den Lärm des Kampfes vernommen. Er schien sich
allmählich seitab nach Norden zu entfernen. Da kam mein
Bruder, bleich, blutbesprengt, mit zerbrochener Keule ange-
rannt. „Rasch, Gerdha," drängte er, „hilf mir den wunden Vater davontragen: er ist mir allein zu schwer, mein
Schwertarm, von Elbenpfeil getroffen, versagt mir fast. Eile!"

· Ich erschrak, aber ich folgte gleich. Wir liefen durch den dunkeln Herbstnebel, liefen, bis wir das Schlachtfeld erreichten. Der Kampf war zu Ende. Hinter hohem Felsen verborgen spähten wir aus: da sahen wir alles, die Besiegten und — die Sieger! Ein mächtig Feuer hatten die angezündet: in dessen Flackerscheine sahen wir sie alle. Tyr, bluttrunken, Thor, laut lachend, aeltrunken, Bragi, die Harfe schlagend, liebtrunken: — dann aber, fernab den andern, einsam, auf seinen Speer gelehnt, Odhin, siegtrunken. In weitem Bogen schlichen wir, nun wieder vom Nebel geborgen, um das Feuer herum und suchten und fanden den Vater, der, über viele Tote unseres Geschlechtes hingestreckt, noch atmete. Schwer ward es uns, den wuchtigen Leib aufzuheben. Und wie wir, unter unserer Last gebeugt und lautlos dahinschlichen, unter dem Winde, abgewandt von dem lodernden Siegesfeuer, da . . ."

Sie stockte, sie schlug die langen, schönen Wimpern nieder. „Nun? Da . . .?"

„Da sahen wir zwei Männer stehen: die tranken abwechselnd aus einem Helm. Wir hielten, ausruhend, ein wenig an: da sprach der eine — deutlich trug der Wind jedes Wort uns zu! —:

„Treue trag' ich dir bis zum Tode,
Skirnir, Sohn Skirs, mein Schirmer."

Und der andere" — fuhr sie noch leiser fort — die Stimme versagte ihr — „was sagte der?"

Da sprach Skirnir, rasch einfallend, feierlich:
„Mein froher, mein freudiger Freund!
Alles dir opfre ich, was irgend mein eigen:
Leib und Leben und liebste Lust."

———

XVII.

„Ja, so lautete es," sprach das Mädchen, tief ernst, leicht mit dem Haupte nickend, „gerade so. — Und im Glanze der auflobernden Flamme sah ich deutlich beider Männer Antlitz: — zum erstenmal. Der eine, im dunkelbraunen Haar, warst du. Und — — der andre? — Der im sonnengoldnen Gelock, das war . . .?"

„Freir."

„So dacht' ich!" — Sie senkte die Lider, sie atmete tief. „Immer noch seh' ich — auch mit geschloßnen Augen — dies Bild! — Euch beide, mein' ich. — Im Wachen und — im Traum." Sie verstummte, in Sinnen verloren.

„Schlag zu, mein Sohn, mit der Keule!" krächzte da eine heisere Stimme. Der Alte regte sich im Traum auf der Herdbank.

Gerdha fuhr erschreckt auf. „Flieh!" flüsterte sie. „Sofort. Ich zeige dir den nächsten Pfad an die Grenze. Nicht auf der breiten Heerstraße! Wenn sie heim kommen, mein Vetter, mein Bruder! Der erkennt dich wieder! Sie zerreißen dich! Wenn nicht hier in der Halle: — sicher auf dem Wege." — „Ich weiß mich zu wehren," sagte Stirnir ruhig, sich aufrichtend. — „Nein, nein!" rief sie in wachsender Angst. „Du bist des Todes, wenn sie dich erblicken." — „Und wenn: — was thut das dir?" — „Du sollst nicht sterben! Du darfst nicht sterben! — Folge! — Ach um — wenn nicht deiner Eltern, um — um — nun ja: deines Blutsbruders willen! Denk' an seinen Schmerz! Ich bitte dich! Hörst du? Gerdha bittet! Ich bat noch nie einen Menschen als den Vater und die arme Mutter. Flieh!" Und sie rang flehend die ineinandergreifenden Hände dicht vor seinem Angesicht.

Ihm war so seltsam: ihre Sorge, ihr Schmerz um ihn rührte ihn: — und doch mußte er, von ihrem Liebreiz ganz gefangen, jeder Bewegung dieser weißen, weichen, hold gerundeten Hände folgen und immer nur denken: „nie sah ich dergleichen. Nie dacht' ich, daß eine Hand schön sein könne! Wie schön sind doch diese Hände."

Da riß ihn aus solchem Bewundern eine neue rasche Bewegung der Maid: sie löste plötzlich die verschlungenen Hände, schlug sie, das edle Haupt mit dem lang nach= wallenden Haare zurückbeugend, vor die Stirn und seufzte tief: „oh, vergeblich bitten! Das schmerzt."

Allüberwältigend war der Ton. Stirnir faßte rasch den Bergstock, der neben ihm lehnte. „Ich gehorche dir, Gerdha! Leb' wohl! Aber — wir seh'n uns wieder." Lautlos sprang er an die Hauptthüre.

Sie eilte mit ihm hinaus, durch den Vorderhof, dann rechts seitab einen kaum sichtbaren Fußsteig, der in den hier ganz nahen Föhrenwald führte, weitab von der Reit= straße, die geradeaus von dem Gehöft zuerst über das Heidemoor, dann, künstlich erhöht, über abgrundtiefe Sümpfe leitete. Es war nun ganz finster. Sobald der Wanderer den Saum des Waldes erreicht hatte, war es, als habe die Nacht ihn verschlungen und unsichtbar gemacht.

Hochklopfenden Herzens kam die Jungfrau nach eiligem Gang zurück an das Gehöft: leise trat sie durch die offen gelassene Thüre, leise glitt sie an die Herdbank: sie lauschte: der Riese sprach wieder im Schlaf:

„Ja, ja, sie hält heimlich im Herzen zu den Menschen, die Tochter des Menschenweibes. Ich warnte den Bruder so treulich vor solcher Vermählung. Nun regt sich das Halbblut in ihr. Aber warte nur! Wohl weiß ich mich

hinzutaſten an das Gaſtbett. Ich erwürge ihn im
Schlafe!"

Da atmete das Mädchen hoch auf: „Er iſt in Sicher=
heit! — Und ich — ich! — hab' ihn gerettet!"

XVIII.

Am andern Tage ſtand Skirnir vor Freir auf dem
Gipfel des hohen Berges, wohin jener den Späher be=
ſchieden hatte, zu berichten, was er erkundet habe in
Rieſenheim. Er hatte nur des Gottes Namen empor=
gerufen in die helle heitre Luft, die oberhalb des Berges
blaute, — über der Niederung lagerte dichter Nebel, deſſen
Dunſt ſich auch noch bis über die Mitte des Felsgebirges
hinaufzog: — gleich ſtand, aus der Höhe herab lautlos
geglitten, wie ein ſchießender Stern, die lichte Geſtalt:
denn leicht durchmeſſen ſie die Räume, die ſeligen Götter,
die das weite Asgardh bewohnen.

„Dank dir, Freund!" ſprach Freir, nachdem der Kund=
ſchafter ſeinen Bericht geſchloſſen. „Gar wichtig iſt, was
du Findiger erforſcht. Zumal das von der Trutzmauer,
dem Rieſenwirke, daran ſie bauen. Kein Zweifel: ſie
rüſten von dort her zum Einbruch in Midhgardh: wenn
wir ſie — wie immer! — zurückgetrieben, — dort wollen
ſie ſich wieder ſammeln und halten. Gleich meld' ich es
in Asgardh Odhin. Er wird dir gütig vergelten: denn
reich lohnt er treuen Freundesdienſt. Fahr wohl! Ich
eile zu ihm. Aber . . . du haſt noch etwas zu ſagen,
ſo dünkt mir. Du blickſt ſo bedeutſam, . . . ſo ganz

seltsam. Sprich! Haft du noch andres erfahren in Riesenreich?"

„Ja!" sprach Skirnir und schloß die Augen in seligem
Erinnern. Er erglühte über und über: heiß stieg ihm die
Welle des Blutes vom Herzen in die Wangen.

„Du zögerst! Was hast du noch gesehen?"

„Ein Weib . . . ach nein! . . . eine Göttin! Schöner
ist sie als Frigg und Freia zusammen." — „Still, Freund,"
lächelte der heitre Gott. „Gut, daß sie beide so fern.
Das hören sie nicht gern, die Weiblein, auch wenn sie
Göttinnen sind." — „Ein Mädchen! . . . Oh nun erst
dank' ich dir, daß du mir die Augen aufgethan! Als ich
sie erschaute, wurde mir wieder wie damals, da ich zuerst
in mich sog das leuchtende Licht, es hier hinein fluten
fühlte in die Stirne: nur diesmal ohne Schmerz der
Blendung. Ein seliger Rausch! Er machte mich schwindeln!"
„Nun," meinte Freir lachend, „du hast noch nicht eben
viele Weiber gesehen, seit ich dir half. An mich würde
Rausch und Schwindel nicht rühren!" — „Oh, Herr! . . .
Und ich gönne mir's gar nicht allein, um soviel Lieblich-
keit — nein: Herrlichkeit! — zu wissen. Du, mein Gebieter, mein Freund, der mir erst die ganze Welt des Lichts
geschenkt: — auch du sollst sie sehen und dann gestehen:
„es lebt nicht ihresgleichen." Ich führe dich gar bald —
der Weg ist nicht weit! — nach Gymirs, des Riesen, Gehegen."

„Nun," erwiderte der Gott wohlgemut auf des Freundes
Wunsch eingehend, „eilt es dir so gewaltig: — die Mühe
des Wanderns können wir uns sparen. Und beinahe,"
spottete er gutmütig, „könntest du mich neugierig machen,
das Wunder zu schauen, das sogar Freias Schönheit über-
strahlen soll. Ich halte mein Schwesterlein, so kühn und
doch so weich, für aller Mädchen schönstes! Vielleicht hat

der holden Schwester Schöne mich gefeit, daß mich bisher
noch kein Weib berückt hat!"

„Was ist Freia gegen Gerdha!" rief Skirnir leidenschaftlich.

XIX.

Eine ganz leichte Wolke — ein Wölklein nur, aber
doch ein Schatte des Unmuts — senkte sich auf des
Gottes hellleuchtende Stirn: „Hm, ich hatte mir das
anders vorgedacht. Und vielleicht — noch jemand außer
mir. Wer weiß, was der Treue hätte gewinnen mögen in
Volkwang, wo der Rotlockigen Lindenbäume so süß duften
in der Sommernacht. Mein Schwesterlein . . . .!" Diese
Worte hatte er still für sich gesprochen, über den blonden
weichen Flaumbart streichend. Nun begann er laut, fast un-
gehalten: „Laß doch seh'n, ob sie auch mich berauschen wird, die
Riesenmaid." Und er hob gebietend die Rechte, in der
er die goldene Sonnenlanze mit der goldstrahlenden
Spitze trug.

„Was willst du thun?" fragte Skirnir erstaunt.
Aber der Gott sprach, ohne ihm zu antworten, im
Klang des Befehls:

> „Weichet, ihr wallenden
> Wolken, ihr wogenden!
> Nichtige Nebel seid ihr, wo nahet
> Sonnig, selig und sieghaft
> Das lodernd leuchtende Licht.
> Hurtig hebt euch von hinnen!
> Und alles sei offen,
> Was dem Blick will wehren den Weg
> Nach Gymirs Gau und Gehege."

Da fielen wie auf einen Zauberschlag die ziehenden Wollengespinste, die Mittelgebirg und Niederung umzogen hatten; was in der Ferne lag, schien plötzlich wunderbar nahe gerückt: solchen Zauber mag die Sonnenlanze zaubern an Nebelgebilden.

Deutlich wie auf halbe Speerwurfsweite sahen beide das Gehöft des Riesen unter sich liegen.

Und eben trat Gerdha aus der Vorderthüre der Halle in den Hof hinaus: voll traf die edle Gestalt der volle Strahlenguß des Sonnenlichts, der soeben auch da unten die Nebel zerrissen hatte: hoch erhob die Jungfrau, die Sonne, die auch die Steinriesen ehren, zu grüßen, die beiden wunderschönen nackten Arme: da glänzte alles ringsum wieder von deren Weiße.

Dankend für das Licht wandte sie das wundervolle Antlitz gegen den Berggipfel, über dem die Sonne soeben durchgebrochen war: so schaute sie gerade dem für sie unsichtbaren Gott in das Gesicht. —

Da erschrak Skirnir sehr.

Denn mit lautem Aufschrei taumelte Freir nach rückwärts: er schloß die hellen Augen: — da ward plötzlich wieder alles von Nebelgewölk verfinstert.

Skirnir aber fing in seinen Armen den Sinkenden: der gab nicht Antwort auf Zuruf noch Frage.

———

XX.

In Vollwang, Freias Hallengebiet oben in Asgardh, waltete bange Stille. An Freirs Lager, das dort in aller Hast sie aufgeschichtet, saß Freia: sie fuhr zuweilen mit linder kühler Hand über des Bruders heiße Stirne hin.

Und war das gar seltsam zu schauen, wie der Wal= küren kampfwilde Führerin des Siechen nun so zärtlich pflegte, so leise sich regte, so sanft ihm die weichen Felle zurechtschob, auf denen sein Haupt ruhte.

Ihr Falke, nicht gewöhnt, so viele Tage zu rasten, saß auf der Stange zu Häupten des Pfühls: erstaunt sah er mit seinen klugen goldbraunen Augen dem Gebahren der Herrin zu. Wunden schlagen hatte er sie oft gesehn, im Gefecht hoch über ihr schwebend, und, falls Gefahr sie bedräute, herabstoßend und dem feindlichen Riesen mit gesträubtem Gefieder die Fänge in das Gesicht schlagend: Sieche pflegen hatte er sie nie gesehn.

Vor der Thüre des Gemaches stand harrend Skirnir. Sacht pochte er an. Da erschien schon die junge Göttin in der halbgeöffneten Thüre: ihr wunderherrliches rotes Gelock flutete gelöst auf die weißen Schultern; sie war sehr, sehr schön: aber Skirnir sah nichts davon: gesenkten Auges wollte er — ganz lautlos — an ihr vorbeigleiten.

Er konnte doch nicht: sie stand im Wege, den Zeige= finger der Linken an die schwellenden Lippen legend: ganz leise hauchte sie: „noch ist meine Weile der Wache nicht um, Vielgetreuer. Auch verlangt dich Odhin — dich allein zur Zwiesprach! — sobald er zurückgekehrt. Siehst du? Dort kommt er. Wie langsam schreitet er heran, bedächtig bei jedem Schritte vorsetzend den Speer! Wie sinnend, wie sorgend! Tief hat er den Hut in die Stirne gezogen,

die rechte Hand auf der Brust im dunkeln Mantel vergraben, das mächtige Haupt vorgesenkt. Das bedeutet
nichts Gutes! Trauriges hat er wieder ergrübelt. Mir
bangt um den Bruder! Ich lass' euch allein." Sie trat
zurück und schloß lautlos die Thüre.

Eilfertig ging Skirnir dem Nahenden entgegen; so
traf er ihn unter den Lindenbäumen, die in Volkwang vor
der Halle stehen; still war es dort und feierlich schön;
die Amsel sang ihr flötend Lied vom Wipfel des höchsten
Baumes; der holde Ton flutete herab vermischt mit dem
holden Duft der Lindenblüten: es war gar hold, süß und
doch nicht glücklich: — so ahnungsvoll war es. — —

XXI.

Unter dem Schatten der letzten Linden trafen sie zusammen.

Der Frage Skirnirs zuvorkommend sprach der Gott,
sich mit dem Rücken an den breiten Stamm lehnend und
leicht mit der Hand über die starken, hochgewölbten Brauen
streichend: „Herstellen muß ich Freir — um jeden Preis.
Nicht kann ich ihn missen in der Kampfreihe der Asen,
den raschen Helden und sein leuchtend Sonnenschwert. Ich
warf drum die Lose. Es ist wie ich gefürchtet, — gewußt, seit ich des Weges wanderte über den Nebelberg
und ihn ohne Besinnung neben dir liegen sah, sein Haupt
auf deinem Schoß."

„Hättest du, o großer König von Asgardh, ihn nicht
in deinem Mantel mit dir hinaufgetragen — — ich wußte
mir nicht zu helfen."

„Seitdem sann ich, sorgte, grübelte und ahnte. Nun weiß ich — ach, was ich sogleich gewußt. Denn ahn' ich Unheil, — ahn' ich immer recht." Er schwieg, verdüstert, eine kurze Weile. Dann aber warf er das Haupt in den Nacken und lupfte leise den Speer: „gleichviel! Nicht was wir tragen, wie wir's tragen, . . . das macht alles aus. Aber, Jüngling, das verstehst du nicht. Oder . . . doch schon?" Und es forschte der Blick des aufleuchtenden Auges in des Erschauernden Antlitz.

„Ich . . . ich glaube, es zu verstehn."

„Dann, desto besser — für ihn, vielleicht nicht für dich. Höre: liebessiech liegt der Unselige, wund von jenes Weibes Schöne wie von durchbohrendem Speerwurf getroffen. Er stirbt." — „Wehe!" — „Oder — nach den untrüglichen Losen, die ich geworfen, er kann nur genesen, wird sie sein Weib."

Da ward Skirnir sehr bleich, bleich bis in die Schläfe, die das dunkle Haar beschattete. Scharf ruhte des Gottes durchbringender Blick auf ihm, aber er merkte es nicht; er hatte die Augen fest geschlossen.

„Nun wäre das nicht schweres Werk. Gar bald hätte ich die Maid aus Riesenheim mitten aus ihrer bärenhaften Gesippen Waffen herausgeholt, auf diesem Arm: — schon Manche riß er nach oben! — durch die Wolken getragen und dem Siechen an die Brust gelegt zu seligem Genesen."

„Sie — Gerdhal — zwingen?" Schwer kamen die drei Worte heraus: er drückte wieder die Augen zu.

Geraume Weile schwieg Odhin.

Nun schlug Skirnir die Wimpern auf: aber sofort senkte er sie abermals: denn ihn traf ein Blick des Gottes, der drang bis in den Grund seiner Seele.

„Den Freund zu retten," begann nun der Gewaltige nachdruckvoll, „nicht, der Riesin zu schonen, das muß nun all' mein Sorgen sein: und" — so schloß er zögernd, bedeutsam — „auch das deine, Skirnir, dächte ich."

Der wollte heftig erwidern, aber zuvorkommend fuhr Odhin fort: „Du willst mir einwenden: ‚Gerne Skirnir opfern für Freir, aber nicht . . .‘"

Skirnir erschrak im tiefsten Herzen: das waren die Worte gewesen, die sich ihm schon auf die Lippe gedrängt hatten.

XXII.

Ruhiger hob der Gott aufs neue an — fast mitleidig klang nun sein Ton —: „Ja, ja, junger Gesell, so gut wird es uns nicht, daß wir uns diejenigen Heldenthaten und — was viel, viel schwerer! — diejenigen Opfer aussuchen dürfen, die wir vorziehen, welche wir freudig verrichten und gern darbringen — mit Wollust selbst im Weh! Anders — ich hab' es in vielen Qualen nicht ergrübelt, nein, bitter erlebt! — ganz anders ist solches geordnet. Nicht, was wir — ob auch mit Schmerzen! — zu opfern bereit sind — oh nein! gerade das, was wir nicht hingeben wollen, — um keinen Preis! — was uns viel teurer ist als unser Leben, als — und das wirst du am besten würdigen — als das Licht unsrer Augen . . . —"

Skirnir erbleichte: ein fröstelnder Schauer durchrieselte ihn.

„Ja, das, dessen Verlust wir nicht einen Atemzug überleben zu können glauben — gerade das, junger Gesell, fordert uns am liebsten ab das Schicksal. Oder" — und nun legte sich tiefster Ernst über das geistgewaltige Antlitz — „oder sie: die noch viel eherner, noch unerbittbarer als das eherne Schicksal, sie, das Allergrößte und das Allergrausamste zugleich, was Gott oder Mensch zu denken vermag: die Pflicht!"

Tief erschüttert lauschte Stirnir: auch den Gott hatten seine eignen Worte stark ergriffen, er atmete schwer.

Nach längerem Schweigen begann er wieder, viel leiser, mit weichem, mit schmerzdurchzittertem Klang; und wahrlich, es hatte der Jüngling nicht geglaubt, daß diese machtvolle Stimme, die er den Schildkrach des Kampfsturms hatte überdröhnen und Schreck und Entsetzen in die steinharten Herzen der Felsriesen hatte jagen hören, daß diese Stimme so zart hinschmelzen, so rührend erweichen könne: „ja, er ist im linden Säuseln," dachte er, mit hingegebenem Lauschen, „wie im brüllenden Sturm" — als der Gott nun, traurig vor sich hinblickend, langsam sprach:

„Wird es Menschen schwer, ihr Liebstes zu opfern, — Odhins sollten sie denken! Wo ist mein rechtes Auge? Ich gab es dahin als ein Opfer, Göttern und Menschen heilsame Weisheit einzutauschen. Ja, und könnt' ich damit abwenden, was — ich fürchte sehr! — unabwendbar Göttern und Menschen droht — den Schatten eines ferne her, langsam, aber unaufhaltsam herandüsternden Verderbens: — ich gäb' auch noch das andre Auge dafür hin."

„Ach Odhin, blind sein, nachdem man sehend war, — es muß hart sein."

Da rief der Graubärtige, ausbrechend, in wildem Schmerz: „Aber die Geliebte hingeben, nachdem du dich geliebt weißt, Knabe, — das ist doch noch härter."

„Ja," seufzte Stirnir, ganz erschrocken, „— das — das muß nicht zu ertragen sein!"

„Meinst du?" lachte der Gott grimmig. — Aber gleich darauf sprach er wieder in tiefer Wehmut: „Wo ist

Gunlöbh im blonden Wellenhaar? Nach Hel sank sie, zu Tod gegrämt, hinab! Man singt von mir: „er nahm den Met der milden Maid und ließ Gunlöbh sich grämen!" Ich! Ich — freiwillig — sie sich grämen lassen! Sie — die ich so heiß geliebt, wie nie noch Weib ward von Manne geliebt! Ich sie verlassen aus treulosem Wankelsinn oder aus Furcht etwa vor dem Riesen, ihrem Vater. Sie — die mir viel lieber war als meine beiden Augen! Den Untergang der Welt — sofort — hatte mir Mimir ge= weissagt, schloß ich nur noch einmal sie in die Arme. Weißt du nun, Menschenkind, wie grausam sie ist, die schrecklichste Macht: die grausame Pflicht? Nicht selbst leiden ist das Ärgste bei zerrissener Liebe: — die Ge= liebte — die liebende Geliebte — leiden wissen, leiden lassen müssen."

„Die liebende Geliebte!" wiederholte der Jüngling tonlos, starr vor sich hinschauend.

XXIII.

„Das ist noch viel härter," nickte der Gott, „als sich um eines andern willen die eigne Liebe aus dem Herzen reißen."

„Vergieb, oh Herr, das kann doch nicht geschehen," sprach Skirnir, ein trübes Lächeln auf den feinen Lippen, leicht das dunkle Lockenhaupt schüttelnd.

„Du hast Recht. Denn „ewig ist die Liebe". So sang dereinst ein Skalde auf Thule. Der kannte sie. Von Thule bis nach Asgardh drang dies sein Lied. Was im Herzen zuckt, zu zertreten — nicht Freund kann's fordern, nicht Pflicht — nicht einmal sie — die Schreckliche! — kann's gebieten. — Es — es darf nur nie mehr zu Tage."

„Es darf nur nie mehr zu Tage," wiederholte Skirnir und drückte die geballte Linke auf die Brustfalten seines Mantels, als wollte er dabei sein Herz zerdrücken.

„Raub und Gewalt," begann Odhin rauher aufs neue, „fruchten hier nicht. Wenig sonst — wahrlich! — würd' ich dich fragen, ob dir's genehm. Aber nur dann wird Freir genesen, wenn Gerdha freiwillig — aus Liebe, — sein Weib wird."

„Freiwillig! . . . — Aus Liebe . . . —!"

„Ja, freiwillig! Also auch meine Zaubertränke, Liebesrunen, — ich kann sie diesmal nicht brauchen. — — Und nun — bedenke! — das Schlimmste: wonnig Weib will gewonnen werden durch Werbung. Zwingen ja muß man sie durch überwältigende Liebesgewalt. In den glimmenden Funken unbewußten Sehnens — sie träten ihn aus, entdeckten sie ihn! — muß lobernd schlagen, zum Brand ihr entfachend, des stürmenden Mannes flammend, fortreißend, siegend Verlangen. Freir, dein Freund, ist wahrlich schön und heldenhaft genug, ein Weib zu gewinnen. Auch der uns so bitter hassenden Riesenjungfrauen gewann schon manche . . . — einer von Asgardh."

Er verstummte, traurig; ein Gewölk von Erinnerung senkte sich auf die stolze Stirn.

Von Mitgefühl fortgerissen streckte der Jüngling dem Gewaltigen die Rechte hin: „man — man weiß es," flüsterte er scheu.

Aber Odhin sah es nicht, hoch sich aufrichtend fuhr er fort: „So würd' ich nicht zweifeln: Freir, in voller Manneskraft und Mannesschöne, heiß werbend um Gerdha, werde sie gewinnen trotz Bruder, Vetter und Ohm. Aber ach! Dort drinnen liegt er ja, siech, hilflos hingestreckt auf das Lager. Und nicht eher — so las ich aus den Runenlosen — kann er vom Pfühl sich heben, bis Gerdha ihm zuflüstert: „hier, nimm mich hin. Ich liebe dich!"

„Hier, nimm mich hin. Ich liebe dich!" — Ganz leise, stöhnend, sprach es Skirnir nach; nur an der Bewegung der Lippen merkte das der scharf blickende Gott.

„Freir kann nicht werben für sich selbst," fuhr Odhin, wie mit sich selbst beratend, fort: aber er ließ das bohrende Auge nicht von des andern Antlitz. „Wer soll für Freir werben? Freia? Nein! Ein Mann muß es sein. Nur ein Mann kann die schlummernde Glut erwecken im Weibe. Ein Mann, der der Jungfrau schildern kann, wie ihre Schönheit allbezwingend dahinreißt: — ein Mann, der Gerdha kennt, und ihrer Schöne Wirkung. Ein Mann, der die verbrennende Qual von nicht erfüllter Liebe kennt. Also kann nicht Odhin, nicht Thor, nicht Tyr, der Asen nicht Einer Gerdha für Freir gewinnen. Das kann nur, wer . . ."

„Ich kann es," sprach Skirnir laut. Er schlug nun die gesenkten, dunkeln, traurigen Augen auf und sah Odhin fest in das Antlitz. „Ich kann es und ich will's."

„Und ich wußte es, mein Sohn," erwiderte Odhin, einen Schritt näher tretend und ihm die Rechte auf die Schulter legend. „Ich werde dir dabei helfen."

XXIV.

Am Abend dieses Tages saßen in Gymirs Gehegen an dem offenen Herdfeuer Beli und Steingrimr, des alten Hrungnir Sohn; der Greis kauerte auf seiner gewohnten Stätte, der Herdbank, in halb wachem Brüten; nur hier und da erhaschte er ein Wort aus der Zwiesprache der beiden jungen Männer: dann gab er wohl, nickend oder kopfschüttelnd, auch etwa mit einem kurzen Wort Beifall oder Unwillen zu erkennen; und ward er so vollends wach, dann schaffte er auch gar eifrig an seiner Arbeit, grimmig die spitzen Zähne hämmernd in die dicke Keule.

Es war schon ziemlich spät in der Sommernacht.

Das Feuer auf dem Herde, herabgebrannt, glimmte nur noch in wenigen Eichenkohlen, die ihre dunkelrote Glut schwach in den weiten, viereckigen Raum ausstrahlten; den Kienspan, der in dem Ohr des Erzhakens neben dem Herde gebrannt, hatten sie zu Ende brennen lassen in erregtem Gespräch und nicht erneut: warf doch der Mond durch das weit geöffnete Fenster einen breiten Streifen hellen Lichtes auf den gelben Lehmestrich. Der wechselvolle Nachtwind, der durch die gleiche Öffnung drang, spielte launisch in den lang an den Holzwänden herabhängenden Fellen von Eisbär, Elch und Wisent; manchmal klirrten und klangen dann auch leise die Riesenwaffen aneinander, die dazwischen aufgereiht waren: plumpe Steinäxte, dicke Eichenbalken, vorn zugespitzt und die Spitze im Feuer gehärtet, Wurfkeulen von dem zähen Holz der Eibe, selten eine eherne Klinge, Menschen abgestritten oder Zwergen abgetauscht.

„Kurz, ich verstehe nicht, Vetter," begann nach längerem Schweigen Steingrimr, „warum du noch zögerst." Und

er richtete die ungetümen Glieder hoch auf und fuhr unwirsch mit der breiten tatzenhaften Rechten durch das
dichte braunrote Haar, das ihm, steif wie Stoppeln, auf
dem großen Kopf emporstarrte.

„Dann verstehst du nicht eben leicht, Vetter," lachte
Beli, der lange nicht so ungeschlacht war; „ich sagt' es
dir deutlich."

„Weil du nicht wissest, ob sie mich liebt!"

„Siehst du? Du hattest es doch verstanden!" —
„Darauf kommt es mir gar nicht an." — „Aber mir."
— „Warum dir?" — „Weil ihr!" — „Pah," meinte
Steingrimr kopfschüttelnd, „man frägt sie nicht lange, die
Jungfrauen unseres Volkes." — „Gerdha ist anders denn
andre."

„Ja leider!" brummte von der Herdbank her Hrungnir
und that einen grimmigen Schlag auf die Keule; „das
macht in ihr das Blut aus Midhgardh." — „Ja, ja!"
nickte sein Sohn. — „Wie durch ihr braunes Haar —
vom Vater geerbt — sich ein sonniger Streif oder ein
rotleuchtender Goldglanz zieht von der Mutter her."

XXV.

„Mag wohl daher rühren," erwiderte Beli, achselzuckend.
„Aber du, Alter, solltest schlafen, nicht mehr dich mühen."

„Doch, doch!" rief der mit heiserer Stimme und
hämmerte emsig drauf los. „Meine Arbeit eilt. Wer
weiß, wann die Waffe gebraucht wird! Wann es gilt,
den Verhaßtesten zu ..." da war er wieder zurückgesunken
an die Herdwand.

„Freilich," grollte sein Sohn, „freilich ist sie anders als alle die andern langen, plumpen Dinger. Zierlicher, schöner, feiner! Gerade deshalb will ich sie ja haben!" schloß er, die flache Rechte klatschend auf den breiten Schenkel schlagend.

„Und gerade deshalb, Vetter, will sie dich — vielleicht — nicht!" — „Woher weißt du das?" brauste der Werber auf. Im Zorne sträubte sich ihm das Rothaar auf dem Wirbel. — „Je nun . . ." lachte Beli und sein großes blaues Auge ruhte heiter auf dem Ungeschlachten. — „Übrigens . . . frage sie doch! Gleich morgen! Dann sind wir rasch im Reinen. Heute schlummert sie wohl schon lang. Oder sie träumt in ihrer Kammer wachen Auges. Denn seit vielen Monden schon," fuhr er, mehr mit sich selbst als zu dem Vetter redend, langsam fort, „geht sie umher wie verträumt, manchmal eine halb verlorne Weise still vor sich hinsummend, die dereinst ihre Mutter mitgebracht aus Thule. Wie lautet es doch:

„Liebe ist Leid,"

Und dann? — Das andre fehlt mir — am Ende aber heißt es:

„Seele-verzehrendes Sehnen
Und stummes stolzes Sterben,
Aber immer ewig ist die Liebe."

Ein seltsam, schwermütig Lied." schloß er. „Aus Thule kam's." — Ganz nachdenklich war er geworden. „Es mag wohl wahr sein," sprach er nun ganz leise und nur zu sich selbst, über den starken braunen Bart streichend, „wahr für Riesen wie für Menschen. Und auch das ist wahr, daß nach uraltem Recht unsres Volkes schon manchmal Halbbruder die Halbschwester gefreit. Viele Ahnensteine beweisen's." Er versank in stilles Sinnen. —

„Wenn ich sie frage —" unterbrach seine Gedanken laut und unwirsch der Werber.

„Sagt sie sicher: nein!" schalt der Alte an dem Herd und hieb auf die Keule.

„Nun," lachte Beli aufstehend, „wenn ihr das beide, Vater und Sohn, so sicher wisset, so schlagt euch nur die Weißarmige als Schnur und Braut aus dem Sinn. Denn ich hab' mir's gelobt: „nie geb' ich die Holde wider ihren Willen hin." Horch! Was war das? Da draußen! Vor dem Fenster!" Und er wollte hinausblicken.

Aber der Vetter zog ihn am Arme wieder herab auf die Hallenbank, darauf er neben ihm gesessen. „Nichts. Eines Nachtvogels Ruf. Höre weiter auf mich." — „Ich will nicht!" rief Beli laut.

Da richtete sich Hrungnir höher auf und drohte mit der geballten Linken: „Du! Du! Hältst mehr zu ihr als zu uns. Rätst du weshalb?" — „Weiß nicht! Aber ich hab' es lieb, mein holdes Halbschwesterlein." — „Bist doch aber," grollte Steingrimr, „Vollriese, von Mutterseite wie von Vaters halben." — „Wohl! Doch werd' ich es Gerdha's Mutter nie vergessen, was sie für mich gethan. Meine gute Mutter war bald gestorben, nachdem sie mich geboren. Da legte Gerdhas Mutter mich, den kränkeln= den Sohn des Riesen, der sie geraubt, an die eigene Brust und bot mir die rettende Milch: Gerdha an der rechten, mich an der linken Brust nährte sie zugleich. Und wenig Freude doch wahrlich fand sie in des Riesen Gehöft, die Königstochter aus Thule, welche, die laut Jammernde, mein Vater aus ihrer verbrannten Hofburg entführte, während der Fürst fern über See gesegelt war. Sie nährte, sie rettete ihres Räubers Sohn. Des Dankes dafür soll Gerdha genießen."

XXVI.

„Ja, ja," grollte der Greis, „mit der Milch des Menschenweibes hast du das fremde Gift eingesogen, das Gift aus Midhgardh. Willst du vielleicht die Hochfärtige — wenig weiß sie an uns treuen Riesen zu loben! — einem Menschenmanne zum Weibe geben? Oder einem Lichtelben? Oder gar einem . . .?"

„Sprich's nicht aus," schrie Beli, zornentflammt aufspringend. „Du weißt es, wie ich sie hasse, die Argen von Asgardh. Die der Riesen uralt Reich und Recht gebrochen! Vom Knaben an lehrte der Vater mich, zugleich mit Axtwurf und Stangenhieb, sie hassen. Und nun vollends, seit sie mir wie den Ohm, den Vater erschlagen! Blutrache schulde ich ihnen. Schmach über mich, zahl' ich's nicht heim. Oh wüßt' ich, wer den tödlichen Streich geführt! Des Vaters Töter suche ich — ihn allein — in jedem Kampf aus allen Asen mir heraus. Nicht rasten will ich, bis ich ihn ausgefunden, bis ich sein Herzblut rinnen sah."

„Hat denn der Ohm nicht . . .?" fragte Steingrimr. „Er konnte nicht mehr sprechen, als ich ihn fand in dem Haufen unserer Sterbenden und Toten. Aber ich habe doch eine sichere Spur." — „Welche?" forschte der Alte, innehaltend in seinem Hämmern. — „Drei Asen standen und ein vierter, — — ein Midhgardhmann — da ich zuletzt ihn aufrecht und kämpfend gesehen, gerade vor dem Vater, in der Reihe gegen ihn: Thyr, Freir und Er, der Ärgste der Argen von Asgardh," knirschte er. „Einer von den vieren war's. Die such' ich auf im nächsten Kampf — einen nach dem andern — und töte sie oder falle."

„Gut, Neffe," rief der Alte. „Dann nimm du die Waffe, statt meines Sohnes. Nun ist sie fertig. Der letzte

Wolfszahn, — der siebzigste — steckt darin. Da, nimm sie
hin! Und zerschlage die stolze, die hochmütige Stirn voll
unburchdenkbarer Grübelgedanken, zerschlage sie ihm, und
jeder der siebzig Wolfszähne soll sich einbeißen in sein
verhaßtes Gehirn: — dem schrecklichen, dem unerträglichen
Odhin von Asgardh. Nimm, sag' ich. Ich will's," schrie
er heiser hervor.

Sein Sohn, der ihm näher saß, nahm ihm aus der
magern, jetzt vor Erregung zitternden Hand die schwere
Waffe ab und reichte sie Beli: „aber Vater," sagte er,
„was hast du gethan? Allzugut hat es dein Haß ge=
meint! Du hast ja soviel Wolfszähne hineingeschlagen,
daß die Keule ganz durchlöchert ist und sonder Halt. Sie
zerbricht beim ersten Schlag."

Der Alte hatte es nicht gehört oder nicht verstanden;
er war nach dem heftigen Ausbruch in sich zusammenge=
sunken; jetzt richtete er sich wieder auf: „was sagt ihr,
Knaben? Was?" Bedeutsam legte Beli die Hand auf des
Vetters Schulter und kam seiner Antwort zuvor: „wir
meinen, weshalb die kleinen Wolfszähne? Ein paar Hauer
vom Eber wären stärker und ..." — „Das versteht ihr
nicht, ihr Buben. Kommt, kommt ganz nah: — daß die
aus Thule es nicht hört und nicht seine, des Arglistigen,
Späher es etwa erlauschen." Sie thaten ihm den Willen
und traten dicht an ihn heran; er ertastete — langsam —
beider Köpfe und zog sie an seinen Mund: Dann zischelte
er leise — mit tiefster, mit wollüstiger Befriedigung des
Hasses — „merkt: ein uralter Riese las es einst in den
Sternen: „nur Wolfesrachen mag Odhin verderben." Nun,
der Rachen kann ihm doch nicht schaden: nur die Zähne
darin. So hab' ich denn, ich, der blinde schwache Greis,
es ausgesonnen, was allein ihn verderben mag, den Hoch..."
Da sank er wieder zurück.

Ganz langsam ließ Beli die Keule niedergleiten, aber sie zerspellte doch in viele, viele Splitter, die Wolfszähne rollten auf dem Estrich umher. — „Viele lange Winter hat er daran gearbeitet: So waren — so kindisch —" sprach Beli traurig, „bisher all' unsre Anschläge wider den Gott der raschen Gedanken. Ein übles Zeichen." Er trat sinnend nah an das Fenster.

„Ich zerreiß ihn lebendig," drohte Steingrimr, ihm folgend, „komm ich ihm nah genug." — „Das wirst du schwerlich." — „Ich erwerfe ihn fernher mit Felsen, — groß wie ich selber. Ich werfe gut, ich fehle selten. Aber — noch einmal — höre von Gerdha. Nicht gegen ihren Willen? Weichliche Schwäche! Jedoch willst du sie also jedem geben, den die Thörin sich wählt?"

„Behüte!" rief Beli laut. „Ich hab' es dem Vater zwar nicht geschworen, — wir Riesen schwören nicht, aber wir halten ungeeidete Worte treuer als Asen, Elben und Menschen ihre Ringeide — aber versprochen hab' ich es ihm: nie geb' ich die Holde andrem Mann als aus Riesengeschlecht, weder Ase noch Elbe noch Mensch soll den Gürtel ihr lösen. Solang ich den Arm heben kann, wird sie nur eines Riesen. Aber horch! Welch Seufzen da draußen?"

Er beugte sich zu dem offnen Fenster hinaus: jedoch die Bank, die darunter an die Hauswand gezimmert war, stand leer: alles still, einsam: nur das silberne Mondlicht spielte auf dem weißen Lindenholz des Sitzes. Alles leer.

„Nun, dies Wort war ein Trost," meinte Steingrimr. „Aber komm," schloß er gähnend, „laß uns schlafen gehen. Morgen trifft uns die Reihe, an dem Riesenwirke zu bauen. Ist harte Arbeit, braucht Kräfte."

Schweigend schloß Beli den Fensterladen und beide Männer suchten in der Nebenkammer ihre Streu aus Schilf.

Kurz vorher war in die Hinterpforte des Hofes, von

wo aus man das Frauengemach zunächst erreichte, eine schlanke weiße Gestalt geschlüpft: „Also nie! — Niemals!" seufzte sie.

XXVII.

An Freirs Lager, zur Linken seines Hauptes, stand Skirnir, zur Reise gerüstet.

Zur Rechten beugte sich Freia über des Bruders bleiches Haupt; über den Kranken hinweg reichte sie dem Scheidenden die weiße Hand und ein warmer Blick ihrer goldbraunen Augen fiel auf ihn, als sie sprach: „Dank! — schon die Botschaft von deiner beschloßnen Fahrt, die ich bringen durfte, hat dem Siechen mächtig wohlgethan. Als ich sie ihm in das Ohr geflüstert, hat er zum erstenmal das Auge wieder aufgeschlagen. — Sieh, auch jetzt blickt er dich an. — Sprich! Er will reden mit dir."

Skirnir beugte das erzbehelmte Haupt und sprach ruhig, feierlich: „Sage mir, Freir, volkwaltender Gott, mein teurer Herr, sage mir, daß ich ihn löse, nein, daß er dir sich löse, deinen Gram."

Da stöhnte der Liebessieche tief auf und nur schwer brachte er die Worte hervor: „Wie sollen Worte sagen der Seele großen Gram! Die Sonne wird leuchten noch viele Tage, aber nie zu meinem Glück." — „Wir teilten, Herr, viele Speere: solche, die wir warfen, und solche, die wir auffingen. Ich meine, du könntest mir vertrau'n." — „Ach," seufzte der Kranke, „wie Zauber befiel mich's! Seit ich in Gymirs Gehegen gesehen das wonnige Weib...! Wie leuchteten doch ihre Arme! Die Luft erglänzte von deren Scheine. — Mehr lieb' ich die Maid, als je, seit die Welten geworden, Weib ward von Manne geliebt."

Da schlug Skirnir schweigend die graudunkeln Augen nieder. — — —

„Aber," fuhr Freir fort, „von Asen und Alfen und Riesen will es nicht Einer, daß ich sie gewinne! Und ich selbst liege hier siech! — Du, so sagte die liebe Schwester — du, Vielgetreuer, wolltest um sie für mich werben? Das that wohl! Doch: du wirst dich selber verderben bei den grimmen Thursen." Angstvoll, zagend nickte Freia, die kühnste sonst der kühnen Walküren. Aber der Liebende fuhr fort: „Und dennoch: . . . versuch' es."

„Das ist die Liebe," meinte Freia entschuldigend, „sie ist immer selbstisch."

„So?" sagte Skirnir. „Muß sie es sein? — Gleichviel! — Ich bringe dir die Jungfrau oder lasse das Leben." Und er richtete sich hoch auf.

„Dank! — Aber wann? Wie lange . . .?" Fiebrig, hastig forschte er.

„Vor neun Nächten kann ich nicht zurück sein."

„Geh, eile! Du solltest schon fort sein. Lang ist eine Nacht: — länger sind zwei: wie mag ich dreie dauern? Ein Jahr ist minder lang als eine halbe Nacht des Harrens. Des Liebesverlangens! Eile doch! Geh! Du könntest schon unterwegs sein. Doch was weißt du von Liebesverlangen!"

Skirnir stand schon an der Thüre.

„Vergieb ihm," flüsterte Freia, die ihm leise nachgeschwebt war, das leuchtende wallende Rothaar leicht über die linke Schulter zurückwerfend und bittend sein Auge suchend. „Der Männer Liebe — nicht die unsrige," — hauchte sie sanft — „der Männer Liebe ist selbstisch." — „Du sagtest es schon," sprach Skirnir und schob den Helm zurecht. „Leb wohl! — —"

XXVIII.

Über die braune Heide daher kam gewandert ein Mann, langsamen, aber gleichmäßigen Schrittes. Er trug das behelmte Haupt vornüber gebeugt; der dunkelgrüne Mantel, der ihm von den Schultern floß, wogte leise nach im Winde; in Gedanken verloren schritt er dahin; unlieben Gang schien er zu gehen; er seufzte zuweilen tief auf; aber auch im Seufzen nicht unterbrach er den steten Schritt. Er machte sowenig Geräusch und war offensichtlich so ganz nur mit sich selbst beschäftigt, daß das scheue Heidegevögel — der Rohrschwirl, die Heidenelster und selbst der mißtrauische Heerwegvogel — kaum aufflogen von dem Nest oder von der Wurmsuche, streifte er auch nah an dem Verstecke von hohen Halmen vorüber, darunter sie duckten.

Im Westen, wo Asgardh lag hinter goldgesäumten Sommerwolken, ging die Sonne allmählich zu Rüste; langgestreckt fiel des einsamen Wanderers Schatte vor ihn; denn nach Osten trachtete sein Schritt: ostwärts liegt Riesenheim. Zu Ende verlief nachgerade das offne, weite Heideland; immer häufiger ward nach und nach, immer höher und zuletzt immer dichter allerlei Buschgestrüpp: zuerst noch das echte Gewächs der Heide: leuchtend gelb blühender Ginster und ernster, dunkelgrüner Wacholder, dann aber immer zahlreicher auch andres Strauchwerk: Rotdorn, Hasel, Weißdorn und Hagbuche, bis allmählich Buschwald begann, der nach Osten zu immer mehr in wahren Hochwald überging, — Urwald, der aus schwarzem Ursumpf emporstieg. — —

Vor dem Eingang dieses eigentlichen Waldgebiets stand, hoch aus dem niedrigen buschigen Heckicht ragend, eine alte, alte Esche: einer ausgestellten Vorwache vergleichbar blickte

sie weit über das offne Land gen Westen hin; arg zerzauſt
war ihr Haupt vom Sturm, — wie das der Vorwacht
wohl ergehen mag —; ein paar Äſte, halb geknickt, ver=
dorrten am Stamm; aber trotzig ſtand der Baum und ſtolz.

Wie der ſtille Wanderer auf Pfeilſchuß heran war,
ſtrich ein großer dunkler Vogel ab vom höchſten Wipfel=
zweig: er gab nicht Ruf, wie wohl ſonſt ein Warner: lautlos
zog er zu Walde, ganz langſam, nur ſelten mit den Schwingen
ſchlagend.

Dämmerig war's in dem dicht beſtandenen, tiefen Ge=
hölz: wie der Traurige hinter die erſten Stämme trat,
verließ ihn der letzte Gruß der Sonne; ihn fror: feſter zog
er den Mantel um ſich: aber ohne Zögern ſchritt er weiter,
immer weiter. —

Der breite Wald war nie gelichtet worden: den Grenz=
hag bildete er zwiſchen Midhgardh und Rieſenreich; aber
ein zur Not kennbarer, obzwar ſchmaler Pfad durchſchnitt
ihn ziemlich gerade von Weſt nach Oſt, durch daneben ge=
legte Steine zuweilen gezeichnet; und das war gut: denn
rings lag tückiſcher Sumpfgrund in dem Walde, hart links
und rechts von dem erhöhten Steg. Gegen die Mitte der
dunkelnden Baumwildnis hin ward das Geſtrüpp und der
Moorgrund immer ſchlimmer: abgeſtorbene, ertrunkene
Baumrieſen ragten zu beiden Seiten aus dem ſchweigenden,
ſchwarzen Waſſer. Dazu ward es immer finſterer unter
dem dichten Laubdach der uralten Eichen, Eſchen und Ulmen,
deren Wipfel hoch über des Wanderes Haupt ineinander
griffen; wenige Schritte nur konnte er den Weg vor ſich
überſehen.

So überraſchte es den Sinnenden, der ſtets nur traurig
auf den Boden vor ſich niedergeblickt hatte, als er plötzlich
vor einem Hemmnis ſeiner Schritte ſtand.

————

XXIX.

Das war ein ansehnlicher Hügel, der die ganze Breite des Weges sperrte: rechts und links davon gähnte der schwarze Moorgrund: mannshoch ragte daraus das Schilf hervor mit seinen grauen federähnlichen Blütenfahnen.

Ein mattes Licht glomm vor dem Aufstieg am Fuße des Hügels: es brang aus einem verlöschenden Hirtenfeuer; der Hirt, ein alter Mann, saß davor; ein wolfähnlicher Hund kauerte zu seinen Füßen, lang ausgestreckt, den spitzen Kopf auf den Vorderfüßen ruhend; oben auf dem von Eschen bestandenen Hügel saßen zwei große dunkle Vögel, einer davon war der von der Späh=Esche abgestrichne: hier hatte er wieder aufgebäumt. Dichtes Hartriegelgebüsch, finster, dem Blick undurchbringbar, und ein paar hohe Basaltfelsen füllten den schmalen Raum zwischen dem Hirten im langfaltigen dunkelblauen Mantel und dem Fuße des Hügels; sacht, seltsam knurrte der hochbeinige Hund, seltsam krächzten zu seinen Häupten die Vögel: da erkannte Skirnir, daß es Raben waren.

Der Alte rührte sich nicht; regungslos saß er, das Haupt, vom schwarzen Schlapphut die Stirne beschattet, vornüber gebeugt, gelehnt auf seinen langen Hirtenstab: denn das war doch wohl der stattliche Schaft: die Spitze war freilich über der Schulter im faltigen Mantel verhüllt.

Skirnir schritt vorwärts, ganz im gleichen Schritte wie bisher, als ob Hirt und Hund und Hügel nicht wären; langsam sprach er: „Hebe dich, Hirt, der am Hügel du hausest und wachest des Weges, heb' dich von hinnen."

Kaum merklich hob der das Haupt, dabei den Hutrand noch tiefer über das eine Auge rückend und ohne sich zu regen, erwiderte er: „Eilt es so arg, junger Gesell?"

„Es eilt." — „Doch nur langsam kamst du des Weges."
— „Aber unaufhaltbar." — „Als ob du schwer trügest."
— „Mein Gepäck ist schwer. Nicht leicht sind schwere
Gedanken." — „Mancher weiß seinen Weg, doch nicht sein
Ziel." — „Ich weiß mein Ziel! Besser als meinen Weg."
— „Und den Rückweg?" — „Nicht jeder Weg hat einen
Rückweg." — „Wohin willst du, Wandrer? Suchst du
Gymirs Gehege? — denn gerade dorthin zieht von hier
sich der Steig über den Hügel. — Solltest du nach schön
Gerdha begehren? Dann bist du so gut wie gestorben:
grimm sind die Riesen, welche die Holde behüten." —
„Wer gefaßt ist zur letzten Fahrt, der zögert, zaudert und
zagt nicht." — „Wohl anders redetest du, gewännest du
Gerdhas Gunst. Schön ist die Schimmernde und wert
ist sie wahrlich, um sie das liebe Leben zu lassen. Auch
ich war einst jung, junger Gesell. Ich schelte dich nicht,
willst du um die Wonnige werben." — „Nicht für mich!
— Laß mich vorbei!"

„Doch" — und hier traf ihn, dessen Gesicht das Feuer
bestrahlte, während der Alte im tiefen Schatten saß, ein
Strahl des Auges wie ein durchbohrender Pfeil —
„wenn du nun gar nicht zu werben mehr brauchest? Wie,
wenn sie dich schon liebt? — Rotkelchen, das neugierige
Wichtlein, sang mir vom Wildrosenbusch herab: „seit Monden
geht Gerdha verträumt umher, seit zuerst auf der Walstatt
sie Einen gesehen". Aber welchen? Wie, wenn sie nun
dich heimlich heget im Herzen? Schön ist dein Antlitz,
wohlgethan steht dir die Gestalt."

Aber der Jüngling schüttelte die braunen Locken: „Wie
käme mir solch Glück!" — „Solch Glück?" schnell und
scharf kam die Frage. — Erschrocken fuhr Skirnir zusammen:
„Nein — du fragst mit Recht! — solch Unglück!" — „Und
wenn nun aber doch? Was dann?"

„Dann — dann — . . ." sein Auge leuchtete kurz auf. Allein gleich darauf schloß er, langsam vor sich hinredend und traurig: „dann würde ich es ihr ausreden. Würde ihr sagen: ein anderer lebt, der ist soviel mehr wert als Skirnir, soviel mehr deiner Liebe wert als ich — wie — wie Asgardh glücklicher ist als . . . das Elend der Erde."

————

XXX.

Da rührte sich der Alte zum erstenmale: zufrieden nickte er mit dem gewaltigen Haupte und strich mit den Fingern durch den wirren grauweißen Bart: „Wacker gesprochen. Das verdient redlichen Rat. — Um den Rückweg nicht sorgt, wer da auszog, zum Tode bereit: aber wer andre geleitet?" Staunend sah Skirnir auf den Alten: „Du redest weiser als du ahnen kannst. Aber das ist doch der nächste Weg nach Gymirs Gehöft und Gehegen?" — „Der nächste, doch nicht der beste. Der beste — merke! — der sicherste zieht nicht nach Westen, zieht von seinem Hof aus nach Süden in diesen Wald." — „Warum der sicherste?" — „Du wirst es finden, kehrst du je zurück. — Aber wenig hold ist man dort den Gästen aus Midhgardh. Die Riesen sind —" — „Ich fürchte sie nicht. Ich suche den Hof." — „Dann hast du Unglück." Der Alte lächelte und blinzelte mit dem allein sichtbaren Auge. „Sie sind nicht bei Hofe: Beli baut und Steingrimr der Starke an dem Grenzwall der Thursen. So raste bei mir, bis die Männer zurück sind."

„Ich fürchte sie nicht, doch auch such' ich nicht sie. Laß mich vorüber."

Aber der Graubart wich nicht von der Stelle; mit dem Schaftende seines Stabes ritzte er langsam Zeichen in die dunkle feuchte Walderde, die unter den Eschenwurzeln sichtbar ward: „eilt es so arg?" wiederholte er. „Was immer du in Gymirsgardh ausrichtest in der Hofherren Abwesenheit, — hoffe nicht, zurückzugelangen, ohne daß sie dich einholen. Der Alte auf der Herdbank hat das Rußseil stets zur Hand: reißt er, — gar rasch sind die Riesen zur Stelle."

„Ich weiß." — „Waglich ist der Weg, den du wanderst." — „Ich weiß!" — „Wenig weise wähn' ich den Mann, welcher die Warnung wirft in den Wind! Stark sind die Steine, die Steingrimr wirft. Und ein Held, ob ein Riese, — nicht lieb' ich sie wahrlich! — ist Beli, der Bräutlichen Bruder!" — „Sage für wen hütest du, Hirt, wenn nicht für die Riesen?" — „Ferne rasten die dunkeln Rosse, die auf hohem Berge ich hege. — Aber mich jammert um Gerdha." — „Warum?" — „Wartete deiner wirklich die Weiße — so ist ihre edle Art! — und kommt der Bruder dazu, wird er sie züchtigen: darfst du das dulden?" — „Ich schütze sie!" — „So? Womit? Wo sind deine Waffen, den Wilden zu wehren?" — „Er hat Recht!" sprach Skirnir zu sich selbst, klagend. „In mein Weh versunken, um meine Rückkehr nicht besorgt, bedacht ich nicht genug —: sie, sie muß ich ja zu ihm geleiten, wenigstens: sicher ihm senden."

„Unter dem Mantel wohl birgst du sie weislich," begann der Wirrbart aufs neue, „wie vorsichtigem Wanderer ziemt: „denn in der Fremde befällt rings dich Feindesgefahr," so sang ja warnend in seinem hohen Liede der Wegfärtigen Gott." Aber trübe lächelte der Jüngling und schlug mit beiden Händen den flutenden Mantel weit auseinander; da stak nur ein kurzes Dolchschwert — nackt.

ohne Scheide, — in seinem Wehrgurt. — „So willst du
die Riesen bestehen? — Nie kehrst du zurück!" — „Wohl
möglich," meinte Skirnir. — „So willst du Gerdha be=
schützen?" — „Ach, du hast Recht, Alter!" seufzte der
Ratlose. — „Zuweilen, leider nicht immer," meinte der
und griff hinter sich in des Gebüsch und hinter die Basalt=
steine. „Sieh, da hab' ich einen trefflichen Eschenspeer.
Ich vertausch' ihn dir gern." — „Ich . . . ich trage
weder Ringe mit mir noch Wat; doch lebt mir ein reicher
Freund, der würde wohl für mich bürgen." — „Wo?"
— „In . . .! Weit von hier." — „Pah," sprach der
Alte kopfschüttelnd, „dann frommt er uns nicht. Den
Bürgen muß man haben, um ihn zu würgen! Aber wir
werden schon finden, was du mir dagegen leistest. Doch
der Speer verfliegt auf Einen Wurf. Das Schwert ist
treu wie die Hand selbst." — „Ich habe ein gutes Kurz=
schwert: — hier." — „So? Gieb einmal her!" Der Alte
nahm die starke Klinge, die der Jüngling ihm reichte,
zwischen Daumen und zwei Finger seiner knochigen, sehnigen,
magern Hand, die dem Fange des Adlers vergleichbar,
drückte daran, bog sie und warf sie, in zwei Stücke ge=
brochen, seitab in den Sumpf.

„Was thust du?" schalt der Wandrer.

„Ich waffne dich. Da liegt schon lang in dem Hügel
ein treffliches Langschwert aus Saxland. Der Held, dem
es zu eigen war, und dem sie's mitgegeben, schwingt ein
besseres oben in Walhall. Die Klinge beißt: denn eine
lebende Natter ward in die heiße Spitze geschmiedet.
Wölundr hieß der Schmied, der es schuf. Da! Nimm
es." — „Dank! Aber wie zahlen?" — „Ich schenke
nichts her. Das wissen gar viele speertote Männer. —
Jedoch wie willst du dich der Steine erwehren, welche der
ungetüme Sohn Hrungnirs schleudert? Felsen wirft er,

7*

wie Knaben flache Kiesel zum Tanzen werfen auf die glatte
See. Der beste Schirm ist dem Manne der Schild. Da
schlummert mir einer unter dem Moose: das ist der beste
Schild auf Midhgardh gewesen. Helgi einst trug ihn, der
die Hundinge schlug. Vierfach überzieht ihm Elchhaut das
Getäfel der Eiche. Weichest du, wirf ihn über den Rücken.
Da!" — „Dank! Nie im Leben kann ich's vergelten!"
— „Aber nach dem Leben vielleicht! — — Und endlich
der Helm da! Er gleißt und verrät dich. Und wenig
doch schützt er. Mit meinem Stab hier durchstoß ich ihn
leicht."

Mit raschem Ruck schwang er, bevor der Erstaunte sich
dessen versah, den langen Schaft aus dem Mantel, drehte
ihn wirbelnd in der Faust und stieß die verborgene Spitze
ganz leicht gegen den Helm: der zersprang wie ein Mövenei
beim Druck eines Fingers: Skirnir aber sah nun, das
war kein Hirtenstab, das war ein Speer.

„Besser als der schreiende Helm ist die stille dunkle
Kappe hier." Der Alte griff in seinen weiten Mantel und
holte daraus hervor eine seltsame ungestalte Verhüllung
aus ganz weichem nebelgrauem Fell, stand plötzlich auf —
hoch überragte er den schlanken Skirnir — und zog ihm
die eng anliegende, weiche, dehnbare Mütze über Hinterkopf,
Stirn und Nase bis an den Mund: nur die Augen fanden
zwei gar schmale Schlitze, gerade noch genügend, hindurch=
zugucken.

„So! — Nun aber gieb mir die Hand," lachte der
Hirt behaglich in sich hinein. „Sonst verschwindest du mir.
Es wird auf einmal gar dunkel." — „Dank! Aber wo
— wo find' ich dich wieder — oder mein Bote — dir's
zurückzugeben?"

„Ich wandere weit über die Wege der Welt. Wir
finden uns wieder." — „Und — noch einmal — wann

zahlen?" — „Im Tode — nach dem Tode! Nun fromme dir die Fahrt nach Gymirs Gehegen."

Schon schritt der Alte weitaus gen Westen: sein langgestreckter Hund trabte ihm voran, — unglaublich rasch trabte der! — aber langsam, langsam flogen über seinem Haupte die beiden Raben: bald war er in Wald und Heide verschwunden. — — —

Wie Skirnir nun über den Kamm des Hügels stieg, merkte er, daß ihm die Tiere des Waldes nicht auswichen. Ein rotes Eichhorn, hell von dem zum letztenmal noch aufflackernden Feuer beleuchtet, blieb aufrecht vor ihm sitzen mitten auf dem Schmalpfad und nagte ruhig weiter an der Schale der Haselnuß, die es zierlich zwischen beiden Vorderpfötlein hielt, bis er es mit der Fußspitze berührte: da huschte es, fauchend und kollernd, den Stamm der nächsten Ulme hinauf.

Da erkannte der Jüngling, was das für eine Kappe war, die er auf dem Haupte trug, und wer der Hirt gewesen, der sie ihm geliehen: nur so viel greisenhafter hatte der Mann ausgesehen als ... „Odhin von Asgardh," rief er sich wendend. „Danke dir, Hoher! — Zwar den Nachruhm der Heldenschaft wird sie mir mindern, solche Zauberhilfe. Aber das Gelingen wird sie mächtig erleichtern. Und nur eins ist notwendig: des Freundes Genesung. Darin liegt alles, auch Skirnirs Ruhm und Ehre." Und rascheren Schrittes ging er nun vorwärts, den Hügel hinab, tiefer in den Wald, in die sinkende Nacht, in das Grauen.

———————

XXXI.

Wie die Morgensonne über die Ostberge schaute, stand der Jüngling vor Gymirs Hofwere; der Frühtau war durch die weiche Hülle gedrungen und lag auf seinem dunkeln Haar, auf dem ein wenig helleren Flaumbart, der ihm die schmalen Wangen umsäumte.

Vorsichtig hatte er hinter den letzten Bäumen des Waldes, sobald er des Gehöftes ansichtig geworden, hervorgelugt, ob die Hofherren, ob ihre Knechte sich zeigten. Aber keiner von ihnen machte sich merkbar. „Soll es gar nicht zum Kampfe kommen?" Trübe sagte er das, während er über die feuchte Wiese hin auf den Zaun der Vorderseite des Hofes zuschritt.

Da ward die breite Hausthüre des Wohngebäudes von innen aufgestoßen und auf die Schwelle, ihm gerade gegenüber, trat Gerdha heraus, in weißem Gewande, das wellige lichte Braunhaar gelöst. Sie hob die beiden herrlichen nackten Arme nach oben, der klimmenden Sonne entgegen, und andächtig sprach sie:

„Ich neige dir, Frau Sonne!
Gieb Gerdha Gutes!
Betaut ist der Tag: —
Ein erfreuender Anfang!
So sende mir Segen,
Sel'ge Frau Sonne!"

„Oh wie schön, wie wunderschön sie ist!" flüsterte der Lauscher verzückt vor sich hin. „Nur noch eine kurze Weile — einmal noch! — mich ihres Anblicks sättigen, unverstört! Zum letztenmal! Denn nehm' ich die Hehlkappe vom Haupt und richt' ich meine Botschaft aus: — niemals — wie immer der Ausgang — schau' ich sie wieder!"

Und wirklich war das junge Weib so schön, daß

Himmel und Erde wiederzustrahlen schienen von ihrer Schöne.

Er stand und schaute und schaute, bis sie sich seitwärts wandte, die Stirnseite des Hauses entlang schritt und um die Ecke bog nach der Thüre des Stalles. Nun eilte Skirnir durch das breite Wagenthor des Holzzaunes in den Hofraum: er nahm die Tarnkappe ab und barg sie im Wehrgurt: „ich darf sie nicht jäh erschrecken," dachte er, „auch nicht gleich von Anfang durch Zaubergewande verraten, wer die sind, die mich senden." So blieb er nahe dem Zaunthor stehen, ihrer Rückkehr harrend.

Alsbald erschien die Strahlende wieder und nun war ihr Anblick, das Bild, das sie darbot, noch lieblicher denn zuvor. Denn sie führte gar zärtlich ihr milchweiß Rößlein an der lockigen Mähne, die wunderschöne, weich gerundete Hand ganz darin vergrabend: das junge Tier wieherte fröhlich der frischen Morgenluft entgegen.

Da erschaute das Mädchen den Fremdling, der, hoch aufgerichtet, den ragenden Speer auf der Schulter, regungslos vor ihr stand.

In dem klaren Antlitz ließ sie keine Spur von Überraschung merken: und daß sie in rascher Bewegung die linke Hand auf den plötzlich hoch wogenden Busen gedrückt hatte, — das war ihm unsichtbar geblieben: der Hals des Rosses hatte es verborgen.

Sie ließ das Tier an der Mähne nun los und schob es gegen die Hecke innerhalb des Zaunes hin, wo es an den zarten jungen Trieben zu nagen begann; sie sprach, ihm fest in die Augen sehend: „Abermals in Gymirs Gehegen, Skirnir? Bist du müde, zu leben? Nicht ein zweites Mal kann ich dich retten. Doch tritt in die Halle, — bald kommen sie zurück — daß du rasch den Herdfrieden gewinnst."

Aber regungslos blieb Skirnir stehen, die dunkeln
Augen so ernst auf sie gerichtet, daß sie erschrak. „Du
willst nicht in das Haus?" — „Nein. Ich suche nicht
den Frieden dieser Halle: ich kam, ihn zu brechen." —
„Hüte dich!" rief sie, hastig einen Schritt zurückweichend.
Aber er folgte ihr, langsam. „Was suchst du hier?"
— „Dich." — „Was willst du von mir?" — „Dich
selbst." — „Verwegener!" Glühend Rot schoß ihr in die
Wangen, ihre licht-blauen Augen sprühten Blitze, die fein-
geschnittenen Nasenflügel zuckten, sie zog die stolz gewölbten
starken dunkelfarbigen Brauen streng zusammen: berauschend
schön war sie in ihrem Zorn.

Er sah es! Er sah es mit tausend Schmerzen: dann
begann er traurig das Haupt schüttelnd: „Nicht für mich
wahrlich, den armen Erdenmann . . ."

Da brach Skirnir verwundert ab: er staunte gar sehr
über die Wirkung seiner Worte: völlige Wandlung trat
ein in dem schönen Antlitz: es verlor plötzlich alle Farbe:
milchweiß wurden die eben noch zornglühenden Wangen,
verschämt senkte sie die langen, dunkelschattenden Wimpern
und ein wunderselig Lächeln spielte um den kirschroten
vollen Mund.

Skirnir sah das alles: aber, unkundig der Frauen,
erriet er nichts weiter: er erkannte nur, sie grollte nicht
mehr. Zuversichtlicher trat er wieder einen Schritt näher
und sprach — nur ganz leise zitterte es wie verhaltenes
Weh durch seine weiche wohllautende Stimme: „mich senden
zu Gerdha die Asen von Asgardh, mich sendet zu dir der
schönste der Götter, Freir . . . —"

Da schlug sie groß die Augen auf; sie leuchteten vor
Glück und Glanz.

„Um deine Hand für ihn zu werben. Hör' es, Gerdha:
Freir verlangt dich zum Weibe." — „Ah!" brach es da

wie ein Jauchzen aus dem aufatmenden Munde; sie schlug
die beiden lichten Hände vor die Augen: leise zitterte dabei
das schöne Haupt und die wogende Brust. —

Da kam das Weißroß, aufgeschreckt durch den Schrei
der Herrin, vom Zaune her in hohen Sprüngen und schob
zutraulich den Kopf auf ihre Schulter. Sie ließ die er-
hobnen Arme nun auf seinen Hals gleiten: „du hast Recht,
Hvitchen!" sie streichelte ihm den glatten Bug: „du mahnst
an die Heimat."

Aber der Bote drängte: „Welchen Bescheid auf Freirs
Werbung giebt Gerdha? Guten, so hoff' ich." — „Keinen
Bescheid giebt Gymirs Tochter, des Riesen. Es ist ja
doch nur Hohn!" — „Oh Jungfrau, sieh mir ins Auge.
Ist es Hohn, was daraus zu dir redet?"

So ernst, so traurig, so rührend schaute das dunkle
Auge, — — milder gab sie zur Antwort: „du stammest
aus Midhgardh, wie — zur Hälfte — ich selbst: ich
glaube dir: du meinst es ehrlich mit Gerdha. Aber von
Asgardh die Argen! Wann einer der Übermütigen zu ihr
kam, unseres Volkes manche Jungfrau lächelte schon; wann
er dann schied, dann hat sie geweint, geweint alle Tage,
die sie noch lebte." „Niemals wird Freir scheiden von
dir, nie du von ihm! Nicht hierher ja kommt er zu flüch-
tigem Besuch: er entbietet, er ladet, er holt dich durch
mich hinauf in Asgardhs goldene Säle, dort bei ihm zu
wohnen, sein Weib immerdar." Wieder zog jenes selige,
so verschämte, und doch so freudigstolze Lächeln um ihren
Mund: „Sein Weib. — Sein! — Doch: er hat mich nie
gesehen!" — „Doch! — Einmal. Das genügte. Ich zeigte
dich ihm. Und auch du hast ihn ja gesehen. Einmal
oder . . .?" — „Einmal. Das genügte. Ich erschrecke
sonst nicht: doch damals erschrak ich." — „Vor Furcht!
Auf dem Schlachtfeld." — „Nicht vor Furcht!" lächelte

sie verträumt. — „Ich weiß nicht: — doch süß war der
Schreck. Aber," fuhr sie aus dem Sinnen empor, „das
Schlachtfeld! Dies Wort warnt zur rechten Zeit. Dort
— dort!" rief sie, den weißen Arm ausstreckend nach Westen.
„Wo so viele unseres Volkes erschlagen lagen! Zu Hauf
getürmt lagen die Toten! Und darüber hingestreckt: mein
eigener Vater! Ah," schrie sie plötzlich grell auf, „es ist
ja unmöglich! Wer weiß, ob nicht er . . . ? Soll ich die
Hand erfassen, die meinen Vater schlug?" — Da sprach
Skirnir laut und fest: „Nicht Freir hat Gymir getötet."
— „Nicht?" jubelte sie und strahlend traf ihn der Glanz
des lichten Auges. „Wirklich nicht? Oh du Guter, du
meinst es treu?" — „Ich meine es treu." — „Täusche
mich nicht — lüge nicht!" — „Ich lüge nie. Ich stand
ganz nah. Freir schwang das Sonnenschwert —"
„Von Speerwurf fiel der Vater!" atmete sie auf. „Wer
warf jenen Speer? Du etwa?" — Sie schauderte zurück.
— „Nein", sprach er innig, „dies Ärgste, Gerdha, dies Aller-
ärgste blieb mir doch erspart. Du brauchst mich nicht zu
hassen."

„Wer aber? Wer?" — „Ich sah es genau. Wohl
kannte ich Gymir aus manchem Gefecht. In der Reihe
gegen ihn und die Seinen standen Odhin, Freir und
Tyr —"

„Jawohl, jawohl," bangte sie. „So sagt der Bruder!"
— „Und fochten im Vorkampf . . ." „Ein Vierter
stand aber dabei."

„An Freirs schildlosem Arm, wie immer: — ich.
Doch hinter uns im Eibengebüsch kauerte Loki. Zwischen
uns durch flog sein Speer und Gymir fiel." „Der Verhaßte! und ihn sollte ich da oben . .?" — „Nie wirst
du Loki schauen in Asgardhs goldenen Sälen. Seine
Tücken wurden erkannt. Friedlos gelegt floh er in Wildnis

aus. Freir war's, der ihn vor Siegvater übler Ränke verklagt und sonnenklar überführt hat." — „Dank! — Dank ihm! — Und dir!" — Sie reichte ihm — zum erstenmal — die Hand hin.

Aber traurig schüttelte er das edle Haupt: „Nicht fass' ich deine Hand, oh Herrin, nicht rühr' ich an dich — ich hab' mir's gelobt — bis ich dich Freir gebracht, deinem Gemahl. — Nun horch auf, wie er wirbt: elf Äpfel, allgolden, Idunen zu eigen, beut er der Braut. Ewig erneun sie, verjüngend, die Jugend, auf daß du, unalternd, wie Freia und Frigg und die Himmlischen all, nie endender Freuden mit dem Gatten genießest."

Aber das Mädchen schüttelte das Haupt: „Die elf Äpfel, allgolden, nehme ich nicht! Um keines Mannes Liebe! Und nie mögen wir beide, Freir und ich), beisammen sein, solange wir atmen. Mein Blut zieht mich hinab zu Riesenreich." — „Aber deine Schönheit," rief der Jüngling in ausbrechendem Gefühl, „trägt dich sieghaft empor, wohin du gehörst: zu den unendlich schönen, den seligen Göttern!" Lebhaft war er einen Schritt vorgetreten.

Verwirrt, leicht erschrocken sah die Jungfrau zu ihm hinüber.

„Vergieb," stammelte er, Schamröte auf der Stirn, „ich sprach ja nur in seinem Namen!" — „Nein," wiederholte sie zögernd. „Des Thursen Tochter . . . !" — „Aus Midhgardh stammt dir die Mutter. Mehr, mein' ich wahrlich, ward dir zu eigen von Menschengemüt als von rauhen Riesen, oh Königskind du von Thule! Daghelm, deinen Großvater, der im Kampfe für Odhin gegen die Riesen fiel, wirst du in Walhall strahlend schaun. Mit offnen Armen schreitet er der Enkelin entgegen. Gehörst du näher als zu ihm, der dort noch leuchtend unter Thules Krone geht,

zu jenem blöden Alten auf der Herdbank dort? Willst
du das Weib werden seines rotborstigen Sohns?" — „Nie!"
— „Sie werden dich zwingen." — „Nein. Mein Halb=
bruder — ich dank' es ihm tief — wird mich nicht
zwingen." Traurig dachte sie, wie er sie doch nur einem
Riesen geben wollte: aber ruhig klang ihre Stimme, da
sie fortfuhr: „unvermählt werd' ich sterben."

„Oh Gerdha," flammte Skirnir leidenschaftlich auf. „Du!
Soll so viel Schöne ungepflückt verblühn? Freudlos schleichen
die Tage alterndem Weib ohne Mannesminne — ohne Er=
innerung sogar! „Die preis ich selig" — so lehrte die liebe
Mutter mich einst — „die, ob auch nur einmal, — beglückt
und beglückend — in Mannes Arme geruht, die da selig
gefühlt, daß sie einmal — und wär' es nur einmal! — den
Geliebten in Wonne berauscht. Des mag sie dann immer,
beim Erwachen und beim Entschlummern, stolz, froh und
befriedet gedenken: höchstes Weibes Glück ist ihr geworden,
denn den Geliebten hat voll sie beglückt." So lehrte die
Mutter. Ich ... weiß es ja nicht; aber eins weiß ich,
darf ich erinnern: willst du verdorren, der vertrocknenden
Blume vergleichbar, die, auf dorrendem Glutsand erwachsen,
nicht leben kann und doch auch nicht sterben? Hart ist ihr
Los. Einsam und öd und ungeduldig, leer, im lechzenden
Durste des Sehnens, nährt sie Mißgunst und Neid. Und
nun du, oh Gerdha! Sahst du niemals dein Bild in
spiegelndem Quell? All dieser Reiz soll welken, keinem
zur Freude? Denke dich dagegen: sein Weib! Seines!
Des Strahlendsten der Götter! Goldig wogt ihm das
lange Gelock, es leuchtet sein Auge und ..." — „Laß
ab," sprach sie, leicht die linke Hand erhebend. „Ich hab'
ihn ja gesehn!" — „Wie kannst du noch zögern? Wes=
halb ...?" — „Sprich," erwiderte sie, hold errötend,
„ist ihm also zu Sinn: — ich zweifle nicht, du redest die

Wahrheit: denn" und nun sah sie ihm voll in die edeln
Züge — „nie sah ich glaubwürdiger Antlitz: du hast so
treue Augen! — Aber ist es dem Werber Ernst, — weshalb sendet er dich? Weshalb" — hier zögerte sie eine
Weile, dann vollendete sie rasch — „weshalb kömmt er
nicht selbst?" — „Weil er krank liegt, siech bis zum Sterben."
— „Ah! Ah! Weh!"

Mit lautem Aufschrei trat sie, beide Hände hoch erhoben
und ausgespreitet, ganz nah an den Boten heran.

Der öffnete weit die erstaunten Augen. „Das war
mehr als Mitleid," sprach er kopfnickend zu sich selbst.

„Krank?" stöhnte sie — „Er! — Was . . .?" —
„Liebeskrank. — Liebessiech bis zum Sterben. Ich — ich
zeigte dich ihm! Wie er zuerst dich erschaut, fiel er in
meine Arme, wie blitzgeschlagen. Seither liegt er regungslos.
Und also entschieden die Runenlose: er stirbt! Nie wieder
wird er vom Lager sich heben, legt sich nicht Gerdha ihm
liebend — nicht aus Erbarmen! — aus Herz. So ist
es. Ich eid' es. Bei Odhin . . . — nein, — bei dem
Allerheiligsten: bei dem Licht deiner Augen."

Eine kurze Weile noch zauderte die Jungfrau. Sie
hatte die lichten Hände ineinander gerungen und sah starr
mit gesenkten Augen zur Erde. — „Sterben?" fragte sie
tonlos. „Sterben — um mich?" — „Das ist sein Los:
Tod oder du." — „Gehen wir!" rief sie plötzlich, hoch
sich aufrichtend. — „Aber — merk' es wohl! — nicht
aus Erbarmen! Warum willst du sein werden? Sprich!"
— „Weil ich ihn liebe — über alle Maßen! Namenlos!"
jubelte sie laut. — Da schlug er die dunkeln Wimpern
nieder: „Ja. — — Wie muß sie ihn lieben, mir, dem
Fremdling, das zu sagen! — — Komm" sprach er ruhig,
„steig' auf dein Pferd Es eilt ihm." — „Gleich! Gleich!"
— Sie warf einen feuchten Blick hinter sich auf die Halle,

in der sie groß gewachsen war. — „Komm! — Er leidet.
— Laß alles dahinten."

„Alles, — bis auf der Mutter letzte Gabe." Sie
war im Hause verschwunden.

Er sah ihr lange schweigend nach. „„Über alle Maßen!
Namenlos!' — Ist's nicht zu viel des Glückes, auch für
einen Gott? — Schweig, neidisch Herz. Sei begnügt,
daß gerade du, dein thörichter Wahn sie zusammenführen
durfte. Gerdha und Skirnir: Licht und Blindheit! Ich
bringe sie dem, zu dem sie gehört."

Er griff das Roß an der Mähne mit der Linken, löste
mit der Rechten den weichen Mantel von der Schulter und
glättete ihn als Decke über des Thieres Rücken: dann
führte er es an die Bank vor dem Hause: „hier mag sie
aufsteigen. Ich . . . berühre sie nicht. — — — Und
dann, wann ich sie sicher an seine Brust gesendet, — dann
zuschauen? — Nein! — Lieber wieder erblinden; —
diesmal: für immer! — Wo bleiben sie, die tapfern
Riesen?"

Er sah umher: da erblickte er aus dem Fenster zum
Dache hinaufführend ein Seil. — Er nickte. —

Schon trat Gerdha aus der Thüre. „Nur diesen halben
Armreif der Mutter nehm' ich mit: die andre Hälfte
schläft, um ihren Arm geschlungen, in ihrem Hügelgrab.
— Nun, Hoitr, lauf, mein Rößlein." — Sie schwang sich
von der Hofbank auf den Rücken des Thieres, das lustig
mit dem Vorderhuf auf den Sand hieb. „Komm nun,
du treuer Bote."

„Ich komme," sagte der und riß aus voller Armes-
kraft an dem Seil. Ein donnergleiches Gepolter erkrachte
oben auf dem Dache.

„Was thust du?" rief das Mädchen entsetzt. „Du
rufst die Riesen herbei." — „Sie sollen nicht sagen, daß

Skirnir dich stahl. — Lauf, Rößlein!" — „Du sitzest nicht hinter mir auf? Halte dich an mir. Es ist Platz."

„Nicht mein Platz! — Vorwärts!"

Und die Rechte in die Mähne des Rosses schlingend und sich fest daran haltend sprang er zu Fuß neben dem rasch ausgreifenden Tiere her. Er stockte nie, blieb nie zurück. Aus der offnen Hofthüre schossen wie Pfeile Roß und Mann.

Gerdhas Haar flatterte gelöst im Winde nach, einem leuchtenden Sterne vergleichbar: denn scharf war der Ritt und der Westwind blies lebhaft entgegen.

XXXII.

Bald vor dem Hofe verließ Skirnir die Richtung, aus welcher er gekommen, und schlug den von dem Hirten ihm geratenen Weg nach Süden ein. Aber nicht gar weit waren die Flüchtlinge gekommen, da hörten sie hinter sich ein mächtig Schreien.

Erschrocken wandte Gerdha das Haupt. „Weh mir!" rief sie. „Schon folgen sie uns! Was hast du gethan!"

„Was ich mußte," erwiderte Skirnir, der, ohne in seinen weiten Sprüngen einzuhalten, nur kurz umgeblickt hatte. „Rascher, Rößlein, rascher!" Und er schlug dem feurigen jungen Tier freundlich ermunternd mit der flachen Linken auf den glatten Bug: laut wiehernd griff es noch stärker aus.

„Wir sind verloren!" klagte Gerdha. „Ach und dann — auch Er." — „Gerettet bist du gleich. Und dann — auch Er. — Lauf, Rößlein!" Der Weg, der zuerst durch

mooriges Wiesland geführt hatte, ward jetzt — schon lange
vor dem Wald — ein schmaler Steilpfad, eine Art von
Hochdamm: auf beiden Seiten abgrundtiefer Sumpf, darin
Mensch und Tier weder schwimmen noch waten mochte:
viele Rasten weit dehnte sich das so hin: zu umgehen war
der hohe Engstieg nicht.

Nur auf der gerade entgegengesetzten Südseite mündete
er auf festem Waldboden: von da ab ward er zu breiterer
Straße.

Aber noch hatten sie den langen Schmalweg nicht durch=
messen, da schlug haarscharf neben dem Rößlein zur Rechten
ein furchtbarer Felsstein platschend in den Sumpf: hochauf
sprang und spritzte das schwarze Wasser.

„Das war Steingrimr!" rief das Mädchen. „Das galt
mir." — „Verfehlt!" brüllte es hinter ihnen. „Eher zer=
werf' ich der Hausflüchtigen jeden Knochen im weißen Leib,
eh' ich sie dem Menschengewürme gönne." Gerdha schau=
derte leicht. „Fürchte dich nicht," rief Skirnir zu ihr
hinauf, „gleich bist du geborgen."

Aber da erdröhnte auf seinem Rücken ein Krach und
er stürzte vornüber. Wenig fehlte und er wäre in den
bodenlosen Sumpf hinab getaumelt. Doch er hielt sich mit
starker Hand fest an der Mähne des Rosses und richtete
sich wieder auf. „Was war das?" — „Ein Speerwurf."
— „Speere wirft mein Bruder! Das galt . . ."

„Mir. Der Schild auf meinem Rücken ist treu. Der
Speerschaft brach: hier ist die Feuersteinspitze. — So! Nun
bist du gesichert. Spring' ab!" Er verlangte so heiß, sie
vom Pferde zu heben, einmal nur die schlanke Gestalt zu um=
fassen: aber er bezwang sich: ohne die Hand nach ihr auszu=
strecken, blieb er ruhig vor ihr stehen und wartete, bis sie —
ohne seine Hilfe — herabgeglitten war.

Sie standen nun an dem Eingange des Waldes, an

dem Ende des schmalen Hochpfades durch den Sumpf. „Das Rößlein muß jetzt ein wenig verschnaufen, muß trinken — dort rinnt ein Quell aus dem Moose! --: sonst kann es dich nicht weiter tragen.“ — „Aber einstweilen . . .?“ — „Sorge nicht. Sie kommen nicht herüber in den Wald. Aber damit dich nicht von ferne her des wütenden Tölpels Ge= schosse treffen — er wirft wirklich recht weit! — da: nimm diese Kappe! Ziehe sie über das Haupt.“

Noch einmal sog er mit heißen, brennenden, durstigen Augen in sich den weichen, den unendlichen Liebreiz der ganzen Gestalt: — — „nun leb wohl, Gerdha! Die Kappe macht dich unsichtbar: ich schaue dich dann nicht mehr.“ — „Du begleitest mich nicht weiter?“ — „Ich bleibe hier. Ich darf sie nicht über den Hochdamm lassen.“ — „Dank! Noch eins!“ — „Was befiehlst du, Herrin?“ — „Mein Bruder! — Er war immer gut gegen mich. Du darfst ihn nicht töten. Schone sein! Um jeden Preis.“

„Um jeden Preis?“ wiederholte er. „Außer dem einen,“ dachte er bei sich, „daß sie zu dem Geliebten gelangt; also ist das gemeint!“ — „So!“ rief er nun wieder laut, „das Roß hat genug getrunken. Reite nur stets gerad aus durch den Wald, dann draußen auf der Heide gen Mittag. Bald gelangst du so an einen hohen Berg. Ein Regenbogen wölbt sich über ihn. Dort nimm die hehlende Kappe vom Haupte — vergiß das ja nicht! — hörst du? — Dann rufe: „Heimball, hier steht Freirs Braut.“ Und gar bald wirst du an seinem Herzen ruhn. — Leb wohl, Gerdha!“

Laut rief er ihr dies Lebewohl nach: denn schon war sie seinen Augen in die leere Luft entschwunden: schon hörte er die Hufe ihres Pferdes fern und ferner auf den harten Wurzeln des Waldwegs klappen . . . immer schwächer . . . jetzt verhallen . . . —

Da sprang er zurück auf den schmalen Hochpfad und lief den Verfolgern eine Strecke darauf entgegen.

XXXIII.

Nun machte er Halt, warf den runden Schild vom Rücken an dem langen Riemen herum auf den linken Arm, zückte mit der Rechten den Eschenspeer und füllte, breit sich dehnend, den linken Fuß unter dem Schilde vorgestemmt, den ganzen Raum des engen Sumpfsteiges. Es war Zeit. Denn die Riesen waren da. Beide hatten vom ersten Tagesgrauen an geschanzt, an dem Thursen-Birke, das hier Midhgardh bedrohen, Riesenreich aber schließen sollte.

Es lag der Ort nicht gar zu weit nördlich von ihrem Gehöft; gewaltige Felsmassen von Urgestein türmten und fügten sie da neben= und aufeinander, ohne Mörtel, nur die Zacken und die Vertiefungen ineinander passend; ihre Waffen hatten sie zu der Arbeit weislich mitgenommen: denn nahe war die Grenze der Feinde.

Das Notzeichen von dem Dache der Halle her hatte sie aufgeschreckt von ihrem Werk. Aufblickend erkannten sie Gerdhas Gestalt, auf ihrem weißen Rößlein davon jagend gen Süden, und einen Menschenmann, der an ihrer Seite dahin sprang. Brüllend vor Wut hatte Steingrimr mit jeder Faust einen Felsen, die größten, die zur Hand lagen, aufgegriffen. Aber Beli, der stumm blieb, — nur ganz bleich war er geworden vor tödlichem Zorn — erkannte, daß er zu Fuß die Reiterin nicht einholen könne: so lief er auf die nahe Roßweide der Riesen, wo deren mächtige Pferde — halb wild — grasten.

Steingrimr fah ein, daß der Vetter recht habe und folgte feinem Beifpiel. Darüber verftrich einige Zeit: denn nicht fofort gelang es, die fcheuen und böfen, fchlagenden und beißenden Hengfte zu greifen.

Steingrimr war zuerft auf eines mächtigen Tieres Rücken gefprungen: — ein Brandfuchs war's —: vom Gaule herab hob er die beiden fchweren Felsftücke wieder auf, die er einftweilen hatte fallen laffen müffen, und er jagte nun den Fliehenden nach, je einen Fels mit jedem Arm an die Bruft drückend, nur mit den Schenkeln fich haltend auf dem ungezäumten Gaul.

Hinter ihm folgte auf fchnaubendem Rappen Beli, den fchweren Eichenbalken auf der Schulter, den er bei der Arbeit als Hebel verwendet hatte; aber auch den mitgeführten Wurffpeer hatte er aufgerafft. —

Kaum ftand Skirnir auf dem Sumpfftieg, als Steingrimr heranrafte auf dem unter feinem Gewichte ftöhnenden Hengft: auf halbe Steinwurfweite herangekommen, hob der Riefe, mitten im Rennen, mit beiden Fäuften das zweite ihm noch verbliebene Felsftück über feinen Kopf und fchleuderte es mit aller Kraft feines ungetümen Leibes auf den Jüngling, den er allein durch die Wucht des anprallenden Roffes umzurennen vertraute.

Stark, niederbeugend war fchon der Luftdruck des faufenden, faft manneshohen Felfens: gerade auf dem Fleck fchlug er nieder, wo Skirnir geftanden.

Aber Skirnir ftand nicht mehr da.

Geduckten Hauptes war er vorwärts gefprungen und hatte den Speer nicht gegen den Reiter, gegen das gewaltige Roß gezielt: denn auch er erkannte, er war verloren, erreichte ihn der Anfprung des wuchtigen Tieres. In die linke Bruft getroffen fchrie das wilde Roß gellend auf, bäumte fich, ftieg, überfchlug fich und ftürzte famt

8*

seinem Reiter, der, brüllend vor Wut zugleich und Todes-
angst, die ungeschlachten Arme um des Hengstes Hals geschlungen hatte, in fürchterlichem Sturz von dem Hochpfad
hinab in die schwarze Sumpfflut zur Rechten: dumpf
gurgelte und brodelte es nach aus der Tiefe. — — —

XXXIV.

Nun war auch Beli heran. Das Geschick seines Vetters
vor Augen sprang er weislich vom Pferde herab: er sah,
den Feind über den Haufen zu reiten, das durfte er jetzt
nicht mehr hoffen.

Denn mit heller Verständigkeit, mit findiger Klugheit
verteidigte der verachtete Fremdling aus Midhgardh den
Weg wider die überstarken Feinde.

Skirnir war sofort zurückgesprungen an die Stelle, wo
der gewaltige Fels, der ihm bis an die Schulter reichte
und fast die ganze Breite des Steiges sperrte, niedergesaust
war, tief sich einbohrend mit dem spitzen Zackenende in
den weichen Boden von altem verfilzten Moorgrund: mit
Mühe zwängte sich der Schlanke daran vorbei und stand
nun dahinter, gedeckt wie von trefflichster Schutzmauer
durch das Geschoß selbst des überwundenen Riesen.

Beli sah, zu Roß war hier nicht durchzukommen. So
schritt er zu Fuß, grimmig den dicken Hebelbalken schwingend,
gegen den Jüngling heran.

„Nur nicht ihn töten!" sprach der zu sich selbst. —
„Elender Mädchenräuber!" schrie der Riese. „Nicht sollst
du, Bauernsohn! — denn ich kenne dich, Skirnir! — froh
werden ihres weißen Leibes." — „Nicht raubte ich Gerdha:

— freiwillig kam sie mit mir." — „Die Schamlose!"
knirschte Beli. Es war ja wahr! Er hatte es ja gesehen,
wie sie selbst eifrig das Roß angetrieben hatte mit schla-
gender Hand. „Das ist das Blut des Menschenweibes
in ihr! Warte, Verführer!" — „Nicht für mich warb ich
um Gerbha: Freirs des Strahlenden Weib wird sie werden."
— „Eines von Asgardh!" rief Beli grimmig, sprang vor
und schlug einen wilden Streich gegen Skirnirs Haupt:
der aber duckte behend unter den Fels: auf des Steines
scharfe Kante schmetterte der Eichenbalken und zersprang in
große Splitter.

Da ergriff den Riesen Riesenzorn: er schleuderte den
nutzlosen Stumpf, der ihm in der Faust geblieben war,
in das Moorwasser, packte mit beiden Händen den Stein
und suchte ihn auf den dahinter Stehenden niederzu-
stürzen. Wohl stemmte sich Skirnir dawider: doch merkte
er bald, daß er den Armen des Riesen auf die Dauer
nicht werde widerstehen können.

„Laß von dem Steine, Beli," sprach er. „Ich will
hervorkommen und offen mit dir kämpfen." Aber Beli
ließ nicht los: schon brachte er den tief eingegrabenen
Stein ins Wanken, schon neigte dessen Gewicht hinüber.
„Hüte dich, ich stoße zu!" warnte der Jüngling, das
Schwert ziehend. — „Ich darf ihn noch nicht durch-
lassen," sprach er ernst zu sich selbst. „Noch holt er sie
ein vor dem Berge und dort nimmt sie ja die Tarnkappe
ab! — Hüte dich!" wiederholte er drohender. — „Hüte du
dich!" gab Beli zurück und, um den Felsen vollends zu
stürzen, — er bog schon stark nach links über — stemmte
er nun das rechte Knie mit aller Kraft von der Seite
her gegen den Rand: breit ragte sein mächtiger Schenkel
neben dem Steine hervor. Das ersah Skirnir: er stieß
ihm die Spitze des scharfen Schwertes von oben nach unten

in den Schenkel. Der Riese schrie auf vor Schmerz, ließ
den Stein los und sank stöhnend auf den Rücken.

XXXV.

Behutsam trat der Sieger nun hinter dem Steine
hervor. „Ich warnte, Beli. Schmerzt es arg?"

Der Wunde suchte sich zu erheben: umsonst. — Hilflos
fiel er zurück: grimmig ballte er die Faust: du höhnst
noch, Mensch!" — „Nein, Beli," sagte Skirnir, der sich
nun überzeugt hatte, daß der Wunde die Schwester ge=
raume Zeit nicht verfolgen konnte. „Es thut mir leid,
daß ich dich treffen mußte. Ich warnte. Aber sei getrost,
du stirbst nicht an der Wunde. Sicher nicht!" Mit
großen Augen sah der Riese auf seinen Besieger.

„Du verstehst mich nicht und all mein Thun, nicht
wahr?" — „Nein. Aber . . . Oh könnt' ich dir ans
Leben." — „Du kannst," sagte Skirnir langsam und trat
ganz dicht an ihn heran. „Dein Arm, deine Hand blieben
ja heil."

Immer stärker staunte der Wunde. „Das . . . das
ist nicht Hohn!" sprach er vor sich hin. „Dann" — scharf
sah er auf den Jüngling — „dann ist es: Wahnsinn!"
— „Mag wohl sein. — Oder Trübsinn. — — Ist wohl
dasselbe." — „Gleichviel! Schwester und Vetter hab' ich
an dir zu rächen. Oh hätt' ich eine Waffe!" schrie er,
Skirnir, der sich über ihn beugte, plötzlich mit der linken
Hand am rechten Arme packend. — „Nimm die meine,"
sagte Skirnir und hielt ihm den Griff seines Schwertes
hin: die Spitze war noch rot.

Ein grimmes, grelles Jauchzen — schon stak die Klinge in Skirnirs Brust: der Riese ließ die Waffe darin haften.

„Ich danke dir," sagte Skirnir, die Klinge festhaltend in der Wunde. „Dort kommt einer: — vor dem muß ich dich noch schützen."

Aus dem Walde kamen raschen Schrittes, in Hut und Mantel, den Speer in der Hand, Odhin heran. Sowie er an dem Felsstück vorbeigeschlüpft war, erblickte er den vor dem Steine auf ihn zuwankenden Jüngling und zugleich den Riesen: er sah, daß der nur wund war: sofort stand auf seiner hohen Stirne zwischen seinen Brauen die tiefe Falte seines tödlichen Asenzorns: augenblicks hob er zum Wurfe den Speer. Skirnir fiel ihm in den Arm: „Nein! Um ihrer willen! Ich flehe dich an — in ihrem Namen! — bist du irgend zufrieden mit Skirnirs Fahrt."

„Ich bin zufrieden," erwiderte der Gott und senkte den Speer. „Ich komme von Gerdha. Aus Asgardh. Soeben hat Thor mit dem Hammer sie Freir zum Weibe geweiht. Er ist genesen. Aber du? . . . Ich weiß, ich sehe alles! — Nun siehst du, Skirnir, sollst du im Tode dem Hirten bezahlen die Gabe der Waffen: sie war dir vonnöten: nicht ohne sie entkam Gerdha. Du stirbst nun den Bluttod und immerdar lebst du droben bei uns mit den Einheriar in Walhall, Asgardhs goldenem Festsaal."

Da hauchte Skirnir — er ward schon sehr bleich —: „Großer Wunschgott — darf ich auch für mich wünschen? Belis Leben erbat ich für . . . sie." — „Was immer du willst und was ich mag gewähren. Denn du warst treu." — „So erlaß mir den Lohn! Nicht in Walhall! Nicht . . . —! Laß mich hinab . . . — nach Hel." Schon wollten die dunkeln Augen müde sich schließen: mit Anstrengung schlug er sie nochmals weit auf und schaute flehend in des Gottes gewaltiges Angesicht.

Das ward nun sehr ernst.

Nickend mit dem mächtigen Haupte sprach Odhin: „Traurig ist es in Hel! — Doch es sei! — Du Armer: nicht zum Heile gedieh dir, daß dir jemals Freir genaht.“

„Doch! Ihm dank' ich ja, daß ich — — sie — sehen konnte.“ Er zog die Klinge aus der Wunde: „sag' ihm — ich danke ihm.“ Und er sank dem Gott an die Brust und war tot.

Langsam ließ der Schweigende ihn — und zärtlich — zu Boden gleiten; dann drückte er ihm einen Kuß auf die bleiche, schöne Stirn. — Nun richtete er sich hoch wieder auf, den dunkeln Mantel mit der Linken über der Brust zusammenziehend, die Rechte um den Speerschaft schlingend.

So sprach er vorgebeugt, verträumt und traurig, vor sich hin: „Fahr wohl, du Armer! — Und doch war er reich. Denn echte Liebe hat er geliebt. Lieben aber — ist es nicht seliger noch als geliebt sein? Und ist es nicht besser — sag' es, Gunlödh im blonden Gelock! — um Liebe sterben, als ohne Liebe leben?“

Odhins Rache.

Kann Liebe verraten?
Liebe kann nicht verraten.

Meiner lieben Schwester

Constanze von Bomhard.

I.

Still, wie träumend in trauerschwerem Schweigen, lag Gladsheim, Odhins Haus, das doch von der Freude der Namen führt, in Asgardh. Kein Laut drang hierher vor dem ehernen Schall der Waffenspiele der Einheriar, von dem fröhlichen Lärm ihres Gelages in Walhall: denn ein Wald von hochwipfeligen, dunkelblättrigen Eschen trennte von jenen weiten Räumen der Kampfübung und der Feste des Gottes einsame Heimstätte.

Auf dem dreieckigen Giebel oberhalb der hohen Eingangsthüre saß, in wacher Spähe, sein Adler. Auf der obersten der zwölf Stufen von schwarzem Gestein, die zu dem Eingang emporführten, lagen, lang ausgestreckt, die spitzen, klugen Köpfe auf die Vorderpfoten gedrückt, im Halbschlaf, seine beiden Wölfe; nur manchmal schlugen sie blinzelnd ein Auge auf, scholl aus dem Eschicht der Ruf eines Vogels an ihr Ohr. Aber das war selten. Alles still: wie in Träumen, in Harren, in Sehnen versunken. —

In der Ferne, tief unten auf der Erde, neigte nach dem langen Sommertag die Sonne allmählich dem Versinken zu.

In der Halle, deren eichengetäfelte Wände als einziger Schmuck mannigfaltige Waffen bedeckten, war das Feuer auf dem breiten Steinherd in der Mitte des Hintergrundes, stark herabgebrannt, dem Erlöschen nah: nur zwei

dicke Ulmen=Wurzelknorren glimmten noch fort: ein schmaler
Streifen weißgelben Rauches zog daraus kreiselnd nach
oben und suchte in den Luken des Dachgebälkes zögernd
den Ausgang.

Zur Rechten des Herdes erhob sich, auf einigen Holz=
stufen erhöht, der Hochsitz des Saals; der Rücken ward von
der Querwand desselben gebildet; die Querbank und die
beiden rechtwinkelig von derselben auslaufenden Seitenbänke
überdeckten kostbare Felle, die Jagdbeute des Hausherrn;
die zierlich geschnitzte Brüstung und die Geländer zu bei=
den Seiten der Stufen trugen eingeritzte Runen.

In der rechten Ecke der Querbank lehnte Odhin, in
Sinnen und Träumen versunken; er hatte den Ellbogen
auf das breite Geländer gestützt und ruhte das mächtige
Haupt auf der offnen Hand; er trug nur das enganlie=
gende dunkelblaue Wams; Mantel und Hut hingen an
der Wand, daneben lehnte der Speer; in der andern Ecke
der Halle stand die hohe Harfe mit dem silberweißen
Schwanenbug: aber gar viele Saiten waren gesprungen;
wirr hingen sie herab.

Leise knisterten die Kohlen auf dem Herd.

II.

So ganz verloren in seine Träume war der Einsame,
— er gewahrte es nicht, daß durch die freilich nur ein
weniges und gar sacht geöffnete Thür eine schlanke Gestalt
in die dämmerdunkle Halle glitt: hatte er doch die Augen
— beide Augen: denn damals war noch der Gang zu den
Nornen nicht geschehen — geschlossen in seinem Sinnen
und Brüten.

Weder der kluge Adler noch die Wölfe, die wachen Hüter, hatten die Annäherung des Besuches gemeldet: der Vogel drückte die goldfarbigen Augen ein wenig zu, nachdem er schon von weitem die Kommende erkannt; und die treuen Wölfe witterten bei dem nahenden Schritt nur kurz dem Wind entgegen: — dann senkten sie gleich wieder die leicht erhobenen Köpfe.

Unvermerkt trat die junge Frau in dem weißen Untergewand und braunen Mantel mit schwarzer Kopfhülle hinter den Sinnenden. Sie sah ihm recht ähnlich mit den dunkeln, klugen, eindringlich blickenden Augen unter starken Brauen, und mit dem feingeschnittnen kleinen Mund: aber ihr prachtvoll reiches Haar flutete tief schwarz, nicht braun; und sie zählte gar viele Winter weniger. Sie reckte sich nun ein wenig auf den Zehen, hob die beiden Hände über die Wandlehne der Bank und legte sie zärtlich auf seine beiden Augen: „Wer ist's?" Lieblich klang die leise Frage.

Sanft langte er hinauf, schob ihre Hände, diese festhaltend, zur Seite, und richtete einen liebevollen Blick empor in ihr schmales Antlitz: „nur meine Schwester," sprach er, „zaubert also mit der Stimme."

Sie glitt nun hinter der Bank hervor und setzte sich neben ihn. Ernsthaft, prüfend, ruhte ihr Blick auf dem gewaltigen Antlitz. Nach einer Weile begann sie, über seine nervige, magere Rechte streichend, die dem Fange des Adlers glich: „Sonst suchtest du mich; nunmehr muß ich dich suchen, soll ich dich sehen. Ist das wohlgethan?"

„Es ist wohlgethan." — „Weshalb?" — „Weil nichts Erfreuliches an mir zu sehen ist." — „Soll ich nur deine Freude teilen dürfen?" — „Ja. Laß mir allein . . . das andere." — „Was ist dies andere? Es ängstet mich, quält mich. Seit Wochen schon währt das Unheimliche: ich meine, seit du aus Norge zurückkamst."

Ein müdes, wehmütiges Lächeln zog um den bärtigen Mund: es ließ ihm gut. „Du hast scharfe Augen, Schwesterlein."

„Nur ein Schwesterherz. — Jawohl! Es ist so! Vor dem Aufbruch zu jener einsamen Wanderfahrt . . ., wie hell, wie freudig hattest du noch am Abend zuvor die Harfe geschlagen, — hier, für mich und meinen lieben Mann allein. Und nun! Wie verwaist, wie verwahrlost steht sie dort in der Ecke! Keinen Ton mehr vernahmen wir!"

Er warf einen kurzen Blick auf die wirren gesprungenen Saiten. „Ich! . . Singen? . . . Ich werde die Harfe verschenken . . . Willst du sie? Singe dazu das Glück deiner Seele: deine Liebe!"

Die junge Frau erschrak; mit hastiger Bewegung wandte sie das Gesicht so gegen ihn, daß sie ihm voll in die Augen sehen konnte. Allein er hatte sie halb zugedrückt, wie er pflog, wann er sann oder Schmerzen verbarg.

„Wer soll," rief sie, „an diese Saiten rühren? — Odhin ohne seine Harfe! Soll aller Wohlklang verstummen in Asgardh? — Bruder, wie krank muß deine Seele sein! — Was quält dich? Wohl weiß ich: schwer lastet auf dir die Sorge um das All, um Götter und Menschen und alle guten Wesen. Allein du darfst dich nicht darüber in trauriges Träumen verlieren. Die Riesen bräuen wieder! Heimdall berichtet von der Brücke her, kecke Haufen von ihnen wagen sich abermals nahe heran: — wohl auf Spähe. Kommen sie nun plötzlich mit Macht . . ." — „So werden sie mich bereit finden, sie mit dem Speer zu empfangen, wie immer. Ich meine, Schwesterlein, an der Kampfespflicht ließ ich's noch niemals fehlen." — „Du!

All dein Leben ist Kampf. Aber solch Grübeln und Grämen, solch Sinnen und Seufzen und Sehnen, . . . es
zehrt an der Kraft."

„Sie wird noch reichen, denk ich." — Und er lupfte
leise den Speerarm. — „Und jene Ahnungen von einem
unhemmbar heraufdämmernden Verderben? Sie sind
nicht düsterer denn sonst. Laß kommen, was mag: wir
werden's abwehren wie Männer. Und ist es nicht mehr
abzuwehren, — fallen wie Männer. Es ist nicht das . ."
— „So ist es ein anderes! — Es ist also doch ein Ding,
das dich verschattet! O Bruder, großer Bruder! Nein,
schiebe mich nicht mit der Hand hinweg von deiner Brust,
nicht mit einer Ausflucht hinweg von deinem Vertrauen.
Gedenke, o gedenke der Mutter! Weißt du nicht mehr,
wie sie sprach, kurz bevor sie, die lang schon Sieche, starb?
Denn die Riesentochter mußte hinab nach Hel! Denkst du
nicht mehr des letzten Abends, da wir beide die Wankende
hinausführten aus der Halle in den warmen Sommerabend?
Nicht zwölf Winter zählte ich: doch merksam war mir die
Seele: über meine Jahre hinaus verstand, erriet ich der
lieben Mutter Gedanken. Du führtest sie, hebend, unter
dem rechten Arm: ihre Linke ruhte, gestützt, auf meinem
Haupte. Die Sonne versank in grauen Wolken: ein langer,
schmaler, mattroter Streif war alles, was von ihr übrig
geblieben, wehmütige Sehnsucht erregend. Die Schwarz-
amsel sang ihr nach vom höchsten Eschenwipfel. Uns
beiden war so weh um die Mutter! Die aber hielt plötzlich
an im müden Schreiten und, die Hand aus meinem Haare
lösend, wies sie schweigend zur Seite des Waldpfads:
„Schaut hin," sprach sie sanft, „sehet ihr nichts? Dort
sprießt aus dem urstarken dunkeln Felsgestein am Wege
eine zarte, duftige, weiße Blüte. Versteht ihr es nicht?
Nur der starke Fels hält und schützt die Allzuzarte, nur

die Zarte schmückt den allzu starren, farblos Düsteren. So sind Bruder und Schwester: so seid ihr beiden: so sollt ihr sein immerdar. Gelobt es mir in diese Hand: er dein Schutz, du sein Schmuck: er deine Kraft, du seine Milde." — Wir drückten die durchsichtigen, blassen Finger — wie bebten sie! — und . . ." — „Und ich hab's gehalten! Ich habe dich geliebt, klein Schwesterlein, wie ich weder Mann geliebt habe noch . . . noch Weib. Und habe dich gehegt an meiner Brust, bis ich dich dem in die Arme legen konnte, dem Wackeren, den du mehr, — und ganz anders! — lieben solltest als mich. Warum also mich mahnen? Ich hielt mein Wort." — „Auch ich, Bruder: so weit du es mich halten ließest — durch dein Vertrauen. Und wenige, wähn' ich, deiner stolzen, kühnen, ja auch deiner düsteren Gedanken hast du vor mir ver= schlossen bis . . . bis vor kurzem. Und oft gelang mir's, die böse Falte hinwegzuglätten von deiner hohen Stirn. Aber . ." — „Nicht immer, meinst du? Mag wohl sein. Denn ein Mann, der ein Mann ist, behält das Bitterste für sich, meine Wara."

„Mein Gatte, glaub' ich, birgt nichts vor mir." — „Forseti, der Treffliche! — Ja, Kind, der Gott des Rechts, immer nur grabaus schreitend, ohne Seitenblick, hat nicht die Sorge um das Geschick der Welt zu tragen. Und außerdem . . ." — „Du stockst?" — „Nun ja," lächelte er traurig, „es ist doch wohl ein Unterschied, mein' ich. Du bist sein Weib, nicht seine Schwester nur. — Nein, zucke nicht zusammen: das sollte kein Vorwurf sein: es ist doch nun nicht anders. — Ja, hätt' ich ein Weib . . . — Alles vertraute ich der Geliebten!" — er sprach's ganz leise für sich hin — „Wie einsam bin ich doch! König von Asgardh heiß' ich und Haupt der Asen und Herrscher der Welt. Neid, ich weiß es, tragen mir viele.

Nie versiegt im Goldhorn mir der Wein, den Ehrensitz in
Walhall nehm' ich ein, mein Speer fliegt niemals irr',
meine Harfe tönt heller als alle Harfen, Weisheit erfrug
ich, tiefere, höhere als alle Weisen, als Allvater ehren mich
alle guten Wesen, vom lichten Asen bis zum dunkeln
Zwerg; — — ach! und ich bin einsam! Rastlos wälz
ich mein Haupt auf dem heißen Kissen, schlummerlos, aber
sehnsuchtsvoll!" Er brach ab, schweratmend; hoch hob
sich ihm die breite Brust; er drückte die geballte Faust
darauf, daß es schmerzte.

Betrübt strich nun die Schwester mit der weichen
Hand über die fest geschlossenen Finger, wie um sie —
und seinen Schmerz — zu lösen. „Und warum? Warum
bist du einsam, mein Bruder? Längst ist es aller Götter
Wunsch, dich vermählt zu sehen. Aber am innigsten
wünscht dir's die Schwester, seit sie . . ." — sie zögerte,
in holder Scham errötend — „seit Wara weiß, wie
Eheliebe beglückt. — Und welche Göttin — und wäre es
die stolzeste, höchste, wär's Freia selbst, der Walküren rotlockige, stürmende Führerin, . . . welches Weib in allen
neun Welten weist Odhin ab, wenn Odhin wirbt? Du
weißt das sehr wohl, Übermütiger! Und dennoch unvermählt! Warum?" — „Thöricht gefragt, du vielklug
Schwesterlein. Weil ich noch in allen neun Welten keine
gefunden hatte!" — „Hatte!" rief sie, rasch aufspringend
und mit beiden Händen sein Haupt umschließend. „Also
jetzt aber hast du sie gefunden! Heil dir! Und auch ihr!
Und uns allen!" — „Oder wehe mir! — Und ihr! —
— Und uns allen!" flüsterte er, ihr unvernehmbar, in
den wirren Bart.

Sie aber fuhr fort in freudiger Erregung: „Oh ich
ahnte es fast! Oder nein: ich wünschte es nur so innig!
Ah, wie will ich sie lieb haben, die Selige, die dich

beseligen darf! Wer ist sie? Wo ist sie? Weshalb zögerst
du . . .? Das also war's? Ein Weib?" — „Ein Weib!"
nickte er traurig. — „Aber ich verstehe nicht . . . dieser
Schmerz? Sie weiß, daß du sie liebst?" — „Ich glaube
wohl." — „Dann liebt sie auch dich! Es kann nicht
anders sein!" — „Ich glaube, sie liebt mich." — „Nun
wahrlich, so begreife ich nicht . .! Welcher Vater, welcher
Muntwalt weigert das Ja, wenn Odhin wirbt? Und
zuletzt — wäre sie des grimmigsten Riesen Tochter —
wer trotzt Odhins Speer? Oder wen kann nicht — ohne
Kampf — Odhin in seines dunkeln Mantels Falten entführen nach Asgardhs unerreichbaren Höhen? Bruder,
unhemmbarer, stürmischer, — nur allzu stürmischer sonst!
— ich fasse es nicht! Du liebst, — du wirst geliebt und
du — Odhin! — sitzest hier thatlos und verzehrst dich in
krankem Sehnen?"

„Und verzehre mich thatlos in krankem Sehnen!"
wiederholte er, grimmig mit dem Haupte nickend. — „Unbe-
greiflich! — Was hindert dich, wo du willst? — Und
wo ist sie? In Asgardh oder in Alfheim? In Midhgardh
oder in Riesenheim? Und wer . . . .?" — „Still," sprach
Odhin, sich aufrichtend. „Man kommt. Es ist der Schritt
— Forsetis." — „Ja, meines lieben Mannes!" rief sie.
„O vertraue dich ihm! Oder laß mich's ihm sagen. Sein
Rat ist immer gut und . . . ." Aber sie erschrak. Der
Bruder, der stets nur zarte Worte für sie gehabt hatte,
er herrschte sie an — zum erstenmal im Leben: „Schweig!
— — Bei meinem Zorn!"

———

III.

Bedächtigen Schrittes trat der Schwager ein. Er trug das sinnende Haupt vornüber gebeugt, wie von der Schwere eines Gedankens belastet; er schien älter durch diese Haltung als er war. Allein sowie er seines jungen Weibes ansichtig ward, erhob er sich in rascher Bewegung: sein helles, blaues, sonst so ruhiges Auge leuchtete auf. Schon lag sie an seiner Brust: er schlang den linken Arm um sie; in der Rechten trug er den weißen Richterstab, gekrönt mit einer geschnitzten greifenden Hand.

Mit wehmütigem Blicke musterte Odhin das Paar: „wie glücklich sie sind in ihrer „Eheliebe", wie sie sagte. — Beneidenswertes Wort!"

Nun hatte sich Forseti aus der Umarmung seiner Gattin gelöst; sie an der Hand führend trat er dem Hochsitz näher, ehrfurchtsvoll den Götterkönig begrüßend. Er war nicht älter als dieser, etwa vierzig Winter: stattlich ragte ihm die ebenmäßige Gestalt; das lichtbraune Haar rollte in einer langen Welle auf den weißen Mantel, der die breiten Schultern umwallte; im goldenen Gürtel trug er ein kurzes Beil und eine starke Schlinge, gedreht von zäher Weide. Sein Gang war sicher; der bartlose Mund von strengem Schnitt fest geschlossen: der Stirne hatte sich zwischen den genau im Halbrund gebogenen Brauen eine tiefe Falte eingefurcht; seine Stimme, viel heller als die des Schwagers, klang durchdringend, wie Schlag von Erz auf Erz; sein offener Blick ging frei gerad aus: es war, als sähe er dem Angesprochenen durch das Auge stracks in die Seele.

„Ich dachte es," nickte er freundlich. „Stiehlt sich die Frau vom Mahle der Götter — von meiner Seite! —

unvermerkt, wie die Liftige wähnt: aber nicht leicht täuscht
man mein Auge: ich ahnte, beim lieben Bruder hab' ich
sie zu suchen. — Und es war recht gethan: allzu einsam,
Schwager, hältst du dich lang schon." — „Der Gedanke
liebt die Einsamkeit." — „Und die Trauer sucht sie,"
klagte Wara. „Odhin ist traurig." — „Das will ich gern
glauben, Liebe. — Was die Zukunft droht, — er weiß
oder ahnt davon mehr als wir alle. Aber auch mehr als wir
alle schaut er das Unheilvollste, was die Gegenwart erfüllt."

Sie erschrak: er sah so ernst. „Du meinst . . . was
nennst du das Unheilvollste?"

„Den Bruch des Rechts. Ich nenn' ihn nicht so: er
ist das Unheilvollste." Ganz schlicht kam das heraus: aber
nicht nur die Frau blickte voll Ehrfurcht zu dem auf, der
dieses Wort gesagt —: er war sehr schön, wie nun der
edle Eifer der Überzeugung die regelmäßigen, sonst fast
allzu ruhigen Züge durchleuchtete: — auch Odhin hob,
ergriffen, die Brauen. Dann aber verfinsterte sich Odhins
Stirn und er meinte achselzuckend: „Darüber kann man
streiten."

IV.

„Gerade darüber kann man nicht streiten," erwiderte
der Gelassene so laut, so bestimmt, daß beide staunend auf
ihn sahen und Odhin nicht ohne leisen Unwillen: er war
solcher Widerrede nicht gewohnt in allen neun Welten.

Jener aber sah ihm in das Gesicht und fuhr fort:
„Den grübelnden Gott, den „Für- und -Wider" rühmen
und schelten dich Freunde und Feinde. Und vieles magst
du, meinethalben sonst alles, hinwegstreiten den andern.

Ja — was schwerer — hinweggrübeln dir selbst. Mit deinen vielverschlungenen Gedanken, den geschmeidig entschlüpfenden und unabschüttelbar umschnürenden, glatten Schlangen vergleichbaren. Und mit der Allgewalt des reichtönigen Mundes, dem nie das schärfst gewählte Wort versagt, obwohl es dir nicht der Vorbedacht, — der Augenblick, die Begeisterung geflügelt auf die Lippe legt. Wie oft hab' ich dir diese Kunst beneidet, mit kühlster Berechnung flammende Glut — und nicht geheuchelte! — zu verknüpfen —: du schreclicher Redner, der unwiderstehlich die andern überredet, weil er sich selbst, argliftig und begeistert zugleich, dahin täuscht, dahin reißt! — Aber, Odhin von Asgardh, — das Recht grübelst du dir nicht hinweg." Ein Schweigen entstand. Wara suchte ihres Gatten Hand.

Verstimmt, hochmütig erwiderte Odhin: „Will ich gar nicht. Aber Schlimmeres, Niedrigeres giebt es als Rechtsbruch: die Feigheit, das Gemeine. Und wo wären die Götter ohne so manche Argliſt Lokis?"

„Wo sie wären? — Jedenfalls ferner ihrem Untergang." — „Wer weiß," lachte Odhin; aber das Lachen kam nicht von Herzen: haſtig sprang er auf von dem Hochsitz und stieg in die Halle hinab, in welcher er nun mit ungleichen Schritten auf und nieder ging.

Ruhig fuhr der Schwager fort: „Und gerade aus solchem Grunde kam ich her, nicht bloß, liebe Flüchtlingin, um dich zu suchen."

„Aus welchem Grunde?" fragte Odhin und blieb kurz stehen. „Unrecht zu hindern. Oder, iſt es schon geschehen, Unrecht zu strafen." — „So hindre. Oder strafe. Es iſt dein traurig Amt." — „Es iſt seine stolze Pflicht, Bruder," mahnte Wara; sie staunte bang; denn sie sah seinen Unmut wachsen und wußte ihn nicht zu deuten. „Das iſt nun seine, iſt Forsetis Heldenschaft."

„Du haſt Recht, lieb Schweſterlein,“ ſprach Odhin freund-
licher, nun wieder hin und her ſchreitend. „Wie oft — ja,
meiſt — aber doch nicht, wie du wähnſt, immer.“ Er
blieb vor ihr ſtehen, lächelte und ſtrich zärtlich mit der
Hand über ihr ſchönes, reiches Haar. — „Rede, Schwager!
Was iſt’s für ein Unrecht? Und wo? Bei Göttern, Elben,
Rieſen oder Menſchen?“

„Bei Menſchen. In Norge.“

Odhin hielt plötzlich inne in ſeinem Wandelgang: nur
einen Augenblick: gleich nahm er ihn wieder auf.

„Dort herrſcht ein König in Alfadal. Alf iſt ſein Name.“
— Scharf blickte ihn Odhin an: „noch nie vernahm ich Klage
wider den Alten; er iſt gerecht; ſeine Bauern loben ihn.“
— „Mit allem Grund. Auch ſein Sohn Alfhart, zwar heftig
und voll Haſtemuts . . .“ — „Der?“ unterbrach Odhin
ſeltſam lächelnd. „Der wird ſeinen heißen harten Kopf
vielleicht einmal anrennen wider — — einen noch härteren.
Dann giebt’s Scherben.“

„Alfhart hat noch keinen Frieden gebrochen. Allein
er hat eine Schweſter.“ Nur ein kleines wandte der Hörer
das Haupt ihm zu: gleich ſchritt er wieder dahin, ihm den
Rücken kehrend. Forſeti fuhr fort: „Die ſchönſte Jungfrau
über all Norgeland iſt Alfhit Sonnenhaar.“ — „Und hat
die Maid,“ forſchte die junge Frau — „ich hörte von
ihr! — ſo viel Glanz durch Schuld getrübt? Es ſollte
nicht geſchehen! Die Schönſten ſollten auch die Beſten ſein.“
— „Tröſte dich, lieb Weib; noch iſt ſie ſchuldlos. So
hoffe ich. Und ſo hofft . . . Er.“ — „Wer?“ Drohend
dröhnte die Frage. So laut hatte Odhin gerufen, — die
noch angeſpannten Saiten der Harfe ſchwirrten zitternd nach.

„Er, der mich alltäglich und allnächtig anruft um
Schutz ſeines guten Rechts, Abhal, der Königsſohn von
Updal, ihr ringverlobter Bräutigam.“ Odhin war bei

seinem Umhergehen an die Wandstelle gelangt, wo sein
Speer lehnte; der hatte wohl zu fallen gedroht: denn er
griff rasch danach, mit zuckender Hand, und ballte die Faust
um den Schaft. „Weshalb?" fragte eifrig Wara, die
Augen fest auf den Gatten heftend. „Droht dem Bunde
Gewalt? Droht der Jungfrau Raub? Rasch sollen den
Brautlauf sie rüsten! Dann werden kräftiger noch als das
Mädchen die Ehefrau schützen Thôr und mein Odhin."

Sie wandte sich nun. Stolzen Blickes sah sie auf den
Bruder; der schien es nicht zu bemerken; er war mit seinem
Speere beschäftigt: er lehnte ihn wieder an die Wand, aber
so unsanft, daß die eherne Spitze klirrte.

„Nicht Gewalt, liebes Weib. Nicht Raub bedroht die
Halle. Die Alfinge und jung Adhal sind stark genug,
Räubern zu wehren." — „Was also kann ...? Ist die
Jungfrau krank? Ich will ..." — „Du Gute, Treue!
Nichts der Art. Ich sagte: des Verlobten Recht ist bedroht: die
Braut: — sie selber wankt." — „O wehe, weh!" — „Einem
andern neigt sie zu, einem Frevler. Spät in der Sturm-
nacht kam ein Fremdling, ein Wanderer, in die Halle, den
keiner kannte; aber die Hunde bellten nicht wider ihn.
Wirtlich nahm ihn der greise König auf: nach dem Frühmahl
wollte er scheiden. Bei dem Frühmahl ersah er schön Alfohil
und er blieb. Er gefiel nur dem Bruder nicht: sonst allen,
— auch dem Bräutigam: aber am meisten der Jungfrau.
Runen ritze er ihr, Harfe schlug er, Lieder sang er, unerhörte: und unersättlich lauschte sie ihm. Nun bangt jung
Adhal um die Geliebte, die, willenlos, wie von der Schlange
Blick gebannt, das Vögelein ..." — Laut, höhnisch lachte
da Odhin: „Und der eifersüchtige Knabe ruft um deswillen
den Gott des Rechtes an? Hat der Fremdling ihm sein
Recht gekränkt?" — „Noch nicht." — „Dann rat' ich, der
Gott des Rechtes wartet eine That ab, bevor er mich zur

Rache ruft. Wer kann für Gedanken? Wer für Liebe
auch?" — „O König, kenntest du die Maid! Ihresgleichen
trug die Erde nie! Sie ist ... ja schöner noch als meine
Wara ist sie." — „Das sagt viel," meinte Odhin, der
Schwester zulächelnd, „aus deinem Mund. Und zu mir
gesprochen!" — „Und der ehrwürdige König! Der eble
Bräutigam!"

„Genug," spottete Odhin. „Warum lobst du nicht auch
ihren Bruder, den golbgierigen, wildwütigen?" — „Und
die milbe Mutter! — Glücklich lebten sie alle, mehr Glück
erhofften sie in wenigen Wochen, sobald die Maid dem
Königssohn gefolgt. Und nun! Unablässig fleht er zu Freia
und zu mir." — „Das hörten wir bereits! Liebt ihn das
Mädchen? Ja ober nein?" — „Sie liebte ihn. Jedoch..."
— „Forseti, mein Gemahl, mag Liebe enden?" — „Nicht
unfre Liebe, Wara!"

„Keine, die es ist," rief Odhin laut. „Merkt euch
mein Wort:

Liebe ist lechzendes Leid
Ober lobernde Lust.
Aber immer ewig ist die Liebe.

Daran haltet euch. Genug der ziellosen Klagen! Soll
Freia, soll ich — durch Zauber etwa! — jebes Mägbleins
Sinn wenden, das den nicht mehr mag, den ihr der Vater
gekoren, nachdem es den gefunden, den das eigne Herz
verlangt: — soll ich etwa jede solche zurückzwingen nach
der Sippe Belieben? Ei, viel Müh' und Arbeit hätt' ich
dann in allen neun Welten! Und wenig Dank dazu von
holben Maiden! Laß doch den Bräutigam den Vater
heiraten, dem er so sehr gefällt. Und den grimmen Bruder
dazu. Jeder wahre seines Liebchens Liebe selbst. Schlimm
genug, braucht einer dazu drei Götter: Forseti, Freia und
Odhin." Er lachte laut und schritt wieder dahin.

„Du sollst ja nur helfen, du Vielkundiger, zu erforschen, wer in Wahrheit er ist, der unheimliche Gast, der durch Runen und Sang — wohl durch Zaubergewalt! — die Jungfrau berückt. Denn der Name, den er sich giebt, ist kein Name: ist eine Hülle an des Namens Statt."

„Wie heißt er?" forschte Wara eifrig, denn Odhin schwieg.

„Wegwalt: — Wanderer also! Jeder mag so sich nennen, der des Wegs gezogen kommt. Und er — er kommt und geht, man weiß nicht, woher und wohin. Auch was er von seiner Heimat spricht, ist dunkel, vieldeutig. Mach' rasch ein Ende, großer König, wie leicht du kannst: sende deine beiden Raben aus und . . ." — „Die spähen nur für, nicht gegen Liebende!" — „O hättest du die Schöne je geschaut mit ihrem goldgewellten Sonnenhaar und mit dem sanften scheuen Blick des blauen Auges! Du würdest eifrig jedes Weh von ihr wehren!" — „Das will ich!" — „Dann eile! Denn wisse: ihr zorngemuter Bruder hat es ausgespäht, daß sie den Fremdling heimlich trifft." — „Was sagst du?" rief Odhin und fuhr herum.

„Im tiefsten Tannicht, im Markwald nah dem Fjord, wo er sein kleines rasches Boot im dichten Schilfe birgt."

„Siehst du nun, lieber Mann, wie gewaltig das ihn aufstört? Ja, Odhin hilf! Warne die Bethörte!" — „Der Bruder schleicht ihr nach — heute Nacht — sobald der Mond aus dem Möwenhaff steigt. Trifft er sie, wird sie gefangen und in das Frauengemach . . . Aber wohin? Du kennst ja den Ort nicht. Höre doch zu Ende, wo . . ." —
„Was willst du thun, Bruder?" fragte Wara. — „Was du gebeten: warnen!" Und bereits hatte er Mantel, Hut und Speer ergriffen: — er schritt zur Thür — nun war er schon verschwunden. — — —
Die Gatten traten, ihm folgend, auf die Schwelle hinaus:

alles leer; am Himmel flog hinab nach Midhgardh ein
dunkel langgestreckt Gewölk.

„Verstehst du ihn?" fragte Forseti ernst, dem Wolken-
zuge nachschauend. — „Wer versteht ihn ganz? Ich wohl
tiefer als andre. Diesmal versagt mir das Erraten. Aber
mir ist bang, recht bang um ihn."

V.

Heller Sonnenschein hatte den ganzen Tag den Hof
König Alfs in Alfadal umflutet. Plötzlich, bald nachdem
die Sonne im Meere zu Golde gegangen, sprang überraschend Südwestwind ein: nur Eine dunkle Wolke war anfangs sichtbar: diese nahte in fliegender Eile, sich immer
tiefer senkend: und alsbald ergossen sich von der See her
solche Regengüsse ins Land und solches Düster verbreitete
sich, daß niemand daran denken mochte, das schützende Dach
eines Hauses zu verlassen.

Wohl das Aufhören des rasch eingebrochenen Unwetters
erhoffend lehnte an der Fensteröffnung eines Gemaches im
hohen zweiten Geschoß des Königshofes eine schlanke weiße
Gestalt: der Wind, draußen ungestüm, spielte hier nur sanft,
wie liebkosend, mit dem blonden Haar, das in kurzgebrochenen
Wellen das schmale Haupt umrieselte.

In träumendes Sinnen versunken blickte die Jungfrau
über das offene Feld vor dem Hofzaun nach Süden hin,
wo das dichte Tannicht des Markwaldes dunkelte; den
Wald durchfloß der breite Strom, bevor er in den blauen
Fjord mündete; manchmal flog eine weiße Möwe über die

fernen Wipfel hin, dem Strome folgend und dann wieder
stromaufwärts, hin und wieder, hin und wieder — — —

Dorthin trachtete das Denken des bleichen Mädchens;
aber es schien nicht in das trennende Düster des Waldes
bringen zu können, sowenig wie der Blick des zaghaften
Auges; nun senkten sich die langen, goldfarbenen Wimpern;
die schöne Harrende seufzte. Ihr Haupt sank wie müde,
tauschwerem Blumenkelche gleich, nach vorn, die weiße
Stirn ruhte an dem harten Eichenpfosten des Fensters. — —

Da schreckte sie von unten, von dem Vorhof her, ein
rauher Ruf: „Nun, Schwester, schläfst du ein vor Nacht?"
Sie fuhr zusammen, sie errötete jäh. „Oder was treibst
du da am offenen Fenster, wo jeder Gaffer dich, solang
er will, begaffen mag? Schon lange steh' ich hier, hinter
der Thüre der Schmiede gedeckt. Wartest du auf den Verlobten? O nein: du mußtest es ja sehen, wie er vor geraumer Zeit schon einritt und in die Halle schritt. Oder
wolltest du wieder — du stehst ja im Mantel! — aus
dem Hofzaun schlüpfen — wie schon oft diese Wochen —
allein — niemand weiß, wohin? Der Regensturm hielt
dich wohl ab? Schade! Heute wär' ich dir — von weitem
— gefolgt und wir hätten's erfahren, wo sie denn wachsen,
jene wunderseltsamen Blumen, die du schon zweimal von
solcher Wanderung zurückgebracht — schlau unter dem weißen
Mantel verborgen — und in dein Gemach getragen hast.
Ich sah dergleichen nie in unsern Landen! — Aber komm
nun hinab in die Halle. Adhal harret schon lange der
Braut."

Die Belauschte trat bestürzt, verwirrt zurück; sie zog
den Ledervorhang vor das Fenster — wie um den Blick
des Schelters abzuwehren; dann drückte sie die beiden Hände
dicht über den geschlossenen Augen vor die Stirn, tief, tief
erseufzend. — —

Nach geraumer Weile raffte sie sich auf, hob den Mantel von den Schultern, schob den Gürtel über dem blauen langfaltigen Gewand zurecht, ging zögernden Schrittes aus ihrem Schlafgemach über die große Treppe hinab in das Erdgeschoß und trat aus dem Hausgang in die rechts seitwärts liegende Halle.

VI.

Sowie sie deren schweren dunkelroten Wollvorhang zurückgeschlagen hatte, und nun, in anmutvoller Haltung, über die Schwelle schwebte, sprang von seinem Sitze neben dem Hochstuhl des Königs ein schöner Jüngling in lichtem Haar lebhaft auf, eilte ihr entgegen, ergriff ihre Rechte und sah ihr ernst, eindringend in die Augen.

Allein sie senkte sogleich die Wimpern und blieb, unentschlossen, stehen: ja, sie schien leise zurückzutrachten. Traurig, mit verhaltnem Vorwurf ließ er nun den Blick auf dem edelschönen Antlitz ruhen: er schüttelte, kaum merklich, das lange Gelock.

König Alf, auf dem Hochsitz sich vorbeugend, bemerkte alles. „Komm, Töchterlein," mahnte er freundlich, „nicht gar so abwehrend getan! Wohl ist sie löblich, die bräutliche Scheu. Doch jedwed Ding hat seine Weile und — dann — sein Ende. Nach wenigen Nächten stehst du auf der Wiese als Ziel des Brautlaufs."

Da ward die Bleiche noch bleicher.

„Lange schon harret jung Adhal geduldig. Nun mahnt er und drängt mit Recht."

„Nicht doch, Vater!" — lebhaft erhob er die Hand aus dem kirschroten Mantel hervor. „Nicht gegen ihren

Willen dräng' ich. Wenn sie noch Aufschub wünscht, —
wohl ist es schwer zu tragen! — Doch alles geschehe nach
ihrer Neigung."

„Dank!" hauchte sie. Und ein Blick — der erste! —
fiel auf ihn: der war aber freundlich, ja warm. „Er —
er ist so gut!" dachte sie und errötete ein wenig, wie sie
sich darauf betraf, daß ihr Auge mit Wohlgefallen ruhte
auf seinen jugendlichen wohlgebildeten Zügen.

„Nein, Freund Abhal!" fiel da eine herbe Stimme ein.
Der Bruder hatte in hastigem Eintreten jene letzten Worte
vernommen. Er warf das von Regen triefende Bärenfell,
das er über Kopf und Schultern gezogen hatte, auf eine
Bank neben dem Herdfeuer und strich sich das zottige dunkle
Haar aus der Stirne. „Nein! Nicht also, sag' ich. Nicht
stets alles nach ihrer Neigung! Du verdirbst dir in der
Braut schon das Eheweib. Nach deiner Neigung alles,
sobald sie in deinen Schuh getreten. Und vorher: — nach
der unsern, ihrer Schwertmagen!"

„Ihr Vater ist ihr Muntwalt," entgegnete der Bräutigam,
„nicht du, Alfhart." Und er führte das Mädchen an der
Hand an die Stufen des Hochsitzes und half ihr von da
aus hinaufsteigen zu dem König.

Der wandte der Tochter das ehrfurchtgebietende Antlitz,
umrahmt vom schönen weißen Haar und Barte, freundlich
zu, zog sie, den braunen, goldgestickten Mantel zurück-
schlagend, nieder zu sich auf die Bank zu seiner Rechten
und streichelte ihr liebevoll die Wange; zärtlich küßte sie
ihm die kosende Hand; das Gewölk wich zusehends von
ihrer Stirn: innerer Friede überkam ihre Seele hier, in
dem starken Friedensschutz des Hauses, neben dem treuen
Vater; sie fühlte, — ohne hinzublicken — wie freudig stolz
des Verlobten Augen auf ihr ruhten: „Wie lieb er mich
hat," sagte sie zu sich selbst.

Aber Alfhart grollte und schalt in den dichten Rund-
bart hinein. „Ja, leider hab ich der Thörin nichts zu
gebieten. Ich hätte längst ein Ende gemacht dem Sich-
Zieren und Sträuben, nachdem der reiche Brautschatz be-
dungen und richtig bezahlt war. — Auch heute wieder!"
fuhr er lauter fort. „Wie lange ließ sie den Verlobten
hier unten warten, derweilen sie oben in die Windwolken
hinauf träumt. Das war nicht so früher. Nicht bevor ...!"
Er brach mürrisch ab und machte sich lärmend an dem
Feuer zu schaffen, ein Scheit aus dem neben dem Herdstein
aufgeschichteten Holzstoß in die Glut werfend, daß die
Funken hoch lohend emporstoben. „Du bist erstaunlich
geduldig, Schwager, solang zu warten!"

„Ich ertrage das Warten, weil ich weiß: ein Königs-
wort steht fest. — Und fest auch" — sprach er lauter,
das Auge scharf auf Alsohit richtend, „einer edeln Jungfrau bräutliche Treue: — es komme, was da mag."

„Auch komme, wer da mag?" rief Alfhart, sich rasch
von dem Feuer umwendend nach den dreien. „Habt ihr
von Zauberliedern nie gehört und von Runen der Be-
thörung? Ruchlose Männer, unheimliche, sagt man,
schweifen unstet durch die Lande, unter dem dunkeln Mantel
die Harfe, im dunkeln Herzen die böse Lust und ...."

„Schilt nicht," unterbrach der König. „mit kaum
verhüllter Meinung unsern Gastfreund. Ich duld' es
nicht. Unedles hab' ich nie an dem vermerkt." Alsohit
sah mit einem warmen Blick des Dankes zu dem Vater
hinauf.

Da rief ihren Namen eine matte, aber gar wohllaut-
reiche, liebliche Stimme: sie drang aus dem oberen Stockwerk herab, aus dem Schlafgemach des alten Paares, in
das aus der Halle eine Wendeltreppe durch eine — jetzt
geöffnete — Fallthüre hinaufführte.

„Die Mutter! Ich komme, liebe Mutter!"

Und eilig huschte sie hinweg, die Stufen der Treppe hinauf.

VII.

„Gut, daß sie fort ist," grollte der Bruder, ihr unwillig nachblickend. „So kann ich freier reden. — Ich warne dich, Vater, und dich, Schwager, vor diesem geheimnisreichen Gast. Er kam, niemand weiß, von wannen? Er geht, niemand weiß, wohin? Hoch über den Bergen, sagt er, liegt seine Heimat: Windheide heiße sie. Wer war je in Windheide? Ein Skalde will er sein . . ."

„Er ist es," sprach der Alte. — „Niemals hörte ich herrlicher harfen!" fiel Abhal bei.

„Wohl! Aber an welcher Könige Hof lebt er? Auf welches Jarls Fürsprache beruft er sich? Sprach er je von Gaben, die er empfangen, von Harfenlohn? Wies er jemals Kette oder Spange, die er geschenkt erhalten? Vom Harfen ohne Gabe lebt auch der beste Skalde nicht! Sein schlichtes Gewand, der sturmverwetterte dunkle Mantel, der regenzerweichte Schlapphut — auch bei unsern Festen legt er sie nicht ab! — sein stilles, verhaltnes, nichts verlangendes Wesen: — eitel Hochmut ist's. Er ist nicht wie wir andern, auch nicht wie andere Skalden. Das ist verdächtig! Ich mag die Männer nicht, die gar so eigen sind. Die Schwermut, die über seinen Augen träumt, — sie ist wohl Selbstzeugnis alter Schuld. Ich mag die Männer nicht, die, glauben sie sich unbelauscht, leise vor sich hin seufzen. Er ist nicht geheuer, dieser Wandergast! Und hast du, der ringverlobte Bräutigam, es nicht verspürt,

— seltsam, daß ich dich mahnen muß! — wie er die
grauen Augen, die bohrenden, nicht lösen kann von jenem
blonden Haupt? Wie ihr nur seine kühnen, wilden, nie
erhörten Weisen gelten, voll Feuer und Trauer zugleich?
— Ihr Feuer reißt hin, ihre Trauer erzwingt Mitleid.
Wie er bei dem Ausklang des Liedes nur nach ihrem, —
nicht nach des Königs! — Beifallsblicke sucht? — Und
sie! — Nun, Abhal! Haft du wirklich nichts gemerkt?
War sie früher schämig deiner Werbung ausgewichen, wie
der Jungfrau ziemt . . —, sie war doch nicht unnahbar
gewesen wie das Firn-Eis des höchsten Bergs in Norge.
Sie liebte dich — oder sie war dazu auf bestem Wege.
Und nun! Seit Er über jene Schwelle trat, seit sie ihn
harfen hörte, — nun meidet sie dich, wo sie kann. Und
kann sie deine Nähe nicht meiden, so meidet sie doch deinen
suchenden Blick. Übles ahnt mir! Noch sage ich nicht
mehr: aber ich wache! Beim Strahle Thors. Soll die
Lilie von Alfadal eines wegfahrenden Klimperers werden?
Wahren Vater und Bräutigam nicht das eigne Recht und
des Mädchens Ehre, so . . ."

„Genug!" rief Abhal. „Ich bin nicht blinder, aber
vertrauender denn du. Ich baue fest auf Alfohit, die
Wahrhaftige. Und auch von ihm, der mir wert geworden,
erwarte ich nicht Arges. Zwar fühle ich längst, wie es
ihn zu ihr zieht mit unsichtbaren Banden. Schelt' ich ihn
drum? Wen zieht es nicht zu ihr? Den Göttern hab'
ich im Gebet mein gutes Recht zum Schutz empfohlen.
Allein auch auf Erden — du magst Recht haben! — soll
etwas geschehen. Vielleicht kommt ein offnes Wort drohenden
Schmerzen — auch für ihn! — zuvor. Sobald er wieder-
kehrt, stelle ich ihn. Ich frage ihn. Entweder er sagt
Nein, — dann glaub' ich ihm. Oder er bejaht, daß
meinem Recht wie meinem Glück Gefahr droht, — nun,

dann wird das Schwert rasch zwischen uns entscheiden. Zum Holmgang, auf Tod und Leben, ruf' ich ihn."

VIII.

Strahlend schien am andern Morgen die Sommersonne über Land und Strom und Fjord und die blaue See. Das Gewölk des vorigen Abends war verflogen.

Noch lag der reiche Tau funkelnd auf dem im Frühwind schwankenden Grase des Angers vor dem Königshof und schon wandelte Alfhit dem Markwald zu. Eilend schritt sie den schmalen Wiesenpfad dahin — das lange weiße Gewand bis hoch über die Knöchel hebend. Nur einmal hatte sie Halt gemacht und ängstlich über die Schulter zurückgeblickt nach der Thüre der Pfahlumhegung des Gehöftes: niemand folgte ihr.

Nun flog sie dahin; Sehnsucht zog sie.

So bemerkte sie nicht, daß, bald nachdem sie umgeschaut, aus der jacht und nur wenig geöffneten Zaunpforte ein Gewaffneter schlüpfte, der ihr folgte; vorsichtig, von weitem und gar bald auf einem anderen Wege.

Denn während sie den Wiesenhang hinab stets abwärts gegen die Strommündung und den Fjord hin trachtete gen Süden, schlug er weiter landeinwärts einen Pfad ein, der gegen Südwesten ablenkte und im Bogen — vorbei an dem Hof Eirikrs, eines König Alf untergebenen Jarls — ebenfalls an die Strommündung führte, aber über bewaldete steile Felshöhen, deren Vorsprünge und Bäume ihn verborgen haben würden, hätte die Verfolgte auch diese Richtung ins Auge gefaßt.

Allein sie sah nicht mehr um: es zog sie unwider=
stehlich in den Wald.

Alsbald hatte sie die ersten Eschen und Tannen er=
reicht: sie neigten, vom sanften Morgenwind gebeugt, wie
huldigend vor ihr die hohen Häupter. Derselbe Rosewind
trug ihr den Duft der Waldblumen entgegen: sie sog ihn
ein mit Dank: sie wußte freilich nicht, wem danken? Aber
der Duft war so süß.

Von der höchsten Esche stiegen bei ihrem Nahen zwei
Raben auf: die hatten sie schon von weitem erspäht und,
sich kurz waldeinwärts wendend, mit lautem Krächzen ver=
kündet: dann, wie sie heranschritt, sie aus klugen Augen
wie einverstanden betrachtet; nun setzten sie sich — lang=
sam, gar nicht erschrocken — in Bewegung und flogen
jenem steilen Felsenpfade zu. — —

Einige Schritte weiter begrüßte sie ein melodischer,
ein flötender, ein feierlicher Sang: auf dem hohen Hage=
dornbusch an dem Waldweg saß ein schwarzer Vogel mit
goldgelbem Schnabel: er wiegte sich auf dem schwanken
Gabelwipfel des Strauchs und sang ihr laut und lauter
entgegen: ganz zutraulich blieb er sitzen, als sie dicht an
ihm vorüber schritt.

„Dank dir,“ flüsterte sie dem Vogel zu, „Schwarz=
amsel, die du vor allen Waldsängern Odhin lieb und ge=
heiligt bist. Guten Angang — schönen Anfang gewährst
du. Mache mir Odhin geneigt, den Gott der frühen
Wege — und der geheimen.“

Sie war vorüber — die Amsel sang ihr, noch lauter
flötend, nach. „Wer Vögleins Wort verstünde!“ seufzte
sie und eilte weiter.

Allmählich war die Morgensonne so hoch gestiegen, —
schon drangen ihre Strahlen heller in den Wald: sie ver=

goldeten das weiche grüne Moos, das sich schwellend der Jungfrau leichtem Tritt entgegenzudrängen schien: und würziger Duft zog durch den Wald von den Tannen, deren Stämme unter dem warmen Licht rot erglänzten.

Das Mädchen holte tief Atem: der Waldesduft dehnte ihr die junge Brust: es ward ihr so ahnungsvoll, so reich und selig zu Sinn: „Der Wald ist doch das schönste Königreich! Freilich: ist Odhins Reich! Da muß er wohl herrlich sein. — Waldkönig ist Odhin. — Wie mag Odhin aussehen? Ich meine . . . Aber rascher — rascher! — Zu ihm!" Und sie beflügelte wieder den Schritt.

Nun erreichte sie das Ufer des Flusses, der sich, den Wald von Nord nach Süden durchschneidend, in den Fjord ergoß: ohne Rauschen, ohne Wellenschlag, zog der breite, starke Strom dahin, ruhig — wie die Notwendigkeit.

Hier, wo der Pfad auslief an das Ufer und eine sandige Anlände, war der Urwald ein wenig gelichtet: die Sonne erhellte freundlich die Blöße: aber sie vermochte nicht das Schilficht zu durchdringen, das dichte, schwarzgrüne, das vom Ufer an weit in den Strom reichte, über Mannes Höhe ragend und die tiefbraunen Blütenwedel ernst, ahnungsvoll wiegend.

Mitten in diesem Schilffeld war an das Ufer gezogen, von dem wogenden grünen Röhricht verdeckt, ein seltsames Fahrzeug: aus einem Eichenstamm durch Feuer und Keilschlag gehöhlt, ein Einbaum, hochbordig, schmal, mit spitz zulaufendem Vorderbug, mit breitem, schwerem Hintergransen. Der Kahn war wohl alt: vielfach zeigten die Wände Flickblöcke; Wassermoos wuchs, tief dunkelgrünes, an diesen morschen Stellen; durch die mittelste Ruderbank war eine schlanke Tanne, der man den grünen Wipfel gelassen, in den Kiel gepflöckt: ein Segel aus schwarzem Leder hing schlaff daran herab.

Auf dem hinteren Granſen, der auf den Sand gezogen war, ſaß ein Mann, den harrenden Blick dem Waldpfad zugekehrt.

Scharf hob ſich der Umriß der Geſtalt in Hut und Mantel und mit dem langen Speer über der Schulter ab von der lichten, hellblauen Luft da hinten auf dem Strom und weiter abwärts auf dem Fjord.

Noch bevor die Jungfrau ſichtbar geworden — ſchon bei dem Ruf der beiden Raben — war der Wartende aufgeſprungen: er ging ihr entgegen, wie ſie nun ſichtbar ward zwiſchen den Eſchen und Eichen: ſein bedächtiger Schritt haſtete nicht, aber er ſtockte auch nie: er ſchwebte immer gleichmäßig dahin.

Ein rotes Eichhorn, neugierig, nach der Tierlein Art, aber auch vorſichtig und ſcheu, ſprang vom Fluſſe her hinter ihm drein von Wipfel zu Wipfel, nie an die Erde rührend; leiſe ſprang es, leicht, unhörbar.

———

IX.

„Wegwalt!" flüſterte das Mädchen, als ſie beiſammen ſtanden. „Ich wußte wohl, — Ihr würdet hier auf mich warten. Deshalb .. kam ich. Aber .. es iſt das letzte- mal." — „Es iſt das letztemal." Er holte unter ſeinem Mantel weiße, ſeltſam duftende Blumen hervor — nur ganz wenige — und reichte ſie ihr. „Wie ſchön! Wundern gleich! Nie ſah ich ihresgleichen! Wo wachſen ſie?" — „Über den Bergen. In meiner Heimat."

Er ſchritt voran, dem Schiffe zu; wie willenlos folgte ſie; er wies auf den breiten Bord: ſie ließ ſich leicht darauf

nieder; er blieb dicht vor ihr stehen und beugte sich zu ihr
herab, auf seinen Speer gebogen; sein Wirrbart flog im
Winde.

Das Eichhorn war den Schreitenden gefolgt, hoch über
die Wipfel hin; es lugte und blinzelte jetzt von einer
dichtbelaubten Esche auf sie hernieder, den ganzen Leib
versteckt hinter einem dicken Ast: nur der kleine Kopf mit
den langbebüschelten leishörigen Ohren ragte darüber hervor

„Es ist . . zum allerletztenmal, daß ich hierher
komme," flüsterte sie, die Augen senkend und tief atmend
— „Ihr habt es gesagt." — „Denn . . . wir müssen
scheiden. Scheiden für immer. In wenigen Nächten . .
Sie rüsten den Brautlauf. Und dann . . . nachher! . .
Niemals will ich Euch wiedersehen, Eure Stimme nie mehr
hören. Versprecht mir das!" Ängstlich, flehend schlug sie
die zagenden Augen zu ihm auf.

„Warum?"

„Fraget nicht! — Ihr wißt, warum. Unrecht war
alles, was ich gethan." Und sie bedeckte die Augen mit
den Händen.

„Und was habt Ihr gethan — bisher? Ihr fandet
Gefallen an des Fremdlings Harfenspiel und Lied, dann
auch an seinen Worten. Die andern störten Euch, störten
uns. Sie blickten mit Mißtrauen. Ich bat Euch, hierher
zu kommen — in den stillen Wald, — wo nicht jedes
Wort gehört, gerichtet wird, wo ich freier, mächtiger harfen
kann als in der engen Halle. Und du — du kamst,
Königskind. O wie mich's beglückte! Ich gab dir Blumen,
gab dir Lieder. Du gabst mir sanfte Blicke."

„Ich gab Euch mehr!" hauchte sie, und senkte tief errötend das schmale blasse Gesicht.

„Ja! Noch eines gabst du mir: Mitleid! Denn als
ich kam Abschied zu nehmen — für immer! — und dir

— zum Abschied — sagte, ich hätte heiße Qual um dich gelitten, daß ich aber nun diesen Wunsch nach dir — den ersten und einzigen all meines Lebens! — überwunden und erstickt und erwürgt und begraben und damit alle Glückeshoffnung meiner Seele, — — da — o seliger Augenblick! — da sahst du mich ganz erschrocken an und unter Thränen sprachest du: „Leidest du? So will auch ich meinen Teil davon haben. Du sollst nicht allein leiden." O das war so groß von dir und so selig für mich! Und es war und blieb alles, was du mir gegeben. Freilich: dies eine Wort, — es weckte ihn wieder auf, den betäubten Wunsch, den ich glücklich gemordet zu haben gewähnt. Aber er war ja nicht tot. Denn ewig ist die Liebe."

„Und eben das ist meine schwere Schuld! Ihr er= rietet, daß . . . daß auch ich nicht Euer entbehren kann! Oder doch — kaum werde Euer entbehren können!" — verbesserte sie erschrocken.

Da leuchteten sie auf, die grauen Augen!

„Du hattest das nie gesagt — bis jetzt! Ich danke dir für dieses Abschiedswort; das letzte Wort war das beste." — „Abschied?" — „Du hast ihn ja geboten!" — „Ach, muß ich denn nicht? Aber sprecht — nachher — wann — wann ich nun . ." — „Des andern Weib geworden, willst du sagen." — „Was werdet Ihr dann beginnen? Wohin werdet Ihr gehen?" — „Heim." Da sank ihm das Haupt: er stützte das Kinn auf die beiden um den Speer geballten Fäuste.

So schwer, so herzerschütternd klang das Wort: sie mußte in sein Antlitz schauen; das sah zum Sterben traurig aus; es zuckte um den bärtigen Mund. „Wo ist Euer Heim?" — „Fern!" — „Wie ist es?" — „Ein= sam." — „Was werdet Ihr dort beginnen?" — „Grübeln.

Viel denken. Zumeist an dich. Daß du so anmutig bist.
Und daß es besser wäre, du und ich und die Welt wären
nie geworden. Denn ihr Wesen ist Weh. Kurz ist die
Freude, ewig ist der Schmerz!" — „Aber — Eure Harfe?"
— „Ich zerschlage sie. Mißklang ist alles." — „Nicht,
nicht! — Und wer wird um Euch sein?" — „Viele und
— niemand! O sieh, das ist das Ärgste: die Einsamkeit!
Die da drinnen, mein' ich, im Herzen. Ich kenne viele:
— wer kennt mich? Wer weiß es, welche Liebesfülle hier
drinnen flutet, — welch' werkeifrige Güte für alle — alle
Guten: — grenzenlos! Schwere Sorgen wuchten auf mir:
denn: — du magst es jetzt wissen: es ist ja alles vorbei!
— ich bin nicht ein armer, wegfahrender Skalde: ich bin
ein König."

„Es überrascht mich nicht!" Sie sprach's mit leuchtenden Augen; der Stolz auf den Freund verklärte ihr
Antlitz: es ließ ihr schön.

„Weit ist mein Reich und viel bedroht von starken
Feinden. Tag und Nacht hab' ich zu sorgen — ich
allein —: denn, glaub' es, es ist nicht geprahlt; — die
um mich sind nicht ganz meinesgleichen." Er sagte das
ganz schlicht. — „Wer ist euresgleichen?" — „Du! Du
allein! . . . Vergieb, ich schweige ja schon wieder! — In
all' den Kämpfen sehn' ich mich so heiß, so schmerzlich,
dies müde, gedankenschwere Haupt manchmal zu verruhen
an einem treuen Herzen, hier aufzuatmen von Sorgen,
wie sie so schwer keinen andern Herrscher drücken. Denn
ach! mein Reich, so groß, so herrlich: — es ist dem sichern
Untergang geweiht."

Mit einem Schrei sprang sie auf vom Bord des Schiffs:
„Und du? Und du?"

„Ich überlebe nicht die Meinen und mein Reich." —
„Du stirbst? Du willst sterben?" — „Ich muß. Und ich

will." — „So laß mich mit dir sterben! Du solltest mir
nicht allein leiden: — du sollst auch nicht allein sterben.
Nimm mich mit in all' dein Weh, in beine Größe und
in deinen Tod." Und flehend schlug sie die Augen,
flehend hob sie beide Hände zu ihm auf. Da richtete er
sich hoch empor: er warf das Haupt in den Nacken;
Siegesfreude, hohe Wonne strahlte aus den bisher so
schwermütigen Augen: er umschloß mit der Rechten ihre
beiden Hände an den Knöcheln und zog mit sanfter Gewalt die schlanke Gestalt an seine Brust.

Nur einen Augenblick ruhte sie dort.

Dann schob er selbst sie leise zurück, sah ihr zweifelnd
in die Augen und sprach ernst: „Bedenk' es wohl! Nicht
ich habe dich gebeten: — du selbst! — aus freien Stücken
sprachst du dies Wort. Es ist ein schweres Wort. Wirst
du es tragen, wirst du's halten können?"

Sie zuckte zusammen: sie schloß unter seinem fragenden
Blick die Augen: sie drückte die Linke vor die Stirn: „Oh
ihr Götter der Pflicht, des Hauses und der Treue!"

„Siehst du!" sagte er traurig und ganz sanft, und
ließ ihre Rechte los. „Siehst du, Kind: du kannst es
nicht! — Leb' wohl!"

„Nein," rief sie, die Hand von den Augen reißend
und ihn voll anblickend, „du sollst nicht leiden um mich
und nicht allein sterben! Das Weh um dich — das Erbarmen — zerreißt mir die Brust. Ich will dein Leid
und will dein Schicksal teilen!"

„Du willst es wirklich? Du warst gewarnt: zum
zweitenmale sprachst du das Wort! Wohlan denn, Geliebte, so folge mir: — sogleich. Dies Schiff — es segelt
rasch. Bald trägt es dich in mein Reich. Komm!" Und
erglühend faßte er sie an dem Arm. — „Nein, o nein!"
rief sie und riß sich, leise schauernd, los. „Ich muß erst

dem Vater, — ach der Mutter noch einmal ins Antlitz sehen." Er furchte die Stirn: „es wäre jetzt so sicher — Doch, ich dränge dich nicht. Es sei! Wann darf ich dich hier erwarten? Denn aus der Halle könnte ich dich nicht ohne Gewalt . . ." Sie schauderte nun noch stärker zusammen: „O nein! Niemals um solchen Preis! Kein Tropfen Blut um meinetwillen! — Ich will — ich werde . . heute um Mitternacht — die Meinen sind alle zum Abend= schmaus geladen in die Halle des Jarls Eirikr — dort zwischen dem Wald und unserm Hof — so kann ich leicht . . ." — „Wohlan. Mitternacht ist, wann Ör= wanbils Stern gerade über dieser hohen Esche steht: — du siehst ihren Wipfel von deinem Gemach aus. Um Mitternacht also! Meine Braut — mein ewig Weib!"

Er schmiegte sie sanft an sich, er wollte sie küssen: aber bebend, zusammenknickend entzog sie sich: er schonte ihrer: er ließ sie aus seinem Arme gleiten.

„Ich muß nun rasch nach Hause zurück. Wenn mich nur nicht auf dem Rückweg mein Bruder . . ." — „Ja, er schlich dir nach." — „Wehe! Weh mir." — „Getrost. Zwei Raben, die er auf dem Felsenwege traf, hielten ihn auf. Sie stritten um einen Goldring, den der eine von ihnen im Schnabel trug: — aus einem Loch im Fels= gestein hatte er ihn gezerrt. Alfhart sah das: — er suchte nach: — er fand in der Höhle noch mehr Gold und Silber, von einem alten vergrabenen Hort. Darüber vergaß er, nach der Schwester zu spähen. Er hängt am Golde. Geh' unbesorgt auf dem Wiesenweg zurück: — er gräbt noch immer in dem Gestein. Ich sah es, im Eschicht verborgen, von weitem." — „Dank! Auf Wiedersehen also!" — „Ja, auf ein Wiedersehen, für immerdar: — sonder Abschied: — bis ans Ende!"

Schon schwebte sie hinweg.

Der Wanderer stieg in sein Schiff: da sah er, wie ein rotes Eichhorn in raschem Rennen über das Waldmoos hin davon schoß. Er blickte ihm nach: „Loki," nickte er leise. „Der Schleicher hat wieder einmal gelauscht. Nun wissen es bald alle Götter und Göttinnen. Desto besser! Sie können sich nicht früh genug darein finden. — Um Mitternacht!"

Noch einen heißen Blick warf er der schlanken Gestalt nach, wie sie in anmutvollem Schreiten unter den fernen Bäumen verschwand. Nun stieß er mit dem breiten Ruder den Einbaum vom Ufersand ab, schob dies in die Wiede aus zähem Weidengeflecht — in dem eingebohrten Rundloch links vom Steuergransen — und blies kräftig in das bis dahin schlaff an dem Mast herabhängende dunkle Segel: sofort füllte dies günstiger Fahrwind — Nordwind — vom Lande her und stolz rauschte das rasche Fahrzeug, mit dem spitzen Vorderbug das Wasser so leicht durchschneidend wie der Adler die Luft, hinaus durch den blauen Fjord und in das offene Meer.

X.

Bald darauf schritt Odhin, von Midhgardh her aufsteigend, die Regenbogenbrücke hinan; auf der obersten Wölbung traf er Heimdall, der, Horn in Hand, scharf ausspähte nach Osten. „Gut, daß du heimkommst, König von Asgardh," begrüßte ihn der Wächter. „Bald, mein' ich, werden sie wieder heranrasen, die langen Lümmel. Es bringt verworrener Lärm aus Riesenheim. Sie rüsten schon lange; und diesmal mit Macht." — „Wir aber

sind gerüstet immerdar, Freund Allwach," erwiderte er.
an ihm vorüberschreitend, mit Lächeln.

„Nun," dachte der Treue, ihm nachblickend, „das war
doch wieder einmal Sonnenschein auf den lange so ver=
düsterten Zügen." —

Raschen, freudig bewegten Schrittes durchmaß Odhin
den Eschenwald vor seiner Halle; als er näher kam, sah
er auf der obersten Stufe des Anstiegs vor der Thür
Forseti stehen und Wara; sie beugten sich vor und schauten
eifrig aus. „Loki war flink — nach seiner Art," sprach
er ruhig vor sich hin. „Jetzt droht mir ein Kampf —
zäher, verdrießlicher als mit allen Ungetümen von Jötun=
heim. — Den könnten Schwager und Schwester sich sparen.
— Sich und mir!" Sowie er die unterste Stufe erreicht
hatte, flog die Schwester ihm entgegen, hing sich mit beiden
Händen an seinen Arm und sah ihm angstvoll in die
Augen. „Bruder," rief sie, „mein Bruder, — sage, bitte.
sag': es ist nicht wahr: Loki log, wie er liebt."

„Was soll nicht wahr sein, Schwesterlein?" fragte er
ruhig, eine Stufe höher mit ihr steigend. — „Das . .
das Entsetzliche! Das ganz Unmögliche!" — „Wenig ist
ganz unmöglich," meinte er und stieg höher. — „Du —
du selbst! — sollst — das Recht der Ringe brechend —
du selbst sollst jene Königstochter rauben wollen!" —
„Nicht rauben!" — und nun stand er vor Forseti. „Frei=
willig folgt mir Alfohit und wird mein Weib." —
„Nimmermehr!" riefen beide Gatten zugleich.

Er zog, gereizt, ein wenig die Brauen in die Höhe
indem er die Thüre seiner Halle aufstieß: der Adler b.
oben begrüßte ihn mit freudigem Flügelschlag.

„Tretet ein. Wollt ihr nun einmal vergebliche Worte
reden, so redet sie nicht da draußen: — Loki ist wohl
wieder um die Wege: — scheltet mich, wo ich allein es höre.

Sie folgten ihm: er warf die Thür ins Schloß, lehnte den Speer an die Wand, legte Hut und Mantel auf die Bank neben dem Hochsitz und sprach: „nun hebt an; ihr habt Zeit zu schelten bis . . nah an Mitternacht." Und wieder begann er, die Halle auf und nieder zu schreiten: fest, in festem Entschluß, waren die Lippen zusammengedrückt.

„So spricht Odhin sonst nicht zu seiner Schwester," begann Forseti, dem Schreitenden mit den ernsten Augen folgend. „Der Klang seiner Stimme schon verkündet: er weiß, er ist im Unrecht." — „Ich kann's nicht glauben!" rief Wara. „So wenig ich Loki glaubte. Wie zuckte mir das Herz zusammen, als der vor die beim Mahle versammelten Götter trat und frohlockte: „Freut euch, Asen und Asinnen all'! Bald nun führt der König sie euch zu, die so lang von euch für ihn ersehnte Gemahlin. Aber nicht der edeln Asinnen eine — auch — nein, Freia! — erglühe nicht vor Freude! — auch keine der wonnigen Waninnen oder der milchweißen Elbinnen: eine Menschenmaid hat er sich erkoren. — Und — höret es, und schmäht fortab nicht mehr Loki, durchbricht Er Recht und Verträge! — Odhin raubt eines andern ringbedingte Braut." — „Ach Bruder! hättest du dieser Worte Wirkung gesehen!"

Er zuckte leicht die Achseln: „Ich kenn' ihn, der Göttinnen Dünkel. Ich werd' ihn brechen. Sie werden's lernen, der Menschentochter dienen, die meine Gemahlin."

„Nicht doch!" entgegnete Forseti. „Nicht die Göttinnen: — die Götter zürnen am schwersten." Er fuhr herum: „sie sollen's wagen, mir zu trotzen! Euch alle zusammen bezwing' ich."

„Sie trotzen nicht: sie trauern. O hättest du den Gram gesehen, der über Thors, deines Treuen, sonst so frohe Züge schattete! Traurig blickte er auf den Hammer in seinem Gürtel und sprach: „nun werf ich dich, Miölnir, in die tiefste See! All-Weiher, du bist entweiht, der du die Treue festigtest und die Verträge. Die Treue war deine Stärke.‟

„So wird jener Speer dort allein fortab den Riesen wehren.‟

„Oh und hättest du,‟ klagte Wara, „erst Lokis schaden= froh Gesicht geschaut. Thor, dessen Söhne: Modi und Magni, Thr, Freir, alle Götter drangen in ihn, mehr, alles zu sagen, den Namen, die Heimat der Jungfrau. „Nenne sie,‟ grollte Thor, „und mein rascher Blitz kommt dem Kühnen zuvor, mag mich sofort dann der König durchspeeren.‟

Allein lachend schüttelte Loki das rote Gelock:

„Behüte! Ich verrate nicht glückliche Liebe,‟ und ver= schwunden war er. „Sein Frohlocken mag dir zeigen, wie verderblich dein Beschluß.‟ — „Er beeilte sich sehr,‟ be= stätigte Forseti, „deine Schuld vor allen zu verkünden.‟

„Es ist nicht das,‟ lächelte Odhin grimmig vor sich hin. „Du thust ihm zu viel Ehre an! ich kenne ihn besser: er wollte mich unwiderruflich binden. Die Götter sollten's wissen, sollten toben, damit ich mich schämen müßte, träte ich zurück: — aus Scheu vor ihrem Tadel, etwa gar aus Furcht: — vor Thors Hammer und Thrs und Freirs Schwertern! — Unnötige Sorge, Schlaukopf! — Als ob ich jemals von ihr lassen könnte!‟

„Also du erkennst,‟ forschte Forseti, „der Arge freut sich, weil dein Vorhaben . . .?‟ — „Zwist in Asgardh schafft und Ärgernis. Gewiß!‟

„Nicht nur deshalb! Zumeist weil . . . doch davon noch nicht! Ich will dich jetzt nur erst fragen: ist es edel, ist des Gottes würdig, was du da thust? Es war wohl nicht schwer, dem Sterblichen die Maid abspenstig zu

machen, wenn ein Gott, wenn der Götter größter, ihr ins Ohr
raunte: „Komm! Folge mir und werde Asgardhs Königin."

„Du irrst, Schwager!" rief der Gescholtene funkelnden
Blicks. „Das ist mein Stolz und meines Herzens süßeste
Freude: nicht den Gott, — den armen Wanderer gewann
sie lieb: dem wehbeladenen, vom sichern Untergang be=
drohten Sterblichen wollte sie folgen. Wegwalt wird sie
entführen — und erst hier — seht, ihr zagen Seelen, das
ist schön! — erst hier soll sie erfahren, wes eigen sie ge=
worden. Ist das nicht groß?"

„Ja, das ist groß," antwortete Forseti ruhig. „Denn
es ist ein großer Frevel."

Rasch, zornig wandte sich Odhin gegen ihn. „Hüte
dich! Ich warne. Mich magst du schelten, — nicht sie!
Ich dulde kein Wort wider sie." — „Auch sie ist schuldig,"
fuhr der Bedrohte furchtlos fort. „Aber ruchloser ist deine
That." — „Nein, des Weibes!" rief eifrig Wara. „Nicht
Odhin ist dem Vater Gehorsam, nicht Odhin dem Ver=
lobten Treue schuldig. Und wild tobt in den Adern des
Mannes das Blut. Sie aber . . . .!" — „Schweig!"
dröhnte da Odhins gewaltige Stimme. „Ein Wort gegen
sie und niemals mehr sollst du mein Antlitz schauen."

„So maßlos liebt er sie!" wehklagte Wara und rang
die Hände. „Ja," sprach Forseti erschüttert, „um sie will
er dich verstoßen, dich, die er mehr als alle Wesen geliebt."
— „Ich schelte sie nicht: — ich beklage sie nur," begann
die Schwester mit ihrer weichen Stimme. „Denn weh um
das Weib, das, fortgerissen von des Mannes Werbung
wie von einem Feuerstrom, des Rechtes, der Sitte, des
Hauses heilig hegende, schützende Were verließ! Sie wird
verbrennen: — zugleich mit seiner Glut." — „Thörin!
— Ewig ist Odhins Liebe." — „Sei es. — Meinst du,
sie wird je — auch in deinen Armen! — vergessen können

des Unrechts, das sie jenem gethan und den Eltern, die
sie getäuscht?"

„Sieh auf Hilde. Sie folgte dem Geliebten, der ihr
den Vater erschlagen und erschlug den Bruder dazu.
Glaubst du, Hilde hat jemals bereut?"

Wara schwieg eine Weile, nachsinnend. Dann sprach
sie: „Hilde! Die Walküre mit den goldfarbigen Augen
deines Adlers! Wohl! . . . Aber weißt du gewiß, daß
. . . jene so stark ist, so willenskühn bis in den Tod, ja
bis über den Tod hinaus um deinetwillen?"

„Sie liebt mich." — „Es giebt der Liebe manche Art.
Und manche Art der Frauen." — „Sie hat mir dann erst,
als ich ihr sagte, daß ich um sie gelitten, aber überwunden
habe, erklärt: nein, sie wolle auch ihr Teil an meinem
Leid, sie wolle mit mir leiden." — Die Schwester senkte
nachdenklich das Haupt, mit leisem Schütteln. Plötzlich
rief sie: „ich muß sie sehen." Und augenblicks trat sie an
das offne Fenster der Halle: schon war sie verschwunden.

Aber draußen schoß vom Himmel zur Erde ein kleines
schwarzbraunes Vögelein: so rasch, — die Augen der
Nachblickenden vermochten dem Fluge nicht zu folgen:
denn schnell fliegt sie, wann es ihr eilt, die schwirrende
Schwalbe.

XI

„Wir sind allein," begann nun feierlich Forseti.
„Nun kann ich sie aussprechen, jene letzten, jene furchtbaren
Gedanken, wie sie kein Weib erträgt." — „Mein Weib
Alfhilt wird auch das Furchtbarste ertragen." — „Nie
wird sie dein Weib: — nur deine Buhle." — „Ver=
wegener!" schrie Odhin, riß den Speer von der Wand

und zückte ihn wider jenen. — „Stoß zu. Es wäre nicht das erstemal, daß ein frevler Speer das Recht durchbohrt: ist es daran gestorben? Mich magst du töten, — nicht das Recht. Mich kannst du verstummen machen, nicht die Stimme, die in dir selbst vernehmlich spricht: Odhin, du frevelst."

Mißmutig warf er den Speer in die Ecke; nach einem kurzen Blick auf den Schwager begann er wieder die Halle zu durchschreiten.

„Du kannst nicht leugnen," hob der andere unbeugsam, unabschüttelbar an: „das Königskind ist dem Königssohn nach Ringrecht verlobt. — Er zahlte dem Vater den Muntschatz: das Gewicht der Braut in eitel Gold." — „Sie ist nicht schwer, die Schlanke!" höhnte der Erboste. — „Du kannst nicht leugnen: der Verlobte hat ein unantastbar Recht auf sie." — „Aber keins in ihr." — „Du kannst nicht leugnen: nach dem Recht der Menschen wird, wer die Braut eines andern bethört, so hart als wie wer ein Eheweib bethört, bestraft: mit dem Tode."

„Das Recht, das Recht!" meinte Odhin achselzuckend. „Es ist bald so, bald anders."

„Ja, das Recht ist wie der Wald: es wird, es wächst, es wandelt sich, es welkt und wieder wird es: — immer wieder." — „Ei, anders ist das Recht bei Sachsmännern, anders bei Nordleuten, anders bei Asen, anders bei Menschen." — „Aber immer gilt es, da wo es gilt, so wie es gilt. Und dem Bräutigam die Braut, die ringgebundne, ablocken, — das verbietet der Asen wie der Menschen Recht. Warum, wenn ihr nicht Unrecht plant, sagt ihr's denn nicht offen dem Vater? Du kannst nicht leugnen . . ."

„Nein, du kannst nicht leugnen, unerträglicher Wiederholer des Einen Gedankens, — dem Einen Klapperwort

der Mühle vergleichbar! — daß ich sehr geduldig bin:
gegen dein Gerede wie gegen alle die Männer da unten.
Wer wollt' es mir wehren, wär' ich der Jungfrau in
meinem Asenglanz und meiner Asenkraft genaht und hätte
die drei, die sie mir mißgönnen, mit diesem Speer auf
Einen Wurf gefällt?" — „Das wäre Niedertracht gewesen."
— „Forseti!" — „Und Odhin ist kein blindwütiger Ver-
serker. Du suchtest die feinere Lust statt der rohen: ihre
Seele vor allem. Ein Frevel, rechtlos, ruchlos bleibt es
doch." — „Das, mein' ich, hast du nun oft genug gesagt.
Fällt dir nichts Neues ein?" — „Du hast noch das Alte
nicht erfaßt." — „Langweilig ist' die Wiederholung.
Dürftig dein Denken."

Da richtete Forseti einen langen, warmen, bewundern-
den Blick auf ihn.

„O mein großer Schwager! Ich weiß es wohl: so
weit Gedanken der Götter, der Menschen, aller Wesen sich
dehnen, so Mannigfaltiges sie gestalten: — all' das ist
dein Reich, dein Herrschgebiet. Der Geist des Skalden,
der sich und die Hörer in Entzücken dahinreißt, der Geist
des Weisen, der die Runen der Vorzeit deutet und die
Rätsel der Zukunft enträtselt, der Geist des Feldherrn, der
durch seine neu ersonnene Schlachtordnung siegt, der Geist
des Helden, der in Kampfentzücken in die Speere springt
— sie alle, diese Geister, sind Strahlen aus der Sonne
Odhin, all diese Reiche sind nur Gaue deiner Königschaft:
Mein ist nur dies Eine: die schmale, engumhegte, blüten-
lose Mark des Rechts: doch heilig ist auch sie und unantastbar und unentbehrlich wie all' deine Königsgebiete:
und ich werde dies mein kleines Reich schützen ohne Furcht,
ohne Wanken, wie gegen jeden Verbrecher — so gegen
dich." — — —

XII.

Bevor Odhin, der ergriffen vor ihm stand, erwidern konnte, ward die Thüre leise geöffnet und Wara trat über die Schwelle.

Trauriger noch als sie gegangen, kehrte sie wieder. Doch milder war der Ausdruck ihrer Züge. „Schon zurück?" fragte Odhin. „Du hast sie gesehen? Nun, was sagst du?" — „Du hast recht, Bruder!" — „Hörst du, Schwager?" frohlockte der.

„Du hast recht, nennst du sie das anmutvollste Weib, das jemals schwebenden Schritts über die Menschenerde gewandelt. Auch der Göttinnen keine mag ihr den Kranz des Sieges nehmen aus dem goldgewellten Haar. Aber, ach Odhin! Ihre Augen . . . . ."

„Sind sie nicht schön?"

„Zaghaft sind sie, scheu ist ihr Blick. — Sie lehnte am offnen Fenster, in Sinnen versunken. Wie erschrak sie, als die Schwalbe, laut zwitschernd, dicht über ihr Haupt hinflog! Denn ich mußte doch den Aufschlag dieses verträumt gesenkten Auges sehn. O Bruder: — zerrütte nicht diesen sanften Geist! Mute nicht ihr — ihr nicht, dieser rührenden Gestalt! — den Frevelmut verbotener Liebe zu, nicht Hildes schrankenlosen Ungestüm. Sie hat ihn nicht: — sie kann ihn nie entfalten! Reißest du dieses Geschöpf, so schön, so wahrhaftig, so ganz in Pflicht und Offenheit erwachsen, zu Täuschung und Unrecht fort, heraus aus dem festen Grund, aus dem Boden stiller Pflichten, in dem allein sie, sanft und sinnig, gedeihen kann: — sie welkt dir rettungslos! — Nicht glücklich, — elend wird sie sein in deinen Armen!"

„Das laß du meine Sorge sein!"

„O nein, denn mich jammert der Holden, gerade weil sie so zart, ja schwach. Schon jetzt scheint sie mir zu leiden, hin und hergerissen in der schmerzlich schwankenden Seele. — Sieh, mit Groll im Herzen gegen die ungetreue Braut, meines Bruders Verderberin, flog ich aus: — ihr Anblick hat mich gerührt, hat den Unwillen gegen sie in herzlich Mitleid gewandelt. Höre mich, o höre mich, Bruder, zu Ende. Nachdem ich sie gesehen, — nachdem ich — wider= strebend! — sie lieben muß, jetzt flehe ich dich an, nicht nur um des Rechts, auch nicht um deinetwillen bloß — vor allem um dieser herzerweichenden Gestalt willen fleh' ich dich an —: laß ab von ihr, daß sie nicht maßlos elend wird." — „Elend! „Sie liebt mich!" — „Das eben . . . o zürne nicht! . . . das glaub' ich nicht."

Er lachte stolz. „Ich weiß das besser, glaub' ich." — „Weil sie dir's sagte? Hat sie's wirklich je gesagt? Siehst du, du schweigst auf diese Frage! Weil sie dir folgen will? Ich errate nicht, was sie dazu treibt — wenigstens: ich zweifle noch. Allein gewiß — mag sie's auch wähnen! — sie liebt dich nicht!"

„Und warum nicht?"

„O Bruder: könnte sie dann so zum Sterben traurig sein? Heute — wenige Stunden, bevor sie dein werden soll? Schüttle nicht das Haupt! Ja, sie ist sterbens= traurig! Ich sah es klar: ich kann durch Weibesaugen in die Seele schau'n: es hätte, mir ihren verzweifelnden Schmerz zu zeigen, gar der beiden großen Thränen nicht bedurft, die ihr langsam, langsam über die todesbleichen Wangen glitten: sie ward ihrer nicht gewahr vor ufer= losem Weh."

„Das . . das faß' ich nicht. Doch, wie es sei: — ich kann nicht von ihr lassen."

„Das glaub' ich, armer Odhin, seit ich sie gesehen,

11*

diese bleiche Königin der Anmut. Ein Mann, der ihre
Seele sein wähnt, wird wohl nicht mehr von ihr lassen —
freiwillig." — „Und wer zwingt mich?" — „O Geduld,
noch einen Augenblick! Deshalb ja, geliebter Bruder, hab'
ich ein Mittel ausgesonnen — und — und gleich mitge=
bracht! — das alles, alles heilen wird: — ohne Schmerz
und ohne Schuld."

„Darauf: — auf solch ein Ding bin ich begierig."

„Als ich die Blasse, Verzweifelnde so vor mir sah,
sagte ich mir: „o hätte er sie nie gesehen. Er wird sie
nie vergessen." Da schoß es mir heiß durchs Herz: „wenn
er aber vergessen muß? Ohne Willen? Wider Willen?
Durch Zauber, durch einen erlösenden Spruch?" Und nun
fiel mir ein: — ich jubelte bei dem Gedanken! — ganz
nahe Alsbal, in dem Eisenberg, wohnt Göldhr, der Zwerg,
der Runensprüche, Zauberlieder jeder Wirkung kennt. Oft
hat er sie mir gerühmt, kam ich zu ihm, zerbrochen Geschmeide
bessern zu lassen. Er bot mir dann wohl zum Tausch
für Spange und Kette Lied und Spruch. Was hätte ich
bisher seines Zaubers bedurft? Ich besaß den Gatten, die
blühenden Kinder und meinen Stolz: den freudigen Bruder!
Aber jetzt, aber heute! O wenn es gelang, den Liebe=
siechen zu heilen! Kein Bitten wollt ich scheuen, kein Preis
sollte mir zu kostbar sein. Einen letzten Blick noch warf
ich auf die Weinende, die Schwache, die der Widerstreit
der Seele grausam hin= und herzerrte — und rasch trugen
mich die Schwalbenflügel an die Höhle des Dunkel=Elben.
Er zögerte klug, er feilschte lang: — genug: hier ist der
Zauber, der so viel Unheil wendet."

Und mit Freude, mit strahlenden Augen zog sie aus
dem Gürtel ein viereckig Stück Buchenrinde, in welches
einige Runenzeilen geritzt waren.

So ergreifend war diese schwesterliche Freude, — Odhin

trat bewegt dicht an sie heran: mit kosender Hand strich
er über die schwarzbraune Mantelkapuze, welche sie dicht
über das Haupt geschlagen hatte: „Du Vielgetreue! Geizig
ist der Zwerg: — teuren Preis magst du bezahlt haben
müssen."

Unter seiner Hand glitt die Mantelhülle herab auf ihre
Schultern: da stießen beide Männer Rufe schmerzlichen
Staunens aus: „Wara! Weib! Dein Haar . . .?" —
„Schwester, was ward aus deinem schönen Schwarzhaar?"

Sie errötete: — das ließ ihr gar hold — und lächelte:
aber doch feuchteten sich ein wenig die dunkeln Augen, als
sie antwortete:

„Mein Haar? Oh — ich schnitt es ab. — Es war der
Preis, den der Zwerg begehrte: er schämt sich schon lange
des kahlen Kopfes seines Weibes."

„Schwester! Schwester! Was hast du gethan! — Für
mich gethan." Und er schloß sie ungestüm in die Arme.
— „Wenn's nur hilft!" lächelte sie unter Thränen.

Forseti aber faßte ihre Hand und sprach: „ich liebte
dieses Haar — das prächtige, dunkle: — nach deinem
Auge liebte ich es zumeist an dir. Aber Dank, mein Weib,
daß du's geopfert: nun bleibt die Schuld erspart." — „Und
auch das Weh: — beiden!" fiel Wara eifrig ein. „Horch
auf, mein Bruder, gieb scharf acht. Spricht einer der
Liebenden den Spruch — leider" — und hier lächelte sie
ein wenig — „leider muß eines von euch beiden selbst
ihn sprechen, soll er wirken: sonst hätt' ich den Zauber
sofort gebraucht, sowie meine Hand ihn ergriff! — spricht
eines von euch beiden den Spruch, so wirkt er sogleich
Vergessen, mag's der eine sich selbst oder dem andern oder
beiden wünschen. Höre, wie es lautet!"

Und sie las:

„Ich, Odhin von Asgardh,
Vergesse ganz und gar
Dieser Liebe liebliches Leid
Und leibschwere Lust!
Auf immer und ewig
Versinke mein Sehnen,
Als ob ich Unsel'ger
Ihr Auge niemals geseh'n!
Auf immer und ewig
Vergess' ich Alfohit von Alfdal,
Ich, Odhin von Asgardh.
So soll auch meiner vergessen
Auf immer und ewig
Alfohit von Alfdal."

„Da, nimm, Bruder, und sprich den Spruch und alles ist gut!"

Und sie drängte ihm das kleine Rindenstück in die Hand.

Sogleich warf er es mit raschem Schwung auf den Herd, wo noch ein paar Kohlen verglimmend glühten: sofort knisterte die Rinde und schrumpfte zusammen.

„Niemals!"

„O Bruder, was thust du!" — Sie sprang hinzu: „ach, zu spät!" — „Es war teuer erkauft, Schwager!" grollte Forseti. — „Wie konnte meine Schwester wähnen . .? So wenig kennt sie mich? Ich will dies Weib."

———

XIII.

„So willst du also freveln!" zürnte Forseti. „Ja, nachdem aufopfernde Liebe dir den Weg gewiesen, ohne Schmerz für euch beide, ohne die Qual ungestillten Sehnens für dich — durch Vergessen! — das Verbrechen zu meiden:

— trotzdem beharrst du darauf? Das verdoppelt deine
Schuld!" — „Schweig', ich hab's nun satt. — Mit dir
bin ich fertig." — Doch das Recht ist nicht zu Ende mit
dir." — „Du jedoch, Schwester, kannst du's denn nicht begreifen? In steter Sorge um die Götter und die Welt
verzehr' ich mich: — einsam." — „Du hast die Herrschaft
der Welt." — „Sie ist eine Last." — „Du hast den Ruhm
höchster Heldenschaft und tiefster Weisheit." — „Ruhm ist
ein Schall." — „Du hast der Dichtung begeisternden Trank."
— „Er weckt nur den Durst nach Liebe." — Du hast treue
Freunde." — „Jeder von ihnen hat ein Weib: das beglückt
ihn, nicht meine Freundschaft." — „Du hast," fiel Forseti
ein, „eine Schwester, deren Liebe .." — „Ihrem Manne
gehört, wie billig. Überall und allen bin ich der Zweite:
soll ich nicht in Einem Herzen der erste sein? Muß ich euch,
den glücklichen Gatten, erst noch beweisen, daß es nur Ein
Glück giebt in allen neun Welten: liebend geliebt zu sein?
Der ärmste Knecht, der aus harter Frohn für harten Herrn
abends heimkehrt in die morsche Schilfhütte und den sein
Weib dort an die Brust zieht: — seliger ist er denn der
König von Asgardh, der aus gewonnener Riesenschlacht
oder aus schicksalschwerem Rate der Götter heimkehrt in
die leere Öde dieser reichen Halle hier. In die entweichende
Luft greif' ich auf dem einsamen Lager: mein Haupt, ge-
dankenreich oder glühend von Siegesfreude, auf keine treue
Brust kann ich es betten! Was hab' ich gegrübelt, gekämpft,
gesiegt mit dem Geist und dem Ger seit mehr als zwanzig
Wintern, — immer für andre, nie für mich! Ist es Un-
recht, will ich auch einmal glücklich sein? Nun find' ich
endlich das Geschöpf, in dem — ich fühl' es! — all mein
Glück beschlossen ist — und nun soll ich entsagen, weil der
Vater die Tochter einem andern bestimmt hat? Warum?'
— „Weil es so Recht ist," sprach Forseti. — „Und warum

— warum soll ich dem Recht gehorchen?" — „Du wie
jeder: weil das Recht notwendig ist, so notwendig wie der
Grundbau, der das All zusammenhält. Weil das Andere
— das Rechtlose! — Wahnsinn ist, Unvernunft, Auflösung
der Welt. Weil in deinem Geiste selbst ein Zwangswort
zu dir spricht: „Du mußt dem Recht gehorchen!" Denn
das Recht ist nicht ein fremdes Gebot, — ist deines eigenen
Denkens Gesetz und Bedürfnis. Es ist dein eignes, deiner
eignen Vernunft Geheiß, was dir im Recht gebietet."

„Oh, es giebt auch unvernünftig Recht. Das Recht ist
nicht das Höchste in der Welt; die Wohlfahrt der Welt
steht höher." — „Das Recht ist die Wohlfahrt der Welt."
— „Nicht immer! Es giebt auch schädlich Recht. Schon
mancher König brach das Recht der Verträge, der unertragbar gewordenen, mit dem Nachbarkönig, schon manches Volk
ein alt unleidlich gewordenes Recht der Königschaft: und
beide thaten recht daran."

„Nein, unrecht thaten sie beide. Wie thäten sie recht,
wenn sie das Recht brechen? Unrecht thaten sie, auch wenn
die Not, die kein Gebot kennt, sie fortriß oder ein werbendes,
junges Recht das alte abgestorbene mit Gewalt sprengte,
wie im Lenz das neu knospende Junglaub das nicht recht-
zeitig abgefallene Altlaub absprengt. Aber nicht, auf daß
das Neue selbstisch genieße, — auf daß der ganze Baum
erhalten bleibe und gedeihe. Ja, es mag geschehen, — aber
immer ist's ein Unheil! — daß Gewalt das alte eigensinnig gewordene Recht zwingt, besserem Recht zu weichen,
der Teil sein Recht verwirkt um des Ganzen willen. Hier
aber — wahrlich! — tobt nicht Kampf von Recht gegen
Recht oder von Heil des Ganzen mit dem Recht des Teils
oder der inneren Pflicht mit dem äußeren Zwang des
Gesetzes: hier kämpft lediglich gegen das gute Recht die
böse Lust!"

„O mein Gatte, halt' an dich. Er ergrimmt furchtbar: denn er erbleicht. Schweige!" — „Nein: jetzt ist Reden Pflicht und Schweigen Unrecht."

„Böse Lust?" wiederholte Odhin langsam mit schwer verhaltenem Zorn. „Gut, schilt so meine Liebe. Es durchbrach dein künstlich Rechtsgeflecht schon mancher Sterbliche um seiner Liebe willen: und ich, der Gott . .?" — „Du darfst es nicht. Gerade du nicht, Odhin. Du am wenigsten!" — „Weshalb? bin ich geringer als . . .?" — „Nein, größer als alle. Gerade darum! Und weil du klarer weißt als wir andern ahnen" — er trat nun dicht an den Heißerregten, legte ihm die Hand schwer auf die Schulter und sprach feierlicher als je zuvor: „wann und warum dereinst die Götter untergehn."

Odhin fuhr auf: heftig schüttelte er die aufgelegte Hand ab.

„Weh, nun kommt das Letzte, das Furchtbarste!" stöhnte Wara in den Streit der Männer. — „Ich hätte dir es gern erspart, mein Weib! Du kamst zu früh zurück."

„Ja," rief Odhin laut, „ich weiß es. Die Schuld! — Die Schuld, sie macht die Götter dämmern und die Welt vergehn. Und ich weiß auch: solang Odhin nicht von Schuld befleckt ist, bricht das Ende nicht herein. Und ich weiß auch, diese That wird Odhins erste Schuld und eine so schwere, daß schwerere kaum gedacht werden mag ohne Mord. Und doch, — Forseti, hör' es nur, du ewig Kühler! — wüßt' ich gewiß, gleich nach dem ersten Kuß, den ich auf dieses Weibes Lippe drücken werde, geht das All in Flammen auf: — hör' es, Forseti: ich küßte ihn dennoch, diesen Kuß!"

„Das ist Wahnsinn!" rief Wara händeringend. „Hör' ihn nicht, mein Gemahl."

„Nein, keine Beschönigung," sprach Forseti, sich hoch

aufrichtend. „Das ist nur das höchste Maß bewußten Frevels! — — Komm', mein Weib. In dieser Halle ist meines Bleibens nicht mehr. Ich habe hier gethan, was ich konnte, die Unthat zu verhindern. Jetzt beginnt mein Amt anderswo!" Und er ergriff Wara am Arm und schritt gegen die Thüre.

Aber Odhin vertrat ihm den Weg. „Wohin?" fragte er drohend. — „Zu König Alf!" — „Was thun?" — Ihn warnen." — „Wovor?" — „Vor Odhins Verrat!" — „Halt!" rief der mit zorniger Lache. „Warnen sollst du nicht: — nur strafen ist dein Amt." — „Ich komme Frevel und Strafe zuvor." — „Nein!" — „Wer wird mich hindern?" — „Ich!" rief Odhin furchtbar und er beschrieb mit dem Finger in der Luft einen Kreis dicht um das Paar; sofort sanken beide, wo sie standen, langsam nieder auf den Estrich mit geschlossenen Augen, von schwerem Schlummer befangen.

„Eine kurze Geduld!" lachte er grimmig vor sich hin. „Man ruhet unverstört in Odhins Halle. Und es wird — wähn ich — nicht das letztemal bleiben, daß das Recht — auf kleine Frist! — die Augen schließen muß vor stärkerem Willen. Ist die Hochzeit vollzogen, mag der Schwager die Augen aufschlagen und ihr Heil wünschen, meiner Gemahlin, seiner Königin!"

XIV.

Schon war es dunkel geworden und ahnungsvoll sahen die Sterne nieder auf die Erde. — — —

In dem Schlafraum des alten Paares in König Alfs Hofe glomm ein mattes Licht: ein Kienspan brannte in

der Öſe der ehernen Wandleuchte. Von dem Pfühle her
kam ein ſchweres Atmen, wie Kranke atmen. Sonſt alles
ſtill. Der Ledervorhang vor dem Fenſter, das von dem
turmhohen zweiten Stockwerk in das Freie vor dem Hof=
raum blickte, ſchwankte im Nachtwind leiſe hin und her.
Still, ganz ruhig lag das Krankenzimmer.

Da ward die einzige Thüre, die auf den Gang und
zu der Haustreppe führte, behutſam geöffnet und ſacht ge=
ſchloſſen; ein leichter Schritt ſchwebte über die Schwelle.

Aber ſo leiſe das geſchah, — die alte Frau auf dem
Lager richtete doch den Kopf ein wenig in die Höhe und
ſprach: „Alſvhit, mein Liebling! Mein Augenſtern! Wie
lieb, daß du noch einmal kommſt!“ — „Noch einmal!“
wiederholte tonlos das Mädchen; es zitterte ſtark. — „So
ſpät pflegſt du ſonſt nicht nach der Mutter zu ſehen. Trieb
dich heute die Liebe noch einmal zu mir?“ — „Einmal
noch!“ — Unhörbar ſprach es die Tochter zu ſich ſelbſt
und ließ ſich auf beide Kniee vor dem Lager der Mutter
nieder.

„Es geht mir ganz leiblich,“ fuhr dieſe fort; mit den
beiden magern Händen taſtete ſie nach dem blonden Haupt:
nachdem ſie es gefunden, ſtreichelte ſie zärtlich das ſeiden=
weiche Haar und das ſchöne Rund des Kopfes. „Die
Ruhe im Hauſe thut mir gut: ich hörte den Vater unten
aus dem Hofthor gehen. Und deinen Verlobten. Wie gut
kenne ich die Stimmen, ja ihre Schritte ſchon! Nur
Alſhart iſt noch nicht fort zum Feſt.“ — „Doch, Mutter:
ich finde ihn nirgends im Hauſe.“ — „Weshalb ſchläfſt
du noch nicht? Es muß ſchon ſpät ſein.“ — „Ich .. ich
wollte .. noch einmal! — Deine liebe Hand, Mutter!‘
Und ſie küßte ihr beide Hände mit Inbrunſt. — „Kind,
Kind! Wie deine Wange glüht! Und das — was da auf
meine Rechte glitt, — — das war ja eine Thräne. Kind,

Götter da oben! Hört einer Mutter Dank und Segen!
O häuft alles Heil auf des besten Kindes Haupt, das noch
nie im Leben der Mutter, des Vaters Unmut erregt hat.
Walten in eurem Ratschluß Recht und Gerechtigkeit, so
muß euer Lohn überschwänglich dies reine Herz beglücken.
Nein, reiße dich nicht los! Hör' es zu Ende, der Mutter
Gebet! Ihr wißt es wohl kaum, ihr fern Thronenden,
welch' Kleinod ich an ihr besitze. Doch meine Seele weiß
es. Aufopfernd und gehorsam, wahrhaftig und untrügend
wie der Sonnenschein und getreu, getreu bis in den
Tod . . . .!"

„Nein, Mutter! Nein! Nein! Nein!" schrie da die
Tochter überwältigt. „Es ist ja alles nicht wahr! Schwert-
stöße sind die grausamen, die rührenden Worte in mein
falsches Herz! Mutter, o Mutter, vergieb mir!"

Und sie warf sich verzweifelt, sinnlos vor Weh, über
das Pfühl und barg das Antlitz unter strömenden Thränen,
in wildem Schluchzen an der Mutter Brust.

„Alsohit! Kind! Was . . . was bedeutet das?"

Da knarrte unten auf der Wendeltreppe, die aus der
Halle durch die offene Fallthür in das Gemach führte, ein
Schritt; eine Waffe stieß klirrend an. Alsohit in ihrer
Verzweiflung hörte es nicht; nur die Blinde stutzte.

Allein die Tochter kam jeder Frage zuvor: „Was das
bedeutet?" rief sie, sich jäh aufrichtend und mit beiden
Händen in ihr losgegangen Haar fahrend. „Das bedeutet,
daß dein Kind untreu, falsch, dich, den Vater — ihn —
euch alle betrogen hat! Nein, nein: nur betrügen wollte.
Denn — und mag er drüber sterben! — ich kann, ich
kann, ich kann es nicht!" — „Was, ... was kannst
du nicht? Du tötest mich mit diesen Rätselworten!" —
„Ich kann nicht mit ihm fliehen. Ich . . . . ich Unselige!
— wollte heute Nacht — um Mitternacht — im Mark-

wald wartet er meiner am Fjord! . . . . Er — er zog
mich so seltsam an: — er war so anders als alle. Und
mich erbarmte sein! — Ich wollte fliehen . . . . mit
Wegwalt dem Skalden! — Aber ich kann es nicht!"

„Nein, du kannst es nicht!" schrie da eine wilde Stimme
und von der Wendeltreppe her sprang Alfhart in das
Gemach. „Ich sorge dafür, daß du nicht kannst."

Aufschrieen Tochter und Mutter.

Er aber warf die Fallthüre zu, verschloß sie, steckte
den Schlüssel in den Gürtel, warf einen beruhigten Blick
von dem Fenster in die turmhohe Tiefe da unten, stürmte
zur Gangthüre hinaus, schloß auch diese ab, steckte den
Schlüssel zu sich und eilte in raschen Sprüngen die Treppe
hinunter und hinaus ins Freie.

XV.

Fern im Markwald war es still und einsam, feierlich still.

Der Vollmond trat zuweilen hinter dem ziehenden,
rötlichen, leichten Gewölk hervor: Örwandils Stern
stand über dem Wipfel der hohen Esche. Nichts vernahm
man an der Landestelle des Stromes als das leise Ziehen
und Gurgeln des Wassers und das geheimnisvolle Flüstern
des hohen, dichten Schilfs. Sonst alles still: die tausend
Stimmen, die den Wald am Tage beleben, sie waren alle
verstummt.

Nur von ganz hoch oben — wie aus dem Himmel
— drang ein schwermutvoller Ton und an den hellen
Wolken huschte ein dunkler Schatte vorbei: der Singschwan

war's, der mit eintönig trauervollem Laut gen Süden
strich. Sonst alles still.

Aus dem Schilficht auf das Ufer gezogen stand Odhins
Einbaum: ganz leise, wie kosend, gingen die letzten dem
Ufer nächsten Wellen in immer gleichen Zwischenräumen
gegen den Kiel. Schwarz fielen die Schatten des hohen
Mastes, des langen Speeres und der dunkeln Mannes-
gestalt im weiten Mantel auf den weißen Ufersand, der
hell, wie Silber, im Licht des Mondes glänzte. Der
Schiffer saß auf dem hinteren Gransen, der dem Lande
zugekehrt war: er kehrte dem Mond, der strahlend über
dem Fjord stand, den Rücken, das Gesicht dem Waldweg
zugewandt. Er spähte so angestrengt, daß ihn die Augen
schmerzten; die Linke drückte er auf die Brust.

„Springe nicht, hochklopfend Herz! Fasse dich, halte
dich, Odhin. Nicht ihr blindlings entgegeneilen, wie du
gierig verlangst. Hier ist der Ort, dies die Zeit!
Nicht aus Ungeduld wie ein thörichter Knabe vom Stelldichein weichen, ihr entgegenlaufen: und sie — verfehlen.
Denn der Wege sind zwei. Hier ausharren! Die Zeit
ist da: — ja fast vorüber: schon steht der Stern jenseit
des Baumes, nun muß sie gleich hier sein! Geduld!
Geduld noch ein kleines. Dann wird dir, du verlodernd
Herz, die Vergeltung, der Trost für alles: — auch für
die verlorene Schwester. Der Lohn für . . für dein Verbrechen!" Da erschauerte er leise; doch trotzig begann er
wieder: „Ja, hört es nur, ihr streng blickenden Sterne:
ja, zum Verbrecher will ich werden um sie! Horch: —
verscheucht flog dort die Eule auf von dem Waldweg.
Da: — ein eilend nahender Schritt! Sie ist es! Nun
— ihr entgegen!"

Er sprang auf von dem Gransen und stürmte mit
starken Schritten auf den schmalen Waldpfad zu, der im

Schatten der hohen Bäume lag, während die Gestalt des Mannes auf der Waldblöße im hellsten Licht des Mondes stand. Nahe schon war er der Einmündung in den Waldessaum: da machte er rasch Halt; drei Stimmen erschollen durcheinander: „Seht! Da ist er! Gerade noch recht holte ich euch ein vor dem Festhause. Werft beide mit. Stirb, elender Dieb!"

„Das ist Alfhart," sagte Odhin eisig zu sich selbst. — „Du falscher Gast," rief der König. — „Oh ungetreuer Mann," rief Abhal. Drei Speere flogen zugleich; zwei trafen: den schildlosen linken Arm durchbohrte der eine, der andere streifte den rechten Schenkel.

Ruhig stand Odhin; er spähte scharf: das Mädchen war nirgend zu sehen. „Soll ich sie töten, alle drei? Warum? Sie sind ja im Recht. Und sie ist ihnen gewogen, — allen dreien! Ihre Flucht mißlang. Wohlan, so hol' ich sie morgen." Rasch wie Blitze schossen diese Gedanken durch sein Haupt; es eilte: denn jene sprangen nun gegen ihn heran.

Da wandte er sich und — floh. „Zum erstenmal, seit ich denke," sprach er grimmig.

Schon hatte er das Schiff erreicht, schon sprang er hinein, die Verfolger hatten ihn nicht eingeholt: — er stieß ab: — das Schiff schwamm. Da hörte er gellend rufen: „Wegwalt! Wegwalt!" Er wandte sich. Er erkannte die Stimme, obwohl sie in Verzweiflung schrillte. Er ruderte wieder näher zu Land.

Da flog Alfohit aus dem Wald ins Freie.

„Wie entkam sie?" grollte Alfhart. „Nur durchs Fenster! Ein Todessprung! Doch scheint sie unverletzt." — „Rette dich, Wegwalt! Vergieb mir: — ich konnte nicht anders! Ich — ich selbst habe dich verraten. Aber dies . . . dies hab' ich nicht gewollt." Und ohnmächtig stürzte sie

auf das Antlitz nieder. Der Verlobte eilte zu ihr zurück,
ihr beizustehen. Der Vater warf noch einen Speer gegen
Odhin, der regungslos vor dem Maste stand: — wie ver=
steint! — Die Spitze krachte, seinen Bart streifend, in den
Mast: er achtete es nicht.

„Sie — sie selbst — Alfohit selbst! — hat mich ver=
raten!" Tonlos sprach er's vor sich hin: er konnte nicht
mehr denken.

Da wandte sich auch der König seiner Tochter zu.
Aber grimmig watete Alfhart in das Schilf: „Steh! Flieh
nicht! Kämpfe!"

„Sie — sie selbst — hat mich verraten! Er wich nicht
vom Fleck, auf seinen Speer gelehnt; der Strom trieb ihn
dem Fjord zu: er achtete nicht darauf.

„Steh!" schrie der Wütige. „Komm heraus aufs
Land und kämpfe, wenn du einen Tropfen Mannesmut im
Leibe hast. Ha, er flieht! — — Ehrloser Feigling!"

Da zuckte es durch den Mann im dunkeln Mantel,
er lupfte leise den niemals fehlenden Speer; aber gleich
darauf warf er ihn nieder in das Schiff. „Sie hat mich
verraten. Es ist alles gleich, was noch gedacht, gesagt
wird und gethan."

Das Blut floß reich aus dem Arm. Und er glitt,
noch immer die Augen starr auf die weiße Gestalt ge=
richtet, welche die beiden Männer nun aufhoben, nach
rückwärts nieder auf die Ruderbank: die Sinne vergingen
ihm: rasch glitt sein Kahn den Fluß hinab, dem Fjorde zu.

————

XVI.

Die Sterne bleichten: im Osten dämmerte es fahl: ein kühler, scharfer Luftzug ging durch die Wipfel der hohen Eschen um Odhins Saal.

Da kam des Wegs nach Gladhsheim ein müder Mann.

Den langen Speer schleifte er in der Rechten nach, mit dem Schaftende auf dem Boden. Der linke Arm hing schlaff herab unter dem Mantel; manchmal sickerte noch ein Tropfen Blut zur Erde; das rechte Bein ließ ebenfalls zuweilen eine rote Spur auf dem Boden zurück: er merkte es nicht; den Schlapphut hatte er tief in die Stirne gezogen; langsam stieg er die Stufen vor der Hallenthür hinan.

Da sprangen ihm, freudig bellend, die beiden Wölfe entgegen. Plötzlich hielten sie an: sie witterten in die Luft: nun schossen sie aufs neue auf ihn zu, schoben schnüffelnd links und rechts die spitzen Köpfe unter den Mantel und eifrig begannen sie, hoch an ihm hinaufspringend, ihm die Wunden in Arm und Bein zu lecken.

Er strich über ihre Köpfe hin. „Ihr seid treu," sagte er, „seid doch nur Wölfe!"

Eingetreten in die Halle, legte er Speer, Hut und Mantel ab. Er ließ nun den Blick traurig auf den Gatten ruhen, die, Seite an Seite geschmiegt, friedlich schlummerten. Dann beschrieb er mit dem Finger einen Kreis in der Luft: — diesmal in umgekehrter Richtung beginnend; die beiden schlugen die Augen auf, nachsinnend sahen sie umher: — nun, da sie Odhin erblickten, kam ihnen die Erinnerung an alles. — Aber sie zürnten nicht, sie erschraken: so müde, so zum sterben wehvoll sah er aus. Wara bemerkte die Blutspuren: „Du bist wund, Bruder?"

„Laß nur. Die Wölfe leckten das schon beinahe heil.
— Vergieb mir, Schwager, vergieb auch du mir, Schwester,
Vielgetreue. Es ist vorbei. Sei zufrieden, Forseti. Das
Recht warb nicht gebrochen. Der Frevler, der es brechen
wollte, — er ist gestraft: vor der That. Und — zur
Genüge! Wie das kam? Nun, sie . . . sie hat sich anders
besonnen. — Du hattest scharf gesehn, klug Schwesterlein:
sie ist . . . nun, eben nicht Hilde. Jetzt geht! Laßt mich
allein! So kann's nicht enden. Es muß etwas geschehn.
Aber was: — welch genügend fürchterliche Rache? —
— — das kann nur ich selber finden. Geht! Und noch=
mal: verzeiht mir die kurze Gefangenschaft, und du,
Schwester, dein liebes Haar. Glaubt nur, ihr seid genug
gerächt und ich bin genug gestraft, — mehr als genug!"

Ohne Groll, ohne Vorwurf, aber voll Trauer sah
Forseti auf ihn und sprach: „Ich warnte treu! Bereust
du nun?" Odhin warf das Haupt zurück: „Bereuen?
Daß es mißlang, bereu' ich: nicht, daß ich's wollte! Ich
thät's nochmal!"

Da wandte sich Forseti und schüttelte das Haupt. Mit
sanfter Gewalt schob Odhin beide zur Thüre hinaus: auch
Wara, wie mitleidig, wie bittend ihr Blick an ihm hing.
„Nein. Allein!"

XVII.

Er schob hinter ihnen den breiten ehernen Stangen=
riegel an der Thüre vor, warf sich müde in den Hochsitz,
stützte den rechten Arm auf die vorspringende Lehne, ruhte
das schwere Haupt auf der offnen Hand und begann:

„Nun, Odhin von Asgardh, den sie den Grübler

schelten, nun gilt es, zu grübeln! Jetzt ergrüble dir selbst
alle Möglichkeiten: — und aus ihnen dann — die Notwendigkeit.

Was kann geschehen?

Sterben? An den Streifwunden? Nein. Schon die
Wölfe haben sie fast geheilt: — was fehlt, das heilt die
Wut der ersten Schlacht.

Thor die Herrschaft der Welt lassen? In das Schwert-
rennen? Nach Nastrand, in der Selbstmörder Strafort,
den Eisfluß, der Schlangen, Leichen und Dolche wälzt?
Und warum: weil ein Weib dich verraten?

Nein, Odhin von Asgardh! Hat sie dich denn verraten? Ja, ja, oh ja! Thöricht Herz, wolle sie nicht ent-
schuldigen!

Kamen nicht statt ihrer drei Speerwürfe zum Stelldichein? Und hat nicht sie selbst es gesagt? Der ganzen
Welt hätt' ich es nicht geglaubt. Ihr muß ich es wohl
glauben! Zwar: meine Mordung wollte sie nicht: „dies
nicht!" Sie wagte das Leben, mich zu warnen. Was also
hat sie gethan? Beschlossen, von mir zu lassen. Und das
hat sie irgend einer Freundin — der Mutter? dem Vater?
— vertraut. Ist das Verrat?

Ja, Odhin, so gut wie dein Wille Verbrechen wollte.
Verrat aber heischt: — Rache!"

Er sprang auf und stieg die Stufen herab.

„Ah, dieser Gedanke scheucht die Müde, frischt die
Kraft. Ja, Rache! Denk' es doch noch mal durch: ans
Stelldichein genarrt, — den Speeren von drei Männern
preisgegeben, — zweimal verwundet von den Speeren
und — ah, viel tiefer noch in der Seele! — durch das
Schimpfwort jenes dumpfen Hassers. Unerhörte Schmach!
Die ganze Schuld der That hab' ich auf mich geladen
vor Menschen und Göttern, vor Schwager und Schwester

unb — ach das Bitterste! — vor mir selbst. Die Schmach,
die Last, die Schuld liegt auf mir: der Genuß, die
Frucht des Frevels blieb versagt. Schuldig bin ich geworden, — glücklich nicht!

Du flohest, Odhin, „ehrloser Feigling!" Alle Götter
werden's erfahren: keinem tapfern Mann kannst du mehr
das entehrte Antlitz zeigen, du sühnest denn die Schmach.

Und all' das dank ich ihrem Wankelmut, ihrer Schwäche,
ihrer maßlosen Schwäche!

Also Rache! Also töte die drei, verbrenne den Hof
und sie, die dir nicht freiwillig folgen wollte ... O wie
abscheulich, Odhin! Warum? Rache für Verrat ist doch
sonst nicht unschön: warum hier? Was für Verrat? Liebesverrat: — der schmählichste von allen! Liebesverrat? Ist's
wahr? Kann Liebe verraten? Liebe kann nicht verraten!
Sie hat dich verraten, weil eben sie dich nicht geliebt.
Sie hat's doch aber gesagt? Nein! Niemals!

Aber sie hat danach gehandelt! Sie hat dich doch getäuscht! Ja, weil sie sich selbst getäuscht hat. —

Was also ist geschehen? Ein Weib, das dich zu lieben
wähnt, verspricht, dir zu folgen. Es erkennt den Wahn:
— es bereut: — es kehrt zurück zu allem, was sie, wie
sie nun einmal ist, nie hätte lassen sollen: zu Recht und
Pflicht und — ach! — zu ihrer wahren Liebe.

Ist das Verrat? Nein: ich bin der Verräter des
Gastrechts: den Verräter verraten, ist nicht Verrat, ist ja
recht und löblich gethan. Ist das Bruch der Treue?
Nein: Heimkehr zur Treue ist's. Also: — heil mir, daß
ich es ausfand! — schuldlos ist sie vor Göttern und
Menschen! —

Daß sie dir dabei das Herz in der Brust in blutige,
in zuckende Fetzen zerriß, — das ist doch nicht ihre Schuld,
sondern die deine: was schaust du anderer Leute Bräuten

in die Augen, bis sie sich verwirren! Die Strafe also
dem, der allein schuldig ist: — und das, Odhin, bist du.
Elend bist du freilich: aber das ist dir recht: das eben
ist dein Recht, wie des Diebes Recht der Galgen."

Mit großen Schritten durchmaß er den Saal.

„Schuldlos ist sie! Schuldlos!" wiederholte er. „O heil,
daß ich's fand! Ohne Makel darf sie mir vor Augen
stehen, die liebliche Gestalt!" Seine Kraft war wunderbar
gehoben: sein Herz schlug mächtig: eine seltsame Begeisterung durchglühte ihn. „Aber," mahnte er sich: „es muß
doch was geschehn! So sah ich ein. Rache nicht. Was
also sonst? Heilung! Heilung: — wem? Mir? Ich —
ich will nicht geheilt sein von diesem Weh und dieser
Liebe. Aber ihr! Soll sie da unten bei den Ihren leben
und — um meinetwillen — leiden? Nimmermehr, kann
ich es hindern! Zwar die andern, die werden gut — und
klug! — genug sein, sie nicht an mich zu mahnen und
an das Vergangene. Aber sie selbst!"

Da trat es wie ein feuchter Schimmer in die grauen
Augen und seine Stimme bebte, wie er fortfuhr.

„Sie selbst könnte doch vielleicht manchmal, — wann
leise der Abend heraufzieht und die sehnsuchtvolle Dämmer-
stunde, da sie einst meinem Wort, meinem Liede gelauscht,
— sie könnte doch — vielleicht! — mit Schmerz, —
nicht ohne Vorwurf, wie thöricht er sei! — Wegwalts, des
armen Skalden, gedenken, dem sie so maßlos weh gethan.
Nein! Nein! Das soll nicht sein! In Frieden, im
Einklang, im Wohlklang aller Saiten ihrer Seele soll die
Anmutvolle leben mit den Ihren, beglückt wie beglückend.
Aber wie? Wie ist das zu erreichen? Noch einmal Zwiesprach mit ihr tauschen, — ihr sagen, daß ich ihr ver-
gebe? Nein! Das würde sie nur aufs neue an mich
binden. Vergessen soll sie ja. Aber wie das? Wie?" — —

Träumend, brütend, ratlos sah er vor sich nieder.

Da fiel sein Blick auf den nun feuerlosen Herb . . .

— Plötzlich rief er laut: „Ah, ich hab's! Ich hab's!"
Und er bückte sich und riß aus der kalten Asche ein Stück
Buchenrinde, blies darauf und blickte scharf: „Fast alles
verbrannt! Aber hier, — die Anfangsstäbe, die sind noch
lesbar. Nun denke nach, Odhin, spann' es an, dein Haupt,
an Sprüchen reich und stark an Gedächtnis. Wie war es
doch? — Ja, so, so! Und so will ich's; höre das,
Schicksal und Zaubergewalt dieser Runen: so will ich's:
das sei Odhins Rache! —

Und er sprach, feierlich, beschwörend:

> „Alfohit von Alfdal!
> Vergiß ganz und gar
> Dieser Liebe liebliches Leid
> Und leibschwere Lust!
> Auf immer und ewig
> Versinke dein Sehnen,
> Als ob mich Unselgen
> Dein Auge niemals gesehen:
> Auf immer und ewig vergiß,
> Alfohit von Alfdal,
> Wegwalt, den wehvollen Mann,
> Odhin von Asgardh: —
> Vergiß ihn, Alfohit von Alfdal."

Schwer nur, tief atmend und ringend, zwang der
Starke die Worte sich ab: er stöhnte: und als er zuletzt
nochmal den geliebten Namen gesprochen, — da schlug er
beide Hände vor die Stirne und stürzte, vom Weh be-
wältigt, vor dem Hochsitz nieder auf das Antlitz.

———

Lang, lang lag er so.

Plötzlich scholl von der Himmelsbrücke her laut schmetternder Schall; ein Hornruf war's. Der Liegende fuhr auf: er lehnte sich auf den Ellbogen und lauschte. Nochmal. Und nochmal!

Da sprang er auf: „Die Riesen! Sie kommen mir gerade recht."

Schon pochte es mächtig an die Thüre seiner Halle; eine dröhnende Stimme rief: „Auf, König von Asgardh! Auf! Führ' uns zum Kampfe! Die Feinde nahen."

„Es ist Thor. Er soll heute mit mir zufrieden sein! „Ich komme!" rief er hinaus und waffnete sich rasch.

Und alsbald trat er vor die Thüre seiner Halle, die breite Brust bedeckt von der goldgeschmückten Brünne, den gewölbten Schild an dem noch bitter schmerzenden Arm, den Speer in der Rechten, das Schwert im Wehrgurt und auf dem Haupte den Schreckenshelm mit den vorwärts gesträubten Schwingen des Adlers.

„Vorwärts!" gebot er mit ehernem Feldherrnruf den vor den Stufen sich scharenden Göttern, Walküren und Einheriar: „Thor mit den Asen in der Mitte, Tyr zur Linken mit den Einheriar, Freir mit den Wanen zur Rechten: aber im Rücken faß' ich sie selbst mit den Walküren. Vorwärts! Auf den Feind! Weh euch, Jötune, Odhin hat euch alle!"

Und ward da der größte Sieg erfochten über Riesenheim, dessen je die Götter gedachten.

Keines Bezwungenen schonte, wie er doch sonst pflegte, Odhin diesmal: „Odhins Zorntag" nannten die Asen den Tag. — —

Als er heimkehrte von der Verfolgung, mied er das lärmende Siegesfest in Walhall und schritt zu seiner einsamen Halle.

Da stand vor der Thüre Wara.

„Bruder,“ sagte sie mit weichem, zitterndem Ton, „mein großer Bruder! Ich ahnte alles. Der Zauberspruch! Ich flog hinunter: wie aus schwerer Betäubung, wie aus Fieberwahn erwacht, liegt sie, auf der Mutter Brust gebeugt. Ihre Rechte ruht — willig! — in seiner Hand. Sie hat vergessen.“

Er nickte kurz: „Und übers Jahr wiegt sie an der Brust seinen Sohn. Und es ist ja gut so. Denn es ist Recht.“ Er wandte aber das Antlitz ab.

„Jedoch du — mein Bruder — willst nicht auch du ...? Der Spruch, — er hilft auch dir. Du solltest...“

Sie vermochte nicht zu vollenden: denn er hatte ihr jetzt die Augen zugekehrt: — ein furchtbar, ein versteintes Angesicht, ein Angesicht, ein Antlitz ohne Wunsch und Hoffen: „Ich?“ Nur das eine Wort sprach er: erschüttert senkte sie das Haupt.

Stumm ging er an ihr vorbei in die Halle; er schob von innen den Riegel vor.

Scheu, zögernd, seufzend schritt sie die Stufen hinab. Und niemand hat Odhin seitdem lächeln sehn. — — —

Friggas Ia.

I.

In Norwegen war's, an einsamem Fjord. — Hoch im
Gewölk hatte den ganzen langen Sommertag ein gewaltig
Unwetter getobt: Blitz auf Blitz war herniedergefahren
auf die Häupter der Steinriesen, der Felsberge; Meer und
Fjord hatten, von widerstreitenden Stürmen aufgewühlt,
sich weiß schäumend über ihre Ufer zu ergießen getrachtet;
ja, die Erde hatte gebebt und aus ihren Schlünden war
Feuer hervorgebrochen, die Siedelungen der Menschen be=
drohend.

Aber gegen Abend hin ging der wilde Kampf in der
Luft, auf dem Meer und Land und im Schoße der Tiefen
zu Ende: sieghaft durchbrach die Sonne die dicht geballten
Wolken, die solang ihr getrotzt: über die Gipfel der
Berge hin jagte, wie verfolgend, ein freudiger Wind die
fliehenden Nebel; ein wunderschöner Regenbogen wölbte die
kühn geschwungene Brücke von der Erde zu dem Himmel
empor. —

Da kam von Osten über die Felshöhen her zu Thal
geschritten ein Wanderer.

Nicht hastig, — bedachtsam ging er, aber stet, immer=
fort, ohne Unterbrechung, nie des rechten Trittes verfehlend.
Er schien des Wanderns über Berg und Thal gar gut ge=
wöhnt. — Als er im Herabsteigen die Ebene schon nahezu
erreicht hatte, ließ er sich langsam nieder auf einen Felsen

an dem Hang des letzten Hügels. Der lag an dem Ostufer eines breitflutenden Stromes, der sich, eine Wegrast
weiter nördlich, in den blauen Fjord ergoß.

Der Wanderer legte den Speer, der ihm als Bergstock
gedient, über die rechte Schulter, lehnte, von seinem weiten,
dunkelblauen Mantel umwallt, das mächtige Haupt, von
dem breitrandigen Schlapphut beschattet, rücklings an die
Felswand und blickte sinnend lange vor sich hin.

Kein Laut weit und breit, als zu seinen Füßen das
gurgelnde Rauschen und Ziehen des tief rinnenden Stromes
und hoch oberhalb seines Hauptes das schrille Kreischen
des Steinadlers, der in den Fels zu Horste strich.

Lange saß er so, schweigend; endlich sprach er, den
Blick auf den Regenbogen im Westen gerichtet, der nun
blässer ward und allmählich verschwand: „Schon sind sie
also hinaufgezogen, die Freunde, die Siegesgenossen.

Nun hebt da oben wieder an das alte Wesen: — ich
weiß es all' auswendig! Freund Thor trinkt wieder viel
mehr Sieges-Ael, als er — sogar er! — vertragen kann:
zuletzt merkt er es aber dann doch, daß Loki in scheinbar
schmeichelnden Worten sein spottet: er will zuschlagen, greift
aber den Hammer nicht mehr. Und die lockige lockende
Freia in ihrem roten Haar — das sich lockt und andre
locken will — ruht nicht mit heimlich heißen Blicken, mit
alles verheißendem Lächeln des üppigen Mundes, bis sie
richtig zu süßem Begehren berückt hat alles, was Mann
ist; — ausgenommen mich! Und Bragi, der biedere Sänger!
— Der singt — wieder einmal! — auf der unablässig
gequälten Harfe mein Lob! Will es singen! Was weiß
Bragi von Odhin? Wer begreift Odhin! Nicht einmal
Odhin! — Nur sie etwa . . . . .! ja, sie gewiß!

Odhin könnte nur Odhin loben. Und der ist dafür
zu klug. Er kennt sich gerade gut genug, um sich nicht

zu loben, sondern scharf zu tadeln. — Aber freilich" —
er lächelte und strich mit der Linken über den wirren,
leicht ergrauten Bart — „nur wann es kein Ohr hören
kann, tadl' ich ihn.

Doch mich ekelt des Lobes der andern!

Mein Bestes ahnen sie sowenig wie mein Schlimmstes.
Und mein Schlimmstes: — was ist das? Das alles zer-
setzende Grübeln, das sich die eigne Wildheit, die maßlose,
schrankenlose Lebensgier, als gutes Recht der überbrausen-
den Kraft vortäuscht.

Aber ist's meine Schuld?

Wenn der Bergstrom schäumend, allverderbend, aus
seinem Rinnsal bricht, — ist's seine Schuld oder des
Felsens, der ihm den notwendigen Weg eigensinnig sperrt?
Sie — sie allein ist schuldig an Odhins wildem Sehnen!
Und an dieses Sehnens Thaten. Oh Frigga! Gestrenge,
grausame Braut, wie bist du schön."

Er erglühte bei dem Gedanken, leiser Schauer rieselte
ihm durch die Adern.

„Jetzt, — in diesem Augenblick — schaut sie streng,
hart, zürnend auf den leeren Hochsitz des Bräutigams mit
jenen hellen wunderbaren Augen, die da leuchten, als sei
der Morgenstern zweimal aufgegangen! Die feinen Nüstern
ihrer feinen Nase zucken leicht, die hochgeschwungenen Brauen
zieht sie — den andern unmerklich — zusammen und —
ich sehe sie vor mir! — in den herrlichen, weißen, den
edelgebildeten Nacken wirft sie mit unwilliger Bewegung
die Wellen, die kurz gebrochenen, des lichtgoldigen Haares.
„Wo wandert er wieder umher," — so denkt sie hinter
der unleiblich ruhigen stolzen Stirn — „mein unsteter
Verlobter? Warum weilt er nicht an meiner Seite? Bin
ich ihm, ist ihm all' Asgardh nicht genug?" — Und sie
drückt die schmalen, die zierlichen, die scharf geschnittenen

Lippen zusammen; und sie schweigt und sinnt, die Undurch=
schaubare, während um sie her alles lacht und schwatzt.

Wunderbares Frauenherz! Sie liebt mich nicht! —
Sie kann gar nicht lieben, glaub' ich! — Und doch, mein'
ich, ist sie nicht ganz ohne Eifersucht.

Birgt das leise, leise Hoffnung? Eifersucht — blindeste
Blinde und sehendste Seherin! — Sie hat Recht, eifersüchtig
zu sein! Nicht auf ein einzeln Weib. Aber auf dies mein
unausgefülltes Sehnen.

Und weshalb ist es unausgefüllt?

Sie nur, nur Frigga kann mich ausfüllen und sie: —
sie will es nicht! Sollen mich vielleicht diese Siegesfeste
ausfüllen? Immer eines wie das andere? Langweilig sind
sie! In Asgardh müßig thronend sitzen? Ja, später viel=
leicht, wann ich mir endlich die Spröde gewonnen, mag's
mir genügen da oben. Aber noch nicht! Mit dieser feurig
rinnenden Glut in den Adern? Noch lange nicht!

Was ich bei den Nornen erkundet — es wird ja, muß
ja geschehen: — aber erst bereinst! Sie zeigten mir im
Spiegel eines Quells einen Odhin mit nur Einem Auge,
einen alten, fast greisenhaften Mann. Und sie raunten
allerlei Dunkles — ich wollte gar noch nicht alles ver=
stehen! — von künftig drohendem Unheil. Mag sein! Mag
kommen! Noch aber schau ich, gierig nach Schönem,
mit zwei Augen feurig in die Welt, noch lüstet mich gar
nicht, Eines zu verpfänden für traurige Weisheit! Noch
kost mir die warme, weiche, die buhlerische Luft des Sommer=
abends um braunes Gelock. Noch sind die grauen Haare
im Barte zu zählen: und noch nicht zu zählen die wilden
Heißwünsche des tobenden Blutes.

Im Alter, Odhin, magst du dann weise werden und
tugendlich. Oder auch morgen schon, ja heute noch: —
aber nur in Friggas weißen Armen. Oh nie, nie will

ich — nicht Eine Nacht! — von ihrem Lager schweifen, teil' ich es erst. Jetzt aber — beim Göttermahle neben ihr sitzen — all' diese berauschende Schöne schauen, die mir gehört — nach der Götter Beschluß! — und nicht an eine Welle ihres Blondhaars rühren dürfen? — Das trag ein andrer, Odhin trägt es nicht! —

Und heute gar! —

Wenn jemals einen Sieg der Asen ich allein erfocht, entschied — so war es heute.

Sie hatten diesmal gekämpft, wie fast noch nie, bären= haft tapfer, die wackern Dummköpfe, die ehrenwerten Riesen. Und in unsinnig großer Überzahl hatten sie sich geschart: denn bei ihnen muß stets die Menge — das Dicke! — den Geist ersetzen: Steinriesen, soweit meine wolkenüber= fliegenden Raben blicken konnten, Sturmriesen, und hinter dem Midhgarbh=Wurm — hei, bedrängte das glatt=flinke Scheusal den schweratmenden Thor! — aller Wasserriesen rauschendes, wogendes Heer. Und aus dem Urgrund der Erde, der alten Riesenmutter Schoße, die zuckenden Feuer= schlangen!

Vergebens wollten Thr und Freyr und der wutbrüllende Thor die Übermacht sprengen in offnem Ansturm. Ich sah's voraus, bald waren sie erdrückt: bald war die Schlacht verloren. Da winkte ich sie mir zur Seite, die meine Lieblinge sind in Asgardhs leuchtendem Heerbann: meiner Schildjungfrauen hochbusige Schar!"

Freude und Stolz flogen über die ernsten Züge des Wanderers und verschönten sie; rascher sprach er und das graue Auge blitzte:

„Alles wagen sie, die herrlichen Mädchen, für ein Wort des Lobes aus meinem Munde, für ein freundlich Streichen über ihr fliegend Gelock! Zur Seite winkt' ich mir die speerkühnen Walküren und vom Schlachtfeld jagten

wir ab, zur Seite hin, wie in zagender Flucht. Mord-
gierig setzten sie mir, lustgierig meinen schönen Jungfrauen
nach, viele hundert der grimmen Tölpel. Doch, sowie er
sich also geteilt hatte, der ungeheure Schlachthaufe — hui
fuhren wir, wie Wirbelwind, um uns selber uns kreiselnd
und wendend, in die klaffende Lücke und faßten im Rücken die
Bedränger Thors und mit dem Schreckensschrei: „Odhin,
Odhin über euch!" sprengten wir sie jauchzend auseinander.
Wohl wehrten sie sich grimmig, sie, mit denen ich am
liebsten kämpfe, der raschen Feuerriesen lodernde Schar.
Und Brandr, ihr König, hat schöne Kraft im Arm und
schöne Wut in der Seele. Hatte!" lachte er vor sich hin.
„Nicht gar sänftlich that es, als er mir mit aller Macht
den glühenden Hella-Fels auf den linken Arm warf —
gerad' oberhalb des Schildrands! Da, hier — es brennt
noch immer ein wenig," er rieb langsam die Stelle mit
der Rechten und lachte in seltsamer Wollust über seinen
bittern Schmerz. „Aber wie nun auch ich in Kampfzorn
geriet, — denn die Wunde verdroß mich! — und ihn
von dem flammen-mähnigen Gaule herabstach — den Speer
im Bauche hinein und im Nacken heraus — und wie sie
da entsetzt, prasselnd, auseinanderstoben, seine tapfersten
Gefolgen: — hei, Odhin, alter Freund, das war schön.
Da mocht ich dich — fast — ein klein wenig leiden! —
Und Dank dir, Brunhild! Die Feurigste warst du mir
wieder. Dafür sollst du morgen aus Odhins Becher trinken.
Aber heute nicht Bragis Lob! Nicht jetzt, da der Stolz
auf den klug ersonnenen, hart erstrittenen Sieg mir die
strotzenden Adern schwellt, die mächtig atmende Brust
weitet, da ich einmal wieder — nicht oft wahrlich wird
mir's! — bade in der Freude an dem eignen Selbst.
Ah, welch lechzende Gier nach Glück, nach Schönheit,
nach Berauschung in Schönheit lodert in mir! Oh Frigga

— heute — jetzt! in deine Arme! Aber träte ich
nun vor sie, was allein böte sie mir? Ihre Stirne
zum Kuß!

Sie muß es ja wissen, wie die Versagung mich ent=
flammt. Seit dem ersten, dem Brautkuß auf ihren süßen,
herrlichen Mund — ah, noch fühl' ich ihn wonneschauernd
nach im tiefsten Mark! — hat sie geschworen, erst an dem
Tage, den sie, sie wählt, mir ihre Lippen wieder zu
gewähren. Und erst, wann sie ihn bestimmt, tagt mir
auch der Tag der Vermählung. Und immer noch, immer
noch zögert sie ihn hinaus! Ist's eisige Kälte? — Sie
kann nicht lieben! — Ist's berechnende Klugheit? — Dann,
kühle, strenge, kluge Göttin, bist du vor lauter Klugheit
thöricht! Es währt zu lange, schöne Frigga, zu lange für
diesen Bräutigam. Damit fesselst du ihn nicht da oben
in Asgardh!

Nein! Wandern, wandern, immer Neues schauen, um=
herstreifen unter Riesen und Elben und Menschen, Starke
überwinden, Schlaue überlisten, Schöne gewinnen! —

Wie die Kraft, wie der Drang nach Wonne die Brust
mir weitet, die Arme mir schwellt.

Oh Frigga, Frigga, was säumst du! Wie? Soll ich
jetzt — mit diesen lohenden Flammen in Seele und Leib
— in Fensal, deinem kühlen Hause, neben dir sitzen, neben
deinem goldnen Stuhl, von deinen sieben strengen Spindel=
Jungfrauen unablässig überwacht, während du, ohne je
das Auge auf mich leuchten zu lassen, unablässig unter
den langen Wimpern hervor auf die einfältige Spindel
schaust, die du auf dem Estrich tanzen läßt? All' deine
Schöne soll ich nur schauen, wie jeder Mann darf: —
nur mit den Augen, den durstigen, einschlürfen deinen
berückenden Reiz und immer heißer, immer wilder ent=
brennen? Nein! Die Qual ertrag ich nicht! Lieber dich

gar nicht mehr schauen, bis endlich einmal das steinerne Herz dir erweicht!

Und einstweilen vergehen die blauen Tage, vergehen die sehnsuchtatmenden Nächte! Schon verblühten die Veil= chen auch dieses Jahres! Bald verblühen auch die Liebes= lust duftenden Linden: — ach und noch immer nicht mein! — —

Dich schauen und dich entbehren? — Nein!

Deshalb gab ich gleich nach dem Siege den Schild= mädchen mein leuchtend Gewaffen, es mit hinaufzunehmen nach Walhall. Und in Mantel und Hut, wie von jeher mir lieb, zog ich allein aus, Gefahr oder Freude zu suchen.

Schwerlich finde ich — heute noch — Gefahr oder Freude.

Kluge Elben und zierliche Elbinnen, die sonst gern ich besuche, halten sich furchtsam verkrochen bei dem Getöse der Schlacht. Und Menschen? Leer liegt und öde das Land, wo Götter kämpfen und Riesen, an den letzten Markungen menschlicher Siedelung. Aber schau — dort — jenseit des breiten Stromes: da steigt unter alten Eschen ein feines Wölklein weißlichen Rauches auf.

Ein Jäger, der den erlegten Berghirsch brät?

Ein Fischer, der den gespeerten Stromlachs siedet?

Oder etwa doch ein weltverloren Gehöft, in dem auf dem Herde die karge Abendkost bereitet wird? Wer immer der Wirt sei: — einen Gast soll noch heut' er begrüßen."

In wenigen Schritten hatte er das Ostufer des fast meerbusenbreiten Stromes erreicht: er fand nicht Furt, nicht Fähre: da spreitete er mit beiden Armen nach rechts und nach links den dunkeln Mantel aus, zwei mächtigen Adlerflügeln vergleichbar, und leise raunte er in den im Abendwind wehenden Bart:

„Hügel nicht hemmet,
Felsen nicht festhält,
Berg nicht bannet,
Noch wallendes Wasser,
Nicht wogende Welle,
Noch mächtige Meerflut
Nicht fließender Fluß
Des wegfährtigen Wanderers Willen:
Meinen Mantel und mich!"

Da stand er drüben auf dem Westufer! —

Und nun rauschte er durch das Schilf, durch das Ufer-
gebüsch dahin, — eine kleine Höhe hinan. Die war mit
stachligem Buschgestrüpp bestanden: jedoch scheu, wie ehrerbietig, bog sich von selbst jeder Dorn zur Seite, den
flatternden Mantel nicht zu zerreißen.

Auf der Krone der Uferhalde angelangt, sah er unter
ein paar Eschen versteckt eine niedrige Hütte: aus deren
Moosdach war das weiße Rauchwölklein von dem Herdfeuer aufgestiegen.

II.

Ein armes Hüttlein war's, gar schlicht: aber sorglich
und säuberlich gepflegt, nirgend verwahrlost; die Bank von
weißem Ahornholz, die zu beiden Seiten der Hausthür
auf der Stirnseite des Baues sich hinzog, war tadellos
blank gescheuert; in dem schmalen Wiesenfleck vor der
Fensterluke standen ein paar blühende Waldblumen einge-
pflanzt: schöner rotbrauner Agelei und zierlich nickende
Blauglocken.

So leis' auch nur der Tritt des Wanderers auf den
weißen, reinlich mit Kies bestreuten Hausweg, der auf die

Thüre zuführte, gedrückt hatte, — er war doch vernommen worden da drinnen.

Mit einem leichten Sprung erschien auf der Schwelle der halbgeöffneten Holzthür eine schlanke, fast kindliche Gestalt.

Ein sehr junges Mädchen war es, in weißem Wollhemd, das ein Ledergürtel über den fast allzuschmalen Hüften zusammenhielt; die kleinen Füße waren nackt; ein fahles Rehfell — so schien es — bedeckte das Wollhemd bis an den Gürtel. Aber man sah nicht viel von aller Gewandung. Denn eine ganze Flut von gelöstem Haar bedeckte in frei flutenden tiefbraunen Langwellen wie den Rücken und die Schultern, so die junge Brust.

Die zierliche Gestalt gemahnte an das Rehlein, dessen Fell sie trug: auch das scheue und doch neugierige Augen, mit welchem das zarte, zage Ding nach dem nahenden Geräusch ausspähte: sie beugte erwartungsvoll den Oberkörper vor, mit der offnen Fläche der linken Hand an den Thürpfosten gelehnt, das schmale braune Köpflein, auslugend, vorgestreckt.

Wie von Zauber gebannt blieb er stehen, der vielgewanderte Wandrer, und starrte mit weitgeöffneten Augen auf das Bild, das sich ihm bot.

Das Mädchen aber zog die in streng regelmäßigem Halbkreis gewölbten dunkelbraunen Brauen ein wenig zusammen: Enttäuschung, Verdruß schien die etwas niedrige Stirne zu umwölken und ein hoffendes Lächeln, das um die vollen Lippen gespielt hatte, verflog, als sie nun mit kindlich heller Stimme begann:

> „Von wannen auch du wallest
> Und welcherlei Wege: —
> Willkommen, Wandrer, der Wirtin!
> Sei ein guter Gast,

Wie ich Gutes dir gönne:
Heilig ist mir dein Haupt, —
Heilig sei dir mein Herd:
Unsern Schirmer und Schützer scheue:
Denn all dies Erbe ist Odhin zu eigen."

Sie hob nun, einen Schritt vortretend, die offne Fläche
der rechten Hand, wie warnend, wie abwehrend, gegen
den Ankömmling. Und, wie beschwichtend, erwiderte dieser
nachdruckschwer: „Ich gelobe, nur zu thun, was Odhin
gefällt."

Und er schritt jetzt näher heran, den Blick nicht lösend
von der zarten Gestalt. „Sie schauen — welche Lust! —
Welch weicher, sanfter Reiz! — Schon das ist Glück." —

Sie wich über ihre Schwelle in das Haus — rückwärts tretend: sie konnte nicht den Blick von dem gewaltigen Antlitz trennen: — unverwandt schaute sie auf ihn.
Er folgte, rasch anbringend. „Du bist allein?" forschte
er. „Er ist beim Opfer." — „Wer? Dein Vater?" —
„Aswin." — „Wer ist Aswin?" — „Ei, mein Mann."

Da stieß der Gast den Speerschaft auf die Schwelle:
— das Haus erdröhnte, zitterte und bebte in seinen Grund-
festen. „Du — bist — Eheweib?"

Die junge Frau war heftig erschrocken: wortlos wies
sie mit ausgestrecktem Zeigefinger in die Ecke neben dem
Herde. Da lag auf hoch gehäuften Fellen von allerlei
Jagdtieren ein Säugling. Das Kind war erwacht von
dem schütternden Aufstoßen des Speeres: es ward unruhig:
die Mutter nahm es auf: gleich lächelte es.

Der Gast furchte die mächtige Stirn: er zuckte die
Achseln: „Du siehst nicht aus wie ein Eheweib! — Weshalb
— ich sah sogleich auf deinen Ehe=Finger — weshalb gehst
du unberingt?" Die junge Frau löste aus den auf und
zu greifenden Fingerlein des Kindes einen höchst einfachen

Erzring. „Wir sind arme Leute. Es ist ihr einzig Spielzeug. Setze dich auf die Herdbank, guter Gast."

Der wollte willfahren: da fiel sein Blick auf die
Runen, die auf die breite und hohe Eichenlehne der rauch-
gebräunten, den Herd umziehenden Bank eingeritzt waren:
rasch trat er einen Schritt zurück. „Nun?" staunte die
Frau, „verscheucht dich der fromme Spruch? Er ist
so schön:

„Unseres Ehehauses
Frieden befreundet Frigg:
Unsichtbar sitzet sie hier."

„Dumpf ist es hier, an dem Herde," grollte der Wanderer. „Komm wieder hinaus mit mir — ins Freie —
in den wohligen Wind — dort weiß ich mich wohler und
— — freier."

III.

Verdüstert schritt er hinaus; draußen warf er sich auf
die Ahornbank rechts von der Thüre.

Die junge Frau folgte, das Kind auf dem Arme; sie
ließ sich nieder auf den beiden Holzstufen, die von dem
Hausmege her zu der Thüre hinan führten; sie sah ruhig
vor sich hin, das Kind schaukelnd und leise dazu singend,
ganz leise. —

„Also Aswin heißt er .... dein ... Mann?" „Aswin.
Weißt du, das bedeutet: „der Asen Freund". Von Geschlecht zu Geschlecht haben seine Ahnen fromm den Göttern
gedient. Und mein Mann ehrt vor allen Göttern Odhin."

„Ja," sprach der Gast und strich langsam einmal über
den wirren Bart, „ich erinnere mich." — „Du? — —

Wie das? — Ja, Odhin! — Ich wünschte mir schon lange, den — von allen Göttern nur den — einmal von Angesicht zu sehen." — „Wünsch' es dir nicht! — Nicht jedem und nicht jeder ward es und wird es zum Heile." — „Aswin versäumt kein Opfer für den Hohen. Erst gestern wieder ging er zum Opferstein, unser einzig Fohlen dem Gotte darzubringen." — „Wann kommt er zurück?" — „Morgen früh; er will die ganze Nacht durch gehen." — „Welches Weges?" — „Dort" — sie deutete mit zwei Fingern der rechten Hand gen Mittag — „dort her — über das Steil-Joch."

Unmerklich, leise, zuckte der Wanderer den Speerschaft vom Boden auf.

„Er opfert um Sieg. Denn nach wenigen Nächten zieht er mit aus im Heerbann unsres frommen Königs wider den bösen Jarl, der die Götter verachtet." — „Der Bauer kämpft für mich," sprach der Gast und nachdenksamer Ernst legte sich ihm über die bewegten Mienen. — „Ich bat ihn, auch für sein Leben zu opfern, nicht nur um des Königs Sieg." Er sagte: „Nein! Das Fohlen ist nicht gar viel wert. Für zwei Bitten kann ich es dem Wunschgott nicht anrechnen; so opfre ich nur um Sieg."

Der Hörende strich geruhig mit der linken Hand über die stolzen dunkeln Brauen; aber dann verscheuchte er mit hastiger Bewegung des Hauptes die widerstreitenden Gedanken, wandte sich voll der Wirtin zu, beugte sich auf die junge Gestalt herab und musterte sie mit kundigen Blicken.

Sie merkte es nicht: denn sie war mit dem Kinde beschäftigt und, — so schien es — mit ihrer Gewandung. Er hatte einstweilen das kleine, schmale Köpflein, die unschuldigen, im Ausdruck so kindlichen Züge, die zartknochigen

Schultern betrachtet; sein Auge traf jetzt zufällig den jugendlichen Busen, der, vom dichten Haargewog und von dem Rehfell verhüllt, kaum zu erraten war. Da sprach die junge Mutter: „Dich dürstet, Kleine? Nun so trink!" Und ohne irgendwelche Scheu, ohne Besinnen, warf sie die langen, dunkelbraunen Wellen des Haares von der Brust nach rückwärts über die linke Schulter, nestelte die Haken und Ösen des Rehfelles auf, öffnete den Schlitz des darunter liegenden weißen Wollhembdes, daß die linke Brust voll sichtbar ward, und legte das Kind daran, das sofort eifrig sog.

Da wendete blitzschnell der Gast das Auge, das Haupt ganz ab von ihr. — Er errötete, wie, auf schuldhafter That betroffen, ein Knabe. Er sprang auf von der Bank und ging mit hastigen Schritten, der Thüre den Rücken zukehrend, auf und nieder; keinen Blick warf er auf sie junge Mutter.

„Ist's nun genug?" koste diese — nach geraumer Weile — das Kind. „So segne dir's die Allnährerin, die große Mutter Odhins." — „Ja, Mutter," flüsterte der Wanderer, „segn' es reichlich dem Kinde." Da lächelte das sehr behaglich, und griff mit den weichen Fingerlein vergnügt in das herabgebeugte Gesicht der Mutter. Der Gast bemerkte, daß sie das Gewand wieder zugehakt hatte. „Wie heißest du?" fragte er nun, das Auge auf sie richtend. — „Bidhja." — „Die Bitte! — Ein holder Frauenname! — Und das Kind?" — „Es hat noch keinen Namen. Wir wählten solang! — Wir stritten — aber nur im Scherze, lieber Gast! — soviel darum: es war unser erster Streit!" und sie lächelte still vor sich hin. — „Vielleicht geb' ich dem Kind dereinst den Namen." — Er blieb hart vor ihr stehn. „Und nach meinem Namen frägst du nicht?" — Sie hob verwehrend den Zeigefinger der Rechten.

„Er hat's verboten." — „Wer? — Dein Mann?" —
„Nein doch: — Odhin. Er, selbst oft ein Wandrer, ist
der Wegfärtigen Schirmherr. Wirtlichkeit gebeut er den
Menschen, die ihn ehren. Wirtlichkeit verwehrt auch, den
Gast nach Namen und Sippe zu fragen. Es ward mir
schwer — recht schwer —!" Sie sah ihn, emporblickend,
verwundert, scheu, aber doch mit ganz unverhohlener Neu-
gier an, die großen, runden, dunkeln Augen schwammen in
einem Weiß, das zart bläulich angehaucht war. — „Arg
schwer! Denn, . . . seit ich zuerst dich ersah, konnt' ich
nicht aufhören, über dich zu staunen. Sieh, wir leben hier
ganz einsam. Der nächste Hof, der meiner Eltern, liegt
sieben Rasten weit gen Niedergang, der zweitnächste, meines
Schwagers, zwölf Rasten weit gen Mitternacht. Ich war
noch nie auf einem Opferfest, wo viele Leute zu sehen sein
sollen. Ich habe, so alt ich bin — nun volle siebzehn
Winter! — keine Menschen gesehen, als die Eltern, die
Schwester, den Schwager, Aswin, — den Guten! — zwei
sturmverschlagene Fischer und einen felsverstiegenen Jäger.
So mußt du mir nicht zürnen, wenn ich über dich staune.
— Sehr! — Aber dich fragen? Nie." — „Unrast heiß'
ich." — „Oh welch trauriger Name! — Wer dir Rast
geben könnte!" — „Du könntest es .." das war —
wider seinen Willen — ungestüm aus ihm hervorgebrochen.

„Ich?" lächelte sie. „Wie könnte ich . . . .! Doch ja!
Du ruhst und rastest auch hier nicht, unsteter Gast! Bald
setzt du dich, bald springst du auf und schreitest hastig
umher. Weißt du, was dir fehlt? Eine Arbeit fehlt dir!
Nun warte! Da!" Sie reichte ihm den Säugling hin.

Unwillkürlich gehorchend nahm er willig das Kind auf
die beiden mächtigen Arme.

„Halte die Kleine einstweilen, bis ich das Feuer auf
dem Herd frisch entfacht habe: warme Abendspeise soll

dich erfreuen: köstlicher Hirsebrei! — Die Kleine weint
nur, wann sie in der Ecke liegen soll: — auf deinem Arm
wird sie — du wirst es sehn! — ganz freundlich mit dir
sein. Leg sie nur — beileibe! — nicht nieder, bis ich
sie dir wieder abnehme." Schon war sie im Hause verschwunden.

IV.

Da stand er nun, der gewaltige Gott, der Gott des
Geistes und aller stolzen Gedanken: recht hilflos stand
er da.

Der lange Speer lehnte ihm an der Schulter; das
Kindlein beschäftigte vollauf seine beiden Hände und Arme,
seine Augen und seine Gedanken. Höchst ungeschickt hielt
er's: er fürchtete stets, dem kleinen, so weich anzufühlenden
Geschöpf wehe zu thun: hielt er es herzhaft, es zu zerdrücken, hielt er es locker, es fallen zu lassen. Er hätte
viel lieber einen schnappenden jungen Drachen getragen!
Und während er mit seinen Gedanken der jungen Mutter
folgen wollte, mußte er nun ihr ungebärdig Kind behüten!
Er konnte gar nicht jenen Gedanken nachhängen: — er
mußte stets acht haben, daß ihm das dünne Bündel nicht
entschlüpfe, entgleite, entrutsche.

Nach einer kleinen Weile siegte jedoch in ihm über den
Unmut der Sinn für das unwiderstehlich Erheiternde an
seiner Lage. Denn dem Gotte des Geistes gebrach es
nicht an dem Sinn für den das Lächeln erzwingenden
Reiz des Selbstwiderspruchs in den Dingen und in dem
Gebahren der Lebenden: und bereitwilliger noch und mit

innigerem Genuſſe lachte der Überlegene — der auch ſich
ſelbſt Überlegene! — der eignen als anderer Verkehrtheit.

Ein gutmütig Lächeln ſpielte daher nun um den
bärtigen Mund: „Oh Frigg, ſtrenge Braut! Säheſt du
jetzt deinen Verlobten! Wie er ſich einübt — für deine
Bedienung. Ei, winzig Wichtlein, ſo halt' doch ſtill!
Was willſt du denn eigentlich?"

Er fand es endlich aus: das mit den Ärmchen
zappelnde, mit den Beinchen ſtoßende und ſtrampfende
Kind wollte nicht wagrecht liegen, aufrecht wollte es ſitzen.
Sowie er es auf ſeinem Arm emporgerichtet, lächelte es
ihn freundlich an aus den ſanften, großen, ſchwimmenden,
dunkeln Augen der Mutter, griff mit beiden Händchen in
den wirren Bart und, die winzigen roſigen Fingerlein nach
der Möglichkeit zuerſt auseinanderſpreizend und dann ein=
biegend, zauſte es ihn recht herzhaft.

„Du! Das laſſ', kleine Brut! — Bin's nicht gewöhnt!
— Das thut weh! Mehr weh als die Armwunde." Er
hielt die Kleine nun, vorſichtig, fern ab von ſeinem Geſicht.
Minder erfreut ſah ſie umher. Da entdeckte ſie am vierten
Finger ſeiner rechten Hand einen glänzenden Goldring.
Eifrig griff ſie danach mit allen zehn Fingern und ſuchte
den abzuſtreifen. Da das nicht gelang, ward ſie unge=
dulbig: ſie verzog das Geſicht zum Weinen. „Ei! Auch
noch ſchreien?" rief der unfreiwillige Pfleger. Er fürchtete
ſich: alsbann mußte es ja noch viel unbehaglicher werden!
So beeilte er ſich, der Laune des Pfleglings zu willfahren;
er ſtreifte ſelbſt den Ring ab und legte ihn der Kleinen
in das Händchen: „aber nur zum Spiele geliehen, du
Zappelding, nicht geſchenkt; ſonſt verlör er auf immer die
Kraft," flüſterte er.

Das Kind lachte, nickte lebhaft auf das glänzende
Spielzeug herab und ſah dazwiſchenburch den Geber an

mit erfreuten, dankenden Äugelein. „Der Liebesring!"
sprach der, ganz betroffen. „Drück' ich daran und wünsche
— so ist sie . . .! Und das Kind — ihr Kind — spielt
damit! — Da! Da liegt der Zauber am Boden!"

Vorsichtig, behutsam bückte er sich. —

Denn höchst unbequem und ungefüg ward ihm nun die
Stellung: — das wieder unruhig strampfende Kind auf
dem linken Arm, den langen Speer zwischen dem langen
Mantel und den beiden Beinen! — So hockte er denn in
steif gerabliniger Bewegung nieder, den glatten Reif wieder
aufzuheben, der auf der festgestampften Lehmschicht vor der
Thüre mutwillig, wie ein belebtes Wesen, elfisch, kreiselnd,
umherrollte und sich nicht wieder greifen lassen wollte.
Endlich — er war rot im Gesicht geworden — hatte er
den tückischen Ring erhascht! Es war eine sehr harmlos
aussehende, schlichte Zier, dies schicksalreiche Geschmeide:
eine schmale goldne Schlange stellte es dar, dreifach ge-
ringelt: der Kopf des Schlängeleins, wachsam nach außen
gereckt, blinzelte aus zwei klugen Augen; aus dem kaum
geöffneten Munde ragte, nur gerade merkbar, das spitze
Zünglein; unter den Schuppen der Windungen aber waren
versteckt ein paar Runen angebracht. —

„Es ist doch besser," sprach er, das Kleinod in die
Gürteltasche schiebend, „ich steck' ihn weg. Trag' ich ihn
am Finger, will ihn die begehrliche kleine Elbin wieder
haben. Und ich selbst — die Versuchung! . . Nein! . .
Geschieht's, — durch Zauberzwang soll's nicht geschehn."

— „Komm', Unrast, tritt herein zu mir!" rief von dem
Herde heraus die kindliche Stimme. „Alles ist für dich
bereit. Ich wart' auf dich, Unrast. Komm' doch!" —
„Sie weiß nicht, was sie redet, was sie ruft," sprach er
und sprang samt dem Kind und dem Speer über beide
Stufen und über die Schwelle. Sie nahm ihm nun die

Kleine ab. „Sie ist so gut haben, nicht? So freundlich!
. . . Nicht auf die Herdbank? Auf den Schemel? Nun,
wie du willst. — Dort, auf dem Herdrand, steht der
Napf. Hier, nimm den Holzlöffel. — Halt! Doch nicht
so gierig!"

Der Gott, der nur Wein, niemals Speise zu sich nimmt,
hatte so rasch als möglich den Schein des Essens abspielen
wollen: allein die junge Hausfrau litt das nicht. „Gemach!
Der Brei ist ja noch heiß! Du wirst dir die stolzen, die
spöttischen Lippen verbrennen! — Ungeschickter! Unge=
stümer! Ungeduldiger! — Ja, wahrlich „Unrast" heißest
du mit Fug! Ich sehe schon — du hast all deine Lebtage
nicht recht gelernt, wie man heißen Brei ißt." — „Nein,
leider nicht!" sagte der Gescholtene, ganz kleinlaut. —
„Komm', ich werd' es dich lehren." — Sie setzte sich auf
die Herdbank dicht vor ihn. — „Wart', ich will ihn dir
schon kühlen." Sie blies die Backen auf — gar ernsthaft
blickend, mit weit geöffneten Augen, — und hauchte mit
aller Macht auf den Inhalt des nur halb gefüllten flachen
Holzlöffels: — es ließ ihr gar drollig! — Er mußte
wieder — unfreiwillig — lächeln. — Nun schob sie den
ersten Löffel voll an seinen bärtigen Mund: gehorsam that
er ihn auf und schluckte mit Würgen und Widerstreben das
weiche Zeug hinunter.

„Ein so großes Kind hab' ich noch nie gefüttert,"
lachte sie hell auf. — Aber schau —: die Kleine ist mir
— auf dem Arm! — eingeschlafen. Ich lege sie zu Bett."

Sie stand auf und ging mit dem schlummernden Kind
in den zweiten — und letzten — Raum, den die Hütte
außer der Herdhalle noch enthielt: die Schlafstätte; sie war
nur durch einen die Öffnung der Seitenthür füllenden
Vorhang aus starkem grauem Segeltuch abgetrennt. Unter
dem Vorhange selbst machte sie zögernd Halt: einen raschen

Blick warf sie noch auf den Gast zurück: nun war sie verschwunden hinter den zusammenfallenden Falten.

V.

Sowie sie geschieden, sprang der Wanderer auf, so ungestüm — er stieß den Napf um auf dem Herde. Er schritt in der engen Halle auf und nieder — mit sieben seiner Schritte war sie durchmessen. „Welch Geschöpf, dies junge Reh! Mutter ist sie — und selbst noch Kind! Nicht nur das Blut, die Seele bewegt sie. — — Freilich: sie ist auch rührend in ihrer Unschuld — rührend . . . bis zum Erbarmen! — Ein Druck an den Ring — ein Wort des Wunsches und — Nein! — Ich will nicht! — Aber ein Wurf meines Speeres — und sie ist Witwe! Dann — keines Zaubers wird es brauchen. — Und dieser Speerwurf? — Unrecht? — Ja, Odhin, ja, jawohl, Unrecht! Frevel! — Wohlan denn! Soll ein Mann, ein Gott, nicht auch einmal freveln dürfen? Dieser holde Reiz: — er ist mein Lohn für den heutigen Sieg. Warum mir diesen Lohn nicht gönnen? Hei, das heiße Riesenblut, das alt vererbte, braust auf in meinen Adern: es gärt, es glüht! Warum soll gerade ich immer der Weise, der Gerechte, der Tugendliche sein? Das ist sehr wenig — lohnsam! Jeder andere Mann: Gott oder Riese, Elbe oder Menschenmann — der diesen lechzenden Durst verspürte und ihn löschen könnte, — so leicht, so sicher, so unhemmbar gewiß wie ich! — der löschte ihn. Warum soll ich allein nicht . . .?"

> „Weil wir dich, Odhin,
> Ehren vor allen . . ."

„Horch! Sie betet!"

„Darum flücht' ich zu dir
Und fleh' dich an."

Er schlich — ganz unhörbar konnte er auftreten — an den Vorhang und spähte durch die Falten. Sie lag auf beiden Knieen, die Linke auf des schlummernden Kindes Brust gespreitet, die Rechte hoch ausgestreckt zum Gebet.

„Es welkte die Welt,
Es risse das Recht,
Es sänke die Sitte,
Die Zucht verzehrte
Gehrende Gier
Und frecher Frevel den Frieden, —
Waltest du nicht,
Weiser Wächter,
Odhin von Asgardh!

Schütze den Schlummer,
Schirme den Schlaf
Dem kleinen Kinde.
Schirme mich selbst
Und auf wilden Wegen
Den guten Gatten
Vor steilem Sturz
Und vor spitzem Speer.
So bete ich bittend
Nacht um Nacht.

Heut aber höre
Besondere Bitte:
Gieb auch dem Gast,
Dem armen Unrast,
Rast und Ruhe
Und Freude des Friedens.

Niemals noch nahte mir
Gleiche Gestalt,

Dahn, Werke. XV.   14

Gleiche Gewalt
Blitzenden Blicks,
Ahnenden, allergrübelnden Auges.

Des Mächtigen muß ich,
Ob ich auf andres
Suche zu sinnen,
Dennoch dauernd gedenken.

Gewiß ist er g u t :
Guten nur gebt ihr,
Gütige Götter,
Gleiche Gewalt.

So gewährt ihm die Wünsche,
Und des Herzens Hoffen,
Das haftend ihn hetzt,
Ihn unruhig umtreibt,
Den armen Unrast.
Höret ihn, helft ihm,
All ihr Asen
Oben in Asgardh,
Aber vor allen du, Odhin,
Der Wünsche Gewährer."

Da zog ein böses Lächeln um seinen übermütigen
Mund: „Der Anfang des Gebetes schreckte zurück. — Aber
nun? Nun will sie's ja selber! Sie bittet darum! Wohl
denn; — Odhin soll — ihrer Bitte gemäß — Unrast's
Wünsche gewähren."

VI.

Alsbald trat Bidhja heraus, sie suchte den Gast. Der saß wieder vor der Thür auf der Bank, den Speer zwischen den Füßen und an die Schulter gelegt, das Haupt in dem weichen Hut an die Holzwand des Hauses gelehnt; sinnend sah er in die immer noch helle Abend= luft hinaus. — Sie ließ sich neben ihm nieder. „An was dachtest du?" forschte sie. — „An dich." — Sie lachte. „Was wäre über mich zu denken!" — „Mancherlei. — Du hausest hier einsam, unbefreundet, wann dein Haus= wirt fern. Du bedarfst eines Freundes, eines Schützers. Ich will dein Schützer sein." — „Du? . . . Aber du wohnst doch . . .?" — „Ganz wo anders. Doch weiß ich mancherlei Zauber zu üben . . ." Erschrocken sah sie zu ihm empor, mit Grauen: allein es mischte sich ein leises Wohlgefallen in dies Grauen, als sie, kopfnickend, sprach: „Ich glaube das wohl von dir! — Nur guten Zauber doch!" — „Das wird von dir abhängen." — „Von mir?" staunte sie. — „Ich gebe Bidhja drei Bitten frei —: was auch du begehrst, es soll geschehen."

Da patschte das junge Weib die kleinen Hände zusammen und lachte hellauf: „Höre, das glaub' ich dir nicht! Zum Zaubern gehören Stab und Runen und Kessel und Sud. Aber nur so wünschen? Ei, ich versuch's! Gleich! Mir thut's lange schon leid, daß ich — das Ael ist uns aus= gegangen — dir keinen Trunk bieten konnte. So wünsch ich denn: mein großer Zuber in der Gerätkammer soll vor dir stehen, gefüllt mit bestem Ael."

Da fuhr sie zusammen, die Kleine: noch weiter öffneten sich die großen, runden Augen: ihr alter zweihenkeliger bauchiger Holzzuber, vielfach geflickt, stand vor dem Gast:

und gelbweißer Aelschaum floß an beiden Seiten daran
herab. Der Wanderer wollte zürnen: allein, wie er das
verdutzte und doch erfreute Gesicht der Wirtin sah, da zog
ihm, halb wider Willen, ein Lächeln über den Mund:
„Kleingläubige! Eine Bitte schon verscherzt!" Er stieß mit
dem Fuße den Zuber um, das Ael floß auf die Erde.
— „Was thust du? So trinke doch!" — „Ich trinke nur
Wein." — „Was ist das? — — Aber gleichviel! Nun
ich sehe, es ist richtig mit dem Wunschzauber, — nun
will ich auch gleich das allerheißest Ersehnte wünschen.
Meiner Schwester Kind, etwa so alt wie meines, prangt
im schönsten, rotgesäumten, weißen Wolltuch. Oft saß
ich's mit Neid. Wir sind zu arm, dergleichen zu ertauschen.
Solch Wolltuch, zweimal solang, wie die Nichte hat, soll
mir stracks auf den Knieen hier liegen."

Und da lag es.

Hastig sprang der Gast auf und hielt ihr den vor
Staunen geöffneten Mund zu.

„Kindisch Geschöpf! Schweig!" grollte er. „Und das,"
raunte er mit sich selbst, „das sollte mir Ersatz sein für
Frigg, für das hohe Weib, das kluge, mit den himmelsklaren, ernsten Augen, mit den hohen, den ewigen Gedanken. Ein Spielzeug wäre sie, ein anmutiges, nicht aber
Odhins Genossin! — Verscherze nicht auch den dritten
Wunsch noch! Du könntest ihn brauchen! Die letzte Bitte
spare dir auf und — nach meinem Rate bitte sie einst.
Ich gebiet' es."

„Und ich gehorche," hauchte die junge Frau, leise
bebend, wie sie sich erhob, die langen dunkeln Wimpern
scheu senkend, nachdem sie vergeblich versucht hatte, seinen
strengen Blick zu tragen. Das ließ ihr sehr hold, sehr
gewinnend: der Gast schien die Sanftmut, die Demut zu
lieben. „Ob wohl Frigg lieben kann, wie diese sanfte

Seele ihren Gatten liebt? Ob Frigga jemals so weich, so ganz aus Herzens Grund sich fügen kann?" sann er. Und es fesselte ihm die kindliche, zarte, zage Gestalt die nachdenkliche, die vergleichende Betrachtung.

Ein Schweigen entstand. —

Beunruhigt wagte Bibhja, obwohl noch verschüchtert, das Auge wieder aufzuschlagen. Aber sie erschrak nun mehr als zuvor über einen lodernden Blick, der sie zu verzehren schien.

Sie wollte zuerst weichen, fliehen in das Haus. Allein sie fühlte, dann würde dieser Blick ihr folgen. Und das — gerade das! — fürchtete sie. So überwand sie den feigen Einfall der Flucht, überwand sogar die Furcht — denn dieses Antlitz flößte doch auch Vertrauen ein — und nun trat sie plötzlich rasch auf ihren gewaltigen Gast zu. Mit der Bewegung eines schutzflehenden Kindes legte sie ihm die Innenfläche der rechten Hand unter seinem zurückwehenden Mantel auf die linke Brust.

Wohl erschrak sie aufs neue ein wenig, wie sie den machtvollen, den hastenden Herzschlag verspürte. Allein sie bezwang auch diese Scheu, und die langbewimperten Augen zu ihm aufschlagend mit dem Ausdruck des todesbangen Rehes bat sie mit unwiderstehlicher Innigkeit: „Bitte, Lieber, schau mich so nicht, so mich nie mehr an! Ist es Zorn? — Ist es Haß? — Was that ich dir zu leid? — Ich weiß es nicht! — Doch kann ich das — diesen Blick — nicht ertragen. Nie blickte ein Mensch — auch Aswin nicht — mich also an. Ich bin dir gut, du wundersamer Fremdling. So hilflos gut! O bitte — sei du auch gut gegen mich. Bitte!"

Da zog in des Wanderers breite Brust allüberwältigend Erbarmen, jede andere Regung verdrängend. Aus seinem Auge schwand das Lodern: er senkte die stolz erhobene

Stirn und väterlich, wie segnend, strich er leicht über das
kleine zierliche dunkelbraune Köpflein hin: „Du rührend
Kind! Du reines Herz! Mir ist: deinem Bitten kann
niemand widerstehen. — Leb wohl.“

Bidhja hatte, zusammenschauernd unter seiner leisen
Berührung — es war die erste gewesen — das Haupt
tief gebeugt. Als sie es nun wieder hob und die Augen
dankend aufrichtete, — da war der Gast verschwunden.

Vergeblich spähte sie überall umher, den Weg verfolgend, auf dem er den Hügel heraufgekommen, — den
entgegengesetzten Pfad, an der Hütte vorbei — dann nach
beiden Seiten: nirgend war er zu sehen. Ratlos, erstaunt
sah sie unwillkürlich nach oben in das nun tief schattende
dämmernde Abendgewölk: — ein plötzlicher Windstoß trieb
die Nebel von der Erde empor: da war ihr, eine von
den hochgetürmten dunkeln Wolken gleiche dem Mann in
Mantel und Hut; auch der lange Wolkenspeer in der
Rechten fehlte nicht. „Wie thöricht,“ lächelte sie still
vor sich hin. „Ich meine, ich muß ihn noch sehen: —
überall sehn. Nun seh ich ihn gar in den Wolken! —
Sofort muß ich Aswin von ihm sagen — Aswin kommt
ja morgen, — sicher. — Aber Unrast? Wann kommt Er
wieder? — Niemals wieder?“

Sie legte gar ehrfürchtig das zaubergespendete Wolltuch über die Schulter und ging auf das Haus zu. Langsam ging sie, zögernd, Schritt für Schritt. Auf der
Schwelle blieb sie stehen: nochmal sah sie zu jenem fliegenden Wolkengebild hinauf: es war völlig verschwunden.

Sinnend, den Kopf leise schüttelnd, trat sie über die
Schwelle. Sie legte sich auf das Lager — aus Schilf
und Moos aufgeschüttet, — neben ihr Kind. — Aber sie
fand nicht Schlaf. — —

———

VII.

Sausend war der Gott, von dem dunkeln Mantel wie von Adlerflügeln getragen, in ungestümer Bewegung durch das Gewölk gen Asgardh emporgefahren.

„Oh Frigga, Frigga! Grausame Braut!" grollte er. „Zu dir! Rasch zu dir! Alles sagen! Dir aufdecken, welche Qual dein Nein über mich verhängt. Aber auch davon will sie ja nichts hören. Glut schoß ihr neulich in die bleichen Wangen: — hastig schritt sie von mir hinweg. War es süße Scham? Eher herber Zorn! Denn nicht sanft —: herbe ist sie! Gleichviel! Alles soll sie hören. Sie soll doch ahnen, wozu ihr ewig Nein mich treibt — mich treiben könnte."

In Asgardh angelangt, eilte er sofort mit starken Schritten, an Walhall vorüber, auf Fensal, Friggas Halle, zu. Weitab lag die vom Lärme Walhalls, unter dem Schatten dichter, schönblättriger Linden; ein Quell floß hier durch Wiesen hin; auf denen blühten zarte Blumen jahraus, jahrein.

Seine lauten Tritte auf dem engen, mit Steinen belegten Pfade, der den Rasen durchschnitt, scheuchten die weißen Tauben der Göttin auf, die — war es doch nun schon dunkle Nacht — oberhalb des Simses der Hallenthür sich zu Rüste gesetzt; verschüchtert flogen sie auf und umflatterten mit laut klatschenden Flügelschlägen unschlüssig das Dach.

Dem späten Besucher däuchte, aus dem Schlafsaal, dessen Fenster durch Läden fest geschlossen war, glimme durch eine schmale Ritze im Holze Licht. Er hoffte, er wünschte es so heiß! Vielleicht sah er's nur deshalb.

Mit Einem Sprung setzte er über die sieben Stufen,

die von dem Vorhof an die breite Schwelle der Pforte
hinaufführten.

Hochklopfenden Herzens wollte er anpochen mit der wie
im Zorn geballten Faust: — er achtete nicht in seiner
Ungeduld des ehernen Thürklopfers in Hammergestalt, den
kunstreiche Zwerge der schönen Göttin geschmiedet hatten.
Aber siehe, da ward von innen die Thüre geräuschlos
aufgethan und auf der Schwelle erschien, im weißen Nacht=
gewand, Lofn, Friggs kindjunge Dienerin. Sie trug in
der Rechten einen matt brennenden Span von Wacholder:
— würzig, aber herb und streng, duftete das zähe Holz
im Glimmen. Zwei Finger der Linken hielt sie an den
Mund, Schweigen bedeutend.

Wunderbar! Beschwichtend nicht, aber zurückschreckend,
Scheu erzwingend wirkte auf den ungestüm Verlangenden
der tiefe, der keusche Friede dieser Frauen=Siedelung. — — —

Der Hoffnung traurig entsagend flüsterte er — der
stummen Mahnung gehorsam die starke Stimme mäßigend —
„Meine Braut? — Ich will sie sehen — sprechen." Die
Jungfrau schüttelte das Haupt, über das der weiße Nacht=
mantel gezogen war, und noch leiser als die Frage kam
der Bescheid: „Niemand naht Frigga zur Nacht! — Lang
harrte sie Odhins beim Siegesmahl. — Er kam nicht. —
Nun schläft sie."

Schmerzlich, grollend, grimmig furchte der Sehnende
die gewaltigen Brauen. Rasch, wie der Wirbelwind thut,
drehte er sich um sich selbst. Ohne Wort, ohne Gruß, ohne
noch einen Blick zurückzuwerfen, schlug er den weitfaltigen
Mantel um die breiten Schultern, stöhnte einmal auf und
stürmte hinweg. —

Bald lag er auf seinem ruhelosen Ruhebett. Unsanft
stieß er die treuen Wölfe von sich, die ihm den Fuß lecken
wollten. Das dichte Fell des Eisbären, welches das Eichen=

Holzgestell des Lagers bedeckte, schleuderte er zur Erde. Es war zu heiß, zu weich! Auf das harte Holz drückte er mit wollüstiger Pein Schultern und Rücken, bis sie schmerzten. Die Quetschwunde am linken Arm brannte. Das freute ihn. Es that ihm wohl.

Er wälzte das Haupt voll tobender Gedanken auf dem Eichenbrett rastlos hin und her — alle noch übrigen Stunden der Nacht. „Oh Frigg," knirschte er einmal, „soll ich dich aus Liebe hassen müssen? Wenig fehlt! Nichts fehlt! Ich hasse dich — vor Sehnsucht. Warte! Wehe dir: — morgen!" Er schlief so wenig in Glads= heim, als Bidhja unten auf Erden.

––––––

Auch in Fensal brannte Licht im Schlafgemach die ganze Nacht. —

Durch die Ladenritze hatte die Braut lange, lange Stunden unablässig ausgespäht, bis sie den wohlbekannten, den wogenden Schritt hatte heranhasten hören, bis sie die dunkle Gestalt erkannt. Dann war sie — tief verschämt, errötend — von dem Fenster zurückgetreten, das herab= gleitende Nachtgewand sorglich mit beiden Händen über den wunderschönen Busen emporhebend — als ob sein Blick den dichten Laden hätte durchbringen können! — —

Erst als er scheidend von den Stufen herabsprang, trat sie wieder an den Laden, — sie sah dem Hinwegbrausenden nach, immer nach: — die weiße Stirn an das harte Holz pressend, bis auch der letzte Schatten seines fliegenden Mantels verschwunden war. — Dann trat sie — unver= wandten Auges — zurück und sank auf das weiße, das schneeig=weiße Lager; aus den weichen Fellen weißer Hirsche war es aufgeschichtet.

Sie stützte beide Ellbogen auf die Kniee und in die beiden schmal zulaufenden Hände vornübergebeugt das

herrliche, das edel gebildete Haupt. Gelöst flutete ihr auf
die schwer wogenden Brüste das hellblonde Haar in kurz
gebrochenen Wellen: und sie weinte, weinte, weinte —
ohne Wort, ohne Seufzer sogar.

Und jede ihrer Thränen ward zu Gold. —

Am andern Morgen früh legte ihr Lofn in ihrer weißen
Schürze zusammengehäuft die vielen kleinen goldnen Kugeln
vor. „Ein ganzes Halsgeschmeide!“ klagte die Vielgetreue.
— „Leg's zu den andern Reihen.“ — „Es sind schon gar
viele.“ — „Ich weiß! Ihm gehören sie. Ihn sollen sie
schmücken.“

VIII.

Kaum hatte an diesem Morgen der Sonnengott die
lichtmähnigen Rosse vor den goldenen Wagen geschirrt, —
schon stand Odhin in der Gasthalle zu Fensal vor seiner
Braut, der herrlichen.

Nichts, keine Bewegung, kein Zittern, keine Miene in
dem wundervoll schönen, aber strengen und kalten, undurch-
dringbar vom Willen gehüteten Antlitz verriet ihm irgendwelche Empfindung. Nur daß die weiße Stirn errötete,
konnte sie nicht hindern. Und weil sie das fühlte, schlug
sie schämig die langen Wimpern, die sonnenfarbenen, nieder.
Das leuchtende Haar, auf der Mitte der Stirn in zwei
Hälften gestrichen, strömte in langen Wogen über ihre
Schultern bis unterhalb der Kniee: — sie trug kein Gold,
als dies ihr Haar. — Das ganz weiße, faltige Gewand
war mit handbreitem hellblauem Saum eingefaßt; die
herrlich gerundeten, marmorweißen Arme glänzten, voll
sichtbar: denn den blauen Mantel hatte sie von den Schultern
gelöst und über die Rückenlehne ihres kunstvoll geschnitzten

Hochsitzes gelegt; auf ihrer linken Achsel wiegte sich eine ihrer weißen Tauben.

Sie ließ die Spindel, weithin sie auswerfend über die drei Stufen des Hochsitzes hinab, auf dem glattgestampften Estrich schnurrend tanzen: unverwandt waren auf diese Spindel die scharf gesenkten, kühlen, lichten, wasserblauen Augen gerichtet: — nur mit kaum merkbarem Beugen des Hauptes, nicht mit Wort, nicht mit Blick, hatte sie des Eintretenden Gruß, seinen Heilruf erwidert.

Lofn saß zu ihren Füßen auf der mittleren Stufe des Hochsitzes und zupfte einen frischen Wocken für die nimmer rastende Spindel zurecht.

Der Hochsitz füllte die Mitte des Hintergrundes der geräumigen Halle — der Eintretende war nahe der Schwelle stehen geblieben: — so trennte beide ein gar weiter Zwischenraum.

Schweigen entstand, nachdem die Braut nur stumm gegrüßt hatte. Bang, furchtsam blickte Lofn von ihrer Stufe zu Odhin auf. Da wies dieser plötzlich, mit gebieterischem Ausstrecken des Armes, nach der Eingangsthüre: — er hatte sie offen gelassen. So ungestüm war die überraschende Bewegung, daß die Taube, wild erschrocken, von der Schulter der Herrin auffuhr und pfeilschnell zur Thüre hinausschoß: — eilfertig folgte Lofn, ihren Wocken wirr zusammenpackend, desselbigen Weges. —

Die Herrin sah nun auf von der Spindel: streng gefurcht war die weiße Stirn und herbe klang die Stimme, als sie, die Erregung verhaltend, sprach: „Odhin von Asgardh, Ärgster der Argen! Du gebietest in meinem Hause?" — Da er beharrlich schwieg, fuhr sie fort: „Was soll's? — Was hast du mir — mir allein — zu sagen?"

„Viel!" grollte er. „Nun, Frigga, rüste dich zum Kampfe ..." Drohend, nahezu feindlich, hatte er begonnen.

Jedoch, wie er nun mit burſtigen Augen in ſich ſog all dieſe ſtrahlende Schönheit, dieſe unwiderſtehliche Anmut, welche wie eitel Wohllaut ſie umflutete, — da ſchmolz ihm der eherne Groll und begeiſtert fuhr er fort: „du ſchönſtes aller Weiber und — geliebteſtes.“

Stumm wandte ſie, wie um nicht weiter zu hören, das herrliche Haupt zur Seite. Unendlicher Liebreiz lag in der Bewegung, wie in jeglicher Regung dieſer wonnigen Geſtalt.

Er warf haſtig den Hut und den Mantel auf die Rund=bank, die ſich um die ganze Halle hinzog; im dunkelblauen Wollwams ſtand er nun, über die Schulter hing ihm, mit Silber beſchlagen, das mächtige Hifthorn.

Er trat ihr raſch mehrere Schritte näher: aber zurück=geſtoßen von ihrer Ruhe machte er plötzlich wieder Halt; er kam ſo an den Mittelpfeiler der Halle zu ſtehen; er lehnte ſich daran mit dem Rücken; er ſchlang, hoch ſich reckend, den linken Arm um den Pfeiler und drückte ihn an ſich, die wilde Erregung zu meiſtern. Bald ließ er ihn wieder los, durchmaß die Halle nach rechts und nach links mit ſtarken Schritten, jedoch die Augen nicht löſend von der ſchweigſamen Spinnerin und immer bald wieder gerade ihr gegenüber Halt machend.

Sie aber, die fein geſchnittenen Lippen feſt zuſammen=ſchließend, rührte und regte ſich nicht — auch nicht ein kleines! — auf ihrem ſtolzen Hochſitz. Eifrig, unabläſſig, kaum je aufblickend ſpann ſie weiter.

———

IX.

„Fürchte nicht," begann er — mit solcher Ruhe, daß
sie insgeheim erstaunte: aber bald fühlte sie, wie gewaltsam
erzwungen diese Bändigung war — „ich dränge dich noch=
mal. Heiß ist meine Liebe: aber doch hat die Glut noch
nicht allen Mannesstolz ausgebrannt in Odhin von Asgardh.
Wenn es dir denn noch immer so ganz unerträglich ist,
mein Weib zu werden" — da bebte seine Stimme vor
zornigem Groll — „so — warte noch. Höre nur, was
du wissen mußt. Ich fand gestern Abend" — und nun
spähte sein Auge gespannt auf jede leiseste Regung in
ihren Mienen — „ich fand — ein junges Weib: —
Vidhja."

Rasch schlug Frigga die gesenkten Wimpern auf: — es
war nur Ein Blick — sofort kehrte die eisige Ruhe auf ihr
Antlitz zurück: — und doch hatte der Spähende es ver=
merkt. —

Sie nickte. „Du kennst sie also," fuhr er fort. — „Sie
gefällt mir. — Ich werde ihr Freund, sie wird meine
Freundin sein." Da sprach die Braut, den reizvollen Mund
so wenig wie möglich öffnend, mit herbstem Ton: „Es
giebt nicht Freundschaft zwischen Mann und Weib. Nur
Verlöbnis, Ehe oder — Frevel." — „Oho," lachte der
Gott, laut, schallend auf und fuhr rasch, wie vergnügt,
einmal mit der Rechten über Bart und Kinn. „Wer hat
dich diese Weisheit gelehrt?" — „Ich brauchte sie nicht
zu lernen. Der Ehe Göttin heiß' ich." — „Wirst es aber
— in Wahrheit — erst werden, nachdem du mein Weib
geworden. Eine Jungfrau — Göttin der Ehe!"

„Auch dein eigner Sohn — Loki — gab mir darin

Recht." — „Ei, Loki? Der noch niemals log?" — „Diesmal log er nicht. — Er meinte, nur drei Fälle kenne er vom Gegenteil. Im ersten zählte der Freund achtzig Winter. Im zweiten war der Freund blind und die Freundin blind und taub. Im dritten waren beide jung, aber die Freundin häßlich wie die Fledermaus. Da liebte nur sie ihn." — „Nicht übel! Aber echte Loki-Bosheit: lose Loki-Lügen! So schlimm ist's doch wahrlich nicht. — Und wär' es so: was schadet es, wenn wirklich durch die Freundschaft, die sonst deinem weißen, farblosen Flachse da gleicht, wenn wirklich durch die Freundschaft zwischen Mann und Weib ein feiner hellroter Faden sich, lebhaft gleißend, durchzieht: — wie wenn ein Haar Freias, der rotlockigen, hindurchgeflochten wäre? Was schadet es?" Er schwieg und spähte.

Aber ganz ruhig sprach sie diesmal: „Sprich doch die Wahrheit, Gott der Arglist. Deine Buhle soll sie werden." Den Blick noch schärfer schärfend als je rief er überraschend: „Und wenn?" Sie zuckte ganz leise. „Du weißt es ja," fuhr er ruhig, den linken Arm wieder um den Pfeiler schlingend und das Haupt leicht senkend, fort: „nach dem zweifellosen alten Recht der Götter hier oben in Asgardh gleichwie der Menschen auf Erden, soweit in allen Landen sie uns Asen verehren: — nur Braut und Eheweib bindet die Pflicht der Treue, nicht Bräutigam, nicht Gatten. Mit Maiden oder Witwen mag er der Liebe pflegen: nicht Sitte verwehren's, nicht Recht." — „Jawohl, ich kenne es, dies Recht: es ist scheußlich." — Der Gott zuckte die Achseln. „Aber Recht." — „Un-Recht!" — „Nein, Recht ist es." — „Bei uns. Nicht überall." — „Aber bei uns." — „Man flüstert: fern im Morgenland wird einst eine neue Lehre künden ein neuer Gott . . . —"

Da ballte Odhin grimmig die Faust um den Griff des

Kurzschwerts, das in seinem Wehrgurt hing, sein graues Auge loderte wild auf und drohend sprach er: „Auch ich hörte von ihm raunen. In Jünglingsgestalt soll er dereinst erscheinen. Oh, stellte er sich doch zum Schwertkampf mir: — Ich gäb' ihm Brünne, Schild und Helm voraus — und wir kämpften — kämpften um die Herrschaft der Welt."

„Nach seiner Lehre werden Braut und Frau die gleichen Rechte auf Treue haben wie Bräutigam und Ehemann." — „So? — Wenn's dann nur auch gehalten wird! Ich meine, nicht nur von den Schwachen, auch von den Starken."

„Und dies bei uns geltende Recht der Männer, — ach, es ist auch für uns Frauen „Recht"! — das habt ihr Männer gemacht, wie's euch Männern behagt." — „Jawohl. Und alles Recht werden die Männer machen, solange die Männer mehr Vernunft haben, es zu denken, als die Weiber. Und mehr Kraft haben, es zu schützen. Also immer." — „Es ist scheußlich, sag' ich dir. Ein Mann hat nur Ein Herz: — wie kann er mehr als Ein Weib lieben?" Sie hatte das heftig hervorgestoßen.

Mit Wohlgefallen hatte er die rascheren, lauteren Worte gehört. Er schwieg eine Weile, kühl sie musternd. Dann sprach er spöttisch, die grauen Augen zusammendrückend und den breiten Bart langsam spitz zusammendrehend: „Doch auch Frauen — so sagen die Leute! — haben schon manchmal — es soll vorkommen! — als Witwen die Arme geschlungen um den — zweiten Gemahl." Sie hob streng die Brauen: „Mit Friggas Segen — nie und nimmermehr! „Ein Leib, Ein Herz, Ein Gatte": — das ist Friggas Recht." — „Zum Glücke für die armen Witwen gilt es aber nicht, dies allzu grausame Recht! Sie sind so erinnerungsreich! Und so hoffnungswarm!"

— „Höhne nicht! Höhne die Frauen nicht! Es erregt mir den Zorn." — Sehr zufrieden dachte der Gott: „Das seh' ich." Aber er sagte es nicht. — „Und du" — hier flog ihm ein rascher Blick zu — „als der Gott des Gesanges, der Dichtung — du nimmst dir darin wohl mehr noch als andre in Anspruch?"

Aber Odhin schüttelte das hohe Haupt: plötzlich war er sehr ernst geworden: „Mitnichten! Der Sänger, der hierin ein Mehr für sich begehrt — über der andern Maß hinaus — zu den Göttern etwa wähnt er sich dadurch zu heben? Der Thor! Zu den Tieren senkt er sich dadurch hinab. Mag sein, daß heißere Gluten, lockendere Bilder als andern ihm aufsteigen: dafür beflügeln ihn die Schwingen der Begeisterung: nach oben tragen, nicht nach unten reißen sie. — Ich verlange nichts, als was Sitte und Recht allen verstatten."

„Doch — Bidhja ist Aswins Weib: du brichst sein Recht." — „Sie wird bald Witwe sein." Er hatte das ganz tonlos, ganz kurz gesagt, aber dabei scharf, wie nie zuvor, auf ihr Antlitz geblickt. — „Mörder!" scholl es da und es sprühte wie Feuer auf ihn aus den strengen blauen Augen. Behaglich strich der Geschmähte dreimal langsam den wirren Bart. „Das wollt' ich nur hören!" Er lächelte fein. „Nun hab ich dich, wo ich dich wollte: — in Unrecht wider mich mit solch ungerechtem Wort. — Soweit reißt meine verschlossene Braut dahin die —" — „Vielleicht die Eifersucht?" Sie lachte laut. „Geh! Küsse, wen du willst." — „Bidhja nicht, bis Aswin fiel. — Nicht durch mich. — Nicht nach meinem Willen auch, wie du jetzt wähnst. Ich fragte soeben auf meinem Weg nach Jensa die Walküren: — frühwache Mädchen sind's. — Sie warfen die Lose. Nach unabwendbarem, nornengewobenem Verhängnis fällt Aswin heute Morgen noch im Kampf.

im Sieg — bevor er seine Hütte wieder sieht: vom Opfer-
mahl hinweg ging's in die Schlacht. — Brunhild wird
ihn auf Grani gen Walhall tragen."

„So geh denn hin und übe dein abscheulich Recht!
Mittels jenes" — sie schauerte vor tiefinnerem Weh —
„jenes abscheulichen Zaubergolds an deinem Finger." Sie
ward glutrot vor heil'gem Zorn; ihr Busen wogte.

„Weshalb nennst du Recht und Ring abscheulich?" Er
ward stets kühler in seinem Ausdruck. — „Weil sie es
sind! — Du sagst: du liebst mich?" — „Ich liebe dich."
— „Und Bidhja auch? Das ist —" — „Unmöglich,
willst du sagen? Du siehst soeben, daß es möglich ist." —
„So ist es: wie Krankheit und Laster."

X.

„Ei, — laß sehen! — doch vielleicht nicht völlig so,"
erwiderte Odhin, ganz langsam, bedächtig sprechend, und
so ruhig, als ob ihn die Frage gar nicht angehe. Er
lehnte das erhobene Haupt fest an den Pfeiler und schob
wiederholt mit der Linken den Bart nach beiden Seiten
von den Lippen. Grübelnd, sinnend sprach er vor sich
hin, nicht für die Hörerin, — so schien es — nur um für
sich selbst das Richtige zu suchen: „Wenn ich nun sagte:
in meines Wesens Harfenspiel sind gar viele Saiten aus-
gespannt. Kann Ein Weib sie alle schwingen und tönen
machen? Oder wenn ich nun erwiderte: in meines Wesens
meeresweitem Spiegel glänzen alle Sterne wider, nicht
Einer nur? Oder denk' es einmal so: allem Schönen die
eigene Eigenart aufzuprägen, drängt es den Mann. Wie,

wenn nun, nach urweiser, ew'ger Einrichtung der Welt, die reichste Möglichkeit des Schönen in der Welt gerade darauf beruhte, daß es den Starken treibt, sich allem Schönsten zu verbinden? Wenn . . ." — „Schweig, arger Gott! Mit Recht den Grübler schilt man dich." — „Mir klingt die Schelte wie Lob. — Und Eins ist freilich wahr," — fuhr er wieder, ganz wie in Sinnen verloren, fort, „was den Dichter angeht: Dichten ist Zeugen. Die gleiche Heißglut, die das Leben zeugt, zeugt auch das Lied. Feuer in die Harfe, oder Harfe ins Feuer! Die gleiche Begeisterung, der gleiche Rausch, ja die Berauschung in Schönheit, reißt den Bräutigam zur Braut dahin" — da loberten seine Augen, die er halb geschlossen gehalten hatte, plötzlich in heißem Blick auf die herrliche Gestalt — „und zum Lied den Dichter. Nie hab' ich schön — wahrhaft schön! — gedichtet, als wann ich liebte. Und: das höchste Gut des Sängers ist die Schönheit." — „Mir aber tönt im Ohre noch ein ander Wort," sprach sie vorwurfsvoll, verweisend: sie hielt ein im Spinnen und hob mahnend den Zeigefinger der Rechten: sie sah ihn voll an und unendlich edel war ihr Blick, als sie feierlich sprach: „Das höchste Gut des Mannes ist sein Volk." „Wer sprach wohl dieses Wort?" — „Ich sprach es. Und ich sprech' es noch. Dies Wort bleibt stehn. Und noch ein andres auch: „der ist kein Sänger, der kein Held." Erst auch dem Sänger den Helm auf das Haupt und auf den Helm den blutbesprengten Eichkranz des Sieges oder des Heldentods. Hab' ich jemals solche Mannespflicht versäumt? Noch brennt die Wunde hier, in meinem Schildarm. Und das merke: auch wenn ich jemals ruhen darf an deiner weißen Brust: — von deinem süßesten Kusse reiß' ich mich los, wann das Heerhorn ruft in die tosende Schlacht! — Nach dem Sieg aber soll dem Sänger das Gelock der

Kranz des Schönen kränzen, ja muß ihn der Trank des
Schönen laben: sonst elend verlechzt ihm vor töblichem
Durst die verschmachtende Seele."

Begeistert, laut, feurig schloß der Gott, der kühl und
nachsinnend begonnen. Fortgerissen hatte er fortreißend
gesprochen. Denn viel weniger herb als zuvor, eher weh=
mütig, klang die Stimme Friggs, als sie nun seufzte:
„Verderblicher! Gunlödh — Laufeja — Harpa — Sibhja!
Wer wird das letzte deiner Opfer sein?" — „Opfer? —
Frage sie doch, ob sie bereuen! Ob sie um ein ganzes
langes Leben gewöhnlichen Erdenglückes den kurzen Wonne=
rausch in Odhins Armen zurücktauschen? — Frage sie
doch! — Und trieb mich etwa Selbstsucht nur und dumpfe
Gier? Haben nicht die Sterne auch diese meiner Schritte
gelenkt? Gewann nur ich dabei oder gewann das All?
Möchtest du etwa Harpa missen, die Sterbliche, die ich zu
unsterblichem Harfenschlag in Asgardh mir gesellt, mir
— und euch allen? Und Laufejas Sohn? Nicht viel
trau' ich ihm zwar, dem listreichen Loki! — Aber du
selbst, — möchtest du den Schlauen entbehren im Rate
der Götter? — Und Gunlödh? — Wohl nahm ich den
Met der milden Maid und ließ Gunlödh sich grämen: —
aber der Dichtung berauschenden Wonnetrank errang ich
damit: nicht mir allein, — ihr und allen Wesen zu
köstlichster Labe. So ward es stets dem weiten All zum
Segen, wann Schönheit mich begeisterte, wann aus meines
Wesens Eigenart ein frischer Sproß erwuchs."

„Aber auch Freia!" Da stieg ihr lodernde Glut in
die weiße Stirn. „Wähnst du, ich erriet nicht längst, um
wessen willen allein aus Wanaheim nach Asgardh über=
zusiedeln sie sich entschloß — sie, die verhaßte Bethörerin
von allem, was da Mann ist: — diese überall umher=
züngelnde rote Flamme?" Heftig drückte die zürnende

Göttin die stolzen, schmalen Lippen zusammen. Aber er lächelte und strich geruhig mit der Hand über seine mächtige Stirn: „Nicht gar so bitter, mein' ich, solltest du doch von ihr reden, von der Rotlockigen. Es ist nun einmal der Flamme Art: sie will brennen." — „Und meine Art ist's, die schädliche Flamme auszutreten." — „Mir hat sie nicht geschadet." — „Ich weiß," sprach Frigg, beinahe freundlich, mit einem frohen, lobenden, dankenden Blick: „die Allberückerin, — dich hat sie nicht berückt. Doch that sie redlich dazu, was sie konnte." Er schüttelte ruhig das dunkle Gelock und lächelte stolz vor sich hin: „Ein Weib, das auf mich zielte, traf mich noch nie. — Also ergieb dich drein" — fuhr er, nun wieder ganz kühl, mit scharf prüfendem Blicke, fort. „Viele Saiten sind — ich sagt' es schon — in meiner Brust gespannt — laß sie doch alle tönen!"

XI.

„Nein, Odhin von Asgardh, nein!" rief da die Braut, aufschauend von ihrer Arbeit und ihn voll anblickend. „So argklug du bist, — welch schicksalsschwere Entscheidung du heute herbeibeschworen hast mit deinen ruchlosen Reden, — du ahnst es nicht." — „Vielleicht doch ein klein wenig," lächelte der Gott ganz heimlich in den Bart: das graue Auge leuchtete in aufsprühender Freude: es stand ihm schön. „Entweder," fuhr sie drohend fort, „all deine bösen, zucht- und scham- und zügellosen Worte waren nur in grausamem Spiel geschnellte Geschosse mit vergifteten Widerhaken, — unausreißlichen! — gezielt auf dieses panzerlose Herz . . . ." da bebte ihr die Stimme.

„Oh wär' es endlich panzerlos," flüsterte er zu sich
selbst, entzückt aufhorchend.

„Oder: sie waren dir Ernst! Und dann, Odhin von
Asgardh — schön wie du bist, — gewaltig wie du bist
— gewaltig, wie du dir heranzwingst die Herzen: — das
heißt: anderer Herzen!" — besserte sie hastig — „dann
reiß' ich mich los von dir auf immerdar."

„Gegen Nornenspruch und Sternengang?"

„Mein Herz ist meine Norne, mein klares Auge
ist mein Stern! — Willst du wirklich — du! — der
groß wie keiner ist — wie sie sagen! — willst du
wirklich jenes ekle Recht, — das Recht der Untreue! —
üben gegen Frigg — diese Frigga, die hier vor dir
steht?" — Sie sprang vom Sitz empor: — „mit deinem
Fluch=Ring, den dir üble Zwerge schmiedeten: — so wirf
dich in den trüben Gischt deines wilden Begehrens: —
mir aber wirst du dann nicht mehr an die Finger=
spitze, nicht an den Saum mehr rühren meines weißen
Gewandes: denn er ist rein. Ja oder nein: Alle oder
Frigg — oder: Frigg und keine sonst mehr. — Wähle,
Odhin von Asgardh."

Und die verhaltene Maid, die strenge, die fühllose
Jungfrau war nun von ihrem Hochsitz heruntergebraust,
einer weißen Wolke vergleichbar. Die Spindel, die sonst
so emsig gepflegte, hatte sie zornig auf den Estrich ge=
schleudert. So ungestüm wogte der herrliche, der hoch=
gewölbte Busen, daß die Nadel an der Spange ihres
Gewandes barst. Hochrot glühten die länglichen Wangen,
das sonst so kühle, herbe Auge funkelte und, leise knisternd,
hob sich auf dem Scheitel ihr gewelltes Haar. So stand
sie vor ihm, drohend, und, weil feurig, ob auch nur im
Grimme feurig, schön wie nie zuvor.

Auflodernd rief der Bräutigam: „Gegrüßt, du heil'ger,

schöner Zorn! Du bist der Liebe plauderhafter Bote." Sie
trat einen Schritt zurück: leicht errötend schüttelte sie leise
das Haupt: „Liebe? — Ich weiß von Liebe nicht. Du
aber bedenke stets: nur der Ratschluß der versammelten
Götter hat, nachdem du um mich geworben, mich als Braut
dir zugesprochen, nicht meine Wahl." — „Ich weiß, ich
weiß! Nur deine Hand hat all mein Werben mir einge-
tragen: — all mein Ringen um dein Herz — es blieb
umsonst! O Schmach und Schmerz und wildes Weh! Du
bist das erste Weib, das Odhin verschmäht." — „Wie?"
grollte die keusche Göttin, „rühmst du vor Frigga deine
Siege?" — „O nein," rief er leidenschaftlich ausbrechend,
in tiefstem, bitterstem Weh, „ich beklage sie, ich verfluche
sie, ich verwünsche sie! Und dich klag' ich um sie an! —
Du — du — allein hast sie verschuldet!" — „Ich!"

„Ja du, Unnahbare! Weshalb, weshalb allein bin ich
von Weib geirrt zu Weib? — Seit ich zuerst dich, Herrliche, geschaut, durchzuckte mir's nicht die Sinne nur bis
in das tiefste Mark, erfüllte mir's die ganze Seele: sie,
sie — dies blonde Haupt, — sie ist mir zugeteilt seit An-
beginn der Welt! Sie ist meines Wesens lang gesuchte
andre Hälfte! Sie allein füllt die klaffende, die sehnende
Leere, die hier so schmerzt, so beängstend, so bitter schmerzt,
hier, in meiner ach! allzu breiten, leeren Brust! Sie allein
— ihr süßer, in seligen Wonnen berauschender Leib, und
diese himmelklare, stummverhaltne, aber meerestiefe Seele
— hell wie ihr lichtes Auge, — sie allein löscht mir den
brennenden Durst, den lechzenden Heißdurst nach Schönheit
Und dieses Weib, — meine anverlobte Braut! — es
verschließt sich, es umgürtet sich wie mit ewigem Eise vor
all' meinem glühenden Werben. Wenn ich noch so innig
flehe — sie schüttelt nur — siehst du! nun wieder! —
unablässig, hastig, leidenschaftlich das geliebte Haupt und . . ."

„Nein! Nein! Nein! Nein! Nein! Ich werde mich wehren, solang ich Kräfte habe."

„Da! Das ist alles, was ich den fest geschlossenen Lippen entringe! Ich vergehe! Ich verbrenne! Und du? Glutlos, — blutlos, — lieblos, — herzlos — schaust du behaglich zu mit deinen wasserkühlen, wasserhellen Augen. Wohlan denn: Ich, der stolzeste Gott und Mann, der je geatmet hat, sieh, ich beuge, ich demütige mich so tief vor dir, daß ich dich anflehe, — hör es! — wenn nicht aus Liebe, — aus Mitleid, aus Erbarmen — werde mein! Sprich es endlich, dies verzweiflungsvoll ersehnte: „Ja."

„Nein! Nein! Nein! Nein! Nein!"

„Das ist alle Antwort, die mir wird! Und du wunderst dich, wenn ich, von dir immer, immer wieder fortgestoßen, hinausstürme in die weite Welt, ein brennender Brand, und entzünde und verbrenne alles, was mich reizt? — Oh Frigga, Frigga! Kluges Auge! Hast du denn nicht durchschaut den trügenden Schleier meiner Worte?

Es ist ja all nicht wahr, was ich geredet! Meine Seele war ja fern von jenen weihelosen wilden Worten! Mein Ernst, mein einz'ger, mein ew'ger Ernst, ist: daß ich dich liebe, dich allein. Ich wollte ja nur herausschürfen aus deiner undurchdringbaren Seele, ob es dir denn wirklich ganz gleichgültig ist, wenn Odhin andre liebt? Und liebst du mich auch nicht — noch nicht! — Dank dieser Stunde! Sie lehrte mich: es ist dir nicht gleichgültig! O Frigga — Frigga, liebe mich, werde mein und so unmöglich ist es, daß mir noch ein ander Weib in den Sinn trete, wie daß noch nach Endlichem begehrt, wer die Unendlichkeit gewann. —

Ich verspreche dir gar nicht Treue: warbst du mein — ich könnte sie ja nicht brechen, wenn ich es wollte! Oh Frigga, mach' ein Ende dieser Qual! Es ist besser:

nicht nur für mich — für die Welt — auch für dich!
Es ist das Notwendige! Was sind Gunlödh und Harpa und
Lauseja und alle Mädchen und alle Weiber in allen neun
Welten gegen dich! Eine Saite mochten sie schwingen lassen
in meiner Brust: du bist der Vollklang meines ganzen
Wesens. Einzelne schöne Strahlen sind sie: — du aber
bist die Sonne, du Allherrliche, du bist die Schönheit selbst.
Sie sind kleine Splitter des Anmutigen, des Weiblichen:
— du bist das Weib, du bist die Anmut selbst. — Einen
Augenblick mögen andre erfreuen: — du bist der Liebe All
und Ewigkeit; du bist die Wonne meines ew'gen Seins.
Ja, und du bist mehr: nicht meines Herzens einz'ge Lust
nur, — du bist meines Geistes ebenbürtige Genossin!
Mit deinem klaren Haupt laß sie mich beraten, laß sie mich
teilen, die Herrschaft der Welt! Ja, du denke mit mir
meine geheimsten Gedanken, die ich kaum mir selber gestehe.
Du sorge mit mir meine Sorgen, du kämpfe mit die
Kämpfe meines Geistes, wie du — ich weiß es! — nicht
zagen würdest, an meiner Seite den Waffenkampf zu teilen,
du, des Helden Heldin, des geist-gewaltigsten Mannes schön-
heit-gewaltigste Frau. Denn du — du bist ja ich und ich
bin du! — Du bist mein ewig Weib! Sprich, Frigga,
liebst du mich denn nicht?" — Und Flammen loderten
aus den graudunkeln Augen: in ausbrechender Glut trat
er dicht vor die Geliebte und faßte stürmisch ihre beiden
Hände.

Da — zu seinem äußersten Erstaunen — stürzte plötzlich die hohe, die königliche Gestalt, wie vom Blitze getroffen, gerade vor ihm nieder auf beide Kniee, die sonst
so nixen-kühlen Augen sahen, überschwänglichen Ausdrucks
voll, zu ihm empor und ganz leise kam es aus dem kaum
geöffneten Mund: „Über alle Maßen!"

———

XII.

Da riß er die Knieende herauf an seine breite Brust und umschloß sie fest mit den beiden gewaltigen, den ehernen Armen und drückte sie an sich, arbarmungslos, und faßte ihr Hinterhaupt mit der Rechten und preßte ihr erglühend Antlitz an das seine und bedeckte ihr mit brennenden Küssen, mit markdurchrieselnden, Mund und Wangen und Augen und Stirn und das lichtwogige Haar. — — —

„Erbarmen — Geliebter — Erbarmen! — Ich ver= gehe!" hauchte sie.

Nun hob er sie auf, die herrliche, die hochgewachsene Gestalt, und leicht, wie ein Kind, trug er sie auf beiden Armen an die Bank, die sich um die Wand der Halle zog; dort setzte er sie sanft aufrecht nieder.

Sie lehnte den Rücken an die Wand und ließ, wie betäubt, das schöne Haupt herabsinken: die Hände fielen ihr schlaff in den Schos und mit gesenkten Wimpern flüsterte sie, unhörbar für ihn: „Wehe, wehe! — Nun ist er doch verloren! — Nein! Nein! Nein! Nein! Nein!" fügte sie rasch bei: „es soll nicht sein!" — Und kraftvoll raffte sie sich empor und schlug die Augen wieder auf —: doch mied sie es, seinem Blicke zu begegnen: fest entschlossen sah sie starr zur Seite.

„Und warum — warum, Geliebte, hast du mir das solange verborgen? Warum wolltest du nicht mein werden?" Er griff wieder nach ihren beiden Händen: aber sie entzog sie ihm; sie atmete schwer, sie rang — sie suchte nach einer Antwort.

„Weil — weil . . ." Sie mied beharrlich sein Auge. „Meine Amme —! Sie hat mich gelehrt: — wann ein Mann — wann du erst wüßtet, daß ich dich liebe, —

wann ich dein geworden, — würdest du mich — nicht mehr
so stürmisch — würdest du mich weniger lieben." — Da hob
er sacht — mit Einem Finger — ihr Antlitz an dem weich-
gerundeten Kinn empor: — er wollte sie zwingen, ihn anzublicken, aber fest hielt sie die sonnenfarbenen Wimpern
geschlossen. — „Echte Ammen-Weisheit! Nicht in deiner
großen Seele gewachsen — und nicht in deine große Seele
gedrungen. Unwürdig meiner: — noch unwürd'ger deiner!
Das ist nicht der Grund! Du kannst mich nicht belügen."
— „Nein! Ich kann es nicht. Darum laß mich schweigen!"
— „Aber — wenn du mich liebtest und doch mein Weib
— noch nicht! — werden wolltest — weshalb — seit
jenem ersten wonneheißen Brautkuß — nicht ein zärtlich
Lächeln mehr? Nicht mehr ein kosender Druck der Hand?
Nicht mehr Ein Kuß? Du liebst — und du umpanzerst
dich wie mit dreifachem Erze? Weshalb?"

Da zog, von den Mundwinkeln beginnend, ein wunder-
lieblich Lächeln, das sie unaussprechlich verschönte, über die
so strengen Lippen und ein leisester Anflug von schalk-
haftem Scherz über das herrliche Antlitz: „Weshalb? Ei,
Odhin von Asgardh! Den Alldurchspäher, den Allergrüble-
rühmen sie dich —: der Nornen Geheimnisse ergründest du,
die Rätsel in der Götter und der Menschen Brust — lange
vor ihnen selbst! — errätst du: — und in das Herz
deiner eignen Braut vermochtest du nicht zu schauen?
Weshalb? O du thörichter Gott der Weisheit." — Sie
streifte mit einer anmutvollen Handbewegung, nur im Fluge,
ganz leicht, sein Haar an der Schläfe. — „Weshalb? O
du geliebter Thor! Weil ich wußte: — ließ ich dich mir
nahen, — ich konnte dir nicht widerstehen. Wenn meinen
Kuß, mußt' ich dir alles geben. Und das — das will
ich nicht! Will ich nicht! Nein — nein — — Ach wehe,
wehe mir — das wollte ich nicht." Verzweifelt barg

sie das edelgerundete Haupt in beiden lichten Händen. —
„Und warum? Warum? Ich sehe dich an! Warum dies
Widersinnige, dies Widerweibliche?" — Er warf sich vor
ihr auf die Kniee und suchte ihr die festgefügten Finger
von dem Antlitz hinwegzuziehen.

Da löste sie plötzlich selbst von ihren Augen die Hände,
streckte sie, allzärtlich, gegen ihn aus und faßte mit beiden
Händen seine wetterbraunen Wangen und sah ihm tief und
wehevoll in die Augen und sprach mit unendlicher Innigkeit: „Warum? Weil, weil ich dich liebe — über alle
Maßen! Mehr, ach! tausendmal mehr als mich selbst und
als alles in allen Welten! — Mehr als jemals Weib
Mann geliebt." — „Und darum . . .?" — „Ja, darum!
— Und darum, weil du so herrlich bist! Der Herrlichste,
das Herrlichste der Welt. Weil du die Welt bist —
Friggas Welt! O du mein alles!" — „Erst wann du
mein wardst, werd ich' herrlich sein." — „Oh nein," rief
sie da laut, in Verzweiflung ausbrechend. Sie streckte die
beiden wunderschönen Arme gerade vor sich hin und rang
die ineinandergeschlungenen Hände und schlug sie dann, sich
plötzlich zurückwerfend, zusammen ob dem Haupt. „Wenn
ich dein werde, — dann wirst du untergehen.

Denn vernimm, oh Geliebter!

Nachdem der Götter Ratschluß mich dir verlobt — es
ist noch jetzt mein Stolz und tief geheime Wonne" — und
mitten im tiefsten Weh lächelte sie wunderhold — „daß
kein atmend Wesen, daß auch du, Kluger, es nicht geahnt,
wie über alle Maßen ich dich lang vorher geliebt — geliebt — ach! seit ich zuerst den untergehenden Blick, —
nein: die versinkende Seele — verlor in deinen unergründ-
lichen Augen! — Niemand hat es gemerkt, daß der
Götter Befehl ja nur meines eignen Herzens geheimstes,
mächtigstes Sehnen erfüllen wollte! — In der Nacht nach

unfrem Verlöbnis, — nachdem dein Einer, dein alles ent=
flammender Kuß mir bis tief in den Quellgrund der Seele
geglüht war! — in der Nacht vergrub ich in die weichen,
weißen Felle meines Lagers das Haupt und hauchte selig
vor mich hin: „Er — der Herrlichste — wird mein!"

„Da — da" — sie stockte, erschauernd: „da standen
plötzlich — ich merkte es, weil sie zwischen mein Lager und
der Wandampel fahlen Schein getreten waren — da
standen vor mir die furchtbaren drei Schwestern, die
Nornen." — „Ungerufen?" sprach Odhin, erbleichend.
„Das bedeutet tödliches Unheil!" — „Ja, das h a t es
bedeutet! — Denn schauerlich, langsam gegen mich heran=
schreitend, mit den drei erhobenen Zeigefingern ihrer drei
Rechten mich bedräuend, sprachen sie im Dreiklang der
Stimmen, eintönig, dumpf:

„Wehe dir, wonnige Frigg,
    Wird dich Odhin umarmen!
Wehe dir, Odhin, wird
    Frigg deine Frau!
Weh dann über die Welt!
Denn eher nicht nahet,
    — Doch dann unabwendbar —
Bis Odhin Friggas Gürtel gelöst hat,
    Odhin das Ende:
Das Ende auch
    Frigga, der freudigen Frau,
Und allen Asen von Asgardh
    Und allen Wesen in allen Welten!"

Ich erbebte — sie aber fuhren fort:

„Und aber auch auf das andere achte:
    Nur wann dich, Edle, Odhin
Zum Weibe gewann,
    Nur dann gedeihet,
    Nur dann wird wirklich,
Was an Wonnen der Welt mag werden.

> Nur aus euer beider Bunde,
>   Aus eurem Blute nur blüht
> Das glänzendste Glück,
>   Euch Seligen selbst
> Und allem, was atmet."

Und als die Furchtbaren verschwunden waren und ich, zitternd vor haarsträubendem Grauen, auf die Stelle hinstarrte — da — oh Entsetzen! sah ich ein furchtbar Gesicht. Himmel und Erde und alle Welten ein einzig unabsehbar Schlachtfeld: — Feuer und Rauchqualm weit über das All: — Riesen und Ungeheuer in nie geahnter Zahl! — Tot lag dir zur Rechten der tapfre Thor, der treue! — Tot lag dir zur Linken mit zersprungenem Siegesschwert Tyr! — Tot hinter deinen Fersen, mit zerspelltem Sonnenspeer, lag Freir! — Tot rings, rings um dich her die Einheriar und erschlagen, ach! auch deiner geliebten Walküren waffenfrohe Schar! — Ich selbst, vom gift'gen Qualm erstickend, sank sterbend aus deinem Schildarm. — Und du — oh das, das ist das Ärgste! — auch du verschwandest in eines grauenhaften Untiers Rachen. — Da fuhr ich, laut schreiend, auf aus den Decken und gelobte mir selber — und dir: Nie, nie werd' ich sein Weib: — sonst muß er untergehn." Erschöpft glitt sie zurück auf die Hallenbank. —

Der Gott zuckte zusammen —: kaum merkbar, aber er zuckte. Und eine düstre Schattenwolke flog über die stolze, kampf= und trotzgewohnte Stirn. „Untergehn! — Ich! — Auch ich? — Also war doch etwas daran! — Ahnungen, — Träume, — Geflüster der fallenden Blätter im Spätherbst — ein halb verstandner Vogelruf auf öder Heide: — lang haben sie mir dergleichen dunkel angekündet. — Ich hab's bekämpft — hinweggetrotzt — hinweggelacht — nicht geglaubt — nicht glauben wollen —: bis jetzt. Jetzt aber:

— glaub' ich's. Ja ich fühl's — ich weiß es! — seit deinem markdurchschütternden Schrei: ich werde untergehn — Und ach! du mit mir." Er schwieg, in sich gekehrt, sinnend, brütend. —

Weit riß die Braut die hellen, runden, blauen Augen auf: sie hing ängstlich, jede Miene überwachend, an dem gewaltigen Antlitz, über das ein ganzes Sturmgewitter von Gedanken hinzog. Erwartungsvoll harrte sie — gespannt — todesbang. Endlich brach ihr die stumme Qual in dem schrillen Schrei hervor: „Siehst du, Odhin! Siehst du nun! Du selber weichst zurück! Du schwankst!"

„Nein, Geliebte," rief er laut, mit dröhnender, mit machtvoller Stimme — und sie klang jetzt seinem hallenden Schlachtruf vergleichbar — „ich schwanke nicht. Glück auf zum Untergang und heil uns zum Verderben!"

Er richtete sich hoch auf.

„Daß mir alles was Glück ist, nur in dir — in deinem Leib und deiner Seele — blüht, — nicht erst die Norne braucht mir das zu melden! — Allein mit verständnisvoller Freude vernahm ich's und begeistert glaub' ich's: unsere Umarmung erst erschließt die höchste Wonne der Welt. Erst wann Odhin und Frigg Ein Wesen geworden, — dann erst ersprießt für alles, was atmet, was an Heil ihm werden kann. Und mag's dann untergehn, untergehn müssen: — — besser, daß die Welt ihre schönste Vollblust entfaltet und blühen läßt, solang sie darf, — als daß die Welt ewig währe, aber ewig nur ein Halbleben lebe, das Höchste, was sie aus sich gestalten könnte, nie gestaltet! Mir aber — und auch dir, so hoff' ich — taucht — für uns beide! — gar kein Schwanken auf. Lieber an deiner Brust geruht — ach und wär' es nur ein einzig Mal! — dein ganzes Wesen in mich eingeschlürft — ach und wär' es nur ein einzig Mal! —

und dann — zusammen! — untergehn, als ewig leben,
aber dein entbehren. Nein! Selige Liebe und seliger
Tod! Oh Frigga, Geliebte: kannst du das verstehn?
Willst du wählen wie ich? Du mußt — du mußt!
Denn du bist ich selbst — nur ohne meine Fehler! —
bist von Odhins eigenster Eigenart. Ja, ich seh es an
dem Aufleuchten deiner so strenge gehüteten Augen: du
wählst wie ich: du rufst gleich mir — —"

„Glück auf zum Untergang und Heil uns zum Verderben! Dein will ich sein. Dein muß ich sein. Dein
bin ich. Nimm mich hin!" Und die keusche Göttin sprang
stürmisch auf von ihrem Sitz und warf ihm um den breiten
Nacken leidenschaftlich die weißen, die vollen Arme und
küßte ihn heiß auf den Mund.

Und Stille ward um die beiden her, Stille und Selig-
keit. — — —

XIII.

Nach geraumer Zeit machte sich die Braut aus seinen
starken Armen los, trat zurück und sprach ruhig, mild,
freundlich: „Und — Bidhja? Längst kenn' ich sie: —
das fromme Kind — was wird mit ihr?"

„Ich vergaß, daß sie lebt," rief er, mit der linken
Hand leicht über die Schläfe fahrend. — „Geduld, Ge-
liebte. Du sollst zufrieden sein! — Und sie auch. —
Und Er! — Wir alle!" —

Und noch einen raschen, glühenden Kuß auf die nicht
mehr spröden Lippen, — er griff nach Mantel und Hut
und brausend, rascher als der stoßende Adler fliegt, schoß
der Gott durch dichtes Gewölk hernieder zur Erde.

Ein feiner, weißer Nebel spann in der Luft über dem ganzen Thale des Fjordes, den Herabsausenden ver- hüllend. —

Bibhja saß auf den Stufen vor der Thür ihrer Hütte; sie schlang, mit kleinen Stichen nähend, hellrote Wollfäden zur Zier in das weiße Wolltuch, die Wunschgabe des zaubernden Gastes. Das King lag neben ihr in einem alten durchlöcherten Lindenschild Aswins; es schlief. —

Manchmal stockte der Emsigen die Nadel mitten im Durchziehen: die Hand sank leis auf ihre Knie und sie blickte, verträumt, gerade vor sich hin; oder auch wohl empor, gen Himmel, in der Richtung, in welcher sie jener Wolkenmann zuletzt erschaut hatte.

Endlich seufzte sie: „Wenn doch Aswin zurück wäre — Oder der Gast wieder käme! — Ich meine, Unrast hat mich noch nicht verlassen, obwohl er schied: ich sehe ihn immer noch." — Sie schaute starr vor sich hin. — „Ach, ich kann's gar nicht erwarten, bis ich Aswin von ihm erzählen darf!" — Sie nähte nun wieder eifrig fort. „Manchmal ist mir, ich habe den ganzen Besuch nur ge- träumt. Aber da!" — sie strich zärtlich mit allen zehn Fingern über das weiche Tuch — „da greif' ich ja mit Händen das Wahrzeichen: — sein liebes Geschenk! — Und er kommt wieder: — Er wird mich selbst die letzte Bitte lehren! Er hat's gesagt. — Und er hält Wort.' — „Immer," sprach da eine gedämpfte Stimme aus dem wogenden, flirrenden Nebel heraus, und vor ihr stand urplötzlich der Wanderer. — „Du! — O Freude! Fast zwar hättest du mich ein wenig erschreckt! Aber doch — wie froh bin ich, dich zu sehen! — — Ich dachte gerade an dich — —. Eigentlich immer — all die Zeit — . . . seit du fort bist. — Aber — du blickst so ernst! Nicht — wie gestern Einmal! — zornig, bedräuend. Milde schaust bu, aber so — wie mitleidig: mit mir? Oder selbst trauernd? Hat dich ein Leid getroffen, armer Unrast?" — „Nicht mich. Mir ward Wonne. Und nicht „Unrast" mehr heiß ich. Keine Lippe soll mich mehr so nennen!" — „Wie aber heißest du jetzt?" — „Glücklich" heiß ich: bald werd ich „Selig" heißen! — Du aber nenne mich: „Freund"! Denn Freundschaft führt mich her. Ich versprach dir in jeder Not Schutz, Hilfe. Du brauchst sie jetzt. Bereite dich auf bittern Schmerz. Aber verzage nicht: denn aus tiefstem Leid trägt, starken Armes, dich dein Freund empor. — Dein Mann — Aswin —"

„Er ist noch nicht zurück. — Bald muß er nun sichtbar werden, wann der Nebel fiel, dort, hoch oben auf dem Felsenpfad des Steiljochs. — Warte hier, bis er kommt." — „Nein. Denn — fasse dich! — er kommt nicht mehr hierher zurück." — „Nicht mehr hierher? Wie? Nicht zu mir? Was hält ihn ab? Wo ist er?" — „In Walhall." Da sank die kindlich zarte Gestalt nach rückwärts, lautlos, ohne Schrei, ohne Wort, ohne Seufzer sogar, der Blume im Grase vergleichbar, die ein Hagelkorn auf Einen Schlag daniederstreckt. Köpflein und Nacken glitten an die nächst höhere Stufe, aus der schlaffen Hand fiel die Nadel zu Boden.

„Armes Kind," sprach mitleidsvoll der Gott. „Nein, nicht elend: — glücklich will ich dich machen." Und er fuhr mit dem rechten Zipfel des langfaltigen Mantels dicht oberhalb des Antlitzes der Ohnmächtigen hin: der Lufthauch weckte sie sofort.

Mit großen Augen — thränenlosen — starrte sie ihn an: sie öffnete halb den Mund: der bebte ein wenig vor Weh. „Sei getrost! Gleich sollst du bei ihm sein! Und mit ihm leben, ungetrennt, solange Walhall aufrecht steht

auf seinen goldnen Pfeilern. Sprich nach die Worte, die
ich dir vorsage."

„Oh güt'ger Freund!" Es war alles, was sie hervor=
bringen konnte.

Er aber hob feierlich die rechte Hand und sprach ihr
langsam vor:

> „Dieses als drittes
> Erbittet sich Bidhja:
> Nicht, nach der Weiber wehvollen Weise,
>   Nach Hel hinunter
> Freudlos zu fallen,
>   Sondern selig,
> Immer von Aswin ungeschieden,
> Mit dem kleinen Kinde
>   Oben in Asgardhs
> Wonnen zu wohnen,
>   Als Friggas Freundin,
> In Demut ihr dienend." —

Nur ganz leise vermochte die von seligem Schrecken
Gebannte die Worte zu wiederholen.

„Gut. Es geschieht," sprach er, die Hand senkend.
„Nun aber geb' ich dem schlummernden Kinde hier den
versprochenen Namen. Sieh, es lächelt im Traume! Ja,
ja, das Beste verleihen die Götter den Sterblichen in
schuldlosem Schlafe! „Fulla" soll sie heißen, die Kleine:
groß, schön, üppig soll sie werden und Fülle der Freude,
Fülle des Lebens, Fülle von allem Guten soll selber sie
haben und andern spenden. Jedoch der Pate schuldet
auch der Mutter des Patkindes ein Geschenk. So nimm
es hin, du reinstes Herz, das je in Menschenbrust gepocht.
Bidhja heißest du? „Die Bitte!" Wohlan: dem reinen,
sanften Weib, das bittet, wird gewährt! Nicht Gott, nicht
Mensch, kann deiner Bitte widerstehen, wenn du so
bittest — so, wie du gestern mich gebeten, „gut zu sein".

Das aber werde deine Verrichtung in Asgardh: der Bittenden Fürsprecherin zu sein. Du sollst alle Bitten, die an Odhin oder Frigg gerichtet werden, — wenn dein reines Herz sie gut heißt — zu Odhin und Frigga tragen. Und das schenk' ich dir als Pate deines Kindes, daß alle Wesen dir alle Bitten gewähren müssen, die nicht das Schicksal verwehrt! — Nun auf! Nimm dein Kind auf den Arm! Aber halt es fest, — das rat' ich, — sehr fest! Und schließe die Augen, daß nicht Schwindel dich faßt. Denn hoch geht's hinauf! Und gar rasch reist er durch die Lüfte, der dein Freund ward: Odhin von Asgardh."

Er legte ihr das ruhig schlafende Kind dicht an den Busen, schlug mit dem linken Arm den dunkeln, den langfaltigen Mantel mit gewaltigem Griff um Mutter und Kind, winkte mit der erhobenen Rechten nach oben und, die Erde mit dem Ballen des linken Fußes hinter sich abstoßend, das rechte Knie, leicht gebogen, erhebend, fuhr er sausend mit ihr durch den wallenden, rings scheu ausweichenden Nebel in die Höhe. Bald war die Nebelschicht überflogen und im hellsten Lichte der Sonne glänzte von oben her ihnen grüßend entgegen Asgardhs goldgetäfelter Burgwall.

XIV.

Nun stand Odhin mit der sprachlos Staunenden in Friggs Halle. Vor der schönheitstrahlenden Göttin sank die Sterbliche ins Knie, die Augen wie geblendet niederschlagend. "Oh wie schön!" hauchte sie, das dunkle Köpfchen senkend.

Leicht errötend über diese aufrichtige Huldigung löste die blonde Göttin, die hohe Gestalt gütig neigend, der Mutter sanft das schlummerde Kind aus dem Arm, drückte es einmal — hierbei viel stärker errötend und das edle Antlitz schämig von Odhin abkehrend — an den eignen stolzen Busen und legte es dann, ihm leise beschwichtigend zuwispernd — denn es regte sich nun — gar behutsam in einen Korb voll hochgehäuften, feinsten, weichsten Flachses. — Gleich stand sie wieder bei der immer noch Knieenden, richtete ihr zuerst das in Bestürzung gesenkte Gesicht in die Höhe und hob sie dann mit sanfter Gewalt vom ·Estrich auf. „Komm, Schwesterlein! Wir meinen's gut mit dir."

Aber immer noch sprachlos schmiegte sich die junge Frau an den Gürtel der Göttin; die strich ihr —, ermutigend, über das schlichte braune Haar.

In kurzen Worten teilte Odhin der Braut mit, welche Verwendung in Asgardh er der Jagenden zugedacht. Frigga nickte zustimmend und sprach:

> „Wohl! Was immer und irgend
> Bidhja bittend begehrt,
> Inbrünstig und aus allem Ernste,
> — Versagte nicht solches das Schicksal —
> Das müssen ihr Menschen
> Und alle Wesen willig
> Und gern auch die gütigen
> Götter gewähren."

„So tritt dein Amt gleich an," sprach Odhin, „und versuche sofort die neue Begabung. Bitte, daß du mein nie mehr gedenkest."

Da erschrak die Kleine, sie zögerte; schmerzerfüllt schlug sie die großen Augen auf: aber nicht zu ihm, der vor ihr stand — zu seiner Braut; angstvoll, hilfesuchend, sah sie empor.

„Ach nein, Herrin! — Wenn ich darf, — das möchte ich nicht bitten!" — „Und weshalb wohl nicht?" lächelte Frigg. — „Ich denke sein so gern! Es wird mir dann so weit in der Seele! Ich atme dann so groß und tief. Wie er — Er! — mein Gast war — meines armen Herdes! Ich will das nie vergessen."

Da trat Odhin einen Schritt vor und sprach ruhig, ihr die Hand auf die Schulter legend: „So bitte, daß du meiner nur in Freundschaft gedenkest: ganz so, wie ich deiner gedenke." — „Ja, war das jemals denn anders? Ich habe nie in Feindschaft —, hast du jemals in Zorn an mich gedacht?" — „Kind, frage nicht! Thu' wie ich dir rate!" Da schritt die Schüchterne dicht an ihn heran, schlug seinen Mantel zurück, legte, wie damals vor ihrer Hütte die offne flache Rechte auf seine linke Brust und sprach, die Augen demutvoll zu ihm erhebend: „So bitt' ich und bete, daß wir beide aneinander nur in Freund= schaft gedenken."

Unverändert, — ganz wie zuvor, — blieben nach diesen Worten des Gottes ernste Züge; väterlich ruhte sein Auge auf ihr. —

Aber Bidhjas Antlitz wandelte sich jäh.

Die gespannte Erregung sank. Der unbestimmte Schmerz, die Unruhe endete. Die halb wehmütige, halb glückliche Verträumtheit verflog. Der verschleierte Blick ihres Auges ward hell, ward nüchtern. Sie schritt rasch auf den Flachskorb zu, in welchem Fulla schlummerte, hob sie auf den Arm und rief lebhaft: „Aswin! Wo. ist Er all diese lange Zeit? Aswin, mein lieber Mann! Ich will ja doch lange schon zu Ihm? Darf ich denn nicht?" fügte sie un= geduldig bei.

„Du sollst sogar," sprach Odhin, mit der Hand deutend. „Dort hinaus! — Vor der Thüre — rechts

— wird dir Lohn, meiner Braut Gürtelmagd, den Weg nach Walhall weisen, wo Aswin unter den Einheriar weilt. Grüß ihn von mir, für den er, tapfer kämpfend, sieghaft fiel. Sag' ihm —: Odhin schickt ihm Weib und Kind." —

Mit kurzem, dankbarem Kopfnicken verschwand die Glückliche: vollbeschäftigt, ihr nun erwachend Kind zu schweigen. „Still, Fulla, Liebling," mahnte sie, „es geht zum Vater."

XV.

Nun sie allein waren, trat Odhin auf die Geliebte zu, langsam, nicht mehr in Bewegung und Blick mit der wilden zornigen Glut des Verschmähten: nein, still, befriedet, im seligen Bewußtsein des für ewig gesicherter Besitzes ihrer Seele. — — —

Unendlich liebesinnig schaute er mit den geheimnisdunkeln Augen auf das wunderschöne Weib, in ihre himmelsklaren Augen, neigte dann ein wenig das hohe Haupt und legte es, mit der Linken nur ganz zart sie umschlingend, sanft auf ihre rechte Schulter nieder. „Oh Geliebte — bald mein Weib — laß mich einen Augenblick in stillem, unaussagbarem Glück an deiner Brust diese kampfgefurchte Stirn, dies gedankenschwere Haupt verruhen. Oh welches Glück, welch friedlich stetes Glück ist dies Vertraun der Liebe! Hier — hier endlich — hier allein find' ich die Stätte, wo ich sicher ruhen mag.

Denn ach! einsam ist Odhin! —

Hasser hab ich in hellen Haufen — und ganze Nebelgeniste von Neidern: — mich freut der Feinde Vielheit: in die Winde verweh' ich sie lachend. — Allein das war doch tief, sehr tief traurig, daß auch von denen, die mich lieben, die mich ehren wollen, nicht Eine voll mich verstand, nicht Einer es ahnte, wie im tiefsten Kern des Wesens mir — bei all der feuerstürmigen Wildheit meiner Kraft! — nur eitel Güte wohnt. Allüberwältigende, allüberwindende Güte, mich selbst fortreißende, thöricht weiche Rührung des Herzens, der Wunsch, allüberall hin überschwänglich Glück zu verstreuen, jede Thräne zu hemmen, bevor sie niedergleiten kann; — daß niemand es ahnte, wie gütig ich sein möchte: — das schmerzte doch bitter, Geliebte!

Wohl lachte ich dann erst recht laut — vor den andern! — und Scherzwort auf Scherzwort schnellte ich, wie Pfeile, vom Mund. — Aber die Lippe zuckte dabei und es zuckte vor verhaltenem Weh mir das Herz; glaub es nur: mein Lächeln war meist schmerz-erkauft. Denn öde war mir das All: ach, ich hatte nicht Einen Vertrauten. Nun aber du mich liebst, — oh nun ist alles gut! Wie eitel Gold nun leuchtet mir die Welt! — Nun bin ich nicht mehr einsam· — ich habe ja dich! Und vor deinen lieben klaren, klugen Augen will ich so gern aufdecken meines tiefsten Wesens letzten Urgrund, auch alle meine schweren Fehler —"

„Ich hab' sie lieb, die Fehler," lächelte sie und strich ihm selig über Haar und Bart und koste diesen Bart zärtlich mit ihrer weißen, schönen, weichen Hand.

„In dich ergießen will ich all' meine stolzesten und meine traurigsten Gedanken. Du — nur du allein! — kannst mich verstehn, — ach — viel besser, als ich mich selbst verstehe."

„Ja, das mag vielleicht sein," sagte sie und griff nach seiner speerschaft-vertrauten, harten Rechten, die dem Fange des Adlers glich, und küßte sie demütig, aber sehr heiß.

„Vielleicht! Und weißt du auch, warum? Lieben ist —
Verstehen. Und ich liebe dich viel, vielmehr, Odhin, als
du dich selbst. Und dich ganz verstehen, ist dich ewig
lieben. So — siehst du — nimmt's kein Ende — mit
Lieben und Verstehn: — Unendlich beides: — unausdenk-
bar selig." — Hinsterbend ward ihr Wort zu leisem
Hauch. —

Und wieder schwiegen beide — vor eitel Glück und
eitel Liebe. —

Und so still ward es und so ruhig standen die beiden,
daß die entflohene Taube, durch die offne Thüre herein-
spähend, ganz zutraulich heranflog und sich, girrend und
kopfnickend, auf dem Hochsitz niederließ.

Endlich begann Odhin, das Haupt von ihrer Schulter
hebend: „Höre, Geliebte! Noch Ein Wort zu dir allein.
Vor den Göttern allen werd' ich dir nun bald die Hoch-
zeitsgaben reichen, die hoch gehäuft, in meinem Schatzhaus
deines Jaworts harren — ach, wie lange schon! — Nicht
vor den andern aber, — unter uns beiden allein —
möcht' ich dir — jetzt gleich schon! — eine andre Hochzeitsgabe schenken. Sie ist recht winzig: — wirst du sie
verschmähen?" — „Sie kommt von dir!" — „Es ist nur
ein gar klein Ding, ein sehr unscheinbar Geschmeide! —
Doch — vorher — laß dir noch andres erzählen.

Du erinnerst dich — ich fing einmal — vor Jahren
schon! — den Schwarz-Elben ihren bösen, tückischen König
weg und hielt ihn in Banden. Da brachten die Wimmelnden,
ihn zu lösen, mir viele Schürzen voll rohen Berggoldes
und auch, aus Gold geschmiedet, manch zauberkräftig Gerät.
Unter all dem hochgeschichteten glanzleuchtenden Haufen lag
auch ein schmales Fingergold. Dieser Ring sollte, wenn

leife, mit leifem Wunfchwort, gebrückt, das Herz bezwingen
jedes Weibes.

„Berfchenk' ihn nie," warnten die kundigen Zottelbärte
— „fonft verliert er auf immer feine Kraft, auch wenn du
ihn wieder gewänneft. Aber ach!" — klagten fie — „voll-
kommen gerät nicht Gerät auch meifterlichftem Meifter.
Sogar Thors Hammer ift ein wenig mißglückt: zu kurz
gedieh uns der Stiel! So auch diefer Ring: — nicht
alle Weiber kann er bezwingen.

Wir haben hineingefchmiedet zwei kleine goldne Natter-
lein: Eitelkeit, die gelbe, und Sinnengier, die rote. Eitelkeit oder Sinnengier — oder doch beide zufammen! —
werfen Jungfrauen und Frauen. Aber Eine atmet, die
werfen fie nicht. Frigga heißt fie, Fiörgyns hochgemute
Tochter. Wohl weiß auch fie, daß fie fchön ift, ja die
Schönfte von allen. Und es freut fie auch, ganz im geheimen. Wohl kreifet auch in ihren durchfichtigen Adern
warmes Blut. Allein in diefer herben Seele thront ein
unbezwingbar fpröder Stolz, wie auf dem höchften Felsberg ew'ger Schnee. Den wirft nichts um im Himmel
und auf Erden, kein Zwang, auch nicht ftärkfter Zauberzwang. Nicht Sonnenglut von außen, nur von innen
heraus mag ihn fchmelzen jener glühende Feuerzauber, der
da „Liebe" heißt. Doch ob Frigga lieben kann? Kein
Weifer weiß es! Und nur Thoren glaubten es bisher.
Gegen Frigga hilft nicht diefer Ring." Da hätt' ich ihnen
am liebften ihren goldenen Vettel vor die Füße geworfen."

„Und" — forfchte die Göttin, vorwurfsvoll, aber fie
vermochte nicht, fo hart zu fprechen, als fie gerne wollte
— „du hätteft wirklich den Zauber gebraucht — gegen
mich — wider meinen Willen . . . . .?"

Laut, wild, drohend lachte der ftarke Gott und die
dunkelgrauen Augen funkelten.

„Ha, gewiß! Dich zu gewinnen — deinen süßen Leib
und diese widerspenstige, unertragbar trotzige Seele —
jedes Mittel war willkommen. Ja" — er trat ihr einen
Schritt näher und sah ihr mit so grimmigem Verlangen
in das Antlitz, daß sie den Blick nicht ertrug: „o h n e
Zauber, mit Gewalt, mit M a n n e s = Gewalt, wie eine
Speer=Gefangene, hätt' ich längst die unbräutliche Braut
zu meinem Willen mir hergezwungen, — machte dich nicht
dieser dein dünner weißer Leinengürtel da, solang du ihn
um die jungfräulichen Hüften geschlungen trägst, unüber=
windlich jedem Mannesarm. Ah, wie ich ihn hasse, wie
kein Ding sonst, diesen Linnenstreifen, dies verfluchte schmale
Heiligtum." —

Sie wollte ihm einen strafenden Blick zuwerfen. Aber
das mißlang. Sowie sie auf sein Auge traf, schlug sie,
leis erbebend, das ihrige nieder und flammende Lohe flog
ihr über das weiße Antlitz bis unter das in kurzen Wellen
gebrochene Haar ober der Stirne. Sie wollte zürnen: sie
konnte nicht: sie war in süßen Schauern entzückt im tiefsten
Kern ihres Lebens: denn ein W e i b war auch s i e. — —

„Diesen Ring nun — den Liebesring — ich bitte dich:
laß mich dir ihn — als e r s t e Hochzeitsgabe — schenken.
Und vernimm" — fuhr er leiser fort — „was niemand
weiß und ahnt: — ich darf ihn dir stecken an deine r e i n e
Hand, diesen bösen Reif! — denn auch er ist r e i n: ich
habe seinen Zauber n i e benützt: es hat mir immer wider=
strebt."

„Odhin," hauchte sie und barg das edelgewölbte Haupt
zärtlich an seiner breiten Brust, das Gesicht in seinem
Barte vergrabend, „der Edlen Edelster du, mein Odhin:
du bist groß."

„Groß ist nur meine Liebe," flüsterte er in das fein=
gerundete Ohr. Er streifte nun den Ring, der hartnäckig

widerstrebte — fest und scharf sich einbohrend in das Fleisch, wie ein lebendig Gewürm — vom vierten Finger der rechten Hand und steckte ihn an den entsprechenden Finger der Braut vor den Verlobungsring, den sie hier trug. Und sie suchte eifrig seinen Mund und küßte ihn glühend — es war der erste Kuß, den sie nicht empfing, den sie gab. —

„Und wann — wann ist die Hochzeit, Frigga?" fragte er hastig. „Morgen?"

„Nein, du Vielkluger!" lächelte sie und sah ihn holdselig an und schüttelte ein klein wenig schelmisch das blonde Haupt. — „Übermorgen erst?" trauerte er. — „Nein, du Heißgeliebter! Heute! In dieser Stunde! Jetzt! Gleich! — Rasch, stoß in dein hallend Horn! Ruf' alle Götter, alle Göttinnen herbei! Thor mit dem Hammer, zum Weib mich zu weihen! Rasch! Einmal entschlummern dürfen — hier! — das Haupt auf deiner Brust! Ah, Odhin!" — das hauchte sie, kaum vernehmbar, süß erschauernd an seine Wange sich schmiegend, — „ich vergehe ja vor Sehnsucht, dein zu sein!"

XVI.

Laut schmetternd, wie noch nie zuvor, hatte von Fensals Hochschwelle aus das treue Horn durch die weiten Himmel gehallt: es ward sein letzter Dienst: es zersprang bei des siegfrohlockenden Gottes gewaltigem Atem! —

Heran stürmten alle Götter und Göttinnen, aufgeschreckt, als seien die Riesen eingedrungen in Asgardh. Allen vorauf sprang herbei Thor, den mächtigen Hammer schwingend.

Aber er hatte damit nur — auf Obhins Begehr — des bräutlichen Weibes weiße Stirn und Haar zu berühren. Und staunten da alle höchlich und freuten sich gar sehr. Denn längst hatten sie die Vermählung gewünscht und oft und laut und heftig gescholten auf die eisige Frigg. —

Und Bibhja bat, — und wahrlich nicht vergeblich! — zusammen mit Lofn schmücken zu dürfen die wunderbar erstrahlende Braut. Unter dem weißen Schleier von feinstem, durchsichtigem Linnen hervor leuchtete auf dem stolzen Busen das Halsgeschmeid, das da der Anmut niemals weichenden, immer jungfräulichen Zauber leiht. Und alle Göttinnen sagten, so schön hätten sie Frigga nie gesehen und nie geglaubt, weil niemals noch diese strengen Züge so voll Wärme, von geheim durchglühender, stolzer Freude belebt gewesen waren. Und alle Göttinnen sprachen ihren Heilwunsch der Braut; auch Freia; aber bei dem letzten Worte wischte diese — ungesehen — mit ihrem roten Haar rasch über die feuchten Augen hin.

Und vor Fensals Eingangsstufen, auf dem immer grünenden Rasen, ward das Brautzelt aufgeschlagen; es ward geschmückt mit allen Kleinoden von Asgardh und mit allen Blumen der Erde. Aber Obhin, nachdem er all die Pracht gemustert, ergriff schweigend seinen Speer und stieß oben in den Spitzgiebel des Linnendaches ein Loch, so daß ein Stern, ein wunderbar schöner, gerade auf das bräutliche Lager sah. — — —

Gar bald zog er — kaum war es dämmerdunkel geworden — an der Hand die Geliebte von dem lärmenden Festmahle hinweg. Sie folgte, leis erbebend, aber ohne Widerstand, ja rasch dahinschreitend.

Und Thor mit dem Donnerhammer hielt die Braut

wacht zwanzig Schritte weit von dem Zelt gen Aufgang;
und Freir mit dem Sonnenspeer hielt die Brautwacht
zwanzig Schritte weit von dem Zelt gen Mittag; und Tyr
mit dem Siegesschwert hielt die Brautwacht zwanzig Schritte
weit von dem Zelt gen Niedergang; und Ullr mit Bogen
und Pfeil hielt die Brautwacht zwanzig Schritte weit von
dem Zelt gen Mitternacht, auf daß kein Späher, kein
Lauscher, ja kein leisester Laut störe der Vermählten heilig
geheime Wonnen. — — —

Und in dieser Nacht ward gezeugt ein Knabe; dem
haben bei der Namenweihe die Nornen den Namen „Baldur"
gegeben: er ward die Wonne der Welt.

Die Finnin.

Meiner lieben Freundin

Frau Malwine Twiß in Utrecht

zu eigen.

I.

Weltverloren, fast jeden Tag im Jahre von Nebeln verdeckt, lag ein kleines Eiland in dem Busen, in den die Ostsee gen Norden verläuft.

Es trug keinen Namen. Denn wann der Sturm Fischer in die Nähe verschlug, trachteten sie gar rasch, weit abzukommen: so gefürchtet waren die Klippen rings= um; bei allen Winden raste dort die Brandung, den weißen Gischt sprühend über die schwarzen Zacken und spitzen Na= deln von Granit.

Ganz unbewohnt zwar schien die Insel nicht: man sah von der Fernsee her zuweilen dort Rauch aufsteigen.

Aber Menschen, so hieß es, hausten da nicht, nur böse Geister. Die mochten ja auch nicht fehlen dort: die allem Leben feindliche Öde konnte ihnen wohl taugen: lag der schmale, lang von Nord nach Süd gezogne Streif dieser sandigen Dünen doch ganz einsam, weitab von den Finn= leuten im Aufgang und noch ferner von den Küsten von Svea=rike im Niedergang.

Und doch wohnten auch Menschen hinter jenem dunklen Geklipp.

Denn an dem Abend eines düsteren Herbsttages lag auf dem weißen Sande des Weststrandes ein junges Ge= schöpf: ein Weib: das bewiesen die langen Haare, die ihr schlicht, steif und straff auf den Rücken hingen: schwarz

waren sie, aber unschön schwarz, mit einem Anflug von
grünlichem Grau, dunkeln Binsen vergleichbar. Nichts
andres bezeugte das Geschlecht: die Brust war flach wie
eines Mannes; da blühte kein Reiz weiblicher Anmut in
dem breiten, tief dunkelhäutigen, eckigen Gesicht, mit der
stumpfen, eingedrückten Nase, den stark vortretenden Knochen
der magern Wangen, mit den langgestreckten Kinnbacken
und den kleinen schiefgeschlitzten Augen: — dieser Augen
Farbe und Ausdruck freilich war wunderschön weich und
seelenvoll; aber der Hals hob sich nicht genug aus den
zu hoch gereckten Schultern, die ärmlichen Hüften waren
auch für solche Jugend allzu schmal. Die ganze Gewan=
dung, die sie trug, war ein Hemd, aus drei Seehundsfellen
ungeschickt mit Fischgräten aneinander genähelt; an des
Gürtels Statt schnürte ein zusammengedrehter Zweig der
zähen Strandweide das abgeschabte mittelste Hautstück fest:
— die Haarseite trug sie nach innen gekehrt.

Das junge Geschöpf lag, auf der Brust, langausge=
streckt, auf dem äußersten Streifen des Strandes, das Kinn
in die beiden offnen Hände versenkt, die Ellbogen tief in
dem lockeren Sande vergraben.

Sie schaute gen Westen, wo die Sonne versank in glut=
roten Windwolken. Denn wilder Weststurm hatte gewütet
den ganzen Tag über: erst gegen Abend hatte das grimme
Brausen in den Lüften sich beschwichtet. Aber die See!
Noch stundenlang tobte sie nach. Kleine Fische, von der
Gewalt der Wellen bis hierher mitgerissen zwischen
Klippengürtel und Strand, konnten in dem kreiselnden
Gewoge nicht vorwärts, noch zurück.

Deshalb fegte eine große, grauschwingige Möwe schrill
kreischend dicht über das regungslose Mädchen und stieß
nach der Beute in den weißen Schaum der Brandung: zu=
weilen spritzte der, vom Winde abgerissen auf dem Kamm

der breit heranrollenden Woge, bis über Haar und Rücken der Liegenden hin.

Allerlei spülten die Fluten ans Land: losgerißnen Seetang, Quallen, Muscheln: oft schlugen die zerbrochen, scharfkantig, ihr in das Gesicht, das Blut sickerte aus der dunkelbraunen Wange: sie spürte es nicht; sie rührte sich nicht.

Da rollte zwischen Seegras und allerlei kleinem Getier etwas Blinkendes heran auf dem feuchten Sand: aufprallend an einen Stein gab es hellen Klang: rasch, wie ein Raubtier, schlug die Ruhende die magre Rechte — wie eine Pranke — darauf und erhaschte das Ding so sicher, wie die Möwe den Fisch: sie hob es in die Höhe, daß die Sonne darauf schien.

Da glitzerte es. Es war ein kleiner Panzerring von Erz; ein Zeichen, das sie nie gesehen, war darein gehämmert. Wohlgefällig betrachtete das Mädchen das geringfügige Stück: sie hielt es immer wieder in die Sonnenstrahlen: sie freute sich, wie es so blinkte.

„Von den Göttern!" flüsterte sie dann ehrfürchtig. „Ja dorten, im fernen Westen, woher Wind und Welle heute kamen, und wo der schöne Sonnengott zu schlafen geht: — da wohnen sie, die Götter. Und ihre Söhne. Und alles Herrliche.

Die Mutter hat's oft erzählt. Ach wie schön muß es dort sein! Alles! Das Geschmeide, das Gewand, das Gewaffen! Frauen wandeln dort mit Haaren, licht wie die Sonne, mit Augen, hell wie der Himmel, mit einer Haut, weiß wie der Schaum des Meeres. Und die hohen Männer: so hoch sollen sie ragen wie unsere Birke, sagte die Mutter. Und über die Erde schreiten sie stolzen Ganges mit dem Schritte des Herrn: und wessen sie gelüstet, das nehmen sie sich mit den unwiderstehlichen Armen. Und Schmuck und Gerät in Menge haben sie aus diesem —

wie soll ich doch sagen? — aus solchem Stein, wie dies
da. Aber es ist nicht Stein: denn sie schmelzen's im
Feuer und biegen es dann, wie sie wollen. So zwingen
sie alles zu ihrem Willen: auch die Steine, sagte die
Mutter. Sie hatte aus ihrer Gefangenschaft dort bei den
götterentsprossenen Männern ein Stück mitgebracht von
solchem geschmolznen Gestein: es war ein Stück der Kette,
mit welcher sie die Erbeutete gefesselt hatten: aber sie liebte
es. „Erz", mein' ich, nannte sie's in der Sprache der
Göttersöhne. Und jeden Abend vor dem Einschlafen hat
sie es geküßt. Und ich: — ich küsse dies. Denn von den
Göttern kommt es mir zu. Aber — verstecken! Sorg=
fältig! So! Unter den Weidengürtel! Denn fänd' es
der Ohm, — er schlüge mich hart und riß es mir weg
und würf' es zurück in die See." — —

II.

Und sie streckte sich wieder lang aus und sah hinaus
in das Meer so spähend, so scharf aus den tief dunkel=
braunen sehnsuchtvollen Augen, bis sie schmerzten, geblendet
von dem zitternden Licht auf den Wellen, so oft die Sonne
plötzlich aus dem hastig ziehenden grauen Gewölk her=
vortrat.

„Ob denn nie etwas kommt? Gar niemals? Ob es denn
nie anders wird hier? Der Ohm — das Ren — der Fisch=
fang mit dem Netz — der Lachsstich mit dem Speer — die
lachende Stillsee — der Sturm — der kurze Sommer —
der Herbstnebel — der lange, lange Winter in der niederen
Hütte — die Thranlampe — der Schlitten — endlich die

Möwen — der kurze Sommer — wieder der Ohm — das Ren — der Fischfang — wieder der Nebel — immer wieder. Immer wieder! — Ob denn nie ein Zeichen, ein Gruß, eine Botschaft kommt von den Göttern und Göttersöhnen, bei denen die Mutter gefangen war? ‚Eine sel'ge Gefangenschaft‘ sagte sie oft, lächelnden Mundes. Mir ist es muß doch etwas viel Schöneres, Helleres, Strahlenderes, Gewaltigeres geben, als hier in der traurigen Öde. Aber fern, unerreichlich fern! Dort — im milderen Westen — dort, wo die Sonne zu Golde geht.“

Und träumerisch sah sie wieder hinaus auf das Meer.

Nichts entging ihr da draußen: jedes Kleinste, was sich abhob von der unendlichen Fläche, nahm sie wahr: den kaum aus dem Wellenthal emporschnellenden Fisch, ein Stücklein Holz, dunkler als die blaugrüne Flut, darin es triftete, den Kopf des Delphins, den der nur ein wenig aus dem Wasser in die Luft reckte: — alles.

Wie hätte sie nicht alsbald ein großes Treibstück entdecken sollen, ein langes, schwarzbraunes, das nun weit draußen vor dem Klippengürtel auftauchte, aber von dem Westwind rasch näher und näher herangebracht wurde. Es war ein Balken oder ein Brett — das erkannte ihr geübtes Auge bald — wie sie nicht selten nach argem Sturm von gescheitertem Schiff die brandende Woge daher trug: ein langes, dunkles Brett. Aber an dem hinteren Ende, das tiefer in das Wasser hing, war ein anderes befestigt, ein Helleres, Weißes . . . . . —

Das Mädchen richtete sich ein wenig auf: langsam, wie in der Ruhe ihre Bewegungen waren: und den Kopf reckte sie höher und den Oberleib, auf die beiden Ellbogen gelehnt, ähnlich dem Seehund, der sich auf die Vorderflossen stützt, eh' er sich vorwälzt im Sande.

Näher, immer näher trieb das Brett: denn jetzt schwamm

es seitlings — der Quere nach — und der Stoß jeder Welle, der es traf, schob es ein gut Stück weiter.

Nun fegte ein heftiger Windstoß wieder einmal die langgestreckten Wolken von der versinkenden Sonne fort: grell fielen ihre Strahlen auf den Meeresstreifen vor den Klippen: hell beleuchtet zeigte sich dem scharf spähenden Auge der Balken auf der Höhe einer weißkammigen, breit heranrollenden Welle schwimmend: da stieß sie einen gellenden Schrei aus, dem Ruf eines erregten Tieres vergleichbar, und, jäh auffahrend von dem feuchten Sande, warf sie sich mit gewaltigem Sprung in die tobende Brandung, die wütend an den Granitklippen zur Rechten und zur Linken sich brach und überschlug: nur ein schmaler Wasserstreif, etwa von Mannsbreite, führte — wie eine Engpforte — zwischen den Felsen hindurch hinaus in die freie See, von wannen das Brett nun pfeilgeschwind heranschoß.

————

III.

Es ging auf Tod und Leben.

Denn ein Menschenleib, den die tobende See in das sägescharfe Gezack dieser wasserzernagten Klippenkämme zur Rechten oder zur Linken schleuderte, — zerschnitten ward er wie Halme von der Sichel. Mit Entsetzen — aber nicht um ihretwillen! — sah die kühne Schwimmerin einen andern Balken, den die Brandung herantrieb in die Felszähne rechts vor ihr, in splitternde Scheite zerspellt und zerschlissen: aber — sie erkannte es mit ihren scharfen Augen durch die Wellen hindurchblickend — das war nicht jenes Brett, um welches sie ringen wollte mit der wütenden See.

Faſt unmöglich ſchien es, daß ein Menſch, ein zartes Mädchen, gegen ſolche Brandung überhaupt ankämpfen konnte. Aber das junge Geſchöpf, langſam, unbeholfen auf dem Lande, — verwandelt ſchien es, ſobald es die See umrauſchte.

Wie ein Fiſch floß die Kleine dahin: ſicher, furchtlos, ja mühelos, wie es ſchien, mit den magern, aber ſehnigen Armen, den lang vorgeſtreckten, die entgegenrollenden Fluten zerteilend, das ſchmale Köpflein ſtets gerade hoch genug über dem Waſſer, um das angeſtrebte Ziel ſicher zu er- ſchauen: und ſchlug ihr auch die Sturzwelle zerſtäubend hoch über dem braunen Nacken zuſammen, ſie in einem Sprühſchauer von weißem Giſcht begrabend, — im Augen- blick darauf ſchwebte ſie ſchon wieder, emporgetaucht, wie die ſchwimmende Möwe, auf dem hohen Rücken der nächſten Woge.

So hatte ſie raſch ihr Ziel erreicht: die höchſte der ſchwarzen Steilklippen zur Linken der ſchmalen Einfahrt: ſie umſchlang die dünne Felsſpitze mit dem linken Arm und ſpähte ſcharf aus nach rechts: gerade noch recht war ſie gekommen: denn ſchon trieb das Brett, das ſie an Land bergen wollte, heran und zwar, wie ſie gefürchtet, immer noch ſeitlings, ſo daß es unmöglich durch die enge Öffnung hätte hindurchgleiten können: die nächſte Vollwelle mußte es, der Quere nach, gegen die Zahnklippen ſchleudern und zerſchellen:

Da — ſchon war es heran! — ließ das Mädchen die Klippe fahren, warf wieder die Bruſt dem raſenden Meer entgegen, erhaſchte das Brett an dem einen Schmal- ende, riß es mit aller Kraft nach rechts herum, daß es nun der Länge nach vor der Mündung des Eingangs ſchwamm und jetzt, in der Linken es in dieſer Lage mit ſich ziehend, mit der Rechten und mit den Beinen ſchwimmend mit aller Kraft des Leibes, riß sie die Last rasch zwischen den beiden Eingangsklippen hindurch in das Strandwasser, wo ein paar nachfolgende Wellen die Schwimmerin und das nachgeschleppte Brett alsbald von selbst auf den Sand warfen.

Hier sprang das Mädchen flugs auf, zerrte den Balken vollends aus dem Bereich der nachrauschenden Wasser und richtete das schwerere Langende an dem Dünenhügel in die Höhe: das schwerere: denn hier, auf diesem Teil des weit über Mannslänge ragenden Brettes war, mit Schiffstauen vielfach umschnürt, festgebunden eines Jünglings Leib — oder Leiche.

Schön war der Jüngling: schön sein Leib, den nur die zerhackte Ringbrünne um die Brust und darunter der Schuppenrock bis an die Kniee bedeckten: schön war das goldiggelbe, lang auf die Schultern flutende Haar, schön das edle, todesbleiche Antlitz. Nur ganz kurz, bis sie all' diese Herrlichkeit in sich gesogen, ruhten die Augen des Mädchens auf der regungslosen Gestalt.

„Es ist, wie ich gedacht," hauchte sie: „Einer von ihnen, . . . ein Gott, ach," schrie sie in grellem Weh, — „ein toter Gott! Doch nein — nein — er soll nicht tot sein: — er soll leben." Und sie kauerte sich nun dicht neben den stillen Mann und richtete mit der Linken das herabhängende Haupt höher empor an dem flaumbartigen Kinn und, die schmale Rechte durch die Risse der zerhauenen Brünne zwängend, rieb sie eifrig, eifrig die Stelle, wo sie sein Herz suchte. „Da pocht es noch leise!" rief sie froh- lockend. „Da wogt es. Ganz matt zwar: — aber es schlägt noch. Er lebt. Er lebt!" Und laut aufjubelnd verdoppelte sie ihre Mühung. Da schlug der Erwachende, tief stöhnend, die Augen auf: gleich schloß er sie wieder.

Aber zu ihrem seligen Entzücken hatte sie der Blick getroffen: „Zwei blaue Strahlen," rief sie. „Er lebt. Er lebt!"

IV.

„Aber nicht mehr lang!" grollte eine heisere Stimme von ihrem Rücken, von der Düne her, und über ihre nackte Schulter hin spürte sie eine kalte Schneide vorstoßen gegen den Hals des Fremdlings: gerade noch abwehrend fuhr ihre Schulter in die Höhe: ihr Blut, nicht das des Bedrohten rötete die Waffe: es war eine Harpune zum Stechen der Lachse: scharf war der Widerhaken der Feuersteinspitze. „Ohm! Was willst du thun?"

„Ihn speeren!" scholl es zurück, und der Alte schlug den zerschlissenen Mantel von Renntierfellen zurück und hob nochmal den Speer zum Stoß; wirr flog sein struppiges weißes Haar im Winde, wie er sich zielend vorbeugte.

„Morden!" schrie das Mädchen und deckte ihren Schützling mit dem Leibe. — „Austilgen! Die Göttersöhne austilgen: — es ist der Finnleute höchste Pflicht. Sie verschwinden oder wir von der Erde. Laß mich . . .!" — „Zurück! Er ist mein, nicht dein! Was wir Finnleute bergen aus tobender See mit verzweifelter Wagung des Lebens, — ich habe das Brett und den darauf durch des Klippenloch gerissen . . ." — „Ich sah's von der Düne mit Grausen!" — „Das ist zu eigen der bergenden Hand: — sei's Kleid, sei's Gerät, sei's Tier oder Mensch. Mein ist er, der Bleiche: mein eigen wie alles, was ich greife aus der See, sei's Fisch oder Seehund oder das leuchtende Meergold. Mein Strandgut ward er: und ich behalt' ihn lebend oder tot."

„So behalt ihn denn. Du bist im Recht. Und dein Recht: — es wird dich verderben. Verloren der Finne, der ben Blondmann erschaut und speert ihn nicht zur Stunde. Behalt' ihn, und geh zu Grunde. — Aber ... vielleicht ... doch noch ... ein andermal!"

Sie vernahm diese letzten Worte nicht mehr deutlich: der Wind trug sie landeinwärts; denn der Alte humpelte davon über den Kamm der Düne hin; er lahmte auf dem linken Bein; so stützte er sich auf die Speerstange; er schüttelte grollend das Haupt; wie eine Mähne flog das wirre Haar um ihn her.

V.

Sowie er ben Rücken gewandt, beugte sich das Mädchen wieder ungestüm über ben leise Atmenden; in seinem Wehr- gurt stak ein breites Dolchmesser; sie gewahrte es, zog es heraus und durchschnitt damit sorgfältig das Tau, das ihn in mehrfacher Umschnürung fest an die Schiffsplanke band: freier hob sich ihm nun die Brust: ihr Auge hing so bang, aber doch entzückt, ja wie verzückt an seinem Antlitz.

Nach ein paar tieferen Atemzügen schlug er abermals die hellen Augen auf: und diesmal schloß er sie nicht gleich wieder: er sah dicht über sich gebeugt das Weib mit dem dunkeln, triefenden Haar, mit dem triefenden Gewand: ... „Wo bin ich?" hauchte er leise vor sich hin. „Ertrunken! Bei Ran — bem übeln Meerweib. Ja .. das ist sie. Wie häßlich! Wie grauenvoll! Lieber gar nichts mehr sehn!" Und in Abscheu senkte er wieder die langen Wimpern. Er hatte kaum die Lippen bewegt: so waren ihr die Worte entgangen.

Sie rüttelte ihn nun sanft am Arm und sagte — in seiner, in der Nordmänner, Sprache: „Gerettet bist du, Fremdling! Bitte, bitte: nicht wieder einschlafen! Du mußt essen und trinken! Du verschmachtest mir sonst!" So lieblich weich, so einschmeichelnd tönte die flehende Stimme, — er blickte auf und richtete sich ein wenig empor: „Nein," sprach er nun langsam, sie beruhigter betrachtend, „nein, du bist keine Unholdin. Du meinst es gut mit mir." — „Ich meine es gut mit dir," wiederholte sie demütig und in die dunkelbraunen schönen Augen trat ein feuchter Glanz. „Komm! Herab von dem nassen Brett. Hier! Der Sand da oben ist trocken." Und sie schob ihn sacht in die Höhe.

Heiß durchrieselte es sie, wie sie ihn so an beiden Armen fassen mußte. Gluten schossen ihr in die hagern, braungelben Wangen; er sah es nicht.

„Blut?" rief sie plötzlich erschrocken. „Blut auf dem Brett da unten! Du bist verwundet?" — „Es ist nichts. Hier. Unter dem Knie. Nur geritzt. Doch . . . woher bin ich gekommen?" forschte er nun, sich besinnend und umherschauend. — „Dorther!" Sie deutete mit dem Finger auf die schmale Öffnung in dem Klippengürtel, über welchen gerade wieder die Brandung in wütendem Toben den weißen Gischt strandwärts schleuderte. Er schauderte zusammen. „Ja. Ich gedenke! Das letzte, was ich sah, auf den Wellen treibend, das waren, über die Wogenkämme ragend, jene schwarzen Zacken. An denen zerschellst du! dachte ich noch: dann vergingen mir die Sinne. Wer . . . wer hat mich daran vorbeigeholt?" — „Ich." — „Wo ist dein Boot?" Sie lachte. Das stand ihr gut: die kleinen weißen, zierlich gereihten Zähne glänzten. „Ich und die Möwe: — wir fuhren zusammen. Ich schwamm." — „Du . . .? Weib, dein Leben hast du . . .! Warum

haſt du das gethan?" — „Warum? Ich ſah auf dem
Brette treiben einen weißen Leib — einen Menſchen —
in der Sonne leuchtete ſein helles Haar . . . Ich mußte
den Lebenden retten oder — den Toten bergen. Und" . . .
ſie zögerte . . . „und ich ahnte ſchon lange, du würdeſt
kommen."

Staunend ſah er ſie an: „Du redeſt — eine Finnin
biſt du doch? — du redeſt meine Sprache? Wer hat ſie
dich gelehrt?" — „Die Mutter. Sie war lange gefangen
bei euch. Sie liebte euch ſtark. Auch eure Sprache. An
den langen, langen Winterabenden, beim Flicken der Netze,
unter dem Glimmen der Thranlampe, hat ſie mich eure
Rede reden gelehrt. Es war ihre größte Freude. Und
erſt die meine! Sie wünſchte mir ſo heiß, einen von euch
zu ſehen. Seither hab' ich geharrt. Und nun hat dich
die Welle mir gebracht, dich, mein Angeſpül der See!
Danke dir, Welle! danke dir, Weſtwind! Und wie heißeſt
du, Frembling?" — „Harald." — „Wie ſchön das klingt!"
hauchte ſie. — „Und du?" — „Ughlu." — „Wie garſtig,"
dachte der Jüngling; „gleich dem Gluckſen des Waſſers?"
fragte er kopfſchüttelnd.

Aber es reute ihn ſofort des raſchen Wortes: die
braunen Augen ſchauten ſchmerzlich zu ihm auf. — „Ich
kann nichts dafür," ſagte ſie entſchuldigend. „Aber wie
böſe von mir! Da ſchwatz' ich und ſtarre dich an wie der
Seehund den Mond und verſäume, dich zu laben! Ich
hole . . . du kannſt noch nicht gehen . . ."

„O doch!" rief Harald und wollte aufſpringen. Aber
ſeine Knice verſagten: er ſank wieder auf den Sand der
Düne. — „Siehſt du, mein Pflegling? Noch mußt du dir
von Ughlu helfen laſſen. O bliebſt du mir immer ſo hilflos."
— „Weh dieſem Wunſch, Weib!" — Er rief das laut,
drohend: und die blauen Augen ſprühten Blitze des Zorns.

— Sie erschrak: die Farbe wich aus ihrem Gesicht: demütig kreuzte sie die nackten Arme über den Brüsten: „O vergieb. — Zürne mir nicht! Das wäre — der Tod. — Geduld! — Nur kurze Geduld! — Ich eile in die Hütte: .. gleich bin ich zurück mit Speise und Trank. Ich fliege." — Und pfeilgeschwind stob sie dahin — die Düne hinauf — dem Innern des Eilands zu, von wo ein paar Birken herüberschauten.

Tief atmend sah ihr der Jüngling nach: „Gut, daß sie fort ist . . . Mich ekelt des Weibes . . . Pfui, Harald, wie undankbar! Bin's doch sonst nicht . . . Aber der das Leben danken?"

<hr>

VI.

Jedoch der Fremdling sollte der Finnin nicht nur um jener todeskühnen That willen das Leben zu danken haben: ohne ihre unermüdliche Fürsorge wäre er auch in den kommenden Tagen noch gar oft erlegen.

Moin, der Alte, versagte ihm die Aufnahme in seine Hütte, den einzigen Wohnraum des Eilands: er teilte ihn — ungeschieden — mit der Nichte. Er gab keinen Grund an. Und Ughlu, die für ihren Schützling alles andere ungestüm forderte und durchsetzte, wagte diesmal keine zweite Bitte: sie errötete und schwieg. „Komm," sagte sie dann, „komm, o Harald. Ich werde dir eine Lagerstätte schaffen."

Und sie zog ihn an der Hand fort von der Schwelle der Hütte gegen die Küste hin, wo am Strande eine zweite, nähere Reihe von steilen Granitklippen die Dünen schützte vor der Brandung.

Sie ergriff ein zerbrochenes, schaufelähnliches altes

Steuerruder und grub gar behend und geschickt eine lange
Vertiefung in die Landseite der Düne: — diese gewährte
Schutz gegen den scharfen Seewind. Haralds Hilfe —
staunend sah er zu — wies sie zurück: „deine Kräfte langen
noch nicht so weit. Und nicht du sollst dich mühen, wo
meine Hände ausreichen."

Über die ausgehöhlte Vertiefung spreitete sie eine Art
Dach aus getrocknetem Schilf und aus steifem Strandhafer,
wie eine Matte zusammengeflochten. — Mit leisem Schauder
sah der Fremdling, während sie fortsprang, ein paar Felle
zu holen, in die elende Sandgrube; — er schüttelte schweigend
das lange Gelock.

Gleich war sie wieder zur Stelle: noch ein paar Schläge
mit der Fläche der Ruderschaufel, den lockern, immer wieder
herabrieselnden Sand zu festigen; nun wischte sie mit den
Knöcheln der Linken den starken Schweiß von der niedrigen
Stirn, warf die Schaufel aus der Rechten und leckte an
der Innenseite dieser Hand.

„Was thust du da?" forschte er unwillig. „Was
hast du?"

„Nichts," lachte sie, ihn mit strahlenden Augen anblickend, „ein paar Blutblasen, die schmerzen ein wenig.
Aber dafür, schau nur' hinein, das ist nun deine Herberge:
— gar wohnlich ist sie geworden. Ganz ausstrecken kannst
du dich darin — so wunderbar lang du gewachsen bist. —
Ah weh!" Noch einmal leckte sie die wunde Hand.

Da ergriff er diese und drückte sie — schonend — leise:
schon wieder schämte er sich seines Undanks.

Als er nach dem kargen Nachtmahl von getrockneten
Fischen und Renntierkäse diesen Abend einschlief und die
Felle fester über sich zog, sprach er: „nun, es währt ja
nicht lang. Sobald ich wieder die Glieder brauchen kann,
muß mir der Alte ein Boot geben, und ich suche die Freunde,

die Heimat. Und auch heute schon schauen ja die gleichen
Sterne da oben auf mich und auf die Meinen."

VII.

Aber am nächsten Morgen traf sein Hoffen ein furchtbarer Schlag. Er wandte sich alsbald durch Vermittlung
der Nichte an den Ohm; der hatte ihn schon tags zuvor
mit finster drohendem Gesicht empfangen und kein Wort
zu ihm geredet: — er verstand nur wenig von Haralds
Sprache. —

Der bat nun, ihm sobald als möglich ein Fahrzeug
zu leihen, die Heimat wieder suchen zu können.

Mit seltsamem, halb verhohlenem Lächeln hatte die Dol-
metscherin seine Bitte dem Alten vorgetragen: der aber
brach in zorniges Lachen aus, er schrie finnische Scheltworte,
stampfte den gesunden Fuß auf den Lehmboden der Hütte,
daß sie schütterte und wies zuletzt mit der Hand hinaus
auf das Meer, auf die Küste des Eilandes.

„Komm mit," sprach Ughlu. „Er hat recht. Sieh
selbst." — Und ohne weitere Erklärung führte sie den Un-
geduldigen quer über das kleine Eiland. — Sie hatte sich
geschmückt: — für ihn hatte sie ihr einzig Geschmeide an-
gelegt, ein Erbstück von der Mutter: eine viereckige, durch-
lochte Zierplatte aus blankem Zinn, über der Brust an
einem dünnen Streifen von Renfell aufgeschnürt getragen:
mit stolzer Freude hatte sie den angespülten Ring seiner
Brünne daran gebunden, nachdem sie das Erzstücklein zärtlich geküßt. Es kränkte sie ein wenig, daß er ihr nichts
darüber sagte. Aber er hatte es gar nicht beachtet.

Sie geleitete ihn nun an das Südgestade der Insel:
da lag, sorgfältig auf den Strand gezogen, außerhalb des
Machtbereichs der Fluten und mit einem Lederriemen an
eine Felsspitze festgebunden, ein elender Kahn: aus gesteiften
Seehundhäuten, ohne irgend eine Zuthat von Holz, nur
durch die Rippen eines vor Jahren hier einmal gestrandeten
Walfisches auseinander gespannt, lang, schmal, kaum Manns
breit; nur ein Mensch hatte Raum in der Mitte, wo ein
rundes Loch geschnitten war in das wagrecht gespannte
Renntierfell, welches das Innere des niedrigen Nachens
schützen sollte vor den Wellen, die bei jedem leisesten Wind
über dem kläglichen Fahrzeug zusammenschlagen mußten;
fortbewegt ward das durch zwei zugleich zu führende lange
Stangen mit ganz schmalen schindelähnlichen Ruderenden.

Erstaunt sah der Gast auf das traurige Gefährt: „Wo
— wo sind die Boote?" fragte er. — „Das ist alles,
was wir haben. Nur um das Eiland herum — bei
ruhiger See — können wir fahren. Das Weitmeer kann
der Kahn nicht suchen; er schlägt um bei jeder hohen
Welle." — Harald erbleichte: „All' ihr Götter!" schrie er
verzweifelt. „Es kann nicht sein. Wie könnt ihr leben?"
— „Vom Fischfang. Vom Strand aus; und mit dem
Kahn um die Insel her; auch haben wir noch vier Renntiere: die leben kärglich vom Strandhafer und vom dürren
Grase der Dünen. Und dann das Brot — aus Birkenrinde." — „Das ist — wirklich — euer einzig Fahrzeug?
Das kommt ja freilich nie nach Harjadal." — Ughlu nickte.
„Ich sagte es. Der Ohm kann dir's nicht geben, er kann's
nicht einen Tag missen. Und gäb er's, — unrettbar würd's
umschlagen, bevor du das nächste Land erreicht." — „Auf
Lebenszeit hier gefangen!" schrie Harald. „Lieber gleich
sterben!" Und er sprang gegen die steilen Klippen vor.

Ughlu klammerte sich an ihn: — mit tiefem Schmerz,

stumm, sah sie ihm ins Auge. „Aber nein,“ beruhigte er
sich. „Geduld also! Ich baue mir selbst ein Schiff. Geduld, Harald!“ — „Ja Geduld!“ tröstete sie; aber ein
seltsamer Zug zuckte um ihre Lippen. „Aus was will er
hier ein Schiff bauen?“ dachte sie bei sich).

VIII.

Beruhigter, aber doch noch mit heftig klopfendem Herzen
sah Harald um sich: „Nein,“ rief er nun, „es ist ja nicht
möglich! Wie kamt ihr hierher? Ihr seid doch nicht aus
Eiern auf dem Sand hier gekrochen wie Krabben? Wie
viele von euch Finnvolk wohnen noch hier?“ — „Niemand
mehr als wir beiden.“ — „Wie kam das?“ — „Traurig
genug. Frage nie den Ohm danach. Es macht ihn toll
vor Schmerz und Zorn: — er wirft dann mit dem Stein-
messer blind um sich. Ich erzähle dir’s. Komm, ich führe
dich dabei um das ganze Eiland: nur so wirst du’s verstehen.“

Und sie begann voranzuschreiten von Süden gen Osten,
dann gen Norden sich wendend; erst zuletzt erreichten sie
den Westen der Insel, wo er angespült worden war.

„Unsere Vorfahren,“ begann sie, „sind — der Ohm
weiß nicht, vor wieviel hundert Sommern — von Aufgang, von Suomiland, — der Heimat all’ unseres Volks
— auf diese kleine Insel, wie auf die viel breiteren weiter
mittagwärts, herübergefahren: drei volkreiche Geschlechter
auf fünf großen Booten: diese Zahlen sind eingeritzt auf
den höchsten Felsen: in der Mitte des Landes: — dort.

wo die vier Birken wachſen." — „Sind die dünnen
Stämme die einzigen Bäume auf der Inſel?" Aber Ughlu
ſchien dieſe Frage zu überhören: ſie fuhr eifrig fort:
„Dort, unter den Birken, iſt heiliger Grund: da liegt
mein Mütterlein begraben! — Lange Zeit lebten die
Ahnen hier ganz gedeihlich: zahlreiche Renntiere, auch
Ziegen hatten ſie mitgebracht und Hunde, im Winter die
Schlitten zu ziehen über das gefrorne Meer zum Fiſchfang
unter dem Eiſe; und auf ihren ſtarken Booten fuhren ſie
weit hinaus ins Meer zum Fiſchen, auf die Südinſeln und
auf das Feſtland im Aufgang und im Niedergang, zum
Tauſchhandel mit anderen Suomileuten. Da ging es
den Menſchen ſo gut, ſagte dem Ohm noch der Groß=
vater, daß ſie faſt gar keine Birkenrinde buken in das
Speltbrot. Denn ſie bauten Spelt auf der Inſel ſelbſt."
— „Wo? Ich ſehe nirgends Ackerland?" — „Geduld.
Du wirſt bald begreifen! — Sieh, das hier iſt unſer
einziger Brunnen, wo die lange weiße Stange ragt
zwiſchen den ſchwarzen Felſen. Damals feierten ſie Feſte
den Suomigöttern, denn die waren damals noch mächtig:
Sorſatar, der Göttin des Seegevögels, Tuoni, dem Todes=
gott, dem König von Tuonéla, dem ewig düſtern Reich,
Ukko, dem Himmelsgott, Achti, dem Gott des Meeres und
auf der Kantele, dem Saitenſpiel mit fünf Saiten, ſpielten
ſie zu Opfergeſängen.

Am ſchönſten aber — das bezeugte der Ohm — ſpielte
und ſang meine liebe Mutter. Freilich meiſt traurige
Lieder, aber wunderbar rührende, wußte ſie zu finden:
— ohne Mühung des Kopfes: — ſie kamen ihr von ſelbſt.
Viele ihrer Weiſen hab' ich mir gemerkt. Und auch ſelbſt
manche beigefügt. — Die liebe Mutter meinte, ich hätte
das von ihr geerbt, wie ſie dieſe Platte trug und mir
vererbte — ſiehſt du? Oft weiß ich nun nicht mehr, welche

von der Mutter stammen, welche von mir: sie kommen mir immer durcheinander; traurig sind auch meine."

Sie schwieg eine Weile, nachdenklich; dann fuhr sie, sich aufraffend, fort: „Auch zu andern Suomileuten fuhren sie damals auf den breiten meervertrauten Booten. Freilich nicht gar oft: denn, wie heißt es in dem alten Lied?

> „Selten kommt man nur zusammen
> In den menschenöden Strecken
> Unsres nebeldüstern Landes."

Aber damals war doch manchmal Freude unter unserm Volk. Später aber . . .!"

Sie seufzte. Dann hob sie traurig wieder an: „Das ist nun alles dahin und tot. Tot sind die Sänger, tot die Harfner, ach auch unsere Götter sind tot und ver= gessen: — viel mehrere von ihnen, als ich noch zu nennen weiß, lebten einst: — und die einzige Harfe, die geliebte Kantele der Mutter, ist auch tot: — denn die Saiten sind gerissen und wir haben keine neuen, sie aufzuziehen." Sie schwieg, blieb stehen und wischte eine Thräne aus den Augen.

„Du weinst? Mußt nicht weinen!"

Gleich lächelte sie wieder: „Betrübt es dich, wenn du mich traurig siehst? Dann sollst du's nie mehr schauen! Ich weine auch nicht um mich: — ich hab' es ja von Kind auf nicht besser gewußt. — Ich weine um die Mutter, die all' das verlor. Und doch auch um unsere Götter, daß sie nun alle tot sind." — „Woher weißt du das? Viele Völker haben viele Götter, so erfragte ich auf man= cher Meerfahrt. Warum sollen eure nicht mehr leben?" — Aber sie schüttelte ernst den Kopf: „Ach nein! Sie leben nicht mehr. Es ist besser, das zu denken, als daß sie leben: denn dann wären sie böse. Oder ganz ohnmächtig." — „Wer aber soll eure Götter getötet haben?" — „Eure

Götter, ihr Gewaltigen!" antwortete sie, scheu zu ihm em=
porblickend. „Sie mußten wohl vor diesen vergehen, wie
wir vor euch. — Höre nur! Lange Zeit wohnten auch auf
dem Festland im Niedergang nur Suomileute, Fischer und
Jäger unseres Volkes. Aber einmal, im Sommer, als die
Schiffe der Unsern zum erstenmal wieder durch das mürbe
gewordene Eis brachen und die gewohnte Bucht da drüben
im Westen aufsuchten, da fanden sie nicht mehr die Vettern,
sondern — euch. Oder vielmehr eure Ahnen. Denn lang
ist's her. Vor denen hatten die alten Herren des Landes
weichen müssen gen Mitternacht . . ." — „Jawohl,"
nickte Harald. „Nach Kvänland flohen sie, die übeln
Finnleute, arge Viehdiebe, Zauberer und . . ." — „Nicht!"
bat sie. „Nicht schelten: es sind die Meinen. Und des
Landes alte Herren." — „Gewesen. Wir aber sind die
Herren jetzt!" — „Gewiß! Ihr seid's: — im Himmel
und auf Erden. — Während die Unsrigen nur Steine
und das Horn des Rens als Waffe und die Keule von
Holz führten, schwangen die Eurigen das Schwert aus
blitzendem Erz und erschrocken sahen die Ahnen zu euch
auf, den Söhnen der lichten Götter, wie ihr euch nanntet,
selbst lichten Göttern vergleichbar." Sie schwieg: im Em=
porschauen zu ihm vergaß sie der Rede.

Er aber erwiderte: „Wohl stammen wir von den lichten
Asen in Asgardh: von Odhin und Thor. Und ich und
meine Sippe, wir stammen von Freir . . ." — „Dem
Sonnengott," nickte Ughlu. — „Aber das hielt sie nicht
ab, das ekle, häßliche Finnengezücht, die da, bleichnasigen
Zwergen gleich, in Überzahl uns um die Beine wimmeln
tief unter uns, mit Raub und Diebstahl unablässig in
heimtückischem, nächtlichem Überfall unsere Viehherden da=
vonzutreiben, unsere einsam gelegenen Gehöfte auszuplün=
dern, die Überwältigten im Schlafe zu verbrennen. Zu

Land und zu Wasser kamen sie und kommen sie noch un=
abläſſig geſchlichen und geſchwommen, zu ſtehlen, zu plün=
dern, zu morden. Aber wartet nur, ihr Nachtdiebe aus
Kvänland, ich will . . ."

„Nicht, nicht! Ich bitte: wir ſind ja verloren — warum
uns noch ſchelten? — Auch meine Ahnen gerieten in
Streit mit den eueren: Blut floß auf beiden Seiten: aber
immer und immer ſiegtet ihr, wart ihr auch nur Einer
gegen Sieben." — „Gewiß," meinte Harald und ballte
die Fauſt. — „Zu Waſſer und zu Lande ward gefochten,
viele Jahre. Da — im Sommer war's — alle unſere
Boote waren zum Fiſchfang ausgefahren, mit Männern
und Weibern — da kamen ein paar euerer Drachen
angerauſcht: der Meerkampf begann: alle unſere Schiffe
wurden in den Grund gerannt oder, erbeutet, mit vielen
Gefangenen davongeführt, darunter auch meine Mutter,
mein Vater ward erſchlagen; verwundet, lahmend ſeitdem,
entkam der Ohm mit Mühe auf jenem Kahne dort: er
zog mich, die Verwaiſte, auf.

Nach Jahren kam die Mutter zurück: ihr Herr — er
war ihrer überdrüſſig geworden, klagte ſie — hatte ſie an
Suomileute vertauſcht gegen einen Schild voll hellen Meer=
goldes und ihr neuer Herr ſchenkte ihr die Freiheit und
führe ſie hierher zurück. Sie war voll von eurer Herr=
lichkeit! — Viel, viel hat ſie mir von euch erzählt, von
euren Göttern, von euern wunderlichten, ſchönheitſtrah=
lenden Frauen . . ." Sie ſtockte: ein langer Blick prüfte
hier ſeine Züge: aber die blieben ruhig.

„Noch immer," fuhr ſie fort, „ging es uns leiblich,
ob auch lange nicht mehr ſo gut wie vor jenem Kampf
auf der See: denn da hatten wir ſo viele Männer und
Frauen und alle Vollſchiffe verloren bis auf zwei. Aber
nun — nun kam das Verderben." Sie ſchauerte zuſammen.

„Unter unserem Volke ward von alters starker Zauber getrieben . . ."

„Man weiß es," grollte Harald, „Sud-Finnen, Kessel-Finnen, Zauberbolde heißt ihr."

Sie schwieg eine Weile, das Köpflein verschüchtert sinken lassend. „Nun war da," hob sie wieder an, „unter uns ein altes Weib, das hatte in Lappland bei den Lappen Zauber gelernt."

„Ei," zürnte Harald: „Wie spricht ein Spruch?"

„Zäh ist der Zauber, den der Finne fand:
Zehnmal ärger der Zauber, den da erlistet der Lappe."

„Die überzeugte Männer und Weiber, nur ein Blut-opfer könne uns retten vor euch und eueren Göttern: unsere Götter seien eingeschlafen: nur heißes Blut könne sie wecken, daß sie euere Götter, die Asen, überwänden. Und sie beschlossen, nach ihrem Rate zu thun. Ein Knabe eures Volkes, der sich im Wintereis, im Nebel, auf dem Meere verirrt und den mein Ohm gefangen hatte, — er sollte unsern Göttern geopfert werden."

Mit Grauen hemmte Harald den Schritt: „scheusälig Volk!"

„Vergebens warnte meine Mutter: auf den Knieen beschwor sie den Ohm: ‚unsere Götter', sagte sie, ‚sind tot. Nur jener Männer Götter leben und schützen sie: reizen wir sie nicht.' Umsonst. In der Nacht ward an der Ostküste der Insel da drüben — jenseit der hohen Steine! — das Götterfest gefeiert; der Knabe . . ."

„Sie haben ihn geschlachtet?"

Traurig nickte das Mädchen: „und sein zuckend Herz verzehrt und euch und eure Götter mit furchtbaren Flüchen verflucht. Das war um Mitternacht. Dann gingen sie auseinander, alle in ihre Hütten. Nur unsere Hütte lag

auf dem Hügelgrab des Eilandes, alle anderen dreizehn
dort unten auf der Ostküste, auch alle Schiffe lagen dort
vor Anker und alle Kähne. Auch die Ställe für die Renn=
tiere und die Hunde standen dort; und dort allein lag auch
alles zum Ackern taugliche Land, all unsere Speltfelder,
dort rauschte ein Wäldchen von mehr als hundert Birken,
da wuchsen sogar Erdbeeren! . . . Vor Sonnenaufgang
war's: da erbebte unter uns die Erde: wir flogen aus dem
Lager auf den Boden: ein furchtbares Brüllen des Meeres
und des Landes: auf that sich der Abgrund, die Welt des
Todes, unter der Ostküste und verschlang alles, was darauf
lebte und stand, die Menschen, die Tiere, die Häuser, die
Vorräte, die Schiffe: der schwarze Felsgrund der Insel
spaltete sich, die Klippen fielen um und über die Klippen
und über all' den Trümmersturz brach herein das Meer
— der Abgrund und das Meer hat das ganze Ostland der
Insel verschlungen und begraben."

„Siehst du," schrie meine Mutter dem Oheim zu, „siehst=
du nun? Unsere Götter sind tot. Und ihre Götter haben
die Verfluchung gerächt." Wir drei waren die einzigen,
die noch lebten auf dem Eiland, von dem das beste und
bei weitem das größte Stück verloren war. Die Mutter
aber siechte langsam dahin: — ein Sehnen, sagte sie, zehre
an ihr. Sie starb, mit einem Kuß auf ein Stück der Kette,
die sie bei euch getragen. Sie sprach und sang und spielte
auf der kleinen Harfe bis die letzte Saite sprang: so unsagbar
traurig sang sie, daß ich weinen mußte, weinen unaufhaltsam,
unaufhörlich, ob ich's gleich oft nicht verstand: das klang
so unerträglich traurig:

> „Weine, weine, Volk der Suomi,
> Deine Götter sind gestorben,
>
> Alle deine Helfegötter:
> Tot sind, die dich schützen konnten. —

Vor den lichten Asgardhgöttern
Fielen sie wie welke Blätter,

Die der Sturm weht von den Birken,
Ausgetilgt von Meer und Erde

Wirst du deinen Göttern folgen:
Weine, weine, Volk der Suomi."

„Und als sie zu sterben kam, strich sie mir noch einmal über die Stirn und sprach: ‚armes Kind — ausgetilgt wirst auch du! — Aber einmal — möchtest du nur einmal einen von ihnen sehen. — Dagwalt!‘ rief sie noch einmal und starb. — Dagwalt: — so hatte ihr Herr geheißen."

„Hm," sprach Harald vor sich hin. „Treu, wie die Hündin ihren Herrn liebt."

„Und so kam es," fuhr Ughlu fort, „daß ich nur an eure Götter noch glaube — an Freia zumal. Denn Frigg ist zu streng, meinte die Mutter. — Und auch an Odhin, der der Wünsche Fülle verleiht. Erst hat er mir, als glückverheißend Zeichen, diesen Ring von deiner Brünne — mit der gleichen Rune wie die andern an deinem Ring-Panzer — in die Hand gespült: — er fehlt da links: — ich sah es gleich — ich trag ihn immer hier auf der Brust: und dann hat er dich selbst mir gesendet."

„Hart an Ran vorbei," lachte Harald grimmig. „Wenig dank' ich ihm diesen Fahrwind." — „So, nun haben wir das ganze Eiland durchwandert!" — „Wie trostlos öde! — Ja richtig! Da sind wir an der Stelle, wo das Meer mich angespült!" — Er sah mit Schauder in das schwarze Gezack der Granitklippen, das wieder weißer Schaum übersprühte: er faßte dankbar ihre Hand und drückte sie.

Da strahlten ihre Augen.

„Nun komm zum Frühmahl: — der Oheim harrt vor der Hütte."

IX.

Das Mädchen und der Alte — der sprach fast nie — fragten den Gast nicht um seine Herkunft, nicht, wie er auf die Insel verschlagen worden.

Aber er selbst ward bald gedrängt, es Ughlu zu be= richten. Denn nach einigen Tagen brach plötzlich die Wunde unter dem Knie wieder auf; eine Schramme hatte er sie genannt und sie war rasch vernarbt. Jedoch ein stechender Schmerz durchzuckte ihn nun: er wollte ihn meistern, verbergen; er stand hastig von dem Frühmahl auf, um in seine „Sandhalle", wie er die Höhlung lächelnd nannte, sich zurückzuziehen: aber von bitterster Pein durch= zuckt stürzte er jählings zu Boden.

Der Alte stutzte: scharfen Blickes musterte er den Stöhnen= den. — Schon war Ughlu an seiner Seite: — sie richtete sein Haupt empor, sie lehnte es an ihr Knie: beide zitterten, er vor Schmerz, sie — sie wußte nicht warum.

Stumm wies er auf die Wunde in der nackten Wade. Scharf sah das Mädchen hin: — plötzlich flog ein finstrer Schatten ärgsten Erschreckens über die scharfen Züge: die Ränder der Wunde sahen ganz schwarz, Eiter quoll heraus. — „Woher?" fragte sie und ihr Herz klopfte, die knospenden Brüste wogten ungestüm. „Doch kein Pfeil!"

Er biß die Zähne zusammen und nickte.

„Ein Pfeil! — Aber kein Finnenpfeil, — nicht wahr?" Die Frage kam so bang.

„Doch! von eurem Volk." — „Mit schwarzer Flug= feder?" Das war die erste Frage, die der Alte an den Gast richtete: — er beugte sich, begierig der Antwort, vor über den Holzblock, der als Tisch diente. — „Jawohl: — er war schwarz beschwingt," erwiderte Harald. — Ein seltsam

befriedigt Grunzen brachte der Alte hervor: — ein stechender
Blick: — er humpelte davon aus seiner Hütte, ganz auf=
gerichtet, wie siegesfroh.

„O sprich" — flehte Ughlu, mit mühsam verhaltner
Sorge — „wie — wie geschah dies? Vor allem — wie
lang ist es her? Ich habe dich noch nie gefragt . . ."

„Ja, es ist deine erste Frage — du — du Treue." —
Da übergoß sie glühend Rot: — es war das erste Wort
des Lobes aus seinem Mund.

„Nun sollst du auch alles erfahren. Ich bin ein Königs=
sohn." — „Ich wußte es!" — „So? Woher? . . . Vom
lichten Gott Freir stammt mir die Sippe." — „Ich ahnte
es! Eh du's gesagt."

„Mein Vater, König Harstiölb, waltet hoch und herr=
lich daheim in der Königshalle!" — „Ich glaub es." —
„In Harjadal. Hell klingen dort die Harfen im Saal —"
— „Ich glaub' es zu hören. Die Mutter sprach davon:
— gleich des Singschwans klingendem Ton." — „Viele
Helden dienen ihm um Ehre. Auch gabenmilde ist er
und gastlich. Es ist schön daheim in der Halle." Er
seufzte leise.

„Du hast Heimweh!" klagte sie. „Hatte doch meine
Mutter, die speergefangne Magd, Heimweh — nach euch!"
— „Manche Kriegsfahrt hatte auch ich schon glücklich ge=
fahren. Ich schlug die Wetterdänen mit zwölf Drachen.
Ein Stalde hat ein Lied darauf gemacht." — „Kannst du
es singen?" — „Ich kann wohl — aber ich mag nicht."
Er errötete leicht. „Da kam Kunde in König Harstiölbs
Halle, sein Schwestermann, König Håko auf Helsingaland,
sei aufgefahren in Odhins Saal: — er fiel in sieghafter
Schlacht gegen die Kvänen, eure Vettern, die götterver=
haßten Nord=Finnen. Nicht einen Sohn, nur eine Tochter
hinterließ er . . . :" er stockte: „Haralda, die Jungfrau."

— „Das ist deine Braut!“ schrillte Ughlu auf. — „Was
schreist du, wie ein pfeilwund Tier?“ schalt er, unwillig
staunend. — „Vergieb!“ Sie kreuzte die Arme über den
Brüsten. — „Ich hab' sie nie gesehen. Schön soll sie sein,
strahlendschön, wie eine Göttin in Asgardh.“ Sein Blick
schien in die Ferne zu bringen. „Fast so hoch wie ich,
meinte der treue Björn — das ist mein alter Waffen=
meister, der hat sie nämlich gesehen! — Milchweiß die
Haut, — die Fülle des Sonnenhaares rieselt ihr bis an
die Knöchel: — hoch wölbt sich ihr die stolze Brust und
. . . so sagte nämlich Björn.“ Er schwieg und sah wieder
in die Ferne.

So merkte er nicht, wie die braunen Augen, immer
weiter aufgerissen, wachend, spähend, schmerzlich auf ihm
ruhten. Beide schwiegen eine Weile.

Jetzt zuckte wieder Schmerz durch den Leib des Jüng=
lings. Aufgeschreckt aus seiner Träumerei fuhr er fort:
„Nun wohl — die Witwe, Frau Harhild, des Vaters
Schwester, bat, der Vater solle mich entsenden zu ihrem
und zu der Tochter Schutz: aufs neue drohten die Kvänen
Krieg, da König Hako gefallen: — wimmeln sie doch in
Überzahl wie übles Gewürm. — Der Vater rüstete vier
Drachen: — hundertzwanzig Helme waren wir. — Wie
freute ich mich auf den Kampf: — auf den Sieg: —
auf . . .“ — „Wie heißt sie? Sag's nochmal!“ —
„Haralda — es ist doch nicht schwer zu merken, mein' ich.
— Aber wehe! Furchtbarer Sturm aus Westnordwest
überfiel uns: — mein ‚Ellidhi‘ ward von den andern
Schiffen verschlagen: — auf spitzem Geklipp barst mir der
Kiel: — ich sprang mit drei Genossen ins Boot: — das
trieben die Wogen gegen ein Eiland im Südosten — von
Finnenleuten bewohnt, wie ihr seid — man kennt euch von
weitem! Denn,“ lachte er, „schön seid ihr nicht.“ —

„Aber treu!" — „Nein: ungaſtlich, treulos, ehrlos und feige." — „O, Harald!" — „Nun, iſt es anders? Wohl hundert Finnleute liefen zuſammen an dem Strand, gegen den uns Hilfloſe die Brandung warf: — uns vier Männer. Erſt winkten ſie uns freundlich heran mit grünen Zweigen: ſobald wir auf Pfeilſchußnähe vom Strande waren, holten ſie hurtig aus ihren Fellmänteln die Bogen und Pfeile hervor und wie ein Geſchwirr von zahlloſen weißen, grauen, ſchwarzen Vögeln ſchlug das auf uns ein. Meine drei Gefährten fielen — tot. Mich traf ein Pfeil . . . ." — „Mit ſchwarzen Schwingen?" — „Bei Freirs Schwert und Strahl, ja: ich ſagt' es ſchon mal! Was liegt an der verfluchten Farbe? Aber ich weiß es genau: ich ſah, wie ich den Bolzen herausriß, ſchwarze Rabenfedern. — Was haſt du zu ſeufzen? Mit ſchwerer Mühe nur gelang es mir, das Boot wieder abzubringen von dem verräteriſchen Strand. Aber draußen, in der Weitſee, brach der Sturm mit erneuter Wut über mich herein. Die Planken des Kahnes barſten. Ich band mich mit dem Rahenſeil feſt an ein Brett und ließ mich treiben und die Götter . . . . ." — „Brachten dich zu mir," rief Ughlu, in jauchzendes Entzücken ausbrechend. „O Heil mir. Und — ja, — auch Heil dir!" — „Auch mir?" fragte er kopfſchüttelnd. „Freilich, du haſt mich aus dem Waſſer gerettet . . ." — „Das konnte ein anderer auch. Aber ich — ich werde dich retten aus viel tödlicherer Gefahr: — und nur ich — ich allein von allen Sterblichen! — kann's. Du zweifelſt?" lächelte ſie ſiegſtrahlend. „Ja, du Gott, du ſterblicher Gott: es iſt ſo! Wiſſe: der ſchwarze Finnenpfeil trägt Gift . . . ."

Harald wollte aufſpringen: — aber er ſchrie vor Schmerz.

„Unheilbar: — allen Heilkünſtlern. Fiſchgift. Nur

in meinem Hause, von Geschlecht bewahrt zu Geschlecht, lebt die Kenntnis einer Salbe: — die allein rettet. Aber nur — denn immer wieder bricht die Wunde auf! — nur wenn ich sie immer wieder frisch bereite und dich salbe. Und so, hoher Harald, bist du Ughlus Gefangener auf Lebenszeit: — willst du leben, willst du nicht sterben unter diesen — oh, wie du zuckst! — diesen gräßlichen Schmerzen, — so mußt du hier bei Ughlu bleiben, solang du atmest."

Da sprang der Jüngling auf trotz allen Schmerzen, — er wollte entfliehen: — jedoch überwältigt von der Pein stürzte er, laut aufschreiend, auf das Antlitz nieder. Die Sinne schwanden ihm vor Schmerz des Leibes und der Seele.

———

X.

Wochen und Monde vergingen. Hilflos, oft bewußtlos lag Harald in seiner Sandgrube. Die Alte hatte seiner Nichte geholfen, den Kranken aus der Hütte dorthin tragen. „Es ist besser," hatte er gemeint, „er verendet nicht unter meinem Dache; Leichen bringen Unheil. Es ist ja doch bald aus mit ihm. Dann werf' ich ihn ins Meer, den Fischen zum Fraß."

Aber Harald starb nicht. Unermüdlich, bei Nacht wie bei Tage, pflegte das Mädchen seiner, jeden Dienst ihm verrichtend.

Es ward nun gar kalt. Schnee drang durch die Schilfdecke. Unter all den Renntierfellen, die sie auf ihn häufte, fror ihn doch bitterlich; er zitterte vor Kälte; sie sah es: einen kurzen Kampf kämpfte sie. — Dann hüllte sie sich fester in ihr Gewand und legte sich dicht neben ihn, mit

beiden Armen seine Brust umschlingend; wie glühte ihr
dabei die Stirn, — wie wild pochte ihr das junge Herz!

„Was thust du?" fragte er erstaunt. „Ich wärme dich.
— Still! — O bitte: dulde mich hier! du stirbst sonst!"
— „Ah, das thut wohl . . . . warm! Dank, Ughlu!"
Und wieder versank er in wirren Fieberschlaf —. Und
nun wich sie auch Nachts nicht mehr von ihrer Stelle auf
seinem Lager. — —

Der Alte war um diese Zeit ferne von der Insel: in
den Wochen, da das seichte Meer in der Nähe des Landes
sich mit dünner Eisrinde bedeckte, war der Fischfang mit
dem Eisnetz am ergiebigsten: jetzt mußte der Vorrat ein-
gesammelt werden für den langen Winter; der Fischer zog
abends den Kahn auf das Eis und schlief darin unter
den Renntierdecken.

Einstweilen aber hatte die Jugendkraft des Kranken
gesiegt unter des Mädchens pflegender Hand: die Wunde
schloß sich wieder, die Schmerzen verschwanden. Gekräftigt
aufblühend, strotzend von Stärke, wandte sich Harald wieder
dem Leben zu: dem Leben, das er abermals — ihr ver-
dankte. — Zärtlich strich er eines Morgens, wie sie neben
ihm lag, mit der Hand über ihr sprödes, hartes Haar.
— „Meine Kleine, sprach er kosend, ich danke dir alles:
— das Licht, — daß ich atmen darf, — die Erlösung
von den Schmerzen — sie waren arg. — Dir dank' ich's.
All' das hast du mir gegeben. Und — dich selber dazu,
du heißes Geschöpf! — Du hast mich dir teuer erkauft:
mit allem, was du hast und bist. Niemals will ich von
dir lassen."

Da schrie sie so laut auf vor wilder Freude, daß er
erschrak. Unwillig schob er sie zur Seite, wie ein ungebärdig Haustier. Aber sie merkte es gar nicht. Frohlockend
warf sie sich von neuem an seine Brust und umklammerte

ihn mit beiden Armen so fest, als wolle sie ihn erwürgen
und bedeckte ihm Augen, Wangen und den abgewendeten
Mund mit flammenden Küssen.

Da erschauerte er durch die Glieder — vor Widerwillen.

XI.

Gegen Abend dieses Tages kehrte Moin zurück in seinem
Kahn.

Wie staunte er, wie grollte er, als ihm auf dem Strande
Harald, hoch aufgerichtet, stattlich und stark, entgegenschritt!
Hand in Hand mit ihm ging, mit strahlenden Augen, das
Mädchen; das sah darein wie verklärt: ein rosiger Schimmer
des Glückes, eines seligen Geheimnisses lag auf dem magern
Gesicht: die süße Lust konnte sie nicht schön machen, aber
sie machte sie minder häßlich; eine wohlige Weichheit war
über sie gekommen; sie schien nicht mehr so herb, so eckig.

„Nicht gestorben?" fragte Moin. Es war sein ganzer
Gruß.

„Wie du siehst," lachte Harald. — „Hei, welche Menge
von Fischen in dem Nachen." Er bückte sich gegen den
Kahn hin.

Da warf der Alte einen langen, prüfenden Blick auf
Ughlu: die errötete über und über; schweigend machte er
sich dann an die Arbeit, seinen Fang auszuladen und auf-
zuschichten auf dem Strande, wo die Fische ausgelesen und
in verschiedener Art gedörrt und geräuchert werden sollten;
die beiden halfen ihm; der sprach kein Wort mit ihnen.
Als es ganz dunkel geworden, ging er dünenaufwärts in
seine Hütte, zu schlafen.

Ughlu hatte sich — ein wenig — gefürchtet vor dem Augenblick, da er vielleicht sie mahnen würde, wie sonst, ihm in den alten Schlafraum zu folgen. Aber das blieb ihr erspart.

Wie sich der Ohm die letzte Ladung Fische von ihr in dem Schilfkorb von der Schulter heben ließ, sagte er kurz, ohne sie anzublicken und ohne die Antwort abzuwarten: „du schläfst bei ihm? Schlaf wohl!" wandte ihr den Rücken und hinkte davon.

————

XII.

In der Nacht fuhr Harald jäh aus dem Schlaf empor. Er tastete um sich: ihr Platz an seiner Seite war leer. „Ughlu!" rief er. „Wo bist du? Ein Schrei! Ein schriller! Hörtest du nicht? Was ist? Wo ist mein Dolch?"

Schon fühlte er wieder in dem tiefen Dunkel des Weibes kosende Hand an seiner Wange. „Ruhig, mein Liebling. Nichts. Auch ich vernahm's. Ich sprang hinaus. Wohl ein Vogel, der zur Nacht über die See strich. Dein Dolch? Hier ist er. Da! Fühle den Griff. Schlafe nur wieder."

„Aber! Wie dir das Herz schlägt! Noch nie schlug's rasch!" — „Auch ich erschrak. — Schlafe nur. Schlaf bringt dir Vollkraft." — Und er wandte sich zur Seite.

Bald hörte sie die tiefen Atemzüge des Schlummernden. Sie weinte, aber ganz leise, das Schluchzen erstickend; in die Hände hinein weinte sie.

————

Am andern Morgen ging Harald den Strand entlang
über das steile Geklipp, das seine Sandhöhle von dem
Meere schied, auf die Hütte zu, wohin Ughlu vorausgeeilt
war, das Frühmahl zu bereiten. Er wollte den Alten
aufsuchen, ihm sagen, . . . da stutzte er. Er sah unmittel=
bar zu seinen Füßen im Meer von den Wellen gegen den
Strand getrieben einen langen dunkeln Gegenstand. War
es ein Baumstamm? Ein Stück von einem Wrack? Nein!

Zwei Raben stießen wiederholt darauf aus der Luft
herab. Es war eine Leiche. Rasch kletterte Harald die
Felsen hinab und sprang durch den tiefen Sand darauf
zu. Es war der alte Mann. Grauenvoll war der Anblick.

Das fahle Gesicht schien erstarrt im Ausdruck tödlichen
Hasses; die weit aufgerissenen Augen stierten den Jüngling
an voll wütenden Zornes. In der geballten Rechten hielt
er sein langes, spitzes Messer von Feuerstein, um die Finger
der festgeschlossenen Linken aber wandten sich lange Strähne
schwarzer Frauenhaare.

Harald faßte die Leiche an den Füßen und zog sie auf
den mit Eisstücken bedeckten Sand. Da, wie er sich über
den Toten beugte, bemerkte er über dem Herzen einen
Blutflecken auf dem grauweißen Lederwams: er schlug das
Fell zurück: eine tiefe Stichwunde.

Unwillkürlich riß Harald, von schwarzem Ahnen er=
griffen, seinen Dolch aus dem Wehrgurt: — genau paßte
die Klinge in die Wunde. Er stieß einen Schrei aus:
„Mörderin! Ah scheußlich! Den eignen Ohm! — Aber
still: für mich hat sie's gethan! — Das . . . wie alles!
Jedoch ich kann nicht davon hören! Nicht davon reden!
Nie!"

Und niederknieend zog und riß er hastig all' die
Frauenhaare von den starren Fingern los und warf sie in
die See; dann wusch er den Blutflecken aus dem Wams

und breitete dessen Falten sorgfältig über die Wunde; nun deckte er noch das Gesicht des Toten mit ein paar Eisstücken zum Schutze gegen die krächzend umherflatternden Raben und schritt rasch die Düne hinan auf die Hütte zu. —

Ughlu stand an dem Herd, ihm den Rücken wendend; sowie er eintrat machte sie sich eifrig mit der Schürung des Feuers zu schaffen. „Das Treibholz war noch zu naß," sprach sie heiser, „scharf beißt sein Rauch in die Augen," sie fuhr mit dem Rücken der linken Hand über die schwarzen Wimpern. Sie vermied es, ihn anzusehn; das war ihm lieb; denn ihm graute. Er schwieg.

„Wo der Ohm nur bleibt? Er kommt zu spät." Da sagte Harald — er sah dabei zur offenen Thüre hinaus nach dem Strande hin: „er kommt gar nicht mehr; er ist tot, Ughlu."

„Oh." Aber allzuruhig war das herausgekommen; sie konnte sich nicht verstellen, konnte nicht Überraschung spielen.

„Ich fand die Leiche — hart am Ufer — im Meer; er ist wohl in der Nacht von der Strandklippe gestürzt und ertrunken. — Komm, wir müssen ihn begraben."

„Ja, komm!" sagte sie tonlos, ohne ein Wort der Klage zu erheucheln. „Ich nehme die Schaufel — nimm du die Hacke — dort lehnt sie! — Der Strand ist fest gefroren."

Und sie gingen hinaus, verscheuchten die lauernden Raben und scharrten die Leiche ein, außerhalb des Bereiches der Wellen.

Kein Wort sprachen sie bei der langen, mühsamen Arbeit. Der Nordwind pfiff schneidend über die See daher; es war alles grau, düster: Luft, Strand und Wasser: die winterliche Sonne drang nicht durch den Morgennebel auf der Flut.

Als die Grube zugedeckt war, nahm Ughlu sofort

Schaufel und Hacke auf die Schulter, wandte sich und ging langsam landeinwärts. Harald blieb noch stehen und blickte auf die frisch aufgeworfene flache Erhöhung: „um meinet= willen," sagte er leise. Dann folgte er dem Weibe.

„Wohin," fragte er, als er sie eingeholt hatte, „wohin fahren die Toten eures Volkes, Ughlu?" — „Kommt darauf an," erwiderte sie weiter schreitend, ohne aufzusehen. „Die Ertrunkenen hält Ahto fest, der Wassergott, der Wirt der Fluten, in seinen grünbunkeln Hausungen." — „Aber . . . die anders . . ., die blutig . . . gestorben sind?" — „Die . . . Messergestorbenen . . ., sagen wir. Ja . . ., die müssen in Blut schwimmen . . . bis an den Mund." — „Ewig?" — Er fragte es mit Schaudern.

„Nein. Bis der Mord an der Mörderin . . . will sagen: an dem, der es gethan, gerächt ist. — Dann schwimmt der Mörder in Blut." — „Für immer?" — „Ja . . . auf ewig."

Harald zuckte zusammen. „Geh voraus in die Hütte und iß. Ich . . . ich kann nicht: . . . ich habe nicht Hunger. Ich komme — vielleicht — später. Und . . . höre, jetzt ist die Hütte ja frei: es war zu eng in der Sandhöhle: . . . du schläfst fortab in der Hütte."

„Harald!" Das war ein Wehruf aus tiefster Seele.

„Ich will's. — Gehorche." Sie standen nun vor der Hütte. Zögernd schritt sie über die Schwelle: — noch einmal sah sie ihm nach.

Nun schloß sie die Thüre, setzte sich auf den Boden, schlug ihre lange Lederschürze von vorn über Gesicht und Haupt und weinte, weinte sehr lange. Denn er kam nicht. —

„Wenn er es wüßte!" schluchzte sie. „Wie würd' er mich lieben! Lieben müssen! Ach, nur sein Leben, nicht das meine bedrohte der Ohm, mein Ernährer all die vielen

19*

Jahre. — Aber ich mag's ihm nicht sagen, daß ich auch
das noch für ihn gethan. Schon jetzt seufzt er ja unter
der Last seiner Dankespflichten gegen mich. Ich mag sie
nicht mehren! Ach, ach, ich meine schon lange: er haßt
mich, weil er mir so viel verdanken muß. — Arme Ughlu."

Und sie ward ergriffen von tiefem Mitleid mit sich
selbst: dann strömen dem Menschen die Thränen am reichsten.

XIII.

Lange währte der Winter. Viel zu lange für die
Ungeduld Haralds, der unablässig, seit er wieder voll
genesen war, mit aller Macht der Seele sich hinwegsehnte
aus diesem öden Eiland, aus diesem öden Leben ohne That,
ohne Ruhm, ohne Freude.

Die wenigen Stunden der Tageshelle füllte er aus mit
der Jagd auf die Meervögel, auf die Tümmler und Robben.
Die Fischerei mit dem Eisnetze verstand er schlecht; mit
der Wurflanze erlegte er Lachse. Er trug sich mit der
Hoffnung, ein seetüchtiges Boot zimmern zu können aus
allerlei Treibholz, aus Brettern und Balken gescheiterter
Schiffe, welche die Flut zuweilen anspülte. Denn aus den
vier dünnen Birkenstämmlein — dem einzigen Baumwuchs
auf dem Eiland — waren höchstens Ruderstangen zu
schnitzen. Aber so eifrig er jedes verwendbare Stückchen
Holz aufspeicherte, er erkannte, es werde noch unabsehbare
Zeit währen, bis er aus solchen Trümmern mit dem ungefügen Steinbeil des Toten ein Fahrzeug zusammenflicken
könnte, das er dann mit hölzernen Nägeln befestigen, mit
Renntierfellen überziehen wollte. Der Fischerkahn Moins

war, das sagte ihm die eigne Einsicht, Ughlus Worte
bestätigend, ganz unfähig, die Weitsee aufzusuchen und des
Jünglings ferne Heimat.

Allein bitterer als Harald litt das Weib an seiner
Seite: er sehnte sich nach dem fernen Vaterland: sie —
so verzehrend! — nach dem Mann, der ihr so nahe, der
neben ihr lebte — und der doch — seit des Oheims Tod
— ihr so unerreichbar geworden war wie die Sterne am
Himmel.

Wann er schlief, schlich sie sich in seine Nähe, im
Mondlicht sein schönes Antlitz zu beschauen stundenlang:
— sobald er sich regte, huschte sie scheu hinweg; denn als
er sie einmal beim Erwachen so neben ihm kauernd ertappt,
hatte er sie heftig gescholten.

Stumm, aber mit feindlichen Blicken sah sie ihm zu,
wie er höher und höher seinen Vorrat an Treibholz häufte,
den er wie einen Hort von eitel Gold hütete und liebte,
wie er sich abmühte an der nahezu erfolglosen Arbeit, mit
der Steinaxt das Schifflein zu zimmern; er hatte es nicht
gelernt, mit so schlechtem Werkzeug zu schaffen; er sah
zufällig, wie sie das viel besser verstand, als es einmal
galt, das Bretterdach der Hütte zu flicken. „Hilf mir doch
an dem Schiffe bauen," bat er da.

Sie sah ihn groß an: „Soll ich an meinem Sarg
arbeiten?" fragte sie dagegen. — Trotzig, feindlich war sie
hinweggeschritten: — es war um die Neige des kurzen
Wintertages gewesen.

Als aber der Mond aus dem Meere stieg und die
glutrote Scheibe durch das dunkle Nachtgewölk drang, —
der Nebel verschlang die freundlichen Strahlen, und nur
ein trübes Licht fiel auf das Eiland, — da schlich das
einsame Weib aus der Hütte unter die vier Birken, wo
ein flacher Hügel gewölbt war.

Der Kälte nicht achtend, warf sie sich mit der wogenden Brust auf den gefrorenen Boden und kratzte und hob mit den Händen die Eisrinde an einer kleinen Stelle hinweg, daß die sandige Erde sichtbar ward: in diese griff sie nun bohrend mit der Rechten: die Finger bluteten: sie merkte es nicht: — die herausgegrabene Erde streute sie sich über das wirr flutende Haar, über die halbnackten Schultern.

„Mutter," klagte sie dann, „liebe Mutter! nur du hast mich lieb gehabt auf Erden. Und nun liegst du da unten: — wer weiß, ob du mich hörst. Gekommen ist einer von ihnen: — wie du mir gewünscht hast: — und mit ihm Elend, grenzenlos Elend. Hilf mir, hilf, Mutter, deinem Kind! Hörst du mich nicht? Und kannst du nicht aufsteigen und meinen wehen, wehen Kopf an deine Brust schmiegen, wie einst du thatest deinem erkrankten Kind — o so hilf mir wenigstens klagen. Lehre mich klagen — klagen in deinen Weisen! Ach, wie schön klang es, wann du klagtest. Deine Kantele hab ich noch" — hier holte sie die kleine dreieckige Geige unter dem Mantel hervor — „aber die Saiten fehlen. Nur leise drauf klopfen kann ich noch, wie auch du wohl thatest — zwischen dem klingenden Spiele. Ach, nur das tote Holz, der Holzklang ist mir geblieben von der lebenden Mutter und der lebenden Harfe. Wie war es doch? Wie sangst du — wann es so traurig war um uns her und das Traurigste von allem dein Herz?"

Und sie begann nun, in der Erinnerung suchend, ver-träumt, in abgerissenen Worten vor sich hin zu sprechen, leise zu singen: der Mutter alte Weisen und die eignen Gedanken, die ihr in dieser Stunde aufstiegen, nicht mehr unterscheidend, knieend vor dem Grabe der Mutter, das abgehärmte Gesicht emporgewandt gegen den blutroten Mond, das Holzdreieck gegen die Brust drückend mit der Linken

und leise um das Schallloch her mit der Rechten fingernd
und klopfend:

> „Aino hieß sie, meine Mutter!
> Ach, wie sanft war ihre Stimme,
> Traurig, wie des Singschwans Klage,
> Zieht er nächtlich durchs Gewölk.
>
> Selten auf dem Freudenfelsen
> Saß sie, auf dem Stein des Frohsangs:
> Immer auf dem schwarzen Hügel,
> Auf dem Stein des Klagetons.“

Wie doch pflegte sie zu singen?

> „Wie im düstern Land der Suomi
> Früh' der Sommer und die Sonne
> Winterfrost und Nacht erliegen,
> So vereis't dem Suomiherzen
> Früh, ach gar so früh die Hoffnung
> Und, kaum aufgekeimt, das Glück! —
> Flüchtig ist der Suomi Freude,
> Unabwendbar ihre Trauer,
> Und gleichwie auf Adlerschwingen,
> Schwarz und rasch und unaufhaltbar,
> Rauscht das Unheil auf uns ein.
> Traurig ist des Menschen Leben,
> Wenn ihm nicht die Sonne leuchtet,
> Und die Sonne ist: — das Glück.
> Und das Glück, das ist die Liebe“ . . .

„Weiter weiß ich die Zeilen nicht mehr.“
Und nach einigem Besinnen hob sie wieder an:

> „Ach, wie dunkel sind die Tage,
> Ach wie endlos lang die Nächte!
> Wie ist wohl der Sinn der Frohen,
> Wie dem Glücklichen zu Mut?
>
> Ach, der Sinn der Unbeglückten,
> Er ist grau, wie dort im Schilfe
> Das Gefieder jener Ente,
> Wie das Eis im schmutzgen Schlamme . . .

Wer will meine Grüße tragen
Treu an meiner Sehnsucht Ziel?
Wolke will sie mir nicht tragen:
Wolke muß zur Erde sinken.
Sonne will sie mir nicht tragen:
Sonne muß zu Golde gehen.
Sterne wollen sie nicht tragen:
Müssen tanzen um den Mond her;
Nie gelangt zu ihm mein Sehnen! ...

Weiß der Schnee und weiß die Möwe,
Weiß der Schaum der Wogewelle,
Aber weißer ist mein Freund.
Goldig ist die gelbe Sonne,
Goldig ist der gelbe Ammer,
Aber goldiger und schöner
Viel ist meines Freundes Haar.

Meines Freundes? Ach, er war es!
Seine Freundschaft ist verflogen
Wie der flücht'ge Schaum des Meeres: —
Nicht mehr ruht auf mir sein Blick!

Stirb, erlösche, armes Mädchen,
Schwinde, wie dein Volk, die Suomi:
Deine Götter sind gestorben,
Deine Mutter ist begraben,
Deines Freundes Liebe tot!" ...

„O Mutter, Mutter," schrie sie nun wild auf, die Geige
fallen lassend und sich mit beiden Armen über das Grab
werfend, „wie wahr, wie wahr. Zum Drüber-Sterben!
O Mutter, Mutter, zieh dein Kind zu dir hinab!" — — —

XIV.

Endlos, endlos deuchte der Winter dem thatlosen Mann. —

Aber zuletzt, nach vielen Monden, gewann auch in Finnland und auf dem Finnenmeer die Sonne den Sieg. Das Eis im Meere ward mürb und mürber: nur ein schmaler Streifen lockerer Schollen zog sich noch im Norden und Westen um das Eiland hin. Endlich brach auch dieser Gürtel und trieb in das offne Meer hinaus.

Und bald darauf trug bei tobendem Südsturm die See dem Harrenden eine große Freude, eine heiße Hoffnung zu: den stattlichen Mastbaum und den hochragenden Vordersteven eines gescheiterten Kampfschiffes. Und gerade an Holz für den Mast und für den spitzen Schiffsschnabel hatte es am bittersten gefehlt: ein leidlich Segel aus Fellen und Häuten hatte er längst zusammengeflickt.

Jubelnd vor Freude sprang Harald in die Brandung, wie er die gewaltigen Holzmassen herantreiben sah, rang die kostbaren Trümmer unter hoher Lebensgefahr den wilden Wellen ab und schleppte sie keuchend landeinwärts, wo er, hoch auf der Düne, gesichert vor dem Raub auch durch die höchste Brandung der sturmgepeitschten Wasser, seinen nun schon über Manneshöhe ragenden Vorrat gehäuft, den Hintergransen, den Kiel und die Wanten des werdenden Schiffleins nahezu vollendet und auf runden Stangen, welche die Walzen ersetzen sollten, aufgehöht hatte. Wie ein frohlockend Kind sprang er um den Holzstoß, um sein bisher geschaffenes Werk, um die eben gewonnene Errungenschaft her.

Finster blickend schaute ihm das Weib zu.

————

Es ward jetzt nicht erst Frühling: — gleich voller Hochsommer brach herein. Heiß brannte, stechend, die Sonne auf das baumleere, schattenlose Eiland: glühend warf das Granitgestein die Strahlen zurück. — Da stiegen eines Mittags schwarze Gewitterwolken auf im Süden: das war das beste Wetter, Lachse zu speeren. Harald fuhr alsbald in See, gen West, freilich nicht gar weit von der Insel hinweg. Alsbald brach das Gewitter los: es regnete wenig: aber rote Blitze zuckten unaufhörlich und ringsum hernieder: Harald erkannte von neuem, wie unmöglich es wäre, mit dem schmalen Kahn die offne See suchen zu wollen: nur mit schwerer Gefahr und Mühe gelang es ihm allmählich, gegen den Wind, um die Südspitze des Eilandes herum die Ostküste zu gewinnen, wo der Nachen am sichersten zu bergen war.

Als er sich dem Strande näherte, sah er auf dem Mittelrücken der Insel eine dichte schwarze Rauchwolke auf= steigen: wie eine dunkle Trauerfahne wallte und wogte das über das Eiland hin und weit über die See. Besorgt, bange Ahnung im Herzen, sprang er ans Land und lief dünenaufwärts, auf seinen Holzvorrat zu: — der und das halbfertige Schiff brannten lichterloh.

Und dabei stand regungslos Ughlu: die Fäuste in die Hüften gestemmt starrte sie in die Flammen: sie wandte sich nicht, obwohl sie seinen heranstürmenden Schritt hörte: wie er zur Stelle war, stieß sie mit dem Fuß den halb= verkohlten Kiel des Schiffes noch tiefer in die Glut hinein: sie war über und über von Rauch geschwärzt.

„Unholdin!" schrie er und schob sie zur Seite, daß sie strauchelte; und er schlug sich verzweifelnd mit den Fäusten gegen die Brust und raufte sein Haar. „Weh, weh um meine Hoffnung. Da! Der Mast verkohlt! Und der Vorder= steven mitten entzwei gebrannt. Und die Wanten! Und

der Kiel! Weib, warum hast du nicht gerettet?" — Sie
zuckte die Achseln: „Es brannte sehr schnell." — „Das
haben mir die Götter gethan! Sie zürnen mir!" klagte er.
„Vor allem Thor." — „Warum?" fragte sie rasch. — Er
schwieg. „Thors, des Ehegottes Blitz," dachte er, „strafte
mich — auf Friggas Gebot. Statt eines Eheweibes vermischt mit einer . . ." Aber er schwieg. — „Belohnen
deine Götter auch Treue," fragte sie, „oder strafen sie nur
Untreue?" Ohne die Antwort abzuwarten, schritt sie finster
schauend hinweg.

Harald prüfte nun den Brand und die noch übrigen
Scheite genau. — „Von unten nach oben hat es den Holzstoß ergriffen!" rief er jetzt zürnend. „Asathor blitzt von
oben herab! Das hat mir nicht des Gottes Hand gethan!"

XV.

Wenige waren sie, die Worte, welche die beiden an
diesem Abend noch wechselten. — Auch am folgenden Tage
mied Harald die Hütte.

Der Wind war umgesprungen nach Südwest: die See
ging noch so hoch: — in Nachwirkung des Gewitter-
sturmes: — er konnte nicht ausfahren zu jagen oder
zu fischen.

Da saß er denn den ganzen langen Sommertag am
Strande; nach Westen, nach der Heimat schaute er aus:
von der frühen Stunde an, da der Sonnenball von Osten
her die roten Strahlen über das flache, nackte Eiland auf
die Wolkenwand im Westen warf, den heißen Mittag über
— das karge Mahl von getrockneten Fischen und Renn-

tierkäse hatte er sich mitgebracht an die Küste: — Ughlu
setzte es jeden Morgen schweigend vor seiner Sandgrube
nieder. —

So saß er, bis die Abendschatten aus den Westwolken
über die Fluten fielen und sogar schon einzelne Sterne in
dem erdunkelnden Himmel aufzuleuchten begannen. Zuletzt lag er auf der Brust, die Ellbogen der nun wieder
so starken Arme im Sande vergraben.

Er achtete es nicht, daß der heftige Wind ihn tiefer
und tiefer mit dem Dünensand beschüttete: er stützte das
Kinn auf die beiden Hände: weit flog sein lang Gelock
hinter ihm im Winde: er sah hinaus in die unabsehbar
vor ihm wellende See: er sah und sah und spähte mit
aller Anstrengung der scharfen, hellgrauen Augen, ob er
nicht die Heimatküste da drüben oder ein nahendes Fahrzeug erschaue.

Ach, wie oft schon hatte er ein dunkelgrau Gewölk da
drüben im fernen Westen für ein Segel gehalten oder zu
halten sich vorgetäuscht: umsonst!

Nichts sah er auch heute den ganzen langen Tag über
als den mitleidlos lachenden blauen Himmel, die grelle
Sonne, die glitzernde blendende Meeresfläche. Da schüttelte
er das Haupt in seelenverzehrendem Weh. „Ach, nichts!
Nichts! Auf immer hier gefangen bei dem verräterischen,
tückischen Weibe! Lebendig begraben! In müßiger Öde!
— Und da drüben in der Heimat, da hallen die Schilde
von Schlägen der Schwerter, da hallen die Harfen vom
Ruhme der Sieger! Und vielleicht bedarf der greise Vater
der Hilfe des Sohnes! Den Frieden sollte ich ihm schützen
helfen für unser Volk! Und, Frigga vergleichbar, der Herrlichen, schreitet dort goldflechtiger Jungfrauen Schöne dahin.
Und ich, ich verschmachte hier, thatlos, ruhmlos, das Herz
voll heißer Gier nach Kampfthat und Freude: — ich ver-

schmachte, wie der verlechzende Fisch, den die Flut auf den
Sand hat geworfen. O wär' ich zerschellt an jenem Ge-
klipp! Haben sie mich daheim denn alle vergessen? Der
Vater? Björn? Die Segelbrüder? Alle?" —

Da brach dem Starken die Kraft vor Jammer um sich
selbst: — das ist ein Weh, das jeden Widerstand löst.
Und er ließ die Ellbogen vor sich niedergleiten und das
Haupt auf die Hände und heiße Thränen sog der durstige
Sand.

Lang, lang lag er so. Zuletzt war er eingeschlafen,
schluchzend wie ein Knabe. — Und die Sonne ging langsam vollends zur Rüste.

Plötzlich schlug ein lauter Ruf an sein Ohr. Von der
See her war er gekommen. Er fuhr auf, er sprang empor:
da gerade vor ihm, keinen Speerwurf mehr vom Lande,
schoß auf ihn zu ein rasches Boot: geschickt, aalgeschmeidig
flog es durch den schmalen Eingang des Felsengürtels.

Draußen jedoch, jenseit des Geklipps, wiegte sich
vor Anker ein mächtig Kampfschiff mit hochaufragendem
Drachenbug.

Das Boot trug nur Einen Mann. Der aber rief ihm
nun zu: „Harald! Harald! Mein lieber Herr! So führte
mich endlich Freir zu dir!" Und wenige Ruderschläge noch,
— der Mann am Steuer bog vor Eifer das Haupt beinah
bis gegen die Ruderbank — da knirschte der Kiel auf
dem Sand der Küste und aus dem Fahrzeug sprang vor
Ungeduld voraus ins seichte Strandwasser, den Vorderbug
nachziehend, der Ferge: ein Recke in gewaltigem Bärenfell
und klirrender Schuppenbrünne. Im Winde flog sein
weißer Rauschebart und, unter dem ehernen Eberhelm
hervor, das weiße Haar. —

„Björn!" jauchzte der Jüngling. „Harald! Mein König!" rief der Alte.

Und die zwei Männer umfaßten sich mit seliger Freude und drückten sich an die Brust. Und da weinten beide und lachten dazu durcheinander und betasteten sich und sahen sich in die Augen; und dann lachten und weinten sie wieder.

So achteten sie des Weibes nicht, das von hoch oben, von dem Kamm der Düne her, ihre Begegnung erschaut und einen Wehruf ausgestoßen hatte, wie ein gequältes Tier. Hoch mit beiden Händen in die Lüfte greifend, das Haupt in den Nacken geworfen, daß ihr schwarzes Haar ihr tief nachfloß, floh Ughlu, gerade hinausschreiend, land-einwärts.

Aber der Wind vertrug ihren Schrei. — —

<hr/>

XVI.

Nebeneinander saßen sie im Sande, Harald und Björn. Der Jüngling hatte seine — an Leiden so reiche, an That-sachen so arme — Geschichte beendet. Aber doch nicht alles hatte er gesagt; er errötete wie ein Mädchen, als er auf Ughlus pflegende Hingebung zu sprechen kam. Und wie sie ihn — mit dem eigenen Leibe — gewärmt . . . das verschwieg er. Und anderes; auch wie er den Alten mit der Dolchwunde gefunden. „Aber nun" — drängte er, „nun nochmal alles: genau — von der Heimat! — Oh, ich Seliger — ich werde sie wiederschauen. Dank dir, du Treuer — dir, dir dank ich das Leben, das wahre. Nicht der Finnin: denn hier atmen: — das ist nicht

Leben: — das ist ärger als der Tod. Dir — deiner
Treue dank ich alles! Also mein hoher Vater — König
Harstiöld starb? Und sie — ich meine . . ." — „Haralda
meinst du? Muß ich's denn alles nochmal sagen?" —
„Ja, alles nochmal. Es thut so wohl, da drinnen, in der
Brust! — daß sie mich nicht vergessen haben! Also alle
meine vier Schiffe . . . .?"

„Verschollen! — Geraume Zeit nach deiner Abfahrt
kam aus Helsingaland mahnende Frage, warum du säumest,
zu helfen? Da erkannten wir, daß du und deine Segelbrüder von jenem furchtbaren Weststurm, der so viele
Schiffe zerstört hatte, verschlagen warest. Sofort sandte
dein Vater mich und viele andere aus auf allerlei Fahr-
zeuge, in allen Fjorden, in allen Häfen und Buchten zu
suchen nach dir. Wir alle kamen zurück — ohne Nach-
richt. Ich ruhte nicht. Noch dreimal fuhr ich aus, die
fernsten Küsten und Eilande lief ich an: durch den Sachs-
männer-Sund bis zur Insel Hibernia, ja bis Thule trieb
mich das Herz. Nirgends eine Spur!

Auch in die Nähe dieses schmalen Eilands kam ich
einmal, das, wie treibender Tang, kaum sichtbar aus der
Wasserfläche ragt; da weigerten die Ruderer weitere Fahrt
nur böse Geister, finnische, sagten sie, wohnten hinter jenen
immer umbrandeten schwarzen Klippen: Menschen könnten
da ihr Leben nicht fristen. So kehrte ich endlich heim.

Aber keine Stunde verrann mir des Tages und der
Nacht, daß ich nicht deiner gedachte, von dir träumte.
Ich und dein Vater. Der grämte sich vor Sehnsucht nach
dir, seines Alters Stütze, seines Reiches einzige Hoffnung.
Das Sehnen nagte an dem Leben des alten Helden."

„Mein Vater!" — „Und als nun seine Schwester, Frau
Königin Harhild und ihre Tochter . . . ." — „Haralda!
Ist sie recht schön? So recht arg schön?" — „So schritt

Frigga in bräutlichem Glanz an Odhins Lager! — Als nun Schwester und Nistel, vertrieben aus ihrem Lande von den übeln Kvän-Finnen, ..." — „Wart' ich werd' ihnen lohnen, hilflose Frauen bedrängen!" — „Zu uns flüchteten, Schutz und Hilfe suchend, da raufte der Greis sein weißes Haar und klagte: „Wehe! weh! Ich kann den Speer nicht mehr schwingen und meinen Harald, den Helden, hält Ran mir gefangen!"

„Nein, eine andere, die ihm heimlich die Rettung verbrennt!" grollte der Jüngling vor sich hin.

„Und von Gram verzehrt siechte er hin: vor sechzig Nächten haben wir ihm den Brandhaufen geschichtet. Aber die übermütigen Kvänen, pochend auf ihre Überzahl, ..." — „Ja, wie die schwarzen Ameisen wimmeln sie!" — „Von dem eroberten Helsingaland gen Süden vordringend bis an unsere Nordmark, drohen nun deinem verwaisten Reiche den Krieg: Schatzung verlangen sie von uns . . . ."

„Ich will die Schatzung auf ihre Helme schmettern!"

„Tausend Rinder und dreihundert Rosse. Und sind sie nicht geleistet bis zum Fall der Blätter, so wollen sie nicht Weib, nicht Kind bei uns verschonen."

Da sprang Harald auf: „Ich komme!"

„Da rüstete ich nochmal meinen Drachen, dich zu suchen. Nur du kannst retten. Und ich eidete bei der Abfahrt allen Landgöttern: ,ich komme mit Harald wieder, oder gar nicht mehr'. Und ich suchte Strand auf, Strand ab. Ganz gegen meinen Willen warf mich der Gewittersturm — Odhin, der Wegweiser zur See wie zu Land, hat ihn als Glückswind gesendet! — hierher an dieses Gestade. Ich hätte dich hier nie gesucht. Nun hab' ich dich, König Harald von Harjadal, nun komm, rette und räche."

„Ich komme!" wiederholte der Held freudig und hob die geballten Fäuste empor.

„Dein Volk harret dein in Sehnsucht: — komm, spring
ins Boot — dein Volk und Haralda.“ Da zuckte der
Jüngling heftig zusammen und wandte das Haupt zurück,
der Düne zu.

„Was hast du?“ — „Nichts! Ich folge sogleich. Ich
hole nur —“ — „Was?“ — „Sie.“ — „Wen?“ —
„Nun, sie — Ughlu — die Finnin.“ — „Bist du von
Sinnen? Das ekle Fischgeschöpf, — das üble Zauber=
weib?“ — „Still! Ich danke ihr das Leben — dreifach.
— Und danke ihr mehr! — Siehst du? — Da taucht
sie auf. Dort, auf dem Kamm der Düne.“ — „Das?
Das ist ja eine schwarze Seebärin. Das ist kein Menschen=
weib!“ — „Nicht doch, Björn. Folge mir: es ist die
Zeit. Sie winkt zum Nachtmahl. Komm in die Hütte.
Dort sag’ ich ihr, daß sie sich rüste, mir zu folgen.“ Und
er schritt die Düne hinan.

„Verhext ist er,“ brummte der Alte und stapfte, wider=
willig, gelehnt auf seinen Speer, den Sand hinauf. „Ver=
zaubert durch finnischen Zauber!“

XVII.

Mit feindlichen Blicken maßen sich Gast und Wirtin
an der Schwelle des niedrigen Gezimmers: Björn grüßte
nicht, sie drückte die Lippen fest zusammen.

Harald in seiner Freude beachtete es nicht. „Ughlu!“
rief er. — „Nein, laß! Ich kann jetzt an Speise nicht
rühren! Bald — auf dem Schiffe — labt mich ja wieder
Thors Gabe: das edle, das heilige Brot. — Ughlu, freue
dich, endlich erlöst! Endlich! Rasch! Mache dich fertig.
Wir fahren nach Harjabal, in die Heimat! Komm nur

gleich, wie du gehst und stehst: hast ja nicht viel mitzunehmen an Schätzen," lachte er.

Aber das Lachen verging ihm, als er den Ausdruck ihrer Züge sah: das war tödlicher, versteinter Haß. „So? — Du gehst also?" Mehr brachte sie nicht hervor.

„Ja doch! — Eile! Eile dich! Mein Vater starb vor Sehnsucht nach mir. Mein alter Waffenmeister — der Vieltreue! — hat mich endlich gefunden: sein Boot liegt am Westgestad. Der Feind bedroht mein Volk. Ich fliege zu . . ."

„Haralda," gellte sie, wandte sich zu dem alten Hünen, der unwillig, staunend, auf sie herabsah und fragte mit heiser rauhem Ton: „sie ist dort? nicht?" — „Jawohl," erwiderte der, sich noch höher aufrichtend in seinem riesigen Bärenfell: „sie ist dort, die schönste Jungfrau unter der Sonne: bald sein Weib!" — „Ich bin sein Weib!"

Björn zuckte die breiten Achseln: „Warbst es wohl in jenem Sandloch, wohin kein Strahl des Lichtes drang, dich zu zeigen? Als der Sieche, der Willenlose, seiner Sinne nicht mächtig war? Seine Buhle warbst du in seinem Fieberwahn, nicht sein Weib. Wo ist der Muntwalt, der deine Hand vergab?" — „Tot. Erstochen . . . von mir . . . um Ihn zu retten!" — „Mörderin! Vom Blut der eignen Sippe befleckt! Scheusal!" rief Björn und trat schaudernd einen Schritt zurück.

Harald erbleichte. „Mußtest du's sagen? . . . Ich wußt' es." — „Wie? Du wußtest es? Wußtest, daß ich auch das für dich gethan? Und hast mich dennoch von dir gestoßen wie ein ekles Tier?"

„Gerade deshalb . . . deshalb zumeist. Mir graut vor dir." — Da lachte sie schrill: „Hört es, ihr, seine Götter! Ihm graut vor mir. Vor seiner Retterin! Vor seiner treuen Ughlu —"

„Höre, Weib," rief Björn, „ich liebe — seit mehr als zwanzig Jahren! — diesen Knaben da mehr als alles, was da lebt auf Erden. Aber lieber wüßt' ich ihn tot auf dem Grunde der See, als in deinen Armen, Finnweib. Ja, und ich will's auch nicht glauben, daß er — Freirs Enkel! — dich an seine Brust genommen, auch nur für einen Augenblick . . ."

„Frag ihn doch!" lachte sie.

„Ohne scheußlichen Zauber! Vermischt sich der Adler mit der Kröte? Man weiß, welch' allbezwingende Tränke ihr braut, ihr götterverhaßtes Geschlecht!" — „Ja," sprach sie mit einem furchtbaren Blick auf Harald — „zum Beispiel: allbezwingende Heilsalbe für Wunden mit Pfeilgift." — Aber Björn fuhr grimmig fort: „Behext hast du den Schönen in deiner eklen Liebesgier. Aber wahrlich: wagst du es wirklich, ihm zu folgen: ich schwör's bei Asathor, der solch unrein Gezücht zerschmettert: Anklage erhebe ich gegen dich im Volksding von Harjabal: du wärest nicht das erste Zauberweib, das wir, samt ihrem Sud, im Sack ersäuft in der See."

„Getrost, Ughln! Ich schütze dich, komm! Zu Schiff!" — „Geh. — Ich bleibe," sprach sie tonlos und trat weit von ihm zurück in das Innere der Hütte. — „Was fällt dir ein?" — „Das Rechte," rief Björn. „Wie? Willst du wirklich, dies Geschöpf an der Hand, in die Königshalle treten von Harjabal? Besudeln durch sie den Hochsitz deiner toten Mutter? Soll Haralba, die Reine, Eine Luft atmen mit dieser Zauberdirne, die dich zur Buhlschaft verführt hat in dunklem Erdloch? Laß sie hier, wohin sie gehört. Sie fühlt es selbst!" — „Unmöglich! Ganz allein . . .?" — „Ich brauche keinen Menschen mehr auf Erden."

„Unsinn! — Folgst du mir nicht, so trag' ich dich ins

20*

Boot." Und er schritt auf sie zu. „Zurück! Rühr' mich nicht an. Ich zerbeiße dir die Kehle." Und sie fletschte die Zähne.

„Siehst du jetzt die Seebärin?" lachte Björn breit und laut. „Und das — das! — wolltest du mitnehmen zu . . ." — „Zu ihr!" sprach Ughlu eisig. — „Nein, du hast recht, Alter: sie und ich . . . wir können nicht atmen nebeneinander."

„Komm, Ughlu! In Güte! Oder ich greife dich und trage dich auf Deck."

„Sobald das Schiff in See, spring' ich hinein. Laß mich, sag' ich. Geh! Umarme die Goldhaarige: — küsse ihren weißen Hals. Die Stunde kommt, da du meiner gedenkst. Du — und: Sie! Fort mit dir, Fremdling. Diese Hütte ist mein: hinaus mit euch beiden!"

„Komm, Harald, sie hat recht! Komm, komm!" Und er zerrte den Zögernden über die Schwelle. — „Ughlu — du willst es so? Leb wohl!" Und nochmal sich wendend rief er: „Hab' Dank! Sag auch mir: ‚leb wohl'."

Aber sie stand vor der Thür, stumm, hoch aufgerichtet, den rechten Arm emporgereckt gegen den dunkelnden Himmel, die Faust drohend geballt.

Bald darauf schoß das Boot von dem Strand auf das Drachenschiff zu, das draußen vor dem Klippengürtel vor Anker lag. Hoch ging noch immer die See. Die Brandung schlug donnernd gegen das schwarze Gezack. Harald drehte, am Steuer sitzend, der Küste den Rücken zu.

So sah nur der Alte, der, das Gesicht der Insel zugewandt, die beiden Ruder führte, wie das Weib in atemloser Hast, flatternden Haares, die Düne herabrannte, sich, sowie es den Strand erreicht, in die wildschäumende Flut warf und nun mit äußerster Anstrengung dem rasch

enteilenden Boote nachschwamm. Das schoß jetzt pfeil=
geschwind davon: denn der Alte ruderte mit verdoppelter
Macht.

Und der Lärm der tosenden See übertönte ihre Stimme,
wie sie, das Gesicht hoch aus den Wellen hebend, flehte:
„Harald! Harald! Halt! O halt! Nimm mich mit. Laß
mich ... nur wie deinen Hund ... zu deinen Füßen ...
Nein! Nur neben deinem Hause ...... Harald! Er=
barmen! Nimm mich doch mit!"

Aber donnernd rauschte die Brandung über sie dahin:
die Kräfte verließen sie: eine mitleidige Woge faßte sie
seitlings und rollte sie weit landeinwärts auf den Sand.

Da erscholl von dem Deck des Drachenschiffes herab
freudiges Rufen: die Männer von Harjabal hatten in dem
Boot ihren jungen König erkannt.

XVIII.

Und Jahre waren vergangen.

Harald, von den Seinen in der Heimat mit Jubel
empfangen und zum König gekoren, war sogleich ausge=
zogen wider die übermütigen Nordfinnen, die Kvänen: zu
Wasser und zu Lande hatte er sie geschlagen, ihrem Fürsten
Sampsa Pellerwoinen, dem gefürchteten Messerwerfer und
Zauberer, hatte er mit Einem Streiche Kronhelm und
Schädel gespalten, alle Gaue König Hákos in Helsingaland
von den schlimmen Feinden zurückgewonnen für die Witwe
Frau Harhild. Dann hatte er gar bald den Brautlauf
gehalten um schön Haralda und diese als seine Königin
auf den Hochsitz geführt in die Halle seiner Väter.

Und die Skalden, die alle Lande durchziehen, sagten und sangen, nirgend und nie hätten sie ein Paar gesehen, so schön und dabei so ganz zusammengehörig, wie Harald und Haralda. Standen sie nebeneinander, so war die Hochragende kaum um des kleinen Fingers Breite kürzer als ihr Gemahl; und kaum merklich war noch lichter als das seine ihr Goldhaar, das ihr, gelöst, in kleinwelligem Gerieſel bis an die Knöchel flutete.

Auch die gefürchteten Wikinger, dänische und norwegische Seeräuber, die lange diese Lande heimgesucht hatten, ſcheuchte Harald ſo kräftig von ſeinen Küſten, daß ſich kein Raubſegel mehr in die Nähe wagte.

Aber nicht nur das Schwert ſchwang er gewaltig und ſieghaft, der junge Herrſcher von Harjadal: — auch den Königsſtab führte er weiſe, gerecht und milde. Er ſchützte überall die kleinen Freibauern gegen Druck und Übermut der Vornehmen. Er ſchirmte das Landrecht, und König Haralds Königsfrieden wagte auch der trotzigſte Jarl nicht zu brechen. Wann er ſeinen Schild aufgehangen hatte an hohem Speer, ſtaunte alles Volk, wie trefflich er das Ding hegte. Die Skalden ſangen und ſagten, man könne goldene Armringe auf die Heerſtraße legen in Harjadal und ſicher ſein, ſie nach Jahr und Tag unberührt wiederzufinden: ſo ehrfürchtig ſcheute man König Haralds Recht und Bann= gebot.

Und als die junge Königin ihrem Gemahl das erſte Kind — einen ſtarken Knaben — geboren hatte, da er= blühte ſie noch viel ſchöner als zuvor. Und als bei dem Feſt der Namengebung um Mitternacht die Gäſte die Halle geräumt und die Schlafſäle aufgeſucht hatten, da ſchritten die beiden Gatten Hand in Hand von der Schildwiege hinweg, traten vor das Thor der Königsburg hinaus an den Fjord, der hier in das Meer rauſchte, und blickten empor zu den schweigend leuchtenden Sternen. Und Harald sprach, den Arm um sein herrliches Weib schlingend: „Schaut her, all' ihr Sterne! Noch nie, seit ihr herunterblickt auf die Menschen=Erde, habt ihr solch selig Glück gesehen, wie meines."

——————

XIX.

Aber noch vor Hahnenkraht fuhr der junge Gatte aus süßem Traum empor mit schrillem Schmerzensschrei: aufgebrochen war die Wunde am Fuß. Am nächsten Tage schon konnte er sich nicht mehr von dem Lager erheben: bald troffen schwarzes Blut, gelber Eiter reichlich aus der Wade: grimmige Schmerzen, wie von glühenden Pfeilen, schossen durch sein Gebein. Da ward der Jammer groß.

Machtlos blieb der Königin treue unermüdliche Pflege. Ratlos standen die Heilkundigen aller Gaue um das Schmerzenlager des Siechen.

Die Sorge, die schlummerlosen Nächte zehrten an Haralda. „Die Blüte deiner Wangen welkt dahin — um meinetwillen!" klagte er, zärtlich über das bleiche Antlitz streichend mit der Hand.

Schwächer und schwächer ward der Kranke: das Fieber schüttelte den abgemagerten Leib.

Nur wann sie ihren Knaben säugte, verließ Haralda ihre Stelle an des Gatten Pfühl. Dann trat Björn, der Alte, für sie ein. Und der grimme Recke mühte sich in der Pflege wie ein zartes Weib. Eines Tages, in dem Dämmer der Frühe, raunte der Treue leise in seinen langen weißen Rauschebart: „Oh, ihr Götter! Auch du Freir! Wie ohnmächtig müßt ihr sein, daß ihr nicht helfen könnt!

Schämt euch! Ach, ist denn kein Wesen im Himmel und auf Erden, und in allen neun Welten, das ihm helfen kann?"

Da erschrak er: der Kranke, der mit geschlossenen Augen vor ihm lag, hatte nicht geschlummert: „Doch), Björn!" brachte er mit schwacher Stimme hervor. Nun hob er das Haupt von dem Eiderdaunenkissen, — wie schwer ward ihm das! — schaute rings in dem Gemach umher und, nachdem er sich überzeugt, daß er mit dem Alten allein war, fuhr er fort: „Ein Wesen lebt: . . . das . . . kann mich retten."

Mit leuchtendem Blick sprang Björn auf: „Wer?" — „Sie." — „Wer? Wer?" — „Ughlu!" — „Die? Weh und Fluch über sie!" — „Nein: Heil und Dank! — Hast du vergessen . . .? Hab' ich dir's nicht erzählt? Nur sie kann die Salbe . . . immer frisch bereitet muß sie sein . . .! Ihre Salbe hilft. Wenn jemand hinsegelte . . . vielleicht du . . ."

„Ich bringe sie! Lebendig oder tot!" Ungestüm wandte sich der Hüne zur Thüre. „Halt, Halt!" rief der Sieche mit aller Kraft der Stimme, die er aufzubringen vermochte.

Björn blieb zögernd stehen.

„Hierher! . . . An meine Seite . . . ganz dicht! . . . Soll durch mich noch mehr Unheil kommen über die Unselige? . . . Häufe nicht noch schwerere Schuld gegen sie auf mich! — Hier — lege die Hand auf mein Herz und schwöre: dein König befiehlt: ‚keine Gewalt gegen Leben, Leib, Freiheit der Finnin': schwöre!"

„Ich schwöre," sprach der Alte grollend. — „Wie matt sein Herz schlägt! Ich eile!"

XX.

Viele Tage vergingen dem Kranken und schlummerlose Nächte.

Allzuviele, däuchte ihm; denn er fühlte, wie die Kräfte ihm rasch und rascher schmolzen; seufzend meinte er, Björn könnte doch lange schon zurück sein. Und schmerzlicher noch harrend sah Haralda immer wieder aus nach der Mündung des Fjords in die See von dem turmähnlichen Hochgemach an der Südecke der Königsburg: müden Schrittes, gebeugt von töblichem Weh, wankte sie nach solch vergeblicher Ausschau die vielen steilen Stufen herab; doch bevor sie den Vorhang des Schlafgemaches zurückschlug und eintrat, richtete sie das schöne Haupt stolz auf und versuchte ein mattes Lächeln.

„Noch nicht, mein Harald," sprach sie eines Tages an sein Lager zurückkehrend. „Aber nun gewiß bald. Nach allem, was du mir von . . . von jenem Weibe gesagt, hat sie dich doch geliebt: . . . nach ihrer dumpfen Art, freilich: . . . Wie etwa die junge Bärin, die du gefunden, aufgezogen und gezähmt und die dir nun nachlief auf Schritt und Tritt und dir so gern die Hände leckte . . ."

„Ja, bis sie einmal eifersüchtig ward, da ich ihrer nicht achtete und dich liebkoste: erwürgt hätte sie mich mit ihren umarmenden Pranken, schlug nicht — gerade noch zu rechter Zeit — Björn sie tot. Nein! du Süße, du Herrliche! Ich hab' es aufgegeben. Sie kommen zu spät. Laß es gut sein! Alles muß ja einmal enden. Freilich: . . . nur gar so kurz hat's gewährt, das berauschende Glück an deiner Seite. Und jetzt sterben — in der Vollust der Sommerzeit — das grüne Laub der Eschen wogt im lauen Wind — die Schwalben schwirren lebensselig

am Fenster vorbei: ... Ach, nur Ein Jahr noch länger
— ein gesundes! — — Aber es kann uns doch nie
wieder entrissen werden: wir hatten uns, wir waren selig.
Das ist ewig. — O laß mich noch einmal die müden, die
brennenden Augen weiden an deiner ganzen Schöne: ...
zum Abschied! Leb wohl, du goldwellig Haar: — nur noch
einmal laß dich streicheln, du liebes Gerisel! Und ihr
weißen, weichen, wonnigen Arme! Du liebe, zarte, treue
Hand! Und die sanften Augen voll Himmelsbläue: ihr
sollt der letzte Lichtstrahl sein, den ich gierig sauge: dann
— Hel ... und die ew'ge Nacht!"

„Nein, Geliebter, du sollst, du darfst mir nicht sterben!
Du mußt ... Horch! was war das? Des Burgwächters
Ruf vom Turm herab! Zwei Hornstöße! Ein dritter! Dies
Zeichen ward zwischen uns beredet. Björns Drache ist
gelandet!" Sie eilte an den Fensterbogen. „Sieh, schon
reitet vom Fjord der Strandwart herauf das Gestade.
Wie rast sein Rappe den Dünenhügel hinan! Und hinter
sich trägt er im Sattel ...."

„Wen? Sie? Sie? Ughlu?" Der Kranke stützte sich
müheschwer auf den Ellbogen und beugte das Haupt vor
nach dem Fenster.

„Ich kann's noch nicht erkennen: sein Mantel verdeckt
die zweite Gestalt. Jetzt ..., jetzt seh' ich ..." —
„Ughlu! Die Retterin! Ah, Dank, Freir und all' ihr
Götter!" — „Nein! Es ist ein Mann ... sie springen
ab: ..., es ist Björn." — „Allein? Ohne sie? Ach,
wie gern hätt' ich doch noch gelebt!" Und wehevoll
stöhnend sank er zurück und barg das Haupt in den Kissen.

———

„Björn!" rief die Königin und flog dem Eintretenden
entgegen. „Du kommst allein?"

„Ja." — „Ift fie . . . ift . . . das Gefchöpf tot?"
— „Nein." — „Sie lebt! — Warum kam fie nicht?"
— „Weil fie nicht wollte." — „Sie wollte nicht?" rief
die Königin außer fich. „Was fagte fie?" — „Sie fagte:
Laß doch Haralba, fein Chgemahl, ihn heilen." — „Ah,
das Scheufal!" rief fie und die fanften blauen Augen
fprühten Blitze. „Warum haft du fie nicht hergefchleppt
mit Gewalt?" — „Er hat's verboten. Auch erfchlagen
durft' ich das Untier nicht: — leider! Ich hab's gefchworen: . . . auf fein Herz. Oh Herr, mein teurer
Herr!" Und der Riefe brach an dem Bett zufammen.
— „Ich hole fie," rief Haralba, das Haupt in den Nacken
werfend. „Ich habe nichts gefchworen! Zu Schiff!" —
„Es ift zu fpät! . . . Sieh her! . . . Bleibe bei ihm und
hilf ihm fterben!"

XXI.

Wenige Tage darauf ftand vor der Königsburg dicht
an der Meeresküfte der gewaltige Holzftoß aufgefchichtet
für König Haralds Leichenbrand. Der Sonnenball, der
langfam gegen die See hinabfank, fchoß goldene Strahlen
darauf.

Trauernd hatten die Gefolgen den toten Helden in
allen feinen Waffen auf feinem Schild aus dem Burgthor
getragen und auf die oberfte Schicht des Holzftoßes gelegt:
Kränze von duftenden Kräutern — denn es war vor
Sommerfonnenwende — und zumal Gewinde von heiligem
Gedörn, das den traurigen Toten zu eigen geweiht, waren
um die langen Eichenfcheite geflochten.

Der Tod hatte die Spuren der Schmerzen getilgt auf

dem edlen Gesicht: friedlich, wie verklärt, war das schöne
Antlitz zu schauen: der Abendwind spielte liebkosend —
wie zum Abschied — in dem lichten Haar, das in langen
Wellen aus dem off'nen Adlerhelm auf die gepanzerten
Schultern flutete.

Zu seiner Rechten, hochaufgerichtet, in schwarzem Schleier
und grauem Gewand, stand die junge Königswitwe, ihren
Knaben auf dem Arm: sie starrte auf den Toten, ohne
Thränen: — sie hatte keine mehr. „Schau ihn an, Har=
muth, mein Sohn,“ sprach sie, „das war dein Vater.
Werde herrlich wie er.“ Das Kind streckte beide Händchen
aus nach dem Glanze der Königswaffen, die im Licht der
Abendsonne funkelten wie eitel Gold und Feuer.

Sie selbst, die Sonne, schien mit diesen Strahlen
plötzlich den Holzstoß entzündet zu haben.

Aber es war Björn gewesen, der, zur Linken stehend,
die Fackel in die trocknen Späne unter dem Schilde stieß.
Sofort hoch auf flammte die Lohe.

Und alsbald legte sich der weiße Rauch der auser=
lesenen Hölzer und Gedörne, rasch verhüllend, über die
Leiche wie ein weißes Bahrtuch und zog dann, von dem
Hauche des Seewinds getragen, in einer hohen Wolke
über das schweigende, das verwaiste Königshaus dahin.

Da erscholl, feierlich, ergreifend in der trauervollen
Stille, helltöniger Harfenklang: ein Wanderskalde, der oft
gastliche Aufnahme gefunden bei dem liebfrohen König, griff
in die Saiten und hob zu singen an: und die Männer um=
her wiederholten im Rundgesang die letzten Zeilen:

„Harald, hoher Held,
Dir folgt der Deinigen Dank!
Die Feinde fälltest du,
Falsche Finnen,

Mit geschwungenem Schwert.
        Die Freunde erfreutest du,
    Freirs freudiger Sproß,
        Mit mildem Mut.
    Recht richtetest du,
        Festigtest Frieden.
    Hohl, o Herr, hieltst du die Hand
        Und offen entgegen den Armen,
    Nicht kargend kehrtest die Knöchel
        Der Faust du den Fremdlingen zu.
    Gabengütig, ein Gebegern,
        Warst du wegfährtigem Wandrer.
    Ach, jäh, in jauchzender Jugend,
        Wie der blühende Balbur,
    Erbleichtest du bald.
        Doch es dauert dir der Dank
    Und reicher Ruhm, rauschend
        Weithin über die Welt.
    Und an deinem hohen Hügel,
        Held Harald,
    Wird weinend weilen
    Und sinnend und seufzend
        Sitzen die Sehnsucht."

――――――

Da, während aller Augen dem Scheiterhaufen zuge=
wandt waren und alle Hörer dem Totengesang, der
Haralds=Drapa, lauschten, kreischte von dem nahen Ge=
stade her ein schriller, gellender Schrei.

Die der Küste Nächsten in dem äußersten Halbkreis
der Trauernden sahen, sich wendend, ein winziges, ein
elendes Fahrzeug, das kaum fingerbreit über den Wasser=
spiegel ragte, anschießen auf den feuchten Sand des Fjords.
Heraus sprang, die dünnen Ruderstangen fallen lassend,
ein Weib.

Atemlos lief das sofort hügelaufwärts auf den flam=
menden Holzstoß zu: sie rannte, daß ihr langes, schwarzes

Wirrhaar weit hinter ihr nachflatterte; die Rechte streckte
sie vor, die Reihen der Männer, welche sie nun erreicht
hatte, zu zerteilen; die Linke drückte einen Thonkrug an
die Brust.

„Laßt mich durch! Laßt mich zu ihm! Hier . . . hier
ist die Salbe. Ich rette ihn!“

Staunend wich das Volk zur Seite.

Schon stand sie vor dem Brandhaufen.

Ein Windstoß von der See her teilte das weiße Qualm-
gewölk: voll sichtbar ward einen Augenblick der Tote.
„Ah! zu spät!“ schrie das Weib. Wie blitzgetroffen stürzte
es auf das Antlitz nieder; krachend zerbrach der irdene Krug.

„Ughlu!“ grollte Björn, trat herzu und stieß mit dem
Fuß an ihr Knie. „Ich glaube, das Neidweib ist tot.“
„Das ist . . .? Das ist . . . das Geschöpf?“ sprach die
Königin von weitem. „Wie kam sie her?“ staunte der
Alte, wandte sich und sah nach dem Fjorde hin. „Bei
Freir und allen Göttern! Auf ihrer Nußschale! Das Un-
mögliche — sie hat's gewagt. Sie ist tot,“ wiederholte
er, sich bückend. „Werft das Meerweib zurück ins Meer.“
— „Nein!“ schrie Ughlu aufschnellend, „noch nicht tot.
Ich muß sehen . . . sie sehen . . . Wo ist . . .?“ Nun
traf ihr umhersuchender Blick Haralda: „Das? . . . Nein!
Das ist kein irdisch Weib! Das ist — so beschrieb sie der
Skalde der Mutter — Frigga die Göttin. O Königin
von Asgardh, stiegst du nieder, ihn hinaufzuholen? Ach
weck' ihn auf — nur auf Einen Augenblick . . . Dann
heil' ich ihn.“ Und sie warf sich wieder zur Erde und
rutschte auf den Knieen, beide Hände flehend vorgestreckt,
auf Haralda zu.

Diese aber wich zurück vor ihr, von Abscheu erfaßt,
die Rechte wie zur Abwehr erhoben.

„Rühr' sie nicht an, Sudhexe!“ rief Björn, sie an der

Schulter emporreißend. „Nicht an den Saum ihres Ge=
wandes! Denn das ist Haralda, seine Königin." — „O
wie schön!" hauchte die Finnin, mit offnem Munde sie
anstaunend. „Verfluchte Zauberdirne!" zürnte der Alte
„Versagen dir jetzt deine Künste vor so viel Herrlichkeit
und so viel Weh? Hinweg mit dir! Du wolltest ihn ja
sterben wissen! Du sollst dich nicht weiden an dem An=
blick deines Sieges. Fort! Oder unsere Hunde sollen dich
zerreißen. Hier ist deine Stelle nicht, Mörderin!" —
„Du hast recht," wimmerte sie kläglich, „ich habe ihn ge=
mordet: denn ich konnte ihn retten! Ja, ich habe ihn in
diese Flammen gestürzt. Wohlan: ich teile sie. Harald,
Harald, vergieb mir! Ich komme." Und den Kopf in den
Nacken werfend, beide Arme starr gen Himmel gereckt,
warf sie sich in hohem Sprung in die Gluten, die, rot
aufprasselnd, über ihr zusammenschlugen. Ein Schrei des
Staunens, des Entsetzens fuhr aus aller Mund.

„O die Beneidenswerte!" rief Haralda hinzueilend.
„Dürft' ich ihr folgen!"

„Nein, Frau Königin von Harjadal," sprach Björn
fest, dicht an sie herantretend, „das darfst du nicht. Du
und ich — wir müssen diesen Knaben da heranziehen zu
einem Helden, — seiner wert."

Mit sanfter Gewalt löste er das Kind von ihrem
Busen und zeigte es hocherhebend mit beiden Händen
dem Volke.

„Schaut her, ihr Männer von Harjadal! Seht eures
toten Königs Erben! Wollt ihr mir helfen, dieses Kind
beschützen, bis es herangewachsen ist, euch zu schützen mit
dem Schild seines Rechts und dem Schwert seiner Kraft?
Wollt ihr das?"

„Das wollen wir!" antworteten die Männer und

schlugen klirrend die Waffen zusammen. „Heil Harmodhr Haraldsohn, dem König von Harjadal!"

„Hörst du?" sprach Björn, ihr den Säugling zurückreichend. „So muß es sein! Nicht sterben aus wilder Verzweiflung, leben aus heil'ger Pflicht, leben für dein Kind, — das nur ist deiner würdig. Denn das, o Königin, ist Weibeshelbentum."